Xiju Yingshi
Wenxue Gailun

戏剧影视文学概论

刘家思 ◎ 主编

时代出版传媒股份有限公司
安徽文艺出版社

图书在版编目（CIP）数据

戏剧影视文学概论/刘家思主编．—合肥：安徽文艺出版社，2024.3
ISBN 978-7-5396-7487-2

Ⅰ．①戏… Ⅱ．①刘… Ⅲ．①戏剧文学②电影文学③电视文学 Ⅳ．①I053

中国版本图书馆 CIP 数据核字(2022)第 118755 号

出 版 人：姚　巍
责任编辑：秦　雯　　　　　　　　装帧设计：张诚鑫

出版发行：安徽文艺出版社　　　www.awpub.com
地　　　址：合肥市翡翠路 1118 号　邮政编码：230071
营 销 部：(0551)63533889
印　　　制：合肥创新印务有限公司 (0551)64456946

开本：700×1000　1/16　印张：18.25　字数：300 千字
版次：2024 年 3 月第 1 版
印次：2024 年 3 月第 1 次印刷
定价：68.00 元

（如发现印装质量问题，影响阅读，请与出版社联系调换）

版权所有，侵权必究

绍兴市重点教材《戏剧影视文学概论》编委会

主　编：刘家思

副主编：邵君立　李伟民　张　荔

编　委：王永芳　王慧开　平方圆　刘家思　刘勇晨　刘　璨
　　　　　李伟民　邵君立　张　利　张　荔　张洪霞

目　　录

绪论　戏与文学 / 001

　　一、戏剧与戏剧影视文学 / 001

　　二、戏剧影视文学的主要特点 / 005

　　三、戏剧影视文学的基本类型 / 013

　　四、编撰《戏剧影视文学概论》的意义 / 019

第一章　戏剧影视文学概述 / 022

　　第一节　戏剧影视文学的基本特征 / 022

　　第二节　戏剧影视文学的审美形态 / 029

　　第三节　戏剧影视文学的构成要素 / 037

　　第四节　戏剧影视文学的创作原则 / 045

　　第五节　戏剧影视文学的分类 / 049

第二章　中国戏曲文学 / 055

　　第一节　中国戏曲文学的生成与发展 / 056

　　第二节　中国戏曲文学的特点及其审美形态 / 076

　　第三节　中国戏曲文学的代表作家和作品 / 080

第三章　中国话剧文学 / 092

第一节　话剧文学的产生和发展 / 092

第二节　话剧文学的特点与审美形态 / 101

第三节　中国话剧文学的代表作家与作品 / 109

第四章　中国电影文学 / 118

第一节　中国电影文学的生成与发展 / 118

第二节　中国电影文学的特点与审美形态 / 124

第三节　中国电影文学的代表作家与作品 / 136

第五章　中国广播剧文学 / 149

第一节　中国广播剧文学的生成与发展 / 149

第二节　中国广播剧文学的特点与审美形态 / 159

第三节　中国广播剧文学的代表作家与作品 / 164

第六章　中国电视剧文学 / 172

第一节　中国电视剧文学的诞生与发展 / 172

第二节　中国电视剧文学的创作特征与审美形态 / 175

第三节　中国电视剧文学的代表作家和作品 / 188

第七章　中国网络戏剧文学 / 199

第一节　中国网络戏剧文学的生成与发展 / 199

第二节　中国网络戏剧文学的特点与审美形态 / 206

第三节　中国网络戏剧文学的代表作家与作品 / 215

第八章 外国戏剧影视文学 / 223

　第一节 外国戏剧文学 / 223

　第二节 外国电影文学 / 240

　第三节 外国广播剧文学 / 253

　第四节 外国电视文学 / 264

参考文献 / 277

后记 / 284

绪论 戏与文学

戏剧是一种最古老的文艺形式,起源于远古的宗教仪式。在中国,傩戏展现了中国远古戏剧的历史形态;在西方,古希腊悲剧和喜剧展现了西方早期戏剧的历史形态。后来,随着人类社会的发展和戏剧创作条件的不断进步,戏剧也不断发展壮大。到 20 世纪,因为科学技术的发展,尤其是无线电技术和光电技术的发展,为戏剧的变革创造了条件,实现了泛空间剧的大发展,先后出现了银幕剧(电影)、空中戏(广播剧)、荧屏剧(电视剧)等多种形式,形成了一个大家庭。如今,中西方戏剧都出现了两种基本戏剧形态——网络戏剧和微剧。从中国戏剧发展历史来看,戏剧包括传统戏曲、话剧、电影、广播剧、电视剧、网络剧等多种样式。

一、戏剧与戏剧影视文学

戏剧影视文学是一棵枝繁叶茂的艺术之树,其根源是戏剧。随着社会的进步和科技的发展,戏剧产生了一系列样式,形成了一个文学族群。

(一)什么是戏剧

什么是戏剧?这个概念是随着戏剧的发展而发展的。一般的戏剧概念是从戏剧最初作为舞台表演艺术形态的角度来定义的,因此一些定义突出了"舞台表演"的内涵。《牛津辞典》这样定义:"适合舞台演出的散文作品或诗作,故事情节通过对话和动作来表达,辅之以姿态、服装和布景,表演出来宛如真实生活;此即为一出戏。"①《简明戏剧词典》这样定义:"戏剧,综合艺术的一种,由演员扮演角色,当众表演故事情节和情景的一种艺术。"②汉密尔顿在《戏剧论》中也是这样定义的:"戏剧,乃是演员在舞台上以客观的动作,以感情的而不是理智的力量,当众表演的一场人与人的意志冲突。"③1928 年 5 月 6 日,洪深在杭州影戏院演讲时这样定义:"有意义的人生底片断,用艺术的方法组合起来而能在舞台上表演的就是戏剧。"④显然,这是从起源形态来定义的。

这样的定义,因其忽视了戏剧发展的品格而暴露出了不足,一些戏剧家指出了这一点。马丁·艾思林指出《牛津辞典》的定义"根本不正确",认为它无法将哑剧、电视剧、广播剧或电影等样式涵盖进去。⑤ 日本著名戏剧家河竹登志夫也指出了其不足。他说:"通常给戏剧所下的定义是,它是'由演员扮演成剧本中的登场人物出现在观众面前,并在舞台上凭借其形体动作和语言所创造出来的一种艺术'。这一定义绝不算错,但却说不上完善。""因为仅就如此,演员、剧本、观众和舞台等术语的概念尚未得以确定,况且也存在着与上述定义并不相符的戏剧。"⑥

因此,更多的定义已经注意到了戏剧艺术发展的品格,抓住其共性来给戏剧下定义。如《现代美国百科全书》认为:"戏剧,是通过演员表演的

---

① 转引自[英]马丁·艾思林:《戏剧剖析》,罗婉华译,中国戏剧出版社 1981 年版,第 1 页。

② 云岚等编写:《简明戏剧词典》,上海辞书出版社 1990 年版,第 1 页。

③ 转引自余秋雨:《戏剧理论史稿》,上海文艺出版社 1983 年版,第 593 页。

④ 熊佛西、余上沅、田汉等:《上海戏剧学院编剧学教材丛书:编剧原理》,上海人民出版社 2016 年版,第 34 页。

⑤ [英]马丁·艾思林:《戏剧剖析》,罗婉华译,中国戏剧出版社 1981 年版,第 1 页。

⑥ [日]河竹登志夫:《戏剧概论》,陈秋峰、杨国华译,中国戏剧出版社 1983 年版,第 1 页。

一种文学形式。"①马丁·艾思林这样定义:"戏剧是艺术能在其中再创造出人的情境、人与人之间的关系的最具体的形式。……戏剧,是一种对现实的模仿。"②《英汉辞海》指出:"戏剧,以散文或诗写成的,为了表演的(如演员在舞台上表演),而且目的是通过表演者的行为与通常是对白来表现生活或人物或叙述一个故事的作品。"③《现代汉语词典》1996年修订版这样定义:"戏剧,通过演员表演故事来反映社会生活中的各种冲突的艺术。是以表演艺术为中心的文学、音乐艺术的综合。"④应该说,这些定义符合戏剧本质及其发展的内在规律,具有高度的概括性。

所以,戏剧是通过演员表演特定情境中的人、事来反映生活、表现思想,具有情绪情感的共鸣,富于思想张力的艺术。这种艺术表现的人、事,有如下几个方面的特质:第一,必须是具有戏剧意义的动作(或行动);第二,必须是发生在某些特定时空中的;第三,必须是生活中兼具独特性与典型性;第四,必须能够激活审美接受的情绪和情感;第五,必须具有比较丰富的思想蕴含以及艺术张力。只有这样,才能满足众多受众的审美期待。

(二)什么是戏剧影视文学

戏剧文学是为戏剧演播而创作的剧本。剧本,是一剧之本。戏剧文学自古有之,元、明、清戏剧作品都是为戏剧演出而写的脚本,因此出现了

---

① 转引自付文芯:《演员的诞生——中国百年戏剧表演教育》,上海社会科学院出版社2018年版,第2页。

② [英]马丁·艾思林:《戏剧剖析》,罗婉华译,中国戏剧出版社1981年版,第10、11页。

③ 王同亿主编译:《英汉辞海》,国防工业出版社1987年版。转引自付文芯:《演员的诞生——中国百年戏剧表演教育》,上海社会科学院出版社2018年版,第2页。

④ 中国社会科学院语言研究所词典编辑室编:《现代汉语词典》(修订本),商务印书馆1997年版,第1398页。

关汉卿、王实甫、汤显祖这样的戏剧大家；古希腊戏剧也是有文本的，涌现了以埃斯库罗斯、索福克勒斯、欧里庇得斯三大悲剧家和克拉提诺斯、欧波利斯、阿里斯托芬三大喜剧家为代表的一批剧作家。随着社会的发展，戏剧演出方式也在发展。因为演出方式的不同，产生了不同形态的戏剧文学。至今，戏剧已经形成了大戏剧的基本态势，成为艺术中的一个"大家族"，戏剧文学也成为文学中的"大家族"。我国的戏剧文学，有戏曲文学、话剧文学、电影文学、广播剧文学、电视文学和网络剧文学等。值得注意的是，尽管相互有所差异，但戏剧的内在品质是一以贯之的。因此，我们将这些文学样式统称为戏剧影视文学。

著名戏剧理论家周华斌教授在十多年前就提出了"大戏剧观"的概念，他主编《大戏剧论坛》刊物，倡导建立大戏剧学科。该学科目前已成为中国高校戏剧影视文学学科唯一的国家级"双一流"学科，体现了比较广泛的社会影响力。大戏剧观是符合戏剧发展的历史与现实的。因此，我们也在大戏剧观的理论视野下，来建构《戏剧影视文学概论》这本书的框架，阐述我们对戏剧影视文学的理解与主张，介绍相关的学科知识。

（三）戏剧影视文学的重要性

对于戏剧影视作品来说，戏剧影视文学是极其重要的。没有好的戏剧影视文学脚本，戏剧影视事业就失去了原动力。就影视作品而言，许多精彩的优秀作品都源于好的脚本。就舞台剧而言，演出成功的作品，首先也是因为有了好的剧本创作。

在戏剧影视事业的发展历程中，不重视剧本创作的教训是深刻的。仅就舞台剧而言，在文明戏阶段，人们一度忽视了戏剧文本，专注于舞台表演，最终导致了没有根基的文明戏走向没落。在爱美剧时期，反思后的戏剧家们认识到了戏剧文本对于戏剧的重要性，提出"中国戏剧要想在世界文艺中寻一个立锥之地，应该赶紧造成编剧本的人才，创造几种与西洋相等或较高价值的剧本,这才算真正的创造新剧"[1]的理论主张,深刻地认识到"剧场中的生命之源就是剧本,没有剧本就没有舞台,没有戏剧"[2],"好演员离不开脚本"[3]。因此,在爱美剧时期,戏剧文本在戏剧中的基础地位已经得到了确立,中国戏剧文学的创作得到了发展。然而,20 世纪 80 年代以后,先锋性实验戏剧盛行,淡化剧本创作,注重导演、演员以及舞美工作者等对剧场的控制性和操纵性,以期为戏剧找到生存之境。然而,这种做法不仅没有使中国戏剧摆脱低迷的状态,反而在一定程度上使中国戏剧遭到了社会的质疑,进一步丧失了社会地位。这种情形再次表明,戏剧文本在戏剧中的基础地位是不可动摇的。其实,就是宣扬"舞台写作"的后现代戏剧,也是有剧本的,只是没有传统经典话剧的剧本那么完善而已。

因此,戏剧影视文学在戏剧影视产业中的地位是不可轻视的。中国的戏剧影视事业要发展,就必须重视戏剧文本的创作。如今,戏剧影视产业如日中天,戏剧影视文学的重要性更加突出。

二、戏剧影视文学的主要特点

戏剧影视文学的发展历史告诉我们,并不是所有剧本都能够并适合演出或拍摄的。遇到不好的剧本,正如陈大悲所说的"任是谁也演不出好戏剧来"[4]。到底怎样的剧本才是好剧本呢?"剧本的选择"应该持什么标准呢?爱美剧时期没有解决这个问题,许多剧作家都没有找到问题的症结。当时出现了一个不可忽视的现象,就是大多数创作仅仅是一份案头剧本,剧场的演出效果并不好,甚至有些剧本无法排演。后来有不少戏

---

[1] 明悔(汪仲贤):《与创造新剧诸君商榷》,《戏剧》第 1 卷第 1 期,1921 年 5 月 31 日。
[2] 陈大悲:《编剧的技巧·绪言》,《戏剧》第 2 卷第 1 期,1922 年 1 月 31 日。
[3] 陈大悲:《爱美的戏剧》,上海书店出版社 1992 年版,第 24 页。
[4] 陈大悲:《爱美的戏剧》,上海书店出版社 1992 年版,第 24—25 页。

剧文本都是这样,其作为文学作品被阅读、欣赏是好的,但是若要搬上舞台排演或者拍摄影视作品,则是有一定难度的,有的甚至是非常难的。夏衍的《上海屋檐下》无疑是一部好的戏剧文学作品、经典性作品,但是要搬上舞台,就给导演和演员留下了很多困难。这正是这部经典作品自诞生以来舞台演出较少的原因所在。茅盾的《清明前后》也是这样。从表面上看,也许是因为剧作家缺乏剧场经验,导致创作的东西与剧场排演有隔膜;从深层或本质上看,恐怕是剧作家对戏剧影视文学的特征缺乏全面、深刻的认识。剧作家只有把握了戏剧影视文学的主要特征,深入了解其本质,才能创作出有生命力的作品。

那么,戏剧影视文学有什么主要特征呢?它靠什么与其他文学区别开来呢?著名戏剧理论家周贻白指出:"戏剧本为上演而设,非奏之场上不为功。"[1]余秋雨更明确地指出:"任何戏剧作品,都是为了演给由若干人组成的一群观众观赏的,这就是戏剧作品的真正本质,这就是一个剧本存在的必需条件。"[2]显然,戏剧影视文学的本质内涵已经超越了一个文学类别所涵盖的层面了。全面审视戏剧影视文学,尽管我们可以找出诸多特征,但我们认为最主要的特征是文学性与剧场性。这是两个不可或缺的要素,其中剧场性尤为重要,它显示出戏剧影视文学的本质,是戏剧影视文学创作的轴心。

(一)文学性

众所周知,传统意义上的文学通常指诗歌、散文、小说和戏剧四类。之所以将它们统称为文学,是因为它们具有作为文学的共性,这就是文学性。显然,戏剧影视文学也具有不可忽视的文学性。对于文学性,学术界至今没有统一的认识,其根本原因在于人们考察文学本质的视角不同。要弄清这个问题,首先必须弄清什么是文学。不管从什么视角去追问什

---

[1] 周贻白:《中国戏剧史·自序》,中华书局1953年版,第1页。
[2] 余秋雨:《戏剧审美心理学》,人民出版社1985年版,第178页。

么是文学,不管对文学的见解有多少差异,我们都必须把握构成文学的两个向度:一是形式向度,一是内涵向度。任何人都不能否认文学所拥有的这两个最基本的向度。就形式而言,文学是一种语言艺术,它是以语言作为表达媒介的,是一种美的形式;就内涵而言,文学是人学,它的主要表现对象是人,人是文学的主体存在,文学主要表现人的生活、人的行为、人的思想和感情、人的处境和命运、人与自然和宇宙的关系等等,它是作家对人的主体审思和探寻的结果。所以,无论是从作家维度、读者接受维度还是从文本存在维度看,文学都是人学的客观存在,文学的起点和归宿始终都是人。它不仅浸透着对人的个体的生命关怀与生存观照,而且不断对人的存在和人类自身发展问题进行深入的探索,以对人类的价值审察和终极追问为己任。文学世界所要建构的是人类的精神家园。这已经被中外文艺理论界的诸多学说所证明。因此,简而言之,文学是不同历史时期的作家以一种富有艺术张力的优美语言对人生状况进行的独特书写,对人类、自然和宇宙进行的主体性探寻,以期为人类创造可以永久栖息的精神家园和理想世界而形成的审美文本。

那么,何谓文学性呢?自20世纪20年代俄国的形式主义批评家、结构主义语言学家罗曼·雅各布森提出文学性就是"那种使特定作品成为文学作品的东西"[①]的概念以来,文学性一直是20世纪中外文学批评界和理论界的学者们探讨的重要课题。尽管学术界对此进行了广泛而深入的探讨,但至今还是争论不休,没有统一的认识。就西方学者的探讨而言,关于"文学性"的种种定义,就有形式主义定义、功用主义定义、结构主义定义、文学本体论定义、涉及文学叙述和文化环境的定义等多种类型,谁也不能赢得学界的共识。后来,保尔·里科尔提出"把文字固定下来的任何语言形式都叫作文本",这个"文本定义"被西方大多数学者所

---

① 转引自周小仪:《文学性》,《外国文学》2003年第5期。

接受。① 但应该说,这些定义都存在不同程度的偏失。罗曼·雅各布森的形式主义定义虽具有很强的概括力,但是他(及其支持者)却将文学性主要局限于作品的语言层面,这仅仅是一种形式感的把握,忽略了文学作为一种存在所具有的更本质的内容,显然比较狭隘。保尔·里科尔提出的"把文字固定下来的任何语言形式都叫作文本"的定义则又未免太宽泛。的确,我们要给文学性下一个谁都可以认同的定义,就文学本身的张力而言,这实际上是难以完成的任务。其实,我们也无须这样做,我们要做的是把握"使特定作品成为文学作品的东西"的内核,把握了这一内核就把握了文学性,也就能够对文学形成基本的认识。

可以说,构成文学性的因素很多,但是起主导作用的因素只是其中几个,其他许多因素的作用并不明显,这正像树叶与树干的区别一样。那么,文学性最本质的内核是什么呢?我们必须从文学性的组织结构形态来探讨其内核。笼统地说,文学性就是文学作品对于社会人生深刻的认识、把握与表现,是揭示人生世相本来面目的特征。它包括两种结构形态特征,即外在的形态和内在的形态。在这里,外在的形态是动态的、易变的、多色调的和易感的,内在的形态则是稳固的、恒定的、需要体验的。文学是社会生活的主体化映现,它通过具体、感性的艺术存在来表现作者独到的感受。它所使用的工具是语言,传播的媒介是形象和意象,话语形式是其外在的形态,这是个性化的,往往千姿百态。从叙述、描写到意象、象征,再到结构、功能以及审美处理技巧等等,都是个体话语形态的重要内容。这种文学性的外在形态会因时代不同、作者不同和地域不同而发生各种变化。但是,文学性既表现在话语形态上,又存在于人类的精神原型中,这是其内在形态。人类的精神原型是有共性的,它存在于人类的情感心理和思维图式之中。任何时代的文学、任何地域的文学、任何民族的文学,不管创作主体的差别多大,话语形态的个性化多强,文学始终都是在

---

① 参见史忠义:《"文学性"的定义之我见》,《中国比较文学》2000年第3期。

审美的状态下进行的人类情感与心灵的对话,是对主体灵魂与人类精神的抚慰与关怀。任何一部优秀的作品,其独具特色的、优美的话语形态背后都是以人类的精神为依托的,蕴藉着情感的普遍升华。这正是文学性的本质内核。文学能够在人类发展的历史长河中生生不息,其原因正在于这种情感性和审美性。文学尽管还具有想象性、文化性、艺术性等特征,它们也在一定程度上构成文学性的不同侧面,但它们都不是构成文学性本质内核的因素。如果缺乏审美性和情感性,文学就成为一种空话。当然,情感性和审美性作为文学性的内核,是以其外在的构件为载体的。正是这样,单纯的一张借据不能成为文学,但是,如果一张借据融入一种优美的话语形态之中,并承载一种情感的力量,或反映一种心灵的真实,或暗示一种精神的底色,或隐喻一种生命的走向,它就具有了文学性,就能够成为文学。

我们认识了这一点,也就可以理解为什么戏剧被列为文学范畴了。戏剧影视虽然是综合艺术,但就剧本来说,它首先是一种语言艺术,而且是一种情绪化、情感化异常强烈的艺术形式。剧本的内核是以人类生存状况与命运为基点,以人类的苦难和情感为关注点,以建构人类的精神和价值为主旨点的。在戏剧影视文学作品中,以人的存在、身体与精神、灵与肉、生理与心理、意识与无意识、感性与理性、思想与行为等为主体的人的知、情、意、行构成了艺术表现的主体。从价值哲学的角度说,剧本最终是一种价值体系的建构。正如韦勒克所指出的"文学的本质是价值"[①]一样,它是"一种由特殊符号负载的综合性价值系统"[②]。所以,萨特说:"虽然文学是一回事,道德是另一回事,我们还是能在审美命令的深处觉

[①] [美]雷内·韦勒克:《批评的概念》,张今言译,中国美术学院出版社1999年版,第64页。

[②] 李春青:《文学价值学引论》,云南人民出版社1995年版,第5页。

察到道德的命令。"①但是,我们在上文中已经指出,这种价值的归宿点是人,是以满足人的主体需要和实现人的主体性价值意义为前提的,是以人的审美快感的形成和心灵的触动为前提的。作为文学的一个类别,戏剧影视作品呈现的是一种主体心灵的对话和交流。它是一种关于人的生命存在和生存经验的交流,是一种关于人类的终极意义和价值的对话。人成为戏剧影视文学世界的主体构成。托尔斯泰指出:"艺术是人与人之间相互交际的手段之一","艺术起源于一个人为了要把自己体验过的感情传达给别人"。②因而,戏剧影视文学就拥有了强劲的文学性。戏剧影视文学的文学性不仅体现在这种艺术的内核上,还表现在它外在的优美形态中——其语言、场景、形象乃至艺术技巧都蕴含着文学性,"它存在于话语从表达、叙述、描写、意象、象征、结构、功能以及审美处理等方面的普遍升华之中"③。这是毋庸置疑的。

(二)剧场性

当我们从共性的层面去思考文学与戏剧影视文学共通的属性和特征时,还必须注意剧本与其他文学体裁的差异性,这是它与其他文体能够共存的内在依据。文学之所以区分为诗歌、小说、散文和戏剧等类别,就是因为它们各自都有着稳定而本质化的独特属性。然而,对于各文体之间的差异,学术界常常有意无意地淡化了。也正是这样,人们对于戏剧影视文学的研究总是习惯于从大一统的文学的视角去展开,而忽视了它自身的独特性。戏剧影视文学这一命名,显然表明,它除了拥有文学性之外,还具有自身的独特性与本质特征。如果它没有自己内在的本质特征,就没有必要被称为戏剧影视文学,而笼统地被称为文学就足够了,或者归入

---

① [法]让-保罗·萨特:《萨特文学论文集》,施康强等译,安徽文艺出版社1998年版,第114页。

② 伍蠡甫、胡经之主编:《西方文艺理论名著选编》(中),北京大学出版社1986年版,第411—413页。

③ 参见史忠义:《"文学性"的定义之我见》,《中国比较文学》2000年第3期。

小说等文体即可。戏剧影视文学虽然属于叙事艺术,但它与小说有显著差别,乔治·贝克对此早已作了论述。① 那么,戏剧影视文学的本质特征是什么呢? 如前所述,是"剧场性"。

戏剧影视是在传播中获得生命力的。这既是戏剧影视文学创作的一个前提,也是其基本目的和基本要求。戏剧影视传播是在特定场域中进行的,无论是剧场演出还是影院放映或者是荧屏播放,都形成了一个与受众交流的场势和场态。这既是一种心理的场,也是一种情感的场,还是一种情趣的场,更是一种思想的场。这种场态要求赋予了戏剧影视文学的剧场性特征。无论是戏剧影视文学中的哪一种样式,我们从其本体论视角去审视,它们都是由剧本、演员、剧场、受众等四大要素构成的。在这里,戏剧是否能够演出,影视剧是否能够开拍,广播剧是否能够演播,基础都在于剧本。剧本是决定戏剧可否演出、开拍、演播的前提,而促使观演关系能够顺畅发生的则是剧场。这种剧场,不仅指其传播的外在空间,而且指其蕴含的内在场域;不仅指一种建筑形式,而且包括了由演员和观众共同构成的主体性空间,是一种情绪的相互感染、一种心灵的触动、一种心理的趋同、一种情感的共鸣、一种思想的融合。正是这样,它不光为演员和观众提供了存身之地,而且对戏剧文学提出了本质性的要求,这就是:剧本必须符合剧场的要求。只有这样,戏剧影视作品的演出(或播放)与接受才能进入理想状态,收到预期效果。因此,戏剧影视文学除了拥有文学性以外,还必须"先天性"地打上"剧场性"的印记。

任何文学都是以接受为目的的。小说、诗歌、散文的直接接受是通过文本的阅读这一形式,受众通过阅读来产生心灵感应,主体情感被撞击,获得思想启示和审美愉悦,而戏剧影视文学的接受则是"双途径三层次式"。所谓"双途径"是指,一方面可以通过文本阅读来获得审美享受,另

---

① 参见[美]乔治·贝克:《戏剧技巧》第一章,余上沅译,中国戏剧出版社2004年版。

一方面又可以通过观看剧场演出、影视剧或收听广播剧来获得审美享受,但更主要的是后者。因为获得与受众对话、交流的机会是戏剧影视文学创作的初衷与理想,也是实现戏剧创作者意图的归宿。而这必须经过从导演到演职人员再到受众的三个层次才能完成。首先是导演的接受。他从自己的艺术感悟出发,以自己的心灵感应来对戏剧文本进行艺术的把握和转换处理,并以自己的主体感受和体验来影响和指导演职人员。在这里,导演的艺术感受力决定着作品艺术转换的得与失。杰出的导演总是能够敏锐而深刻地把握剧本的戏剧价值,从思想的感应力、情感的冲击力、情绪的诱导力以及剧场的审美张力,去发现它所蕴含的强劲的艺术效果。其次是演职员的接受。他们总是会根据导演的审美去接受和把握,履行各自所承担的排演责任。优秀的演职员总是能够深刻地理解和把握剧本的原初性品质特征,将导演和自己的审美感受融合起来。杰出的导演和优秀的演员,对于优秀之作,不仅能够张扬其精神,而且能够生成其效果,凸显其魅力;对于残缺之作,能够尽显其长处,避免其不足,优化其效果。最后是普通受众的接受。他们通过观看演出、影视剧或收听广播剧来获得生动的审美享受,从而认识和接受作品。优秀的作品总是适合剧场演出、拍摄和演播的,既适于导演,又适于扮演,能够产生强烈的剧场效果。受众不仅能够在感官上获得强烈的主体感受,而且能形成主体心魂的感应与激荡,产生主体情感的共鸣,促发主体心理和情绪的倾斜与紧张感,从而获得一种审美的快感。

因此,戏剧影视文学除了文学性之外,还必须具有一种剧场性。所谓剧场性,是剧作家预设的戏剧影视作品对受众所拥有的"现实"审美裹挟力和"剧场"审美感知度的规定性,是一种支配受众的艺术强度。① 它由剧本的场力特性打造,是建立在剧作家所赋予的戏剧影视作品对受众的

---

① 刘家思:《曹禺戏剧的剧场性研究》,中国社会科学出版社2010年版,第41页。

磁力作用和交流特征的前提之下的,以人物为内核,以欲望、动作与冲突为基础,以场面性、时空性和表演性为显性形态,融情境、题材、故事情节、思想意蕴、人物形象、艺术技巧、时空感以及音响效果为一体,与文学性相辅相成的主观性合成场力。对于剧本而言,它表现为作者预设在作品中的刺激受众审美感应与情感共鸣的期待欲和规定性;对于"剧场"演出或播放或收看收听而言,它表现为一种对受众的现实拉力。优秀的剧作家总是能够预设强劲的剧场性,而优秀的导演和演员则往往能够使剧本扬其所长,补其所短,使其表现力和剧场性效果强力彰显。任何一部戏剧,剧场性强,其生命力就强。剧场性是戏剧内在本质的显示,是戏剧文学区别于其他文学的关键所在。

戏剧影视文学是否具有一种强劲的剧场性,是否预设了舞台演出的最佳效果,是否潜伏着恒久性的接受机制,是衡量戏剧影视文学成就高低的标杆。这也是成熟的剧作家所热衷和期待的。优秀的戏剧影视作品都具有强劲的剧场性。一个优秀的剧作家总会重视对剧场性的营造。只有具备了剧场性,戏剧影视文学才能适应剧场演出、影视拍摄和演播的需要,才有可能被排演和拍摄。当然,在舞台剧、电影、广播剧和电视剧中,营造剧场性的着力点和艺术手段稍微有点差别,但是大同小异。

戏剧影视文学作为一种以排演和拍摄播放为主要传播方式的文学样式,不仅要有很强的文学性,而且要有很强的剧场性,二者相辅相成。但剧场性是戏剧影视文学的本质特征,是戏剧影视文学与其他文学式样的分水岭。在戏剧中,戏剧性、综合性、表演性、舞台性以及假定性,都是重要的特征,与剧场性有着密切的联系,但它们不是戏剧的本质特征。只有具备了强劲的剧场性,才能获得好的排演和播放效果,才能拥有旺盛的生命力。因此,剧场性是戏剧影视文学创作中必须抓住并突出的核心。我们在树立大戏剧观念时,必须对戏剧影视文学形成这种认知。

三、戏剧影视文学的基本类型

戏剧影视文学可以分为不同类型,采用的分类标准不同,类型也就不同。

(一)按文体形态和传播方式分

戏剧影视文学可以分为戏曲、话剧、舞剧、歌剧、哑剧、电影、广播剧、电视剧和网络剧等多种类型。文体形态不同,创作要求、艺术手段和艺术风格也不一样。

(二)按创作题材分

戏剧影视文学可以分为以现实生活为题材的写实剧和以历史事件与历史人物为题材的历史剧等。如《雷雨》《大雷雨》《803刑警》《国民公敌》《第七个"九一八"》等都是以现实生活为题材的写实剧;《长津湖》《后宫·甄嬛传》《觉醒年代》《恐怖的回忆》等是历史剧。在文艺创作中,创作题材不同,作品的风格也会有区别。

(三)按创作方法来分

戏剧影视文学可以分为古典主义戏剧、浪漫主义戏剧、批判现实主义戏剧、现实主义戏剧、现代主义戏剧和后现代戏剧等。古典主义戏剧要求以情理、悲喜两分,遵循事件、地点、时间完整一致的"三一律"原则,莫里哀的《伪君子》、高乃依的《熙德》、拉辛的《安德洛玛克》等都是代表作;浪漫主义戏剧有强烈的主观性,人物形象理想化,情节起伏跌宕、曲折离奇,如郭沫若的《屈原》、雨果的《欧那尼》等堪称代表;批判现实主义戏剧以揭露社会制度(主要指资本主义制度)的弊端,深刻真实地反映社会现实矛盾,肯定和宣扬民主,以讽刺与批判为主,如小仲马的《茶花女》、契诃夫的《樱桃园》、易卜生的《玩偶之家》等都是经典;现实主义戏剧按照现实生活的本来面目塑造艺术形象,真实而典型地反映社会和人生,以揭示生活的本质,如曹禺的《雷雨》《日出》《北京人》、高尔基的《底层》、包戈廷的《带枪的人》等都是不朽名篇;现代主义戏剧在思想上反传统,强调主观性和自我表现,包括象征主义、表现主义、存在主义、荒诞派戏剧、黑色幽默、意识流等,着重展现心理活动,反映人的危机感、悲剧性以及精神创伤,表现绝望、虚无的情绪,如曹禺的《原野》、梅特林克的《青鸟》、奥尼尔的《琼斯皇》、萨特的《禁闭》、贝克特的《等待戈多》、迪伦马特的《贵妇还乡》等都是经久不衰的名作;后现代戏剧反叛传统,习惯解构经典,使原始文本产生分离,变成简单的情节梗概,而且习惯运用拼贴,有意将抽象主义和现实主义、高雅艺术与低俗内容混合,有时还表现内化在文本里的权力问题①,如陆帕根据鲁迅小说改编的《狂人日记》,根据史铁生的《关于一部以电影作舞台背景的戏剧之设想》改编的《酗酒者莫非》,伊丽莎白·勒孔特根据桑顿·怀尔德《我们的小镇》改编的《路线1和9》,以契诃夫的《三姐妹》为蓝本改编的《下定决心》等,都很有代表性。创作方法不同,艺术形态与风格也会有区别。

(四)按美学形态分

戏剧影视文学可以分为悲剧、喜剧和正剧三种类型。这种分类的标准,通常是主要人物的戏剧表现状态。黑格尔指出:"至于戏剧体诗则以目的和人物性格的冲突以及这种斗争的必然解决为中心,所以它的分类基础只能是个别人物及其目的与内容主旨这两方面之间的关系。这就是说,这种关系的具体情况对于戏剧的冲突及其解决的特殊方式也起着决定性作用,因此提供了全部剧情进程在生动的艺术表现中所具有的基本类型。这里所要研究的就是找出通过和解而形成每个真正的动作内容中的本质性的因素。这有两方面,一方面是在实质上合乎道德的伟大的理想,即在人世中实际存在的那种神性的基础,亦即个别人物性格及其目的中所包含的绝对永恒的内容意蕴;另一方面是完全自由自决的主体性格。"②显然,黑格尔为我们认识戏剧影视文学的美学类型提供了一把钥匙。

1. 悲剧。悲剧被认为是最高的文学形式,被称为"艺术的桂冠""高

---

① [美]埃德温·威尔森:《认识戏剧》,朱拙尔、李伟峰、孙菲译,四川人民出版社2019年版,第340页。

② [德]黑格尔:《美学》第三卷,朱光潜译,商务印书馆2017年版,第283页。

级的戏剧"。什么是悲剧？西方第一个关于悲剧的概念是亚里士多德提出的。他说："悲剧是一个对于严肃、完整、有一定长度的行动模仿；它的媒介是语言，具有各种悦耳之音，分别在剧的各部分使用；模仿形式是借人物的动作来表达，而不是采用叙述法，借引起怜悯与恐惧来使这种情感得到陶冶。"①这是从戏剧情节、戏剧本质和戏剧功能角度来定义的，拉开了悲剧艺术探索的帷幕。但是我们如何去判断和区分哪些是悲剧，这种定义并不明确。后来黑格尔对悲剧进行了深入研究和系统论述，下面的表述，能够帮助我们理解什么是悲剧："形成悲剧动作情节的真正内容意蕴，即决定悲剧人物去追求什么目的的出发点，是在人类意志领域中具有实体性的本身就有理由的一系列的力量：首先是夫妻、父母、儿女、兄弟姊妹之间的亲属爱；其次是国家政治生活、公民的爱国心以及统治者的意志；第三是宗教生活，不过这里指的不是不肯行动的虔诚，也不是人类胸中仿佛根据神旨的判别善恶的意识，而是对现实生活的利益和关系的积极参与和推进。真正的悲剧人物性格就要有这种优良品质。"这就是"原始悲剧的真正题旨是神性的东西，这里指的不是单纯宗教意识中那种神性的东西，而是在尘世间个别人物行动上体现出来的那种神性的东西"。② 也就是说，悲剧描写的人物是充满爱的，不仅爱亲属，而且爱国家，出于对民族国家和人类的爱而以自己的行动来参与和推进对现实生活利益关系的改善。别林斯基说："悲剧的内容是伟大精神现象的世界，它的主人公是充满着人类精神天性的实体力量的人。"③这也是与黑格尔一脉相承的。他们都突出人物的神性，实际上是指英雄悲剧。鲁迅给悲

---

① ［古希腊］亚里士多德、贺拉斯：《诗学·诗艺》，杨周翰译，人民文学出版社1982年版，第19页。

② ［德］黑格尔：《美学》第三卷，朱光潜译，商务印书馆2017年版，第284页。

③ ［俄］别林斯基：《别林斯基选集》第三卷，满涛译，上海译文出版社1980年版，第80页。

剧下了最简洁的定义:"悲剧将人生的有价值的东西毁灭给人看。"[①]这个定义不仅发展了黑格尔的定义,而且更具概括力,显示了超越时空的理论价值,不仅包含了黑格尔所理解的英雄悲剧,而且包含了世俗社会中普通人生的悲剧。

人类最初的戏剧是以悲剧的形态出现的。古希腊三位著名戏剧大师埃斯库罗斯、索福克勒斯、欧里庇得斯,都是以写悲剧著名的戏剧家,他们被称为三大悲剧家。悲剧通过对人生存在的否定性体验,展现对人生存在价值的肯定,不仅以美的东西被打破来显示其审美特征,而且以人与自然、社会及自身存在的冲突来显示其理想美。悲剧展示的情感体验是一种深层的人生体验。一些人认为,凡是以妻子离散、家破人亡为结局的就是悲剧。这并不完全准确。我们认为,在戏剧中凡是表现了主人公的悲剧命运,奋斗和理想的毁灭,正义事业的失败的,都应归为悲剧范畴。从《俄狄浦斯王》《普罗米修斯》到《哈姆雷特》《罗密欧与朱丽叶》,再到《屈原》《雷雨》都显示了悲剧的审美品格,它们对受众"所产生的影响,是震撼灵魂的"[②]。

2. 喜剧。喜剧是以笑为其特征和手段的。喜剧主人公都是品质上、性格上有某种不足或缺陷的人物。他们由于动机恶劣、行为乖谬,或者行为不检、机缘不巧,造成欺骗、误会,形成戏剧冲突,最后通过性格和行为的彻底暴露,使冲突得以解决,以引起人们的笑声。所以,有的人就认为,凡是以大团圆为结局的戏就是喜剧,其实是不全面的。一般来说,凡是以讽刺和嘲笑落后事物,歌颂美好与进步,并通过夸张等手法使观众在笑声中领会其思想与含义的都具有喜剧特征。黑格尔说:"喜剧所表现的只是实体性的假象,而其实是乖戾和卑鄙,它却仍然保持一种较高的原则,这

---

① 鲁迅:《再论雷峰塔的倒掉》,引自林非主编:《鲁迅著作全编·坟》第一卷,中国社会科学出版社 1999 年版,第 108 页。

② [俄]别林斯基:《别林斯基选集》第三卷,满涛译,上海译文出版社 1980 年版,第 80 页。

就是本身坚定的主体性凭它的自由就可以超出这类有限事物(乖戾和卑鄙)的覆灭之上,对自己有信心而且感到幸福。喜剧的主体性对在实际中所显现的假象变成了主宰。实体性的真正实现在喜剧世界里已消失掉了。"①也就是说,喜剧主角所追求的不是真正有意义有价值的东西,而是虚妄和卑鄙的东西,所以结局必然失败。但是他有驾驭喜剧世界的信心,而且在失败时认识到他所追求的是假象,失败对他并无损失,所以乐意接受失败,一笑置之。与黑格尔从人物的心灵冲突角度来理解喜剧的本质不同,别林斯基则从社会生活的冲突角度来理解喜剧的本质。他说:"喜剧的本质,是生活现象和生活的本质及使命之间的矛盾。就这个意义说来,生活在喜剧中是作为自己的否定而出现的。"②所以,鲁迅说:"喜剧将那无价值的撕破给人看。"③这个定义简单明确,概括力很强。

喜剧总是以严正的态度去揭示本质与现象、内容与形式、理想与行动的矛盾与倒错来显示其艺术效果,以漫画、夸张、变形、闹剧以及自我暴露等艺术手段突出喜剧性,从而撕开假象,揭露伪装,暴露其本相。别林斯基说"喜剧是跟悲剧完全背道而驰的戏剧诗歌的最后一个科",而"喜剧的内容则是毫无合理必然性的偶然性,是幻影,或者说是似乎存在而实际上并不存在的现实的世界;喜剧的主人公是脱离了自己精神天性的实体基础的人们","喜剧所产生的影响,则是有时欢乐、有时毒辣的笑"④。因此,喜剧可以分为讽刺喜剧和幽默喜剧两种。讽刺喜剧对丑恶现象(人或事)进行讽刺,撕破假象,揭露本质,使丑恶者在笑声中受到鞭挞和批判。

---

① [德]黑格尔:《美学》第三卷,朱光潜译,商务印书馆2017年版,第293页。

② [俄]别林斯基:《别林斯基选集》第三卷,满涛译,上海译文出版社1980年版,第81页。

③ 鲁迅:《再论雷峰塔的倒掉》,引自林非主编:《鲁迅著作全编·坟》第一卷,中国社会科学出版社1999年版,第108页。

④ [俄]别林斯基:《别林斯基选集》第三卷,满涛译,上海译文出版社1980年版,第81页。

所以鲁迅说:"讽刺又不过是喜剧变简的一支流。"①幽默喜剧使"人类能够愉快地与自己的过去诀别"②,它以嘲笑保守、落后、自私等普遍性的人类不良现象为宗旨。如《威尼斯商人》《升官图》《钦差大臣》等,都是讽刺喜剧。这些作品都包含着深刻的社会现实内容,揭示了内在的不和谐,甚至荒谬的特征,在强烈的矛盾冲突中,生成了可笑的喜剧效果,对丑的事物进行了否定和批判。

3. 正剧。正剧是兼有悲喜两种因素的戏剧。黑格尔说,正剧是"处在悲剧和喜剧之间的,是戏剧体诗的第三个主要剧种。这个剧种没有多大的根本的重要性,尽管它力求达到悲剧和喜剧的和解,或至少是不让这两方完全对立起来,各自孤立,而是让它们同时出现,形成一个具体的整体"③。在正剧中,既有对正面人物的赞扬歌颂,又有对反面人物的讽刺批判,能广阔地展示生活场景和表达种种思想情感,如《日出》等。

四、编撰《戏剧影视文学概论》的意义

(一)更好地实施国家教学指导委员会的专业标准

戏剧影视文学概论是戏剧影视文学专业的一门核心基础课程。这是根据国家教育部教学指导委员会的专业分类标准而设立的课程,目的在于帮助戏剧影视文学专业的学生认识、理解和掌握本专业的基本知识与理论的框架体系,把握戏剧影视文学专业学习的内容构成与内涵外延,以与时俱进的姿态来审视和辨析本专业的历史、现实与未来,从而培养守正创新的精神,发现未来适合自身发展的人生领域及方法路径,更好地为中国戏剧影视文学事业贡献自己的力量,为促进人类进步和社会发展做出

---

① 鲁迅:《再论雷峰塔的倒掉》,引自林非主编:《鲁迅著作全编·坟》第一卷,中国社会科学出版社1999年版,第108页。

② 中共中央马克思恩格斯列宁斯大林著作编译局编译:《马克思恩格斯选集》第一卷,人民出版社1972年版,第309页。

③ [德]黑格尔:《美学》第三卷,朱光潜译,商务印书馆2017年版,第2994页。

自己的努力。然而,全国至今没有出版过戏剧影视文学概论课程的教材,不利于国家标准与要求的落实。为了更好地贯彻落实国家标准,帮助本专业学生的学习,我们组织编写了本教材,结束了该课程没有教材的历史。

(二)有利于提高教学水平与课堂教学质量

本教材规范了课堂教学内容,改变了没有统一教材所导致的课堂教学的随意性。本教材的内容主要包括两方面。一是戏剧影视文学的基本理论。其主要体现于绪论和第一章中。绪论阐释了戏剧观念,涉及戏剧影视文学的核心概念,包括戏剧、戏剧文学、戏剧影视文学以及文学性、剧场性、悲剧、喜剧、正剧等一些理论问题;第一章阐释了戏剧影视文学的基本特征、审美形态、构成要素、创作过程、接受特点以及类型。二是中外戏剧影视文学的文体知识与理论。第二章到第七章,按照戏剧影视文学诞生的时间先后,依次对中国戏剧影视文学进行分论介绍,包括戏曲文学、话剧文学、电影文学、广播剧文学、电视剧文学、网络戏剧文学,涉及其发生发展、审美形态与特征、代表作家与作品等基础理论与知识;第八章介绍了外国戏剧影视文学,分别论述了外国的戏剧文学、电影文学、广播剧文学、电视剧文学,以期拓展学生的视野。因为篇幅的关系,该部分只做一般简述,但也可了解其概况。因此,本教材内容比较系统全面,不仅能够使教师明确教学的基本内容和要求,提升教学效果,而且有助于学生系统地掌握本专业的基本知识和基础理论,避免知识的碎片化,帮助提高自身的能力素质。

(三)能够更好地调动学生的学习主动性

大学阶段,学生要学习的知识非常多,任何课堂教学都无法做到面面俱到。大学课堂教学只是一个引导,教师立足学科前沿进行指导,因此大学教师实际上是导师。大学是一个自主学习的平台,学生必须自己走进知识的大海去探索。这是大学人才培养的重要特征。本教材的编写,对课程内容进行了基本的叙述和阐释,能够帮助学生明确戏剧影视文学专业主要的学习对象,形成对本专业研究的系统思维和宏观视野。学生在学习上充分发挥各自的主动性,借助教材的提示,一步一步深入课程涉及的知识领域中去。一方面,本教材有助于学生弄清概念,掌握基本理论。无论是一般的戏剧概念,还是一些具体的理论观点,本教材都进行了阐释,既有理论深度,又浅显易懂。另一方面,本教材有助于学生认识不同戏剧文体,把握戏剧的基本规律。本教材涉及诸多戏剧文体与审美样态,论述了发展流变与文体特征,便于学生理解,也赋予了学生更多的思考空间。同时,有助于学生阅读经典,避免走弯路。本教材以点带面,提及或分析了大量的戏剧影视文学经典作品,有助于引导学生去读作品、看排演的戏剧和收听收看播放的影视剧,使他们能够结合作品来理解理论,又能用理论来指导对作品的欣赏。并且,本教材以我国戏剧影视文学为主体,以外国戏剧影视文学为辅助,较好地将教材建设与课程思政教育结合起来,有助于学生坚定文化自信,拓展视野,立足世界开展专业学习。

思考题

1. 什么是戏剧?如何评价学术界不同的戏剧概念?
2. 如何理解大戏剧观?
3. 戏剧影视文学有哪些主要特征?请结合作品进行分析。
4. 何谓文学性?在戏剧影视作品中,文学性体现在哪些方面?试举例说明。
5. 何谓剧场性?剧场性在戏剧中处于怎样的地位?
6. 结合作品,谈谈戏剧的文学性和剧场性。
7. 戏剧影视文学有哪些分类法?各包括哪些类型?
8. 何谓后现代戏剧?它有哪些主要特征?
9. 何谓悲剧?请举例分析。
10. 何谓喜剧?请举例分析。

第一章　戏剧影视文学概述

戏剧影视文学是在传统戏剧文学基础上，伴随广播、电影、电视和网络等媒介的问世而逐步产生并发展壮大起来的一种文学样式。戏剧影视文学首先是文学，有很强的文学性特征，同其他文学样式有着密切的血缘关系，拥有文学艺术规律。但它还有前文中已经论述的剧场性以及其他艺术特征，也有区别于其他文学样式的审美形态，如视觉造型性、听觉形象化、时空结构基本确定等。

传统文学的物质媒介是语言文字，戏剧影视文学是以剧场语言或声音、镜头语言为核心的多媒介复合叙事，是融合了多种视听语言的综合艺术。因此，在戏剧影视文学的创作过程中，要重视文学的共性，同时兼顾其自身的个性化因素。我们必须对其艺术特征、审美形态、文体样式与创作要求等问题有所认识和把握。

第一节　戏剧影视文学的基本特征

戏剧影视文学是为演出与播放服务的，是文学大家族中不可或缺的重要组成部分。戏剧影视文学以视听形象的塑造为基本目的，以演出与播放为基本目标，是一种可视听、可表演、可调度、可拍摄的文本，是舞台剧、广播剧、影视剧和网络剧的一度创作，为二度创作奠定了文学基础。由于借助剧场和影院以及高科技视听传播媒介，戏剧影视文学既具可读性，又具可听性和观赏性。这也是其他传统文学样式不具备的特色与优势,进而形成了戏剧影视文学的基本特征。相较于其他文学,戏剧影视文学的不同之处在于,它不仅强调文学性和剧场性,而且突出其表演性、戏剧性、行动性。对于文学性和剧场性这两个基本特征,我们在绪论中已经有了深入阐述,无须赘述,这里只谈谈其他几个特征。

一、综合性

就整体来说,无论是戏曲、话剧、广播剧、网络剧,还是电影和电视剧,都综合运用了众多艺术因素,综合性是其区别于其他艺术的重要特征。自然,戏剧影视文学也是具有综合性特征的,尽管这种特征有时不突出,但它是戏剧静态构成的一种基本特征,是戏剧文学营造剧场性的一种外在的要素。这种要素通过一定条件的转换,就能成为戏剧内在的活性因子。

戏剧影视文学是通过戏剧、电影、电视剧、广播剧、网络剧等艺术样式刻画人物,反映社会生活及人物、事件,表达思想感情与时代主题,通过预设戏剧情景,构思故事情节,进行具体环境的描写来达成目的的艺术形式。通常而言,它需要运用形象的语言、精巧的结构、曲折的情节,并采用各种文学艺术手法。戏剧影视文学要运用美术、建筑、音乐、影像等一系列元素精心构造,赋予排演、拍摄和播放的各种可能性,才能成为一部合格的戏剧影视作品。戏剧影视作品的创作,大多从剧作者编写文学剧本开始。在文学剧本的基础上,导演、演员和其他艺术工作者才能进行二度创作,将其展现在舞台、银幕、荧屏或网络平台上。戏剧影视文学创作必须兼顾舞台、场景、演出时间,以及观众在剧场中的欣赏条件等情况,设法使剧中的人物、情节、场景都具有集中性,通过尖锐激烈的矛盾冲突和波澜起伏的戏剧情节,紧紧扣住观众的心弦。比如,老舍的话剧《茶馆》就是以高度概括的手法描绘了旧北京城的一个茶馆,通过出入茶馆的形形色色的人物及其矛盾关系,展现了从戊戌变法到抗战胜利近五十年社会变迁的历史画卷。再如由刘恒编剧、北京人民艺术剧院演出的《窝头会馆》，剧情聚焦新中国成立前夕北京社会现实和北京人的真实生活。戏剧影视文学的文学性要求戏剧影视文学创作应当考虑到拍摄需要和放映效果，应尽量将剧本中的人物和事件转化为可见的视觉形象，充分运用画面、声音和蒙太奇等戏剧影视艺术语言，通过戏剧影视手段展示在舞台、银幕或荧屏上，直接作用于观众的感官。

总之，戏剧影视艺术和戏剧"剧场艺术既不是表演也不是剧本，既不是布景也不是舞蹈，但它却包括了构成这些东西的全部因素：动作是表演的灵魂；台词是剧本的躯干；线条和色彩是布景的心脏；节奏是舞蹈的精髓"①。一部剧作的演出，是一次集体劳动的成果：剧作家提供演出剧本，即戏剧影视文学文本，美术家、化妆师、灯光师通力合作完成舞台布景的设计、人物的造型等，音乐家完成戏剧音乐、音响等听觉语汇创作，而演员则通过自己的形体表演来展示整个剧情。在戏剧影视艺术中，文学、美术、音乐、舞蹈、表演等艺术类型相互融合，取消了各自的独立性，形成了以表演为核心的演出艺术。

二、戏剧性

与表演的直观性密切相关，戏剧影视文学的基本特征即戏剧性。戏剧性是戏剧影视文学与小说、散文和诗歌等传统文学体裁的主要区别之一。所谓戏剧性，主要指戏剧影视文学创作在规定情境中把人物的内心及思想、感情等心理活动通过外部动作、台词、表情等从剧本中揭示出来，直接诉诸读者，经二度创作感染和打动观众。贝克在《戏剧技巧》中说："外部动作或者内心活动，其本身并非'戏剧性'的。它们能否成为戏剧性的必须看它们是否能自然地激动观众的感情，或者通过作者的处理而

---

① ［英］爱德华·戈登·克雷：《论剧场艺术》，李醒译，文化艺术出版社1986年版，第317页。

达到这样的效果。"①威廉·阿契尔则认为,"能够使聚集在剧场中的普通观众感兴趣"的东西就是戏剧性的。②

  为了更好地塑造人物和更生动地讲故事,戏剧影视文学往往强化戏剧性,突出人物强烈的、凝结成意志和行动的内心活动,在紧张、深刻的矛盾冲突中展开行动,塑造人物,推动情节。戏剧影视文学的戏剧性,突出表现于矛盾的冲突性。矛盾冲突是促进戏剧影视文学中故事情节发展的重要手段。无论哪一种戏剧影视文学样式,大多是通过制造矛盾冲突来推动剧情从而塑造形象、凸显人物个性的。同时,矛盾冲突还是吸引和调动戏剧、影视剧、广播剧和网络剧观众观看的有效手段。意想不到的悬念、戏剧性突转和矛盾的层层推进往往是观众在观看戏剧影视作品时的审美期待。"悬念是戏剧中抓住观众的最大的魔力",观众观看戏剧和影视剧的主要兴趣之一即悬念。贝克特把"悬念看作好剧本的重要条件之一"③。在戏剧影视文学剧本中,悬念正是戏剧性的一个重要元素。

  戏剧和电影文学作品真正的生命力是在剧场和影院表演中实现的。在短时间中能否吸引并打动观众,决定了戏剧和影视剧的艺术功力和魅力大小。电视剧、广播剧和网络剧尽管在播放时间上有优势,但是每一集的演出、各集之间的衔接同样需要剧情悬念和矛盾冲突吸引观众。在一定程度上甚至可以说,没有戏剧性就没有戏剧影视文学。优秀的戏剧文学作品无不在戏剧性上有上乘的表现。比如莎士比亚的经典戏剧文学作品《哈姆雷特》,曹禺的《雷雨》,电影文学中由芥川龙之介和黑泽明改编的《罗生门》以及由莫言小说改编的《红高粱》等都是经典案例。

---

① [美]乔治·贝克:《戏剧技巧》,余上沅译,中国戏剧出版社2004年版,第5页。

② [英]威廉·阿契尔:《剧作法》,吴钧燮、聂文杞译,中国戏剧出版社1964年版,第42页。

③ 转引自谭霈生:《论戏剧性》,北京大学出版社2009年版,第166页。

三、行动性

戏剧影视文学文本即剧本,主要由剧中人物的台词和说明性文字两个部分组成。台词主要包括人物对话、内心独白和旁白等;说明性文字主要是由介绍时代氛围、生活环境和具体场景,即交代剧情发生的时间、地点,以及对人物形象、表情、服饰等的说明和排演、拍摄中的相关提示等组成。说明性文字多用于技术方面,在戏剧和影视剧排练和演出中有辅助和指导作用。而剧本的核心内容当然是以台词塑造人物和讲故事,人物思想性格的塑造、矛盾冲突的展开、戏剧情节的变化都是通过人物的对话和动作来实现的。戏剧影视艺术,就其本质来说,是动作的艺术。正如黑格尔所说:"能把个人的性格、思想和目的最清楚地表现出来的是动作,人的最深刻方面只有通过动作才能见诸现实。"[①]

作为一剧之本,戏剧影视文学文本是为戏剧舞台演出和影视剧拍摄提供的,即提供给演员在戏剧和影视剧演出时的文学脚本。戏剧性行动常常指人物在一幕、一场、一段中的任务与行动,或是指通过语言、形体动作与表情所完成的一个具体的活动过程,即"行动环节"。一部剧本之所以具有很强的戏剧性,适于舞台演出和影视剧表演,往往是因为其中隐藏着深刻而巨大的事件,足以引起人物积极、连贯、引人入胜的行动。假如戏剧影视文学中缺少鲜明、强烈、积极的行动,无论故事情节如何吸引人,环境场景如何优美,都会因为剧情的缓慢、拖沓而失去观众。

戏剧影视文学中的人物行动,为导演和表演者二度艺术创作提供了手段和路径。不管是戏剧还是影视剧,揭示剧本的事件、冲突、主题思想多依靠组织行动;塑造艺术形象更需要通过行动;综合视觉艺术手段和听觉艺术手段,也必须以是否结合剧中人物的行动来衡量、取舍;通过行动

---

① [德]黑格尔:《美学》第一卷,朱光潜译,人民文学出版社1958年版,第270页。

才能完成导、表演二度艺术创作。

戏剧影视文学中台词的创作难就难在如何表现人物行动性上。戏剧影视文学中的故事、戏剧冲突和人物行动三者之间互相联系、互为因果、互相制约、互相推动,在对立统一的辩证关系中,三者是不可分割的有机整体。

四、表演性

戏剧影视文学作为戏剧影视艺术创作的文本基础,是对时代生活与世态人心的高度概括与集中反映。编导和演员是根据剧本进行创作和演出的。戏剧影视文学主要功能,一方面将文学叙事转化为舞台叙事,指导舞台上的表演;另一方面为影视剧分镜头剧本写作提供脚本和拍摄内容。这种独特功能要求戏剧影视文学不同于其他传统文学,而是更注重以表演为核心,不论故事取材、情境设置、矛盾冲突的营造,还是人物设计、形象塑造以及艺术风格和审美样式等等,都要为表演提供文学支持和艺术保证。换言之,优秀的戏剧影视文学作品,必须有足够的综合性与表演的直观性。

戏剧影视艺术的核心是表演,但表演不是简单的模仿,甚至不是一味地体验和表现。表演不仅需要演员自身的表演天赋和能力,更需要文学文本提供的表演内容。戏剧影视艺术中,人物性格塑造的复杂性、心理层次感、故事情节及结构方式等都离不开文学文本。换言之,表演的艺术张力、表演的层次性和生动性都有赖于与表演相关的创作手段为演员的表演提供保证;其中剧本以文字为媒介,是为演员的表演提供形象、思想、诗意和想象力等的文学基础,为表演对象提供思想、观念、情感的丰富性、情节与场面的复杂性,以及时空变化的诗意美。

五、场域性

戏剧影视艺术都是在特定空间发生或在特定场域进行的。戏剧影视文学的文学性、剧场性及其他特性都依托特定的场域才能表现出来。戏剧在剧场的舞台演出，影视剧和网络剧在特定的影院或家庭等场所放映或播映，但不管怎样的场域都具有特定的场的能量聚集、流动、传递和接受。

　　戏剧是剧场艺术，是在舞台的现场活人演给活人看的艺术。从英文单词 Theater 的词意对应角度而言，戏剧有舞台、演员、观众这三个基本要素，还有演出的内容或说故事等要素；从英文单词 Drama 的词意对应的角度而言，戏剧是行动（Act）的艺术，是由男演员（Actor）和女演员（Actress）向观众展现行动的冲突和对抗；从英文单词 Play 的词意对应的角度而言，它是游戏和寄情、寄梦的方式。"戏剧就是将游戏变为工作的艺术，也就是说将游戏变为艺术作品。"①"这是伟大的艺术：其中的一切都是不言而喻的——我和哭的人一起哭，我和笑的人一起笑。这是伟大的艺术：其中的一切没有任何东西是不言而喻的——我笑正在哭的人，我哭正在笑的人。"②在戏剧现场，不管是哭还是笑，抑或静默地欣赏，都会被其中迷人的故事和情境吸引。正如彼得·布鲁克所说："戏剧指的不是剧场，也不是文本、演员、风格或者形式。戏剧的本质全在一个叫作'此时此刻'的谜里面……此时此刻能量惊人。"③戏剧的剧场性集中体现在演出的现场感。戏剧作为剧场艺术，其主要魅力正源自现场演出的能量及其集中、强烈的释放，并以此吸引、感染并打动现场观众。

　　与戏剧一样，影视剧、广播剧及网络剧也有各自依托的场所，也同样具有场域性。与戏剧相比，电影观看的场域主要在影院或者其他场所，电

---

　　① ［美］罗伯特·科恩：《戏剧》，费春放主译，上海书店出版社 2006 年版，第 15 页。
　　② ［美］艾·威尔逊等：《论观众》，李醒等译，文化艺术出版社 1986 年版，第 207 页。
　　③ ［英］彼得·布鲁克：《敞开的门：彼得·布鲁克谈戏剧和表演》，于东田译，中信出版社 2016 年版，第 81 页。

视剧、广播剧和网络剧等收听和观看的场所相对随意而自由。场域不同,观看的效果自然会有差异。因此,影视文学的空间处理、镜头语言等都呈现出不同的品质和特色。电影应该电影化,同样电视剧、广播剧和网络剧也有其自身的规律。尊重艺术规律和特定的场域性,戏剧影视文学才能更好地为二度创作提供高品质的文学文本。

第二节 戏剧影视文学的审美形态

戏剧影视文学的审美形态即戏剧影视文学有别于其他文学体裁而形成的自身独特的审美形态,主要表现在戏剧影视文学的视觉造型性、听觉形象化、时空结构等审美形态及其特性上。戏剧影视文学是戏剧影视艺术创作的依据与根基;充分认识并把握戏剧影视文学的审美形态,是剧本创作的前提和保证。

一、造型的可感性

戏剧影视文学最鲜明的审美形态即造型的可感性。不管是视觉造型还是听觉造型,可感性都是基本要求,也是基本形态。同时,可感性又是戏剧影视文学作品特有的表现形式,它综合了场面构图和画面的色彩以及镜头中的光影,构成了戏剧影视文学中的画面感。

(一)画面的可感性

戏剧影视文学创作要充分认识到视觉造型性审美特质,遵循画面感和可感性的创作原则。剧本所写的字句并不是最重要的,最重要的是剧本描写的内容必须能在外形上直观地表现出来,具有形象感,为文学文本的舞台和影视艺术的转化提供文学基础。戏剧影视表演的可看性是每一位创作者必须时刻牢记的。强化视觉造型,在创作中强调画面语言,即要求戏剧影视文学作品中所写的每一句话都要以某种视觉的、造型的形式出现在戏剧舞台、电影银幕、电视屏幕上和网络剧中。

在戏剧影视文学的创作中若要呈现出故事的画面感,创作者往往要从视觉语汇入手,即从舞台叙事和影视剧的镜头语言着手,在讲故事的同时兼顾画面的基调、色彩、构图等视觉元素。作家严歌苓在这方面有很多经验之谈。她在总结《扶桑》的剧本写作时曾说:"在故事中,我将情绪'肢解'下来,用电影的特写镜头,把这段情绪若干倍放大、夸张,使不断向前发展的故事,总给你一些惊心动魄的停顿,这些停顿使你的眼睛和感觉受到比故事本身强烈许多的刺激。"①在优秀的戏剧影视剧剧本中不乏这种利用特写镜头凸显画面感的实例。

(二)人物造型的可感性

人物视觉造型艺术是戏剧影视文学视听觉传达艺术中的一个分支,可感性强弱是影响其艺术成就的重要因素。风格化、个性化的戏剧影视文学作品,往往在人物造型设计的独创性、个性化上拥有无可取代的视觉形式感,从而使人物外在形象助力内在形象塑造,使角色更具魅力。在世界电影人物画廊中,蝙蝠侠和小丑的人物造型,以其漫画化、夸张和特异的表情以及服饰设计,使人物的个性得以外露和凸显。舞台剧《窝头会馆》中,濮存昕饰演的窝头会馆老主人古月宗的形象之所以深入人心,除了导演、表演和剧组同人的共同努力外,还因为扮演者濮存昕对形象悉心钻研后设计的龅牙特征。这个外形设计让古月宗的形象在面部表演上更加个性化、生动、自然,贴合人物的精神气质。②

(三)场面气氛的可感性

戏剧影视文学中的"环境",包括社会环境、自然环境等。在具体的文学创作中,戏剧影视作品中人物所处的活动场所及生存环境,必须要生动,具有活性,感染力强。以徐克导演的电影《青蛇》和田沁鑫导演的舞

---

① 严歌苓:《雌性的草地·序言》,春风文艺出版社1998年版,第4页。
② 刘章春主编:《〈窝头会馆〉的舞台艺术》,中国戏剧出版社2009年版,第41页。

台剧《青蛇》为例,二者都以李碧华小说提供的社会环境和生活氛围为背景进行场面和环境的视觉营造。李碧华小说充满了诡异、缥缈、奇幻的色彩,电影和舞台剧都将原小说中这种自然和社会情境以镜头画面或舞台场面的形式再现和凸显出来。小说以文学语言将江南特有的绚烂、妖冶、诡异的伤情之美表现得淋漓尽致。"人人尽说江南好,游人只合江南老。""水光潋滟晴方好,山色空蒙雨亦奇。"影片用一支写意的秀笔,把山色空蒙、烟波浩渺的西湖呈现在观众面前。① 而舞台剧《青蛇》以简洁、空灵的舞台和环绕的水幕将这一特点艺术地呈现在剧场中。

戏剧影视文学只有创造出真实可信和具有表现力的环境,才能使人物塑造在舞台或银幕、荧屏上如鱼得水,大放光芒。以田沁鑫根据萧红小说改编和导演的舞台剧《生死场》为例。在文学文本的改编创作中,田沁鑫充分重视剧中人物生活的时代和地域环境:20世纪30年代东北乡村,整个乡村忙着生忙着死,浑浑噩噩。开场,村里妇女生孩子的场面和之后众多生生死死的生活场景,展现出一幅北方乡村的全景图。该剧在人物外形设计的视觉化以及对粗粝蛮荒、愚昧落后的乡村自然环境和人的生存状态的视觉展示方面,为其思想趣味和内在意蕴的表现提供了保证。自然环境、社会环境和人文环境的铺垫为人物形象的塑造和舞台形象及视觉冲击力的形成奠定了坚实基础。

二、听觉的形象化

在戏剧影视文学中,与视觉造型的可感性并存的是其听觉的形象化。视觉语言和听觉语言相互结合构成的视听语言增强了戏剧影视文学语言自身的优势和独特的魅力。戏剧影视文学中的声音主要包括三个方面:角色语言、音乐和音响。这三者在文本创作中都是必须适当考虑并恰当处理的。

---

① 张毅超:《电影〈青蛇〉中的江南意象》,《电影评介》2015年第23期。

（一）对话及潜台词

在戏剧影视文学中，角色语言主要指人物对话，同时包括喘息声、呼吸声，以及公共场合中的嘈杂人声、交谈声等等。在人物对话中，潜台词尤为重要，它表达了潜藏在台词下面的人物的思想、愿望和目的，暗示台词的真实含义。潜台词是指角色表现并不明显，但观众能从内心感觉到的精神生活的暗示性语言，它潜藏在台词中不断流动，随时都会给台词以根据，并赋予台词生命。

潜台词大量存在于台词之中。一句简单的话就可以有多种潜在的意思，即所谓的"弦外之音""言外之意"。潜台词是人物在行动过程中真实的内心表现，它是表现人物形象的灵魂，是掌握台词的钥匙。同样的台词，由于观众对潜台词的理解不同，欣赏起来也就不同，这也是很多经典作品不断被阐述演绎为不同版本的原因之一。如曹禺《雷雨》里周朴园与周萍的对话、《日出》中潘经理与李石清的对白，都有大量丰富的潜台词。因此，曹禺这两部经典戏剧给后人留下了巨大的解读和阐释的艺术空间。

潜台词传达的不是台词表面的内容，因而需要演员用心挖掘、理解并呈现在表演中。因此，潜台词的精彩与否、再现潜台词的能力和功夫都直接影响戏剧影视剧的表演。潜台词挖掘好了，人物的动作也就出来了。找到了潜台词，也就找到了人物的真正的思想感情，人物的表情、动作、语言等表达方式也就有了依据。当然，潜台词是因对手而存在的，并且影响对手，常常伴随着内心形象的画面视像。这些潜台词和内心浮现的景象，被斯坦尼斯拉夫斯基称为"插画式的"，潜台词的设置往往最见戏剧影视文学创作的功力，也是其最迷人之处。

（二）音乐语汇

音乐，作为听觉艺术，在很大程度上可谓戏剧影视剧的灵魂。

音乐是戏剧和影视演出综合性的表现手段。在戏剧影视作品中，音乐被用来揭示作品主题、展现人物性格、烘托内心情绪、创造特定时间地点及规定某一场面,从而助力作品整体风格的形成。音乐在存在方式上是时间的艺术,在接受与感知方式上是听觉艺术。音乐表现世界的方式主要是通过旋律、节奏等特定的艺术品质表达音乐家的内心对于外部世界的感受,而不是通过模拟、再现自然界存在的声响。音乐更擅长表现而不是再现。

戏剧影视文学中的音乐基本上分为两大类:一是故事内在实存的音乐,二是画面空间外的假定性音乐。后者又称为表现性音乐,具体来说,这类音乐不是画面中的人物带来的,而属于画面外插入的音乐。比如徐晓钟导演的舞台剧《培尔金特》组曲中的《索尔维格之歌》、张艺谋导演的电影《红高粱》中的插曲《妹妹你大胆地往前走》等。

音乐具有打动人心的独特的情感力量,它常常能在演出中直接作用于观众的心灵,使观众迅速产生某种情感反应或共鸣。音乐善于表达人的内心世界,凸显场面和矛盾冲突,是影视剧和戏剧精神气质形成的关键性元素。因此,在戏剧影视文学中,音乐往往成为叙述故事情节、表现人物性格和情绪、形成影视剧节奏等方面有力的听觉语汇和艺术手段。

(三)音响

音响在整个戏剧影视文学创作的声音语汇中所占比重较大。

音响是声音语汇的主要组成部分,这不仅意味着它能起到巨大的艺术功能,也意味着观众能从一部戏剧影视作品中获得更多的艺术感受。戏剧影视艺术中的音响主要有两种:有音源音响和无音源音响。音响与音乐一样,都是听觉语汇,但与音乐相比,音响更容易使人联想到较为具体的形象,可以再现环境或帮助创造人物的心理时空内涵。现实生活中充满了各种音响,因而音响也就成为戏剧影视文学中再现生活环境不可缺少的表现手段。比如,曹禺的《北京人》第一幕,"鸽哨"与"座钟的摆动声"成为再现特定生活环境的重要音响;关于老舍的《茶馆》的声音形象,导演焦菊隐在构思中提出"一片生活"的美学追求,演出从第一幕开始出现的再现现实生活的音响极为丰富、庞杂。总之,音响作为声音形象,对揭示人物性格、烘托内心情绪、突出戏剧情势、推动事件发展等起到的作用不可小视。

三、时空假定性

戏剧影视文学与其他文学样式的不同之一,即戏剧影视文学是时空结合的艺术,是纵向的时间传递性和横向的地域传播性相结合的演出艺术。作为服务于演出艺术的戏剧影视文学,同时又具有假定性。

假定性一直是戏剧影视文学中备受重视的特性,并被视为实现戏剧性的前提。假定性最早出现在戏剧艺术中,也同样适用于影视艺术。因为戏剧影视艺术的时空都具有假定性,即使写实的布景也都是模仿性或表现性的;同时,戏剧和影视艺术也可以通过对演出节奏的调整,使自然时间得以变化,还可以通过布景的改变以及人物的表演使时空延伸或变形等。另外,影视观众和戏剧观众与演出之间的关系也是"约定俗成"的;戏剧影视艺术是在艺术的规约之下,为观众提供影视剧或舞台演出的。

（一）典型环境和场面

戏剧和影视剧中的情境、表现手段和表现方式等都具有假定性。同样,演员的表演也在假定性的前提下进行。空间艺术往往需要抓取生活中的典型环境和场面中较为集中的瞬间,把空间场面、事件和人物和盘托出。这就要求戏剧影视文学不能仅仅表现空间形象的时间流程,也不适合按照时间的推移,将某一事件娓娓道来,而是重视故事的表现空间,特别是具体场面的介绍和解释、环境的铺陈和渲染等。这些细节描写不能和其他文学样式一样靠读者的艺术想象力再造来补充,而是直观表述,并呈现在剧本的字里行间。

当然,戏剧影视文学呈现的时空不等于现实时空。像一切叙事性的艺术作品一样,在对生活进行提炼和概括的同时,戏剧影视文学必然对现实中的时间进行压缩或延长,对现实中的空间从不同的方位和角度进行选择、表现和渲染;其时空是艺术家对现实时空重新构造的、在剧场舞台上或在银幕和荧屏上展现出来的时间和空间,是一种艺术化的假定性"新时空"。

(二)规定情境

在假定性的"新时空"中,规定情境不能不受到创作者的重视。斯坦尼斯拉夫斯基提出并十分重视规定情境。他指出,规定情境"就是剧本的情节,它的事实、事件、时代,剧情发生的时间和地点、生活环境,我们演员和导演对剧本的理解,自己对它所做的充分补充、动作设计、演出、美术设计的布景和服装、道具、照明、音响及其他规定在创作时演员应该注意的一切。"①在他看来,这个含义的广泛的规定性对演员创作十分重要。斯坦尼斯拉夫斯基认为,演员的表演受规定情境的制约,即规定情境制约着角色做什么、怎么做和为什么做,一旦改变了规定情境,人物动作的方式和心理活动等也必然发生相应的变化。

具体而言,所谓规定情境是指剧作家在剧本中为人物活动所规定的具体环境和实际情况以及在二度创作中对剧本和演出所做的大量内容的补充。斯坦尼斯拉夫斯基在进一步解释"规定情境"的含义时指出,规定情境有外部和内部两个方面。外部情境就是剧本的事实、事件,也就是剧本的情节、格调,是剧中生活的外部结构和基础。这是演员创作所必须依据的一切客观条件的概括,也是形成人物性格的各种外因的根据。内部情境是指内在的人的精神生活情境,包括人的生活目标、意向、欲望、资质、思想、情绪、情感特质、动机以及对待事物的态度等等,它包含了角色精神生活和心理状态的所有内容。外部情境与内部情境之间往往有着直接的、内在的联系,不可能把它们分割开来。

在戏剧影视艺术中,导演和演员等主创也可以凭借自己的想象去丰

---

① [俄]斯坦尼斯拉夫斯基:《斯坦尼斯拉夫斯基全集》第二卷,林陵、史敏徒译,中国电影出版社1959年版,第73页。

富和发展剧作家所提供的规定情境，同时营造出新的情境。比如电视剧《大秦帝国》第一部《黑色裂变》，导演黄健中和商鞅的扮演者王志飞在创作中多次丰富和发展了剧本中的规定情境，使得塑造的商鞅形象有个性、有深度、感人至深。在一场车裂的戏中，大雪红袍，规定情境的强化与视听语汇合力凸显了商鞅的气概及其生命的悲壮终结。

（三）时空结构方式

戏剧影视文学在运用时间和空间变化安排情节时，有其特定的结构方式：一种是时空顺序式结构，另一种是时空交错式结构。所谓"时空顺序式结构"，就是按照时间的顺序组织情节；所谓"时空交错式结构"，就是不按照时间的顺序组织情节。以根据海明威小说改编的同名电影《乞力马扎罗的雪》为例，影片以倒叙手法开始，饱经沧桑、染上疽毒的作家哈里躺在病床上，由他的第四任妻子海伦守护着。在生命危在旦夕之际，他看着远处的乞力马扎罗山，回忆起了过去的一幕幕往事。电影文学剧本对海明威小说中的故事结构进行了重构，从意识流小说到戏剧化故事，实现了从文字叙事到光影视觉的转化，围绕"死亡"和"即将死亡"展现了哈里传奇的经历、独特而又复杂的遭遇，在时空交错中凸显了他对死亡有着神经质的敏感和宗教式的神秘感……当然，不同的结构方式构成了不同的叙事方式。叙事要和戏剧影视文学的造型性相结合，叙事是为演出效力，而不是为了方便阅读。

戏剧影视文学在一个事件的过程性描写中往往更集中、洗练，有时短于这一事件在现实生活中的实际时间，而生活中的实际时间在戏剧影视剧里也有被延长的时候。延长一个动作的时间，意味着要加强这个动作的意义，使其突出最紧张和最重要的时刻。对一个细节浓墨重彩的描写，意味着这个细节对人物、故事和整部作品的发展走向至关重要。艺术创作在一定意义上就意味着艺术的取与舍。

第三节　戏剧影视文学的构成要素

戏剧影视文学是以戏剧、电影、电视剧、广播剧和网络剧等艺术样式刻画人物,通过故事情节和具体的环境描写来反映社会生活、表达思想感情的文学样式。人物、事件、场景的高度集中构成了戏剧影视文学的文学性和观赏性,并以此满足读者和观众的精神需求。

一、人物形象

在戏剧影视艺术中,观众始终关注的就是人物,尤其是人物的性格、命运。人物形象无疑是戏剧影视文学重要的构成要素。与其他叙事性文学一样,戏剧影视文学主要通过对人物和人物活动及其相互关系的描写来折射时代,反映社会和现实生活,人物形象的塑造是作品的核心和着力点。因此,戏剧影视文学中形态各异、个性鲜明的典型形象多具有深刻的思想性和独特的社会意义。

（一）人物的独创性与个性化

优秀的戏剧影视文学作品中的人物形象,往往既有鲜明的独创性,又在一定程度上揭示社会生活的本质,既具有思想的深刻性和丰富性,又符合生活常识和艺术规律,既合情,又合理。

在舞台上或影视剧中,人物形象必须是具体的、个别的而独特的。"人物所处的环境应该是独特的,人物的经历应该是独特的,人的性格应该是独特的,人物的遭遇、命运也应该是独特的。在独特中寄寓着普遍意义的东西,寓共性于个性之中,这是一切文学创作的艺术魅力的根基,也是戏剧性的根基。一般化的人物和一般化的冲突都不会产生真正的戏剧性。"[1]在戏剧影视文学中,个性化人物形象更受青睐。在众多戏剧影视

---

[1] 谭霈生:《论戏剧性》,北京大学出版社2009年版,第67页。

文学经典中,不难发现个性化的人物形象已经成为作品的标签和名片,比如莎士比亚《哈姆雷特》中的哈姆雷特、莫里哀《伪君子》中的答尔丢夫等,如果没有个性化的人物塑造,戏剧影视文学作品将会黯然失色。

(二)典型环境中的典型人物

具体创作中,为了凸显人物的个性,往往从外貌写起,突出外在形象特点,但切忌外貌"脸谱化"和"千人一面",要根据人物的具体个性特点进行塑造。同时,人物的行动也是人物思想性格的直接表现,在对人物进行行动描写时,要善于抓住人物具有特征性的动作来刻画、凸显典型人物形象。

在典型人物的塑造中细节描写尤为重要。戏剧影视作品往往抓住生活中细微而又具体的典型情节,加以生动细致的描绘。对人物一举一动、事件发展的具体环境中的细小物件等进行细微描摹,恰到好处地运用细节描写,能起到烘托环境气氛、刻画人物性格和揭示主题思想的作用。没有传神的细节,犹如人体缺少了血肉,就失去了生命。戏剧影视文学少了细节描写,人物形象也会失去了血液和肌肉。

在典型环境中的典型人物的塑造中,切忌"把个人变成时代精神的单纯的传声筒"。为此,马克思在《致斐迪南·拉萨尔》(1859年4月19日于伦敦)的一封信中提出了戏剧创作中的"莎士比亚化",即要求作家像莎士比亚那样,善于从生活真实出发,展示广阔的社会背景,给作品中的人物和事件提供富有时代特点的典型环境;作品的情节应该生动、丰富,人物应该有鲜明个性,同时具有典型意义;作品中现实主义的刻画和浪漫主义的氛围要巧妙结合;语言要丰富,且富有表现力;作家的倾向要在情节和人物的描述中隐蔽而自然地流露出来。[1] 马克思以莎士比亚为典范,提出了现实主义创作中的真实性以及人物塑造的个性化、情节的生动

---

[1] 中共中央马克思恩格斯列宁斯大林著作编译局编:《马克思恩格斯选集》第四卷,人民出版社1997年版,第343页。

性和丰富性等创作原则,对后世产生了深远影响。

(三)人物塑造的深度

性格是人物的灵魂。在戏剧影视文学创作中往往看到了性格,就看到了人,抓住了性格,人物就活了。所谓性格,是指一个人对待周围环境的一种稳定态度,以及与之相适应的行为方式。性格往往是相对稳定和具有个性化的,同时性格更是一种心理态势。塑造人的性格特点也是戏剧影视文学创作在人物描写上的重点和最终目标。刘家思指出:"戏剧人物以什么来打动受众呢?从直观的效果来看,是人物的行动。但根本的力量首先是人物性格的张力。这种张力来自人物性格描写的力度。所谓性格描写的力度,是指戏剧作品在描写人物性格时所达到的个性化程度,是由性格的强度、性格的厚度和性格的深度体现出来的。通常,性格的艺术张力与人物性格的个性化程度成正比。个性化越强,性格的艺术张力越大,潜伏的感人力量也就越大,剧场性也就富于艺术强度。这样,戏剧的生命力就越旺盛。"[1]因此,人物形象设计、性格塑造不仅要找到最佳切入点,而且要挖掘人物形象的深度。塑造人物的深度是创作中的难题,也是作品成功的关键。

人物性格的生命,来源于人的现实生活,来源于人与人之间错综复杂、多样统一的社会关系,离开这些,人就会失去其现实性,人物性格的生命也就宣告枯萎。无论什么个性特质,都必须深植于社会生活的土壤,有其充分的现实依据。但人物性格的塑造,从来都不是停留在现实中某一类人物的机械模仿或纯客观的再现上。戏剧影视剧的创作者如果把自己的理想、爱憎感情以及对生活意义的审美思辨、深刻洞察渗透于形象的血液之中,这样塑造的人物性格往往不仅富有独特的感染力,而且多具有一定的思想深度。

---

[1] 刘家思:《曹禺戏剧的剧场性研究》,中国社会科学出版社 2010 年版,第 275 页。

人物塑造的深度,往往取决于人物有没有独立的意图、表达方式和动机。文学作品中人物的一言一行,必须受内心动机的驱使,心理和行为要合情合理。人物"心理分析似乎是对人物性格的探索。把从未探索过的特点置于我们的认识和理解范围之内,换句话说,性格描写也是一种一般综合性的心理分析"①。在伟大的戏剧影视文学作品中,不乏心理描写充分而深刻的人物。莎士比亚笔下的众多人物、曹禺的"生命三部曲"《雷雨》《日出》《原野》以及《北京人》中的人物莫不是如此。

二、故事和冲突

一般情况下,戏剧是叙事艺术,是演绎具有情节长度的故事,故事发展中总是充满矛盾和冲突。戏剧人物的塑造往往离不开故事情节和矛盾冲突。戏剧冲突往往成为结构戏剧影视文学文本的主要因素。以层层推进的方式发展剧情,以集中、完整的情节保证整体的匀称谨严、有始有终,这种戏剧性结构往往成为戏剧影视文学人物塑造的基本方法。

(一)戏剧情节真实可信

戏剧影视文学往往以曲折的故事性、强烈的戏剧冲突取胜。诗歌感动人的方式是情感抒发,小说打动人的方式往往是人物和故事的展现,戏剧影视文学则运用矛盾冲突吸引观众。戏剧冲突主要表现为剧中人与人之间的矛盾,并利用人物性格制造矛盾。戏剧冲突不仅是生活中矛盾的体现,还对生活中的矛盾进行提炼和艺术加工。在提炼加工和整个创作过程中,一定要以真实可信为基础。

艺术真实是戏剧影视文学创作的基本原则。艺术的真实即可信,但是,可信又不能等同于逼真。事实已经证明,幻想、荒诞是常用常新的创作手法。艺术上的可信,意味着角色的思想和行动不仅仅出于创作的需

---

① [英]威廉·阿契尔:《剧作法》,吴钧燮、聂文杞译,中国戏剧出版社2004年版,第312页。

要,而且必须和角色自身保持着内在的一致性。只是可信还不足以让戏剧作品有趣,但艺术悬念能使一部可信的作品妙趣横生。情节上的引人入胜我们往往称为"悬念"。上乘的戏剧影视作品往往让人的心悬在空中,不断处于好奇和期待之中,否则会影响戏剧影视的二度创作,令效果大打折扣。

(二)矛盾冲突内外交织

没有戏剧冲突,戏就不好看,特别是"发现和突转同时出现的时候,能引起怜悯或恐惧之情"①。好的戏剧往往要处于矛盾的发现、困境的发展之中,不断把人物逼入冲突和绝境,更有效地建立事件与人物之间的因果关系,展现人物性格的发展、人物相互关系的变化,在丝丝入扣中呈现其戏剧性美学趣味。戏剧性要求以矛盾冲突为戏剧影视文学的创作基础,遵循戏剧性原则塑造人物的典型案例不胜枚举。以我国经典戏曲剧目《白蛇传》为例,许仙游西湖,与白娘子相逢于雨中断桥(初始阶段);两人一见钟情,坠入爱河(剧情进展);后许仙发现白娘子是白蛇,而采取主动的行为去找法海(矛盾冲突、剧情跌宕);这一行为成为以后事件的动因,法海与白娘子斗法,造成水漫金山(剧情上升);白娘子被镇于雷峰塔下,小青搭救,许仙与白娘子团圆(结局)。人物和故事发展始终处于不断发展和逐步激化的矛盾冲突之中。以《白蛇传》为原型的影视剧作品层出不穷,在一定程度上也缘于此。

戏剧影视文学中的冲突有时是在人物内部产生的,在莎士比亚的《哈姆雷特》中,主人公哈姆雷特面临着两难选择的时候,或者摇摆于是否行动的矛盾与困惑中的时候,他的内心充满着激烈的自我冲突。另外,冲突也可能来自外部,既可能是一个人物和另一个人物之间的冲突,也可能是人与社会的冲突,如易卜生的《玩偶之家》中的娜拉,还可能是人与自然、

---

① [古希腊]亚里士多德、贺拉斯:《诗学·诗艺》,杨周翰译,人民文学出版社1962年版,第35页。

与命运的冲突,如索福克勒斯的悲剧《俄狄浦斯》等。在大多数戏剧影视文学剧本中,冲突是由内部和外部各种矛盾交替展开并相互关联交织在一起的。比如美国戏剧家奥尼尔的悲剧《天边外》和《榆树下的欲望》及其同名电影等。

当然,戏剧冲突在作品中的表现方式往往不是单一的或单项进行的,人物自身的内在冲突、人物之间的外部冲突,有时各自单独展开,更多的时候是相互作用、互为因果、有机关联的。

值得注意的是,戏剧发展到今天,有一些抒情剧、散文剧并不追求故事情节的长度与完整性,也不追求戏剧冲突的激烈程度。但是,有情节和有冲突的戏剧能够营造更强的剧场性,对受众具有更强的吸引力。

三、人物语言

在戏剧影视文学创作中,人物的语言是塑造艺术形象的主要手段。戏剧影视文学是通过人物的语言塑造形象、突显性格,并表现矛盾冲突和反映生活内容的。人物语言也叫台词,包括对话、独白、旁白等,是人物思想、心理和动作的体现。戏剧影视文学中的人物语言离不开三个要素,即动作化、个性化、口语化,三者缺一不可、相互交融。动作性展开并激化戏剧冲突,而人物的个性也在口语化的言语冲突中得到表现。要创作出引人入胜的戏剧情节、饱满鲜明的人物形象,就离不开人物语言这三个基本要素。

(一)人物语言的个性化

言为心声,戏剧影视文学塑造艺术形象时往往通过个性化的语言刻画人物性格,表现人物思想。人物的语言应当切合人物的身份、经历,反映人物的思想感情。剧作家在创作戏剧影视剧文本的时候,一定要对其笔下的人物十分熟悉,像老朋友一样了解他们的性格、思想、感情、心理,能够"立体"地描写他们的对话,通过对话写出人物性格,达到"话到人到""闻其声见其人"的艺术效果。

人物语言切合人物身份是最基本的要求,也就是说,什么身份的人总是会说出符合其身份的话语来。一类人有一类人的语言习惯和特色,只有个性化的语言才能切合人物的性格。老舍在这方面颇有功力,在人物语言的个性化创作方面留下了经典作品并提供了宝贵经验。在老舍构建的艺术世界中,人物栩栩如生、个性鲜明。老舍绝不是孤立地、静止地撰写人物台词,而是让人物身临其境地对话,将人物内心活动的刻画同场景效果、环境紧紧地联系在一起,产生强烈的戏剧效果。在《茶馆》中,这样的例子比比皆是。

语言是构成戏剧影视文学的基础。剧作家展开戏剧冲突、塑造人物形象、揭示戏剧主题、表达自己对生活的认识,主要就是通过人物的语言。个性化的人物语言,无疑是展现人物个性化的前提和保证,也为表演提供内容,为表演服务。

(二)人物语言的表演性

戏剧影视文学文本即剧本,是为表演而生的,其通过动作性语言,展示人物外部形态,并体现人物内心活动。戏剧影视文学能够通过人物性格赋予人物动作表现力,从而在动作中隐含未来行动的语言,推动故事情节的发展。因此剧作家的目标是创作出易于表演的情节,写出行云流水般的能产生强大影响力的对白。但是,并非朗朗上口的就是好台词,这是最容易犯的常识性错误。一般而言,好的台词是可说、可演且具有丰富的潜台词和流畅性。

台词的可说性,指剧作家创作的台词一经演员说出口便能产生强大的震撼力。为了实现这一点,戏剧影视文学的创作必须尽可能与听觉效果协调一致:声音的节奏韵律能够满足轻重缓急的需求。可演性,要求创作的脚本对白能够适合表演,并与场面、故事、人物性格浑然一体。而解决好了这些问题加上剧情的连贯,才有可能保证作品连贯流畅,张弛有度,富于节奏感和戏剧性。以小说《巴黎圣母院》的电影文学剧本为例,在对女主人公艾丝美拉达形象的塑造上,精湛的台词、富于韵味的舞蹈和场面,让人物性格活灵活现地展示出来。人物语言简洁、直接,进一步强化了电影所要体现和赞扬的真善美的主题。

(三)人物的内心独白

艺术创作离不开人,且更关注人的精神生活。戏剧影视艺术"最宝贵的、最有价值的是内部心理过程。这一过程便形成了艺术的秘诀,形成了艺术对人们产生巨大影响的力量"①。人的心理和精神活动在戏剧影视文学中通过台词完成,对话占相当大的比重,此外还有人物的独白、叹息、停顿等。在戏剧影视文学中,独白是人物语言常见的表现形式之一,在演出中有重要的功能性作用。独白是人物说出来的语言,还有一种没有说出来的语言,即人物在心中思考的语言。我们称之为内心独白。内心独白指人的思考、自语等内心活动,通过人物内心独白来揭示人物隐秘的内心世界,能充分展示人物的思想、性格。

内心独白和内心视像都属于斯坦尼斯拉夫斯基戏剧体系中的心理技巧,是戏剧影视表演中展示人物心理行之有效的重要手段,是放大人物的思想和精神、开掘人物心理的重要手段,是戏剧表达和提示人物心理的重要手段。内心独白是莎士比亚戏剧运用得最多、最能展示人物深层心理的艺术手段。如《哈姆雷特》中,哈姆雷特就有多次大段内心独白。"生存还是死亡,这是一个值得思考的问题"就是经典的内心独白。当然,剧作家揭示人物内心的手段并不只限于独白和旁白,外部动作和对话也具有这样的功能。尽管独白非常重要,但在运用的时候也应该谨慎。对此,威廉·阿契尔曾经说,"由于独白越来越给人以累赘、拖沓的感觉,因而加强了那些促使独白被排斥于舞台之上的物质条件。人们发现,即使最细致的心理分析也不必借助于独白"。他甚至认为,在剧本中运用独白是不

---

① [苏]格·托夫斯托诺戈夫:《论导演艺术》,杨敏译,文化艺术出版社1992年版,第55页。

体面的事。① 他的观点显然不无偏颇,不可否认,独白在有些情境中确实是有效的表达方式,可以达到无可替代的独特艺术效果。

第四节 戏剧影视文学的创作原则

戏剧影视文学,也可以被称为用戏剧和影视艺术手段完成的文学,即戏剧影视艺术的文学叙事。其中暗含了戏剧影视文学与传统文学的共性与差异。共性因素是两者共同拥有的"文学性",差异因素则是由两者的物质媒介不同决定的。传统文学的物质媒介是语言文字,戏剧影视文学是以剧场语言或镜头语言为核心的多媒介复合叙事,是融合了多种视听语言的综合艺术。因此,在戏剧影视文学创作过程中,既要重视文学的共性,又要兼顾其自身的个性化因素。

一、遵循文学性的规律与要求

在戏剧影视文学创作中,必须顾及个性化因素,即戏剧艺术的假定性和舞台叙事、影视艺术的镜头语言和蒙太奇叙事、广播剧声音的特性等。换言之,戏剧影视文学叙事是从文学叙事的叙述故事、构筑情节、塑造人物形象的方法中汲取营养,并为实现舞台叙事和影视镜头语言叙事和广播剧声音叙事的有机转换奠定文学基础。因此,在戏剧影视文学的创作中,首先应遵循文学性的规律与要求,在文学的主题与人物、情节与结构、冲突与悬念、细节与场面等方面立意、构思和创作。如果把主题与人物比作戏剧影视文学的"灵魂"与"核心",那么情节与结构则是其"骨骼",冲突与悬念是其"血脉",细节与场面是其"容貌"与"肌肤",这些要素有机组合,就形成了戏剧影视文学作品的文学性生命体。

---

① [英]威廉·阿契尔:《剧作法》,吴钧燮、聂文杞译,中国戏剧出版社1964年版,第314页。

文学不仅是戏剧影视艺术的母体,而且源源不断地为其提供丰富的语言滋养。但是,戏剧影视文学毕竟是供戏剧演出和影视剧拍摄使用的,它们有各自的创作方式、方法和过程,就相似性而言,优秀的戏剧和影视剧的剧本可以单独作为文学作品供读者欣赏,同时,也为演员的表演、一部优秀舞台剧和影视剧的诞生提供了文本。在创作中与其他文学样式比较,戏剧影视文学的创作必须以表演为核心,始终为表演服务。因此,台词的写作显得尤为重要。作为塑造并丰富人物形象的重要手段,台词本身便具有符合其人物的背景经历和场面环境的独特性。而随着表演者的不同,同一角色的同一句台词也会有不同的演绎,这是表演者所体悟到的感情和心理所赋予台词的个性。此外,台词的动作性至关重要。剧本的白纸黑字是生硬、苍白的对话,而实际上表演时演员们并不是简单地念出台词,而是需要有与此相配的动作和表情,也就是除了对话之外,表演者之间还有肢体语言的互动。优秀的戏剧影视文学作品往往通过动作性的台词描写来暗示观众或者表演者,提示人物应有的肢体语言,以使表演者的表演更加流畅自然,观众也可以得到更好的代入感和观赏体验。

二、构造独特的故事与情境

戏剧影视文学必须构思新颖独特的戏剧故事,安排具有戏剧意义的事件,预设好人物关系,营造吸引人的戏剧情境。"艺术的最重要的一方面从来就是寻找引人入胜的情境,就是寻找可以显现心灵方面的深刻而重要的旨趣和真正意蕴的那种情境。"[1]狄德罗所说:"没有什么比情境更能引起兴趣。"[2]可见,营造戏剧情境是戏剧创作的基本规律。在戏剧中,情境就像河床,它是营造气氛、引发矛盾、形成冲突、展示性格和表现思想

---

[1] [德]黑格尔:《美学》第一卷,朱光潜译,商务印书馆1979年版,第254页。
[2] [法]狄德罗:《和多华尔的谈话》第三篇,转引自《朱光潜全集》第六卷,安徽教育出版社1990年版,第494页。

的重要前提。没有情境就没有戏剧,没有恰如其分的情境经营就不可能产生优秀的戏剧。同时,情境又是戏剧激发受众审美兴趣,唤起其审美心理期待的关键。无论是戏曲、话剧还是影视剧、广播剧、网络剧,都离不开情境的营造。"什么是戏剧情境呢?戏剧情境就是剧作家预设在戏剧中的一种规定性环境,是由特定环境、具体事件和人物关系所构成的导致戏剧动作的发生、发展的或现实或象征的规定场域情势。"①曹禺的戏剧之所以吸引人,关键就在于他营造了吸引人的艺术情境。电影《长津湖》之所以备受观众喜爱,就得益于它营造了紧张的戏剧情境;电视连续剧《觉醒年代》之所以吸引人,也得益于其戏剧情境的创设;广播剧《第七个"九一八"》之所以能够感动听众,也是因为它营造了紧张的戏剧情境。纵观古今中外,没有哪一部优秀的戏剧影视作品在情境设置上是欠缺的。因此,戏剧影视文学创作,必须构设好戏剧情境。

如何构设戏剧情境呢?首先必须寻找到一个潜伏危机的事件。事件是戏剧的基本要素,任何一部戏剧影视作品都离不开事件,剧中人物的行动总是以事件为前提的。布·马修斯指出,戏剧效果的产生是故事本身,靠确立情境使之一个个似乎是自然而然产生,靠人物之间鲜明而尖锐的对比。② 因此,筛选有戏剧意义的事件非常重要。其次是要预设好人物关系。在戏剧影视作品中,人物关系是推动故事发展的内在机制,没有很恰当的人物关系,戏剧很难完成。即使是独角戏,也有特定情境,有特定的人物关系隐藏在背后起推动作用。因为,"在戏剧中,人物总是以人物为行动的基础的,彼此之间的欲望、需求与性格的对立或抗衡是戏剧动作

---

① 刘家思:《曹禺戏剧的剧场性研究》,中国社会科学出版社2010年版,第65页。

② [美]布·马修斯:《怎样写剧本》,转引自罗晓风选编:《外国戏剧研究资料丛书·编剧艺术》,文化艺术出版社1986年版,第72页。

的前提"①。最后是要预设好特定的时空。所有的戏剧事件都是在特定的时空中发生的,所有的人物关系都是在特定的时空中建立的。因此时空设置必须符合戏剧逻辑,也要符合生活逻辑,使之成为戏剧影视作品天然的要素和推动力。

三、营造强烈的剧场性和牵引力

在戏剧影视作品中,"剧场性是戏剧所拥有的审美接受的艺术规定性和艺术强度",它"对受众能形成一种审美接受的主导和裹挟机制"。在剧本中,"它表现为作者预设在作品中的刺激受众审美感应与情感共鸣的期待域和规定性"②。因此,戏剧影视文学的创作必须树立强烈的剧场性观念,努力营造剧场性。然而,剧场性又是"一种融视觉、听觉与意觉于一体的主观性合成场力,它是由构成戏剧的各种要素共同作用的结果"③,所以戏剧创作在每一个环节都必须认真对待,切实创造出吸引人的艺术效果。

营造剧场性和牵引力,我们必须注意戏剧冲突的设置与处理。广义的戏剧冲突,是主人公或人物的意愿和行动受到阻碍,以及受阻碍后他的应对势态。戏剧冲突一般有三种类型:人与自然、人与人、人与自我的冲突。狭义的戏剧冲突,是人物与人物的冲突,是人物尤其是主人公的意愿受到其他人的阻碍,以及对应这些阻碍的势态,包括动作冲突和意愿冲突等。在中国戏剧理论和创作中长时间流行一种说法:没有冲突就没有戏剧。的确,在传统戏剧中,戏剧冲突是戏剧的核心要素,不仅是情节发展

---

① 刘家思:《曹禺戏剧的剧场性研究》,中国社会科学出版社 2010 年版,第 100 页。

② 刘家思:《曹禺戏剧的剧场性研究》,中国社会科学出版社 2010 年版,第 41 页。

③ 刘家思:《曹禺戏剧的剧场性研究》,中国社会科学出版社 2010 年版,第 50 页。

的基础,而且是塑造人物的重要手段。然而,随着戏剧的发展,戏剧冲突并不具有普遍意义,并不是所有的戏剧都依靠激烈的冲突。所以,认为没有冲突就没有戏剧,显然并不准确。尽管如此,在营造剧场性和牵引力时,关注戏剧冲突还是很重要的。戏剧影视文学在创作过程中,尽管体裁形式、表现手段各不相同,但绝大多数都有戏剧冲突。这成为影视剧和戏剧演出吸引观众的一个重要因素。在营造戏剧冲突与牵引力方面,莎士比亚是公认的高手。《罗密欧与朱丽叶》是莎士比亚早期创作的一部悲剧,剧中描写蒙太古之子罗密欧和凯普莱特之女朱丽叶一见钟情,原本充满仇恨的两个家庭的子女相爱。他们为了追求自由和爱情,敢于不顾家族的世仇,敢于违抗父命,甚至不惜殉情。悲剧的主要冲突是罗密欧、朱丽叶的爱情与两家仇恨的对立,是人道主义与中世纪封建道德的冲突,也是新世界与旧世界的冲突。罗密欧、朱丽叶为了人的尊严、个性解放和爱情的自由忠贞,冲破限制和偏见,去追求自己的幸福,结果惨烈。正是这样,莎士比亚这部戏剧对观众形成了强烈的吸引力。

第五节 戏剧影视文学的分类

戏剧影视文学,主要包括戏剧文学和影视文学两大类型。戏剧文学一般按戏剧冲突的性质,可分为悲剧、喜剧和正剧。广义而言,按其表现形式又可分为话剧、歌剧、舞剧和戏曲等;狭义即话剧和戏曲。影视文学是电影文学和电视文学的合称。影视文学有多种表现形式,包括电影剧本、电视剧剧本、影视故事、影视小说等。剧本又包括文学剧本、分镜头剧本、完成台本等。影视文学作为一种后起的文学样式,历史远不及传统的小说、诗歌、戏剧、散文等,但凭借电影、电视在社会生活中的巨大影响,影视文学已经成为当代文学的一个重要分支和组成部分。此外,伴随科技发展而诞生的广播、网络自媒体平台等又在不同时期产生了广播剧文学和网络文学,它们与戏剧影视文学共同组成了一个新型的文学共同体。

一、戏曲文学

戏曲文学，指以我国戏曲剧本为主的文学形式。中国戏曲是在文学（民间说唱）、音乐、舞蹈等各种艺术形式都充分发展且又相互兼容的基础上，形成的以对话、动作为表现特征的戏剧样式。戏曲以歌舞演故事，在唱、念、做、打中，形成了唱功戏、做功戏、武打戏、歌舞戏，具有综合性、虚拟性、程式性三大艺术特征。这三个特征，凝聚着中国传统文化的美学思想精髓，构成了独特的戏曲文学景观，使中国戏曲在世界戏剧文化的大舞台上独具魅力。

自戏曲诞生以来，其种类繁多，与之相应的戏曲剧本也多种多样，如元杂剧剧本、南戏剧本、昆曲剧本、弋阳腔剧本以及各类梆子剧本、各类皮黄剧本等。它们是在不同的历史条件下形成的，又有各自的特点。

戏曲文学的语言包括唱词和念白两部分。它们都是由生活语言提炼而成，从古典诗词、民间歌谣、说唱文学、话本小说中吸收了丰富的表现方式和艺术形式。特别是说唱文学，在戏曲语言的形成和发展中起着重大作用。但是，戏曲语言不同于古典诗词、民间歌谣和说唱文学，它是戏剧化的语言。除了语言的性格化以外，诗歌和说唱语言的程式也被改造为戏曲语言的程式，使其与整个戏曲艺术相统一，以表现一个完整的故事。把诗歌和说唱语言的程式转化为戏曲语言的程式，是戏曲语言的一个重要特征；把戏曲文学语言转化为戏曲舞台语言，是戏曲语言的另一个重要特征。王骥德在《曲律》中指出，戏曲语言应该做到"可读""可解""可歌"，即戏曲剧本的每一句念白、每一段唱词，都要明白晓畅，让观众一听就懂、喜闻乐见。

二、话剧文学

话剧是西方戏剧移植到中国的外来戏剧形式，是以对话和动作为主要表现手段，在舞台演出的剧场艺术。中国话剧产生于1907年，当时被称作"新剧"或"文明戏",但新剧于辛亥革命之后逐渐衰落。五四运动后,欧洲戏剧传入中国,中国现代话剧兴起,当时被称为"爱美剧""白话剧"。1928年,在戏剧家洪深提议下定名"话剧"。话剧的命名统一了这门新的艺术形式的多种称谓,并使其明显区别于中国传统戏曲。

话剧文学与话剧同步产生与发展,并为话剧舞台演出提供一剧之本,它是话剧发展的文学基础与艺术保证,促进或制约着话剧的发展。

自诞生之日起,话剧文学一直与民族和时代共命运,关注社会现实、时代进步和人民生活。新中国成立以来的话剧文学题材丰富、主题鲜明,多反映历史时代、民俗风情和人民关切的现实生活问题。话剧文学的现实性与时代性是其传统和特色。新中国成立以来,特别是改革开放以来,新的历史时期的话剧文学实现了人学的复归;作品表现了中国人特有的情感和精神面貌,从历史、文化的角度,探求民族传统深层心理机制。当代话剧文学在以开放的胸襟接受与借鉴西方戏剧的同时,还以当代立场看待传统民族精神,赋予民族精神以现代意识,完成民族话剧的现代性转化,逐步构建了中国民族话剧文学的艺术精神。在艺术探索形式多样化发展的同时,中国话剧文学逐步探索并实现了民族化与现代化,并在全球化趋势下,实现了与国际接轨,话剧创作和演出融入了世界戏剧发展的大潮之中,成为世界戏剧的有机组成部分。

三、电影文学

电影文学,主要指电影文学剧本,它是电影艺术的文学基础,是电影文学性的主要体现形式。电影是一种综合艺术,集文学、戏剧、音乐、舞蹈、美术和建筑等艺术于一身,是真实可见地表现多维时空的艺术。它能高度有机地把其他艺术综合进去,交融在一起,形成一个新的艺术门类。电影与其他艺术相比较为年轻,电影文学是随着电影艺术的诞生而培育出来的,是在其他文学艺术形式成熟的基础上发展起来的文学新品种。与其他文学样式相比,我国电影文学在特定的环境下,接受新文化的影响较晚,成熟也较迟。

自电影诞生之日起,电影与戏剧的关系就一直十分暧昧,或亲或疏,纠缠不清。在我国,早期电影的发展拄着戏剧的"拐杖",两者亲密无间。到了 20 世纪 80 年代,以钟惦棐为代表的电影艺术家呼吁:电影应该和戏剧"离婚"。近年来,伴随舞台剧被改编成电影的频繁出现,电影与戏剧似乎又"亲热"起来,它们之间的关系,再次进入学界视野。姑且不论当下中国电影和戏剧是否应该或已经"复婚",其友好关系似乎毋庸置疑。而且任何艺术都有一个产生、发展和成熟的过程,电影文学同样有一个从不完善到逐渐完善,从不成熟到逐渐成熟的发展过程,并逐步形成了电影文学自身的规律和有别于其他文学样式的特殊形态。

电影发展为真正的电影艺术,是从视点的解放开始的。由于视点的解放,电影成为蒙太奇的艺术。电影文学也因此不同于其他文学艺术形式,形成"电影性"原则创作,即蒙太奇语言,这是电影艺术特殊的表现手法和语言。

四、广播剧文学

广播剧又称放送剧、音效剧、声剧,是一种戏剧化的、纯粹的声学性能的广播艺术。广播剧没有可视性,主要是由播音员或配音演员所演出的戏剧。广播剧文学是适应电台广播的需要而产生的一种文学形式。广播剧以人物对话和解说为基础,并充分运用音乐伴奏、音响效果来加强气氛。人物对话是推动剧情发展的主要手段。广播剧要求演员配音要个性化、口语化,富于动作性。演员演播时一定要吐字清楚,表达准确生动,感情充沛真挚。配乐应当富有特色,波澜起伏,动人心魄。音响效果必须逼真,解说词应当帮助听众了解剧中情景和人物的动作状态。

广播剧是以语言、音乐和音响为手段,由机械录制而成的戏剧形式。失去视觉手段是广播剧的弱点,但是,只有听觉手段(语言、音乐和音响)不仅可以充分地调动听众的想象力,使之必须直接参与创作,从中获得特殊的艺术享受;而且由于失去视觉手段,广播剧在展开情节的时候可以获得更大的时空自由,并使幻想、梦境、回忆等成为广播剧理想的表现题材。由于广播剧只有听觉手段,所以广播剧文学剧本不宜表现人物众多的场面、复杂而多头绪的情节,往往要求线索单纯清晰,人物集中。广播剧主要有原创广播剧、说书式广播剧、情景喜剧式广播剧等,每种广播剧类型都有对应的各具特色的广播剧文学。

五、电视文学

电视文学最主要的艺术形式即电视剧文学。电视剧要求有个性鲜明的人物、精彩的故事、动人的情节,多配有主题歌、片头曲、片尾曲和插曲。一般而言,电视剧剧本比电影剧本长,容量比电影剧本大。除了与其他文学艺术共同遵循的形象思维的一般规律之外,电视文学还存在不同于其他文学思维的特殊性,主要体现在时空综合性、视听综合性、蒙太奇具象性等方面。

电视诗歌、电视散文和电视电影也是电视文学中的艺术样式,它们是电视与诗歌、散文和电影的结合。电视诗歌和电视散文通过屏幕中的声画形象,以抒情为基本手段,创造诗歌、散文意象,把诗歌、散文转化为视听艺术。电视诗歌和电视散文对思想意念的表达充满浓郁的抒情意味,追求意境和神韵是其灵魂。

电视电影,是介于电影和电视剧之间、不在电影院放映而专门在电视上播出的电影。电视电影吸收了影院电影和电视剧的优点,在结构、时长等方面比较灵活,可长可短、多种多样。一般而言,电视电影时长比影院电影和单本电视剧长,比电视连续剧和系列剧短。

六、网剧文学

网剧,是网络剧的简称,是专门为电脑网络制作、通过互联网播放的剧集。网剧是电视剧在网络时代的新发展,网剧文学也是影视文学的自然发展和媒介转化。与电视剧一样,网络剧一般是连续剧,也有单元剧和系列剧等。网络剧与电视剧的区别主要是播放媒介不同。传统电视剧的播放媒介主要为电视,网络剧的主要播放媒介是电脑、手机、平板电脑等可联网的电子设备。

与电视剧相比,网剧的优势是具有便捷性、互动性强。当代网剧,除了在线播出外,还可通过在线投票、互动留言、专家访谈、主演访谈、博客写作等与观众进行互动。网剧在播出过程中,众多网民参与互动,其效果是传统电视剧难以企及的。因为网剧的互动性,网剧文学的策划和创作往往更加灵活多元,也更能与时俱进,在具备时尚元素、注重大众化消费的网络平台与观众互动,共存共荣。

思考题:

1. 如何理解戏剧影视文学的基本特征?
2. 简析戏剧影视文学的场域性。
3. 如何理解戏剧影视文学的审美形态?
4. 简析戏剧影视文学的假定性特点。
5. 举例说明戏剧影视文学的构成要素。
6. 相对于一般文学作品,戏剧影视文学的审美接受有哪些特点?

第二章　中国戏曲文学

世界上有三大古老戏剧剧种:古希腊的悲喜剧、印度的梵剧和中国的戏曲。三大古老剧种中,中国的戏曲虽成熟较晚,却历久弥新,以其独特的魅力活跃在当今世界各国的戏剧舞台上。

历史上,"戏曲"一词最早出现于《词人吴用章传》,其中刘埙(1240—1319)提出"永嘉戏曲"之说。所谓"永嘉戏曲",就是后人所说的南戏、戏文、永嘉杂剧。后来,陶宗仪在《南村辍耕录·院本名目》中写道:"唐有传奇,宋有戏曲、唱浑、词说,金有院本、杂剧、诸宫调。"[1]戏曲的概念第一次独立存在。但这里的戏曲指元杂剧产生以前的宋杂剧。

清末学者王国维在《戏曲考原》中为"戏曲"下了定义:"戏曲者,谓以歌舞演故事也。"[2]此时的戏曲才具有现代意义,指以演员表演为中心,以唱、念、做、打等手段为基础,融文学、音乐、舞蹈、武术、杂技等为一体的综合性舞台艺术。它主要包括宋元南戏、元杂剧、明清传奇,以及近代、现代的京剧和各种地方戏。

我国戏曲剧种种类繁多,据不完全统计,各民族地区戏曲剧种有360多种,在我国乃至世界文化艺术宝库里占有独特的位置。

---

[1]　[元]陶宗仪:《南村辍耕录》,上海古籍出版社2012年版,第276页。
[2]　王国维:《戏曲考原》,上海书店出版社1983年版,第1页。

第一节　中国戏曲文学的生成与发展

一、中国古代戏曲的萌芽

中国戏曲起源较早,但它的形成经历了一段漫长的时期。作为一门门类繁多的综合艺术,戏曲的发展需要城市经济的滋养、商品经济的发达、市民阶层的大量存在、艺术经验的充分积累和一批有较高文化素养的人士的参与和加工等因素。而这些,在宋以前很长的历史时期内都不甚具备。

（一）原始歌舞

远古时代,人们为庆祝捕猎胜利、谷物丰收而手舞足蹈,这便是最原始的舞蹈;人们在劳动中哼唱的曲调,便是最原始的歌调;舞蹈与歌唱的结合,便是最早的歌舞。最初的舞蹈、歌唱均是在劳动过程中逐渐萌发、形成的,舞蹈动作和歌唱内容也常常是劳动过程的再现。这种原始的歌舞,便是孕育中国古代戏曲的肥沃土壤。

《弹歌》记载着我国最初的诗歌:"断竹,续竹;飞土,逐肉。"①"断竹"即砍伐竹子;"续竹"即用砍伐的竹子来制作弹弓;"飞土"指用制作的弹弓装上土丸,进行射击;"逐肉"指土丸击中了猎物后,猎人奔跑着追赶猎物。这首诗歌,用精练的语言概括了人们制造及使用"弹"的过程,体现了古代劳动人民劳动收获后的喜悦心情,其中也蕴含了一定的戏曲因素。同样,《尚书·舜典》中"予击石拊石,百兽率舞"②的记载,《吕氏春秋·

---

① ［东汉］赵晔、应劭,［北魏］崔鸿等著:《野史精品》（第一辑）,岳麓书社 1996 年版,第 66 页。

② ［汉］孔安国传,［唐］孔颖达正义:《尚书正义》,上海古籍出版社 2007 年版,第 180 页。

古乐》篇中"昔葛天氏之乐,三人操牛尾,投足以歌八阕"①的记载,无不体现着戏曲表演因素的存在。

(二)巫觋活动

原始社会中,人类遇到可怕的事情总把它归于一种神秘的力量,认为是"鬼""怪"在作祟。于是,人们借助可怕的形象来驱逐恶魔,形成了一种巫术仪式——傩。专门的神职人员巫(女)和觋(男)承担了人与神之间沟通的使命。

在祭祀仪式中,这些巫觋装神弄鬼,载歌载舞,既为了娱神,也为了娱人。巫觋祭神时,在妆容、服饰、动作上都尽力装扮成神的样子,因此明显地具备了装扮性。而旁观者也把祭神时的巫觋认作鬼神附体或直接把他们当作神。

屈原的《九歌》便是祭神礼仪的祭歌。《九歌》有十一篇,有的以祭者的口吻而作,描述祭神礼仪中载歌载舞的盛况;有的则以神灵的口吻而作,由祭祀时的巫觋以神灵的身份演唱。它的出现标志着原始歌舞正逐步戏曲化。

先秦汉唐祭祀时,傩发展为傩仪,随后,傩仪发展为傩戏。当今,傩戏依旧活跃于我国某些地区的戏剧舞台上。

(三)春秋战国的优伶

春秋时期,随着祭祀仪式的生活化、世俗化,神秘的巫觋逐渐走下神坛,成为现实生活中供人取乐的优伶。优伶频繁地活动在各诸侯国,他们的谋生手段是进行歌舞表演或滑稽表演。虽然他们的身份、地位极低,但他们可凭借机智幽默的表演来劝谏诸侯。《史记·滑稽列传》中,记载了楚国优孟的事迹:

---

① [战国]吕不韦著,陈奇猷校注:《吕氏春秋新校释》,上海古籍出版社 2002 年版,第 287—290 页。

优孟,故楚之乐人也。长八尺,多辩,常以谈笑讽谏。……楚相孙叔敖知其贤人也,善待之。病且死,属其子曰:"我死,汝必贫困。若往见优孟,言我孙叔敖之子也。"居数年,其子穷困负薪,逢优孟,与言曰:"我,孙叔敖子也。父且死时,属我贫困往见优孟。"优孟曰:"若无远有所之。"即为孙叔敖衣冠,抵掌谈语。岁余,像孙叔敖,楚王及左右不能别也。庄王置酒,优孟前为寿。庄王大惊,以为孙叔敖复生也,欲以为相。

　　优孟曰:"请归与妇计之,三日而为相。"庄王许之。三日后,优孟复来。王曰:"妇言谓何?"孟曰:"妇言慎无为,楚相不足为也。如孙叔敖之为楚相,尽忠为廉以治楚,楚王得以霸。今死,其子无立锥之地,贫困负薪以自饮食。必如孙叔敖,不如自杀。"[①]

　　这个故事被称为"优孟衣冠",其中已经有了装扮、表演和导演的成分,这是戏剧艺术不可或缺的重要因素。这个故事也成为中国戏曲发展史上一个很重要的史料记载和例证。但是这只是以演戏的方式谋求现实的功利,只是戏曲美在政治生活中的零星散落。

(四)汉代百戏

　　两汉时期,在宫廷和民间,各种器乐、歌唱、舞蹈、杂技、滑稽表演、武术、幻术等大融合,形成了"百戏杂陈"的热闹景象。

　　东汉时期的张衡(78—139)在《西京赋》中记载了"百戏"演出情形:

　　华岳峨峨,冈峦参差;神木灵草,朱实离离。总会仙倡,戏豹舞罴;白虎鼓瑟,苍龙吹篪。女娥坐而长歌,声清畅而蜲蛇;洪涯立而指麾,被毛羽之襳襹。度曲未终,云起雪飞,初若飘飘,后遂霏霏。复陆

[①] [西汉]司马迁著,韩兆琦译注:《史记》,中华书局2010年版,第7393—7394页。

重阁,转石成雷。霹砺激而增响,磅礚象乎天威。①

这些杂陈的百戏大多为戏曲艺术所吸收,成为戏曲表演中刻画人物、讲述故事、渲染环境、营造氛围的艺术手段。

在异彩纷呈的百戏中,包含戏剧因素较多的是角抵戏。角抵,即角斗、竞技,由先秦时祭祀战神蚩尤的"蚩尤戏"衍化而来,是一种带有故事情节的武术竞技表演。汉代最有名的角抵戏是《东海黄公》。相传东海有个姓黄的老头,年轻时有法术,能降伏毒蛇猛兽,年老时因饮酒过度、力气衰竭而法术失灵,反被老虎吃掉了。演出时,一人扮黄公,一人装老虎,互相搏斗。葛洪《西京杂记》中的"箓术制蛇御虎"条记载:

> 余所知有鞠道龙,善为幻术,向余说古时事:有东海人黄公,少时为术,能制蛇御虎,佩赤金刀,以绛缯束发,立兴云雾,坐成山河。及衰老,气力羸惫,饮酒过度,不能复行其术。秦末,有白虎见于东海,黄公乃以赤刀往厌之。术既不行,遂为虎所杀。三辅人俗用以为戏,汉帝亦取以为角抵之戏焉。②

这个戏以角力竞技为主要内容,表现出秦汉间人民同大自然的斗争,充满了悲剧意识。由于《东海黄公》的出现,角抵戏从内容到形式都发生了显著变化。它不再是巫术活动,也不再是祭神仪式。它有扮演,有情节,有假定情境,俨然是一出"戏"了。《东海黄公》在中国戏剧史上具有界碑性的意义。

(五)唐代歌舞小戏与参军戏

唐代诗歌光华万丈,名家辈出,流派众多,风格各异,促进了戏曲艺术

---

① 谭国清主编:《昭明文选》,西苑出版社2003年版,第10页。
② 吕壮译注:《国学经典:西京杂记译注》,上海三联书店2018年版,第129页。

自立门户,并给戏曲艺术以丰富的营养;而音乐、舞蹈盛极一时,为戏曲提供了最雄厚的表演、唱腔的基础;教坊梨园的专业性研究、正规化训练,更是加速了歌舞的戏剧化。

1. 唐代歌舞小戏

崔令钦《教坊记》中记载了唐代歌舞小戏《踏摇娘》:

> 北齐有人姓苏,鲍鼻,实不仕,而自号为"郎中",嗜饮酗酒,每醉、辄殴其妻。妻衔怨,诉于邻里。时人弄之:丈夫着妇人衣,徐步入场行歌,每一叠,旁人齐声和之,云:"踏谣,和来,踏谣娘苦!和来!"以其且步且歌,故谓之"踏谣";以其称冤,故言"苦"。及其夫至,则作殴斗之状,以为笑乐。①

在《踏摇娘》这一出歌舞戏中,既有演员的装扮(如"丈夫着妇人衣"),有演员的边舞边唱("且步且歌"),也有其他演员或乐师的和声伴唱,形成幕前幕后的呼应。更重要的是,这一歌舞戏取材于现实生活,并且以丑陋、凶残的丈夫与美貌、善良的妻子形成鲜明的对照,构成激烈的戏剧冲突。因此,这一表演虽然情节简单,但充满了丰富的戏剧性因素,堪称戏曲的雏形。

《兰陵王入阵曲》(一名《大面》,又名《代面》)讲的是北齐兰陵王的故事。兰陵王面貌清秀,在战场上与敌人对阵时,为了威慑敌人,他便戴着面目狰狞的面具,敌人看了都很害怕,兰陵王乘胜追击,打败了敌人。

此外,歌舞武打戏《拨头》《秦王破阵乐》、大型歌舞戏《樊哙排君难》、拟人化的伦理戏《茶酒论》等,都是唐代著名的歌舞戏节目。

2. 唐代参军戏

后赵石勒之参军周延为馆陶令时,盗官绢数百匹,下狱。每有宴会,

---

① [唐]崔令钦撰,任平塘笺订《教坊记笺订》,中华书局1962年版,第175页。

他都会身着绢衣,与俳优同列,并被优人嘲弄。后来,这一史实逐步发展为以嘲弄、滑稽为主的演出,即参军戏。唐时很盛行这种剧目。表演时,一般是两个角色,戏弄之人称为"苍鹘",被戏弄之人称为"参军",这两个角色后发展为戏曲角色行当中的净、丑。

到了晚唐,参军戏逐渐由简单趋向复杂,不仅有科白,而且吸收了歌舞成分。如薛能《吴姬十首》(其八)描写道:"楼台重叠满天云,殷殷鸣鼍世上闻。此日杨花初似雪,女儿弦管弄参军。"[①]

在参军戏的表演中,有对话,有回答,有情节的推进,这就形成了假定性的戏剧情节。除了男演员外,还有女演员上场表演。这种演出形式对后代产生了深远影响。

3. 唐代讲唱文学

唐代,人们一般在节日或规定日期举行庙会,亦称"庙市"。僧人会在庙会上讲佛经故事,普度众生。佛经晦涩难懂,僧人就用比较简单的语言,通过说唱的方式来讲解佛经,使佛经通俗化,便于百姓理解。这种形式被称为"俗讲",又称"啭变",俗讲的底本被称为"变文"。

到了后来,变文的故事内容扩大了,出现了《伍子胥变文》《王昭君变文》等历史故事变文,还有《孟姜女变文》等民间故事变文。这样一来,变文所反映的内容与人民的爱憎疾苦息息相关,受到广大百姓的喜爱,对我国的说唱艺术和戏曲艺术产生了巨大的影响。

二、中国古代戏曲的形成

循着历史的发展轨迹,中国古代戏曲经历了先秦的优戏、汉代的角抵戏、唐代的歌舞戏和参军戏、宋金时期的宋杂剧和金院本,终于在12至13世纪蔚为大观,形成了一个较为成熟的戏曲形式。

(一)鼓子词、诸宫调

---

① 周育德:《中国戏曲文化》,中国戏剧出版社2010年版,第39页。

宋代文学有了进一步发展，唐五代时期产生的词，到了宋代已经趋于成熟。在唐代变文的基础上，出现了一种被称为"鼓子词"的说唱艺术形式，来表演一个完整的故事。根据唐代元稹的传奇小说《莺莺传》创作的《蝶恋花鼓子词》，叙述的是崔莺莺与张生的故事。在演出时，艺人先念一段《莺莺传》原文，然后唱一支〔蝶恋花〕词，直到讲完整个故事。但是，这种演出形式从头到尾反反复复只演唱同一首歌曲，时间久了，就会令人感到乏味，不再那么有吸引力了。

孔三传对这种说唱艺术进行了改良。他按照一定要求，把各种不同的曲子组合在一起，来说唱一个完整的故事。这种全新的艺术形式，被称为"诸宫调"。金朝的董解元在《莺莺传》的基础上进行了再创作，运用了十四种宫调，长短套数一百九十一套，二支单曲，完成了《西厢记诸宫调》。同时期还出现了《刘知远诸宫调》《天宝遗事诸宫调》等作品，这标志着说唱艺术无论在文学上还是在音乐上都已经完全成熟，为戏曲的产生铺平了道路。

(二)宋杂剧

北宋时期，随着商业的繁荣，城市有了固定的大型游艺场所——瓦舍勾栏。瓦舍又叫"瓦肆"或"瓦子"，里面设有大小勾栏。勾栏，指用花纹图案互相勾连起来的栏杆，里面有戏台、戏房、神楼、腰棚（看席），相当于后世的戏棚或剧场，各种民间技艺，如诸宫调、鼓子词、说话（包括讲史、小说等）、小唱、俗讲、武术、杂技、傀儡戏（包括杖头傀儡、牵丝傀儡、水傀儡、药傀儡、肉傀儡等）、影戏、说笑话、猜谜语、舞蹈、滑稽表演等，都可以在里面演出。慢慢地，各种艺术趋向了综合，形成了一种新的歌舞与故事表演初步结合的戏剧艺术形式。这种新的艺术形式常与杂技、乐舞等同时演出，故被称为"杂剧"。《梦粱录》"妓乐"条云："散乐传学教坊十三部，唯以杂剧为正色。"[1]

---

[1] ［南宋］吴自牧：《梦粱录》第20卷，浙江人民出版社1980年版，第191页。

北宋时期流行《目连救母》杂剧,以佛经中目连救母的劝善故事为框架,穿插许多民间故事,将说唱、装扮、武术、杂技等整合成一个艺术整体,在每年的中元节表演,可以连演七天。宋杂剧是我国最早的戏曲形式。宋代孟元老的《东京梦华录》中有关于宋杂剧的记载:

> 街南桑家瓦子,近北则中瓦,次里瓦。其中,大小勾栏五十余座。内中瓦子、莲花棚、牡丹棚、里瓦子、夜叉棚、象棚最大,可容数千人。自丁先现、王团子、张七圣辈,后来可有人于此作场。瓦中多有货药、卖卦、喝故衣、探搏、饮食、剃剪、纸画、令曲之类。终日居此,不觉抵暮。①

宋杂剧有两类节目:一类是以"大曲"的摘遍来演唱故事,如用六幺大曲的摘遍叙述王子高故事的节目《王子高六幺》;另一类是滑稽戏,如表现酸秀才用眼药给人治病毫无疗效的节目《眼药酸》等。这种艺术形式一出现便受到广大观众的热烈欢迎,在观众心目中具有很高的地位。

宋杂剧的表演体制一般分为三部分:

一是艳段,即正式表演前的歌舞滑稽小段,因为其五彩缤纷,所以被称为艳段。最早的形式是一段被称为"爨"的歌舞,以等待迟到的人,还可以使观众在欣赏歌舞的过程中,渐渐平复心神,安然欣赏将要演出的正杂剧。

二是正杂剧,即具有情节性的故事表演,是戏曲的主要样式。

三是杂扮,即扮演杂技或其他技艺,由民间滑稽戏演变而来。杂扮一般用以送客。

从表演形式上看,宋金杂剧综合运用了说白、歌唱、舞蹈、滑稽等艺术

---

① [宋]孟元老著,周峰点校:《东京梦华录》(外四种),文化艺术出版社1998年版,第15页。

形式,这种唱、念、做、打的综合表现形式,成为戏曲艺术的基本形态。

宋金杂剧主要有五种角色:末泥(男主角)、引戏(女主角)、副净(被调笑者)、副末(调笑者)、装孤(扮演官吏等次要人物)。后代戏曲中生、旦、净、末、丑五大行当类型,可以在这五种角色中找到雏形。

南宋周密《武林旧事》列举的杂剧名目有 280 种,其中有许多是以滑稽调笑、讽刺戏谑为要旨的滑稽短剧,常常巧妙地运用谐音、隐喻、反铺垫、象征赋形等手段,嬉笑怒骂,皆成文章。从剧目内容上看,或抨击封建统治者的倒行逆施,或针砭嘲讽丑恶的世态人情,大多以人物形象命名和分类,这也奠定了杂剧人物类型化和角色程式化的基础。

(三)金院本

1127 年,北宋被金所灭,南宋建立,定都杭州。一部分艺人来到南方,一部分艺人去了金,更多艺人仍在民间。宋金艺人相互交流,金艺人继承并发展宋杂剧的演出形式,创造出"金院本"这种艺术形式。

元代陶宗仪《南村辍耕录》说:"院本、杂剧,其实一也。国朝院本、杂剧始厘而二之。"[①]

金院本与宋杂剧,既有区别也有联系。音乐上,宋杂剧为大曲,而金院本采用北方音乐。另外,在金院本中,出现了宋杂剧所没有的演出形式,它把原先以唱为主和以滑稽戏为主的演出形式综合起来,创造了一类被称为"院幺"的新型节目,成为宋杂剧和元杂剧之间的过渡形式。

12、13 世纪之际,金院本中出现了以旦末为主演的演出形式,北杂剧诞生了。

三、中国古代戏曲的发展与繁荣

中国戏曲在形成之后,不少精通文字、音乐的文人对其予以加工、扶

[①] [元]陶宗仪撰,李梦生校点:《南村辍耕录》,上海古籍出版社 2012 年版,第 276 页。

持,它便迅速发展与繁荣起来。

(一)宋元南戏

北宋末到元末明初,在中国东南沿海一带流行的戏曲艺术形式被称为"南戏",又称"戏文"。因为最先产生于浙江温州(一名永嘉),所以又被称为"温州杂剧"或"永嘉杂剧"。祝允明《猥谈》中记载:"南戏出于宣和之后,南渡之际,谓之温州杂剧。"①

南戏是在南方民间歌舞小戏的基础上,不断吸收宋杂剧和其他民间技艺的成分,才逐渐走向成熟的。徐渭在《南词叙录》中说:"永嘉杂剧兴,则又即村坊小曲而为之,本无宫调,亦罕节奏,徒取其畸农、士女顺口可歌而已。"同书又说:"其曲,则宋人词而益以里巷歌谣,不叶宫调,故士夫罕有留意者。"②可见它最初只是一种民间地方小戏,采用的是农村中群众熟悉的一些流行曲调,故在形成之初未能引起士大夫们的注意与重视。

后来,经过文人加工,南戏流传到城镇和都市,受到北杂剧的影响,又广泛吸收了唐宋以来各种音乐歌舞、说唱艺术的营养,形成由歌、念、诵、科泛、舞蹈组成的综合艺术,通过人物装扮,能够表现复杂而完整的故事。

元末明初,北杂剧开始衰落,更多的文人加入南戏创作中来,并对南戏进行了很多改革,使其艺术水平有了很大提高。

南戏存目180个左右,有全本流传者仅17本(见钱南扬《宋元戏文辑佚》),且大多经过明人修改。最早的演出剧目有《赵贞女》《王魁》等,均已遗失。明《永乐大典》收录宋元戏文33种,现仅存《张协状元》、《宦门子弟错立身》(简称《错立身》)、《遭盆吊没兴小孙屠》(简称《小孙屠》)3种。南戏的代表作是"荆、刘、拜、杀、琵",即《荆钗记》、《刘知远》(《白兔

---

① [元]陶宗仪等编:《说郛三种》(十),上海古籍出版社1988年版,第2099页。
② [明]徐渭:《南词叙录》,载中国戏曲研究院:《中国古典戏曲论著集成》(三),中国戏剧出版社1959年版,第239页。

记》)、《拜月亭记》、《杀狗记》、《琵琶记》五大本。

《荆钗记》剧情:钱玉莲拒绝富豪孙汝权求婚,嫁给以荆钗为聘的贫穷书生王十朋。王十朋考中状元,拒绝宰相逼婚,被调往边远的烟瘴之地任职。孙汝权将王十朋寄给钱玉莲的家书改为休书,并伪称王十朋已入赘相府。钱玉莲后母逼其改嫁。钱玉莲誓死不从,愤然投江,被福建安抚使钱载和救起,认作义女。后王十朋升任吉安知府,誓不再娶,谢绝钱载和招婿美意。及至荆钗重现,夫妻始得团圆。

同为贫穷书生婚后中状元,但此戏立意与南戏中大量的"负心戏"颇不相同。此戏从正面着墨,塑造了富贵不忘糟糠之妻、忠于爱情的正直文人形象,对钱玉莲威武不能屈、富贵不能淫的美好品德也给予了赞许。全剧以荆钗为主线展开故事,构思缜密,结构紧凑,情真意切,感人至深。其中《刁窗》《见娘》《祭江》等出颇为流行。

《白兔记》剧情:五代时,刘知远家境贫寒,得财主李文奎赏识,将女儿李三娘许配其为妻。李文奎去世,刘知远被李三娘兄嫂李洪一夫妇欺压,离家从军,又入赘岳节度使家。李三娘磨坊产子,托人将儿子送到军中抚养。十六年后,其子打猎,追赶一只白兔,始得与母亲李三娘相会,全家团圆。

此戏以肯定和同情的态度描写了刘知远青少年时的潦倒和屈辱、投军后的艰辛与苦楚、未发迹时的挣扎与奋斗,同时也批判了他发迹后的志得意满、对发妻李三娘的薄幸寡恩。全剧以饱蘸感情的笔触描写了李三娘先遭哥嫂迫害,复被知远遗弃,在孤独寂寞、凄风苦雨中忍受煎熬的悲惨命运,揭示了封建家庭内部的矛盾,以及人情冷暖、世态炎凉。

《拜月亭记》剧情:故事发生在金末,金朝兵部尚书王镇的女儿王瑞兰在逃难时与母亲失散,邂逅书生蒋世隆,二人结为夫妇,后瑞兰与其父王镇相遇,被迫与蒋世隆分离,随父回家。蒋世隆的妹妹瑞莲也在战乱中与兄长失散,被王夫人认为义女,到了王镇府中。王瑞兰思念蒋世隆,焚香拜月,为他祷祝,被瑞莲识破,始知彼此原属姑嫂。后来,蒋世隆和结义兄弟陀满兴福分别中了文、武状元，奉旨与王镇的女儿结亲。于是，夫妻兄妹团圆。

《拜月亭记》的故事发生在战乱之中，充满悲剧色彩。作者以偶然性避免悲剧性结局，借喜剧性的巧合来突出人们对美好事物的祝愿和对封建礼教的嘲讽，使人感到妙趣横生，真实可信，成功地将悲剧色彩与喜剧氛围相融合。该剧相当真实地描写了我国北方各族人民在战乱中经受的骨肉分别、颠沛流离的苦难，多方面表现了人们在危难中相互扶持的美好情感，通过人物之间的性格冲突，揭露并批判了悖情谬理的封建礼教。

《杀狗劝夫》剧情：富豪子弟孙华与无赖柳隆卿、胡子传相交，其弟孙荣规劝其兄。孙华听信胡言，反将孙荣逐出门外。孙华妻知其夫不正，于是杀狗剥皮，伪装成尸，放于门前。孙华深夜归来，见之大恐，请柳隆卿、胡子传帮忙，二人不但不助，反而报官。孙荣为救其兄自认杀人。后孙华妻至公堂说明原委，兄弟和好。

该剧运用对比手法，阐明了交友要慎、守业不易的人生道理，批评了浇薄的世风，具有一定的教化作用。但"孝友为先""亲睦为本""妻贤夫祸少"等封建说教充斥剧中，孙荣和杨月真的形象也不够生动丰满。

《琵琶记》改编自民间南戏《赵贞女》。其剧情：书生蔡伯喈与妻子赵五娘新婚两月，却被父亲逼迫进京赴试，得中状元，牛丞相要招他为婿，蔡伯喈推辞再三。其家乡连遭灾荒，赵五娘吃糠奉养公婆。公婆去世，赵五娘卖发求棺，以手掘地，为其送葬后，身背琵琶，沿街卖唱，乞讨进京，千里寻夫。后为牛小姐接纳，一家团圆。

在剧本的结构体制上，南戏可以根据剧情自由伸缩，具有开放性与灵活性。在歌唱体制上，南戏每本都有生、旦两角，不仅主角可唱，而且其他角色均可歌唱。歌唱形式也很丰富，有独唱、对唱、轮唱、合唱等，十分灵活。南戏的缀合联唱，原不受宫调形式的限制，只以音乐的接合顺畅为原则。后期的南戏，则通过"南北合套""集曲"等形式，丰富了南曲音乐的表现力。

南戏在二百五十年的发展历程中,虽不像元杂剧那样光彩夺目、如日中天,但也以其灵活性、开放性,在北杂剧暗淡衰落之际,孕育了一个辉煌的传奇时代。

(二)元杂剧

元杂剧又称北杂剧,是在金院本和诸宫调的基础上广泛吸收了多种词曲和技艺发展而成的。

1.元杂剧的形成

元代知识分子的地位很低,蒙古灭金后,停止科举考试将近八十年。一大批富有才华和正义感的知识分子被打入社会底层,他们有机会接触底层社会,了解底层群众的生活和情感,体会底层人民的痛苦和愿望。这些文人跨进勾栏瓦舍,以极高的文化修养、广博的学识推动元杂剧文学艺术的发展。据元中叶钟嗣成《录鬼簿》、明初朱权《太和正音谱》、明贾仲名《录鬼簿续编》、清末王国维《宋元戏曲考》及近人傅惜华《元代杂剧全目》可知,有姓名的元杂剧作家有200人左右,元杂剧剧目737种,有剧本保存下来的近200种,保存残曲29种。

元杂剧创作可分为前、后两期。前期人才辈出、佳作如林,是元杂剧鼎盛期。前期作家除关汉卿、王实甫、马致远、白朴外,还有杨显之、高文秀、石君宝、纪君祥、康进之等。后期,元杂剧中心南移,呈现出衰颓之势,但也不乏成就较为突出的剧作家,如郑光祖、乔吉、曾瑞、萧德祥、罗贯中、王子一、贾仲名、杨文奎等。人们一般把关汉卿、马致远、郑光祖、白朴合称为"元曲四大家"。

2.元杂剧题材

元杂剧的创作题材十分广泛。有的作品揭露元代社会的黑暗,表达了被压迫人民强烈的愤怒与反抗精神,如关汉卿的《窦娥冤》《鲁斋郎》;有的作品直接把矛头指向达官显贵、皇亲国戚,如高文秀的《双献功》;有的作品通过青年男女对爱情和婚姻自主的追求,抨击封建礼教、封建制度及封建道德规范,如王实甫的《西厢记》、白朴的《墙头马上》;有的作品描写梁山英雄除暴安良的侠义行动,如康进之的《李逵负荆》;有的作品着重反映了当时女性低下的社会地位、悲惨的命运,如杨显之的《潇湘夜雨》、石君宝的《秋胡戏妻》。

到了元代后期,一些杂剧试图通过对古代"圣君贤相""忠臣义士"的表彰维系岌岌可危的元代政权,如杨梓的《豫让吞炭》等;还有一些作品反映地主阶级内部矛盾,如《杀狗劝夫》《合同文字》等。

元杂剧文学,以质朴自然取胜,后世戏曲文学无有出其右者。关汉卿、王实甫、白朴、马致远等元杂剧作家的出现更是使元杂剧成为一代之文学中闪闪发光的瑰宝。

3.元杂剧剧本构成

元杂剧剧本由唱、科、白三部分构成。"唱"的唱词指按一定的宫调(乐调)、曲牌(曲谱)写成的韵文,由正旦或正末演唱。元杂剧曲词采用的是曲牌体。元杂剧有九个宫调,即所谓的"五宫四调":仙吕宫、南吕宫、钟吕宫、黄钟宫、正宫和大石调、双调、越调、商调。其曲律与诗词不同,采用《中原音韵》的新四声,特征是"平分阴阳""入派三声"。"科"是戏剧动作的总称。包括舞台的程式、武打和舞蹈。"白"是"宾白",是剧中人的说白部分,往往用"云"字提示。宾白是元杂剧中重要的有机组成部分,分对白(人物对话)、独白(人物自述)、旁白(背过别的人物自述心里话)、带白(唱词中的插话)等。

4.元杂剧演出体制

元杂剧剧本大多是"四折一楔子"结构。演出时一本四折都由正末或正旦独唱,其他角色只有说白。比较复杂的剧情,可以增加一折,例如《赵氏孤儿》全剧为五折,关汉卿《五侯宴》是五折,《秋千记》为六折;亦可分成多本多折演出,例如《西厢记》全剧为五本二十一折,《西游记》竟达六本二十四折。

楔子是引出剧情的开头戏,或折与折之间的过场戏,篇幅较短,一般放在剧本开头,但可根据剧情做适当调整,如《西厢记》第二本《崔莺莺夜听琴》中,楔子放在了第一折和第二折之间。有的剧本没有楔子,如《墙头马上》。

四折既是情节的四个段落,与故事的"起承转合"相关,又是音乐的四个段落。元杂剧剧本演唱的曲子一般分为四大套,一折戏演唱一套曲子,每套曲子同属一个宫调。每套曲子由同一个宫调的不同的曲子组成。这样,折与折之间有宫调变化,曲与曲之间有曲调变化,成为一种曲牌联套结构。杂剧的四折既是一种文学结构,又是一种音乐结构,形成了一个严谨统一的有机整体。

元杂剧广泛而深刻地反映了元代社会生活,生动而真实地表现了各阶层人民的喜怒哀乐、理想和愿望。大量的元杂剧弘扬了爱国主义理想和民族的传统美德,歌颂了反抗封建礼教,追求爱情自由、婚姻自主的民主精神,褒扬了秉公办事的清官明吏,肯定了农民的起义造反,全面揭露、控诉了封建统治阶级的罪恶和丑恶的社会现实。虽然其中也有不少宣扬封建迷信、提倡消极避世的作品,但瑕不掩瑜,元杂剧在戏曲史和文学史上依旧光彩夺目,它将诗词、歌唱、对白、音乐、舞蹈等多种表演形式结合起来,有完整的故事情节和角色配合,标志着中国古代戏曲的成熟。

(三)明清传奇

传奇之名源自唐人裴铏的短篇小说集《传奇》。唐宋文人所作文言短篇小说,由于情节曲折离奇,一概被统称为传奇。宋元南戏、元杂剧等,由于多取材于唐人传奇小说,故当时也常被称为传奇。明清时期,传奇则专指与宋元南戏一脉相承的长篇戏曲,以与篇幅较短的杂剧相区别。其剧本文学曲词典雅、体制庞大,名篇佳作不胜枚举,为戏曲文学绝盛之代表。表演上则日趋成熟,多用昆曲演唱。

1. 明清传奇发展历程

明清传奇经历了近四百年的发展历程,大致可分为四个阶段。

(1)明初到明嘉靖、隆庆年间

元杂剧中套曲的刻板、单调必然损害其戏剧性的发挥。明代中叶以后,北杂剧走向衰落。南戏以其自由性、灵动性占据了戏曲舞台重要地位,并流传到各地。在流传过程中,由于各地方言及欣赏习惯不同,南戏做出相应改变,与各地的语言、民间艺术相结合,各地民间艺人采用当地方言土语来演唱旋律相同的曲调,由此形成了各种不同的声腔。

其中,产生于浙江的海盐腔、余姚腔,产生于江苏的昆山腔,产生于江西的弋阳腔较为有名,被称为"四大声腔"。此外,还产生了义乌、青阳、徽州、乐平等声腔,南戏的名称或分别被各种声腔代替,或统称为"传奇"。

嘉靖年间,魏良辅(1489—1566)在南曲戏剧家过云适、北曲戏剧家张野塘的协助下,吸收了海盐腔、余姚腔以及江南民歌小调的某些特点,对昆山腔进行加工整理,将南曲、北曲合为一体,形成"水磨调",又称"昆腔""昆曲"或"昆剧"。后又对伴奏乐器进行改革,获得了极大的成功。梁辰鱼按照昆曲要求,创作了传奇作品《浣纱记》,使昆曲逸出诸腔,焕发出强大的舞台生命力。

李开先的《宝剑记》和佚名的《鸣凤记》也活跃在这一时期的戏曲舞台上。

(2)明万历年间到明末

改革后的昆山腔进入极盛期,而弋阳腔逐渐发展成弋阳腔系统,昆、弋争胜的局面带来传奇创作的全面繁荣。

汤显祖(1550—1616)是这一时期最杰出的剧作家,其主要代表作为《紫钗记》、《牡丹亭》(《还魂记》)、《南柯记》、《邯郸记》,合称"临川四梦"("玉茗堂四梦")。

沈璟(1553—1610)也是当时剧坛上的代表人物。他选取《水浒传》部分章节,改编创作了《义侠记》,成功地把英雄武松的形象搬上了戏曲舞台。他在戏曲理论方面也颇有建树。针对当时戏曲创作典雅、骈俪成风,脱离舞台演出的弊病,他提出"声律论"和"本色论"。他修订增补的《南九宫十三调曲谱》(21卷)成为作曲、唱曲者遵循的典范,对南曲声律产生了很大影响。

(3) 明末清初

昆山腔和传奇创作进入调整、总结阶段,戏曲理论家李渔和以李玉为首的"苏州作家群"是这一阶段的代表人物。

李渔(1610—1680),字谪凡、笠鸿,号笠翁。他多才多艺,精通戏曲,著述很多,除诗、文、小说外,还有戏曲理论专著《闲情偶寄》和传奇作品。《闲情偶寄》从"词曲部""演习部"两个方面对戏曲艺术做了立体、综合的总结,具有普遍的指导意义,对后世戏曲的发展产生了巨大影响。

在"苏州作家群"中,李玉著作最富、影响最大。李玉(约1610—约1670),字玄玉,一作元玉,号苏门啸侣,又号一笠庵主人。李玉恪守正统道德观念,遗民意识强烈。他的代表作品为前期的《一捧雪》《人兽关》《永团圆》《占花魁》及后期的《千忠戮》《清忠谱》。"一人永占"体现其道德救世意识,《千忠戮》《清忠谱》体现其乱世漂泊情怀及对时代、政治的思考。

(4) 康熙末年到乾隆末年

这段时期,昆曲由盛转衰,"南洪北孔"两块丰碑却矗立起来。

"南洪"即洪昇(1645—1704),字昉思,号稗畦,浙江钱塘人。《长生殿》是其代表作品。《长生殿》讲的是李隆基(唐明皇)和杨玉环(杨贵妃)之间真挚纯美的爱情故事,渗透了作者家国兴亡之感。

"北孔"即孔尚任(1648—1718),字聘之,号东塘,自号云亭山人、岸堂主人。他诗文甚多,却因《桃花扇》而赢得不朽盛名。此剧以复社文人侯方域和秦淮名妓李香君的爱情故事为线索,以南明兴亡为中心事件,将朝政得失、文人聚散交织成一部雄伟悲壮的史诗,展现了明末动荡不已、纷繁复杂的社会生活画面,借"离合之情",写"兴亡之感"。

《长生殿》和《桃花扇》是我国传奇历史剧的双璧,显示出明清传奇的最后实力,成为传奇由盛而衰的转折点。"南洪北孔"之后,明清传奇的光华渐渐消失了。

2.传奇剧本结构

传奇比宋元南戏头绪更多,篇幅更长,一般有四五十出,一本戏往往分上下卷,甚至有两卷以上。鸿篇巨制可容纳丰富的故事内容,组织复杂的戏剧冲突,刻画生动的人物形象,穿插文武、冷热等不同场子,使唱、念、做、打各种艺术手段都得到发挥。

传奇分出,每出都有标题。出是南戏和传奇的结构段落,相当于杂剧的折,但音乐不限同一宫调,曲文可以换韵,上场角色都可以歌唱。

3.传奇演出体制

南戏中已有插用北曲的现象,而传奇中南北合套更为普遍,甚至有不少整出通用北套的。传奇吸取了北曲以宫调统率曲牌的经验,建立了南九宫或十三调的音乐体系,增强了戏剧表现力。

传奇节奏缓慢,形式固定。一般第一出是"副末开场",由末或副末用两首词或一首词略述全剧大意,交代创作意图;第二、三出是"生旦家门",生、旦先后登场,自我介绍;第四出其他角色陆续登场,展开故事。

(四)清代戏曲

清代,地方戏在全国各地兴起,有"南昆、北弋、东柳、西梆"之说。地方戏适应当地观众的欣赏习惯,保持了浓郁的地方特色,且剧目繁多,涉及社会领域较广,受到当地百姓的欢迎,达到较高的艺术水平。

1.花部戏曲的萌发

民间地方戏曲最初大多流行于乡村,一开始是小生、小旦或者再加小丑的"两小"或"三小"戏,用当地流行的山歌小调来演出一个比较简单的故事,往往不被重视。后来其继承了弋阳腔等声腔的传统,吸收了昆曲的艺术精华,逐渐成熟起来,形成了许多具有浓郁地方特色的地方剧种,并从乡村走向了较为发达的城市。

2."花雅之争"

李斗《扬州画舫录》中记载:"两淮盐务例蓄花、雅两部,以备大戏。雅部即昆腔;花部为京腔、秦腔、弋阳腔、梆子腔、罗罗腔、二黄调,统谓之乱弹。"

充满活力、不断壮大的花部与颇具实力但日益衰颓的雅部展开了激烈的竞争。花部不断给雅部以冲击,同时又从雅部那里吸收艺术营养以壮大自己,最后取而代之。"花雅之争"大体经历了三个大的阶段:

第一阶段是同为曲牌联套的弋阳腔与昆曲的竞争,其结果便是从弋阳腔被禁止演出到弋阳腔与昆曲并重,同称为"雅部"。在北京,弋阳腔逐渐京化、雅化、规范化、程式化,被人称为"京腔"。京腔与昆曲竞争削弱了昆曲的势力,并为秦腔、皮黄的发展铺平了道路。

第二阶段,继弋阳腔之后,与昆曲抗衡的是秦腔。秦腔艺人魏长生来到北京演出,引起了轰动,大有压倒昆、弋两腔之势。后来,由于清廷屡出告示,扶持雅部,强迫魏长生等秦腔艺人改习昆、弋,魏长生被迫南下,在扬州、苏州产生了巨大影响。

第三阶段,三庆、四喜、和春、春台四家著名的徽班陆续来到北京演出,他们技艺精绝,再加上程长庚、张二奎、余三胜等著名演员,因而深受北京观众欢迎。道光年间,徽班艺人同来自湖北的汉调艺人合作,不断吸收京腔、昆腔、秦腔及其他地方小戏和民间曲调,熔铸成以皮黄为主的京剧。

京剧的形成标志着"花雅之争"的结束,花部取得了决定性的胜利。"花雅之争"不仅表现了声腔剧种兴衰的历史,而且反映了封建盛世中不同思想感情和美学趣味的竞争,体现出大众文化和贵族文化尖锐的冲突、对立,是正在涌动的民主浪潮对封建礼乐思想的巨大震荡。在"花雅之争"的过程中,花部既冲击着雅部,又借鉴吸收了雅部的艺术成就,使自身不断发展和完善,带来地方戏的全面繁荣。

3. 五大声腔构成系统

乾嘉之际,以秦腔的流布形成了梆子腔声腔系统,与昆曲声腔系统、高腔声腔系统、弦索腔声腔系统一起构成了丰富多彩的地方戏曲声腔。这四者和形成于嘉道年间,以西皮、二黄为主的皮黄声腔系统,一起被称为五大声腔。

五大声腔系统散落在我国各地,形成了京剧、豫剧、越剧、昆曲、黄梅戏、川剧、粤剧、秦腔、吕剧、柳琴戏、花鼓戏、云南花灯、晋剧、淮剧、湘剧、评剧、滇剧等地方戏。这些剧种各具特色,异彩纷呈,成为我国的文化瑰宝。

(五)现当代戏曲

辛亥革命前后,一批有造诣的戏曲艺术家从事戏曲艺术改良活动,著名的有汪笑侬、潘月樵、夏月珊等,他们为以后的戏曲改良积累了宝贵的经验。从1919年五四运动到中华人民共和国成立,在这一时期内,一些有识之士对戏曲进行了改革。梅兰芳在五四前夕演出了《邓霞姑》《一缕麻》等宣传民主思想的时装新戏,周信芳、程砚秋等也创作了不少作品。袁雪芬则高举越剧改革大旗,主演了鲁迅名著《祥林嫂》,在中国戏曲中率先形成了融编、导、舞、音、美为一体的综合艺术机制,开启了中国戏曲艺术大写意与大写实相结合的机制。

新中国成立后,涌现了一批优秀剧目,如京剧《将相和》《白蛇传》、评剧《秦香莲》、越剧《梁山伯与祝英台》、昆剧《十五贯》等,著名历史学家吴晗还撰写了历史题材的京剧《海瑞罢官》。以后,又陆续推出一系列优秀作品,如京剧《白毛女》《红灯记》《奇袭白虎团》、越剧《西厢记》、评剧《刘巧儿》、沪剧《芦荡火种》、豫剧《朝阳沟》等。

粉碎"四人帮"后,广为群众喜爱但被停演或遭到批判的大量传统剧如京剧《谢瑶环》、莆仙戏《春草闯堂》、吕剧《姊妹易嫁》等也得以重新上演。

戏曲艺术发展到今天,不断适应新时代、新观众的需要,保持和发扬了民族传统艺术特色,戏曲界提出的"现代化"与"戏曲化"的问题,已成为新的历史时期积极探讨和积极实践的问题。

第二节　中国戏曲文学的特点及其审美形态

一、中国戏曲文学的特点

综合性、虚拟性、写意性、程式性，是中国戏曲的主要艺术特征。这些特征，凝聚着中国传统文化的美学思想精髓，构成了独特的戏剧观，使中国戏曲在世界戏曲文化的大舞台上闪耀着独特的艺术光辉。

(一) 综合性

中国戏曲是一种综合性舞台艺术样式。它把唱、念、做、打等多种表演手法以一种标准聚合在一起，让众多艺术形式在共性中体现个性。这些形式主要包括诗、乐、舞。诗指文学，乐指音乐伴奏，舞指表演。此外还包括舞台美术、服装、化装等方面。而这些艺术因素在戏曲中都为了一个目的，即演故事；都遵循一个原则，即美。中国戏曲"始于离者，终于和"。

(二) 程式性

中国戏曲的另一个艺术特征，是它的程式性，如关门、上马、坐船等都有一套固定的程式。程式是戏曲反映生活的表现形式。它是指对生活动作的规范化、舞蹈化表演并重复使用。程式直接或间接来源于生活，它把日常生活中的一些动作加以提炼、夸张，使之节奏化、美化，成为一种规范的东西，大家约定俗成，沿用了下来，其中凝聚着古往今来艺术家们的心血。戏曲表演中的关门、推窗、上马、登舟、上楼等，皆有固定的程式。值得注意的是，不同的角色和行当表演同一动作时在程式上是有区别的。

除了表演程式外，戏曲在剧本形式、角色行当、音乐唱腔、化装服装等各个方面都有一定的程式。程式化并非公式化和凝固化，优秀的艺术家能够突破程式的某些局限，创造出个性化的规范艺术。程式是一种美的典范。

(三)虚拟性

虚拟是戏曲反映生活的基本手法。它是指演员的表演,用一种变形的方式来比拟现实环境或对象,借以表现生活。

中国戏曲的虚拟性首先表现为对舞台时间和空间处理的灵活性,所谓"三五步行遍天下,六七人百万雄兵""顷刻间千秋事业,方丈地万里江山""眨眼间数年光阴,寸炷香千秋万代",这就突破了西方歌剧的"三一律"与"第四堵墙"的局限。角色在舞台上进进出出,实现着戏剧环境的转换并推动着剧情的发展。比如在京剧《白蛇传》里,白蛇与青蛇仙气飘飘,相依而来,低吟浅唱:

> 离却了峨眉到江南,
> 人世间竟有这样美丽的湖山!
> 这一旁保俶塔倒映在波光里面,
> 那一旁好楼台紧傍着三潭;
> 苏堤上杨柳丝把船儿轻挽,
> 颤风中桃李花似怯春寒。
> ……

随着演员婉转的歌声与曼妙的舞姿,我们坐在剧场里,与白蛇、青蛇一起"看"到了仙气缭绕的峨眉、杨柳依依的江南。在一场戏里,通过人物的活动,观众可以从一个环境迅速而轻松地转入另一个环境。

其次是在具体的舞台气氛调度和演员对某些生活动作的模拟方面,诸如刮风下雨、船行马步、穿针引线等,更集中、更鲜明地体现出戏曲的虚拟性特色。

戏曲脸谱也是一种虚拟方式,下文会详述。

中国戏曲的虚拟性,与戏曲舞台简陋、舞美技术落后的局限性等因素相关,但主要是追求神似、以形写神的民族传统美学思想积淀的产物。这是一种美的创造。它极大地解放了作家、舞台艺术家的创造力和观众的艺术想象力,从而使戏曲的审美价值获得了极大的提高。

(四)写意性

中国戏曲的写意性主要体现在人物形象的塑造上,包括人物的服化及动作。人物动作的写意性与其程式性一样,唱、念、做、打必须按照严格的要求完成,这里不再赘述。

人物化装的写意性,主要体现在戏曲脸谱上。脸谱可用不同线条、色彩表现人物性格、品质、命运等。一般来说,生、旦的化装,是略施脂粉以达到美化效果,这种化装称为"俊扮"。这两个行当的人物个性,主要靠表演及服装等方面表现。脸谱化装,主要用于净、丑行当的各种人物,以夸张鲜明的色彩和变幻无穷的线条来改变演员的本来面目,因人设谱,一人一谱。脸谱艺术非常讲究章法,将点、线、色、形有规律地组织成装饰性的图案造型,由此产生了戏曲脸谱的各种样式与规则,也就形成了一定的程式。

脸谱按照谱式可分为整脸(如包拯)、三块瓦脸(如晁盖)、花三块瓦脸(如曹洪)、十字门脸(如张飞)、六分脸(如廉颇)、碎脸(如杨七郎)、歪脸(如于亮)、元宝脸(如徐盛)、僧道脸(如鲁智深)、神怪脸(如二郎神)、象形脸(如孙悟空)等。

脸谱中的谱色也有相对固定的象征意义和特殊寓意,以表现人物的基本性格特征。例如,红脸表示忠勇耿直、有血性的勇烈人物(如关羽、赵匡胤);粉红脸表示年迈气衰、德高望重的忠勇老将(如廉颇、袁绍);紫脸表示刚毅威武、稳重沉着的人物(如常遇春、樊哙);黄脸表示骁勇善战、残暴的人物(如典韦、宇文成都);绿脸表示侠肝义胆、性格暴躁的人物(如程咬金、青面虎);黑脸表示忠耿正直、铁面无私,或粗率莽撞的人物(如包拯、张飞)。

二、中国戏曲演员的表演形态

中国戏曲是以唱、念、做、打的综合表演为中心的戏剧形式,它有着丰富的艺术表现手段,它与表演艺术的紧密结合,使其富有特殊的魅力。它把曲词、音乐、美术、表演的美熔铸为一,用节奏统驭在一出戏里,达到和谐统一,充分调动各种艺术手段,形成独特的节奏鲜明的中国表演艺术。

中国戏曲在表演方式上讲究四功五法。所谓四功,就是唱、念、做、打。

"嗟叹之不足故咏歌之。"戏曲的唱是人物抒发情感的重要手法,无论是板腔体还是曲牌体,都是我国古代诗、词、曲在戏曲中的融汇与表现。在戏曲中安排长短不一的唱词,不仅能够直接对人物性格的塑造、感情的表达起到积极作用,而且富有旋律的美感,便于营造氛围,间接地表现人物的内心活动。唱功对于曲牌体剧目尤为重要,人们一般不说"看"昆曲,而说"听"昆曲,就是这个道理。

戏曲念白大体上可以分为两大类:散白(与生活语言接近,大多以各地的方言为基础)及韵白(经过加工与提炼,具有韵律性,念起来朗朗上口)。戏曲中的念白可恰如其分地表现人物的心理,它与戏曲中的唱相互配合、相互补充,经过恰当的编排组合,能够更好地表达人物的情感及心理状态。戏曲作品中不乏以念白著称的剧目。京剧《法门寺》中,小太监贾桂念状词时快而不乱、一气呵成,让人印象深刻;京剧《审头刺汤》中,陆炳诘问汤勤时的念白脍炙人口、酣畅淋漓,令人拍案叫绝。

做功是戏曲主要的视觉语言方式之一,是戏曲运用形体手段来塑造人物形象的主要方式。做功充分吸收了古代舞蹈、绘画、雕塑、杂耍等各种造型艺术,不断地从生活中直接模仿有关人与动物的形态举止,经舞台实践的千锤百炼而形成。做功表演往往有出奇制胜的效果。《毛诗序》中认为,人在"咏歌之不足"时,才不自觉地"手之舞之,足之蹈之",这是从人物情感的递进程度而言的。做功表演不仅指演员表演时传情达意的戏剧化、舞蹈化动作,而且包括许多特技动作,如喷火、变脸、扮僵尸、开慧眼、变须、飞帽上头、钻火圈、托举、藏刀等。这些动作技术性很强,难度很高,极富表现力。

戏曲在长期的发展演化中吸收了打技和特技。"戏曲的武打和一些动作特技,在表现那些战斗场景或特殊场合的体态身姿时,具有无可替代的剧情表达效果和艺术美感效果。"在戏曲中相应的部分安排适当的打戏能够形成良好的视觉效果,产生动人心魄的力量。

所谓五法,指手、眼、身、步、法。在戏曲表演过程中,"五法"精妙到位,才能做好"四功"。

第三节　中国戏曲文学的代表作家和作品

一、南戏代表作家作品

前面已提到,南戏的主要代表作品为《永乐大典》戏文三种及"荆、刘、拜、杀、琵",这里我们重点介绍高明的《琵琶记》。

高明(1305—?),字则诚,人称"东嘉先生",著有诗、文、词、散曲,其中以戏文作品《琵琶记》为首。《琵琶记》取材于民间故事,最为动人之处是对赵五娘命运的描写。赵五娘是苦难的化身,是中国古代劳动妇女的缩影。剧本突出刻画了赵五娘善良、温柔、勤劳、朴实、任劳任怨、坚韧不拔等优秀品质和自我克制的牺牲精神,是一个"贤妻孝妇"的典范。她是在男权社会中男性对心中理想型女性形象的一种寄托、期望。她没有自我意识、自我思想、自我意志,没有感情,没有活力,没有支配自己行为的权利。她仿佛是封建时代塑造出的一个无血无肉无感情的机器人,做着社会让她做的一切。

《琵琶记》全剧共42出,结构宏伟,构思精巧,两条线索相互交织,波澜起伏地向前发展:蔡伯喈步步陷入功名富贵的罗网而不能自拔,赵五娘于水深火热之中日益艰难而无法摆脱。于是,一边是赵五娘临妆感叹,在家苦守,一边是蔡伯喈独占鳌头,春宴杏园;一边是灾难临头,赈粮被抢,一边是良辰美景,洞房花烛;一边是背着公婆吃糠咽菜,一边是荷花池旁饮酒消夏；一边是"黄土伤心，丹枫染泪"，罗裙包土筑坟台，一边是长空皓月，思念家乡梦里人。一哀一乐，一悲一喜，一贱一贵，一贫一富，两两相衬，形成鲜明的对比。《琵琶记》在对比中，刻画出蔡伯喈和赵五娘的不同心境和性格，使人对赵五娘的遭遇产生无限的同情。

《琵琶记》曾被誉为"南戏中兴之祖"。其语言朴素、本色，以口头语写心间事，委婉尽致，描写物态，栩栩如生。尤其是赵五娘吃糠时唱的"孝顺歌"，更是脍炙人口。赵五娘由糠的难咽，想到自己的身世。以糠和米一贱一贵，生生被扬作两处，比喻夫妻不同的命运。赵五娘触物伤情，倾诉了心头无尽的怨艾。其经典片段：

【双调过曲·孝顺歌】(旦唱)呕得我肝肠痛，珠泪垂，喉咙尚兀自牢嗄住。糠哪，你遭砻被舂杵，筛你簸扬你，吃尽控持。悄似奴家身狼狈，千辛万苦皆经历。苦人吃着苦味，两苦相逢，可知道欲吞不去。(吃吐介)

(外、净潜上探觑科)

【前腔】(旦唱)糠和米，本是相依倚，谁人簸扬你作两处飞？一贱与一贵，好似奴家与夫婿，终无见期。丈夫，你便是米呵，米在他方无寻处。奴家恰便似糠呵，怎的把糠救得人饥馁？好似儿夫出去，怎的教奴供膳得公婆甘旨？(不吃放碗介)

(外、净潜下科)

【前腔】(旦唱)思量我生无益，死又值甚的！不如忍饥死了为怨鬼。只一件，公婆老年纪，靠着奴家相依倚，只得苟活片时。片时苟活虽容易，到底日久也难相聚。漫把糠来相比，这糠尚兀自有人吃，奴家的骨头知他埋在何处？

二、元杂剧代表作家作品

元蒙统治者对文人极不重视，因而使不少具有正义感和富有才华的文人投身于杂剧剧本的创作中来,这些文人使得元杂剧成为元朝一代文学。

(一)关汉卿及其《窦娥冤》

关汉卿(1219—1301),号已斋叟,大都(今北京)人。元代杂剧作家。他与郑光祖、白朴、马致远齐名,被称为"元曲四大家"。据记载,关汉卿共创作剧本六十余本,《窦娥冤》《救风尘》《望江亭》《拜月亭》《鲁斋郎》《单刀会》《调风月》等是他的代表作。其中,《窦娥冤》是我国十大古典悲剧之一。

《窦娥冤》(全名《感天动地窦娥冤》)取材自"东海孝妇"的民间故事。贫儒窦天章因无钱进京赶考,无奈之下将幼女窦娥卖给蔡婆家为童养媳。窦娥婚后丈夫去世,婆媳相依为命。蔡婆外出讨债时遇到流氓张驴儿父子,被其胁迫。张驴儿企图霸占窦娥,见她不从便想毒死蔡婆以要挟窦娥,不料误毙其父。张驴儿诬告窦娥杀人,官府严刑逼问婆媳二人,窦娥为救蔡婆自认杀人,被判斩刑。窦娥在临刑之时指天为誓,死后将血溅白练、六月飞雪、亢旱三年,以明己冤,后来果然都应验。三年后窦天章任廉访使至楚州,见窦娥鬼魂出现,于是重审此案,为窦娥申冤。窦娥是个善良柔弱、孤苦无依的女子。她三岁丧母,七岁被卖,新婚不久即丧夫,最终被统治者以法律的名义处死,她是苦难的化身。面对不合理的封建制度,善良柔弱的窦娥走向了反抗之路。她坚强不屈,怒问苍天,责问大地,否定鬼神,对不能伸张正义的黑暗社会进行强烈控诉。窦娥三桩誓愿的实现极具积极的浪漫主义风格,产生了震撼人心的艺术效果。该剧批判了元代社会黑暗、官吏腐败等种种政治问题,宣泄了郁积在被压迫、被侮辱的广大群众心中的强烈不满和反抗情绪,表现了作者悲天悯人的人道主义情怀。

在作品风格上,《窦娥冤》运用了写实与写意相结合的艺术手法。作者运用丰富的联想和夸张,设计出血溅白练、六月飞雪、亢旱三年这样的超现实情节,显示出正义的强大力量,寄托了作者鲜明的爱憎之情,反映了广大人民伸张正义、惩治邪恶的愿望。

《窦娥冤》经典片段：

【二煞】你道是暑气暄，不是那下雪天；岂不闻飞霜六月因邹衍？若果有一腔怨气喷如火，定要感得六出冰花滚似棉，免着我尸骸现；要什么素车白马，断送出古陌荒阡！

（正旦再跪科，云）大人，我窦娥死得委实冤枉，从今以后，着这楚州亢旱三年！（监斩官云）打嘴！那有这等说话！（正旦唱）

【一煞】你道是天公不可期，人心不可怜，不知皇天也肯从人愿。做甚么三年不见甘霖降？也只为东海曾经孝妇冤，如今轮到你山阳县。这都是官吏每无心正法，使百姓有口难言！

（刽子做磨旗科，云）怎么这一会儿天色阴了也？（内做风科，刽子云）好冷风也！（正旦唱）

【煞尾】浮云为我阴，悲风为我旋，三桩儿誓愿明题遍。（做哭科，云）婆婆也，直等待雪飞六月，亢旱三年呵，（唱）那其间才把你个屈死的冤魂这窦娥显！

（二）王实甫及其《西厢记》

王实甫（1260—1336），名德信。著有《西厢记》《双蕖怨》《丽春堂》《进梅谏》《破窑记》等十三种杂剧，其中，《西厢记》的艺术成就最高。贾仲明称其："作词章风韵美，士林中等辈伏低。新杂剧，旧传奇，西厢记天下夺魁。"

《西厢记》（全名《崔莺莺待月西厢记》）取材于唐代大诗人元稹的传奇小说《莺莺传》（又名《会真记》）。宋代以后，《莺莺传》曾被改编为多种艺术形式，思想内容逐渐有所变化。其中成就最高、影响最大的是金代董解元的《西厢记诸宫调》，人称《董西厢》，它是王实甫《西厢记》的直接蓝本。

《西厢记》是一出爱情喜剧。书生张君瑞与相府小姐崔莺莺一见钟情,老夫人崔母却以张没有功名而百般阻挠。但二人在红娘的帮助下,有情人终成眷属。《西厢记》的故事并不离奇复杂,始终围绕着有情人能否成为眷属这一主线展开,巧妙地将几组矛盾冲突(老夫人、郑恒与莺莺、张生、红娘之间,莺莺、张生与红娘之间,莺莺与张生之间,孙飞虎与莺莺、张生之间)粘连在一起,形成前后相连、宏阔缜密的戏剧结构和开阖相间、张弛有致的戏剧节奏。该剧善于利用相反相成的手法塑造人物,如红娘与莺莺的人物塑造,创新了杂剧体制。利用误会、巧合、夸张、抒情、打趣、滑稽、幽默、诙谐等艺术手法,形成优雅深沉与爽朗热烈参差错落、泼辣、轻快渗透其间的情感效应,构成抒情诗般的喜剧风格。

该剧语言华美清丽,在语言性格化方面成就突出。张生的语言开阔、清丽、洒脱不俗;红娘的语言俏皮、泼辣,俗语、成语总能脱口而出;莺莺的语言旖旎、凝重、蕴藉,符合相国小姐端庄、含蓄的性格特点。语言素材丰富广泛,以民间口语为主体,有时化用唐宋词,推陈出新,自然贴切,形成了通晓流畅与秀丽华美的统一。作品运用各种了修辞手法,珠玑满眼,美不胜收。总之,《西厢记》在语言运用上,堪称古代剧诗的范本。王实甫称得上是古代一位运斤成风的语言艺术巨匠。《西厢记》经典片段:

【锦上花】有限姻缘,方才宁贴;无奈功名,使人离缺。害不了的愁怀,恰才觉些;撇不下的相思,如今又也。

【幺篇】清霜净碧波,白露下黄叶。下下高高,道路凹折;四野风来,左右乱蜇。我这里奔驰,他何处困歇?

【清江引】呆答孩店房儿里没话说,闷对如年夜。暮雨催寒蛩,晓风吹残月,今宵酒醒何处也?

(三)马致远及其《汉宫秋》

马致远(约1251—约1321),号东篱,元代戏曲家。据记载,其所作杂剧十五种,现存七种:《汉宫秋》《青衫泪》《荐福碑》《岳阳楼》《陈抟高卧》《任风子》《黄粱梦》。

《汉宫秋》(全名《破幽梦孤雁汉宫秋》)根据昭君出塞的史实改编而成。匈奴单于呼韩邪听信西汉画工毛延寿之言,大兵压境,前来索要汉元帝的妃子王昭君。百官无能,汉元帝只得送昭君和番。元帝与昭君灞陵桥依依难舍,洒泪而别。昭君行至番汉交界处,投水自尽。元帝于宫中挂起昭君画像,寄托相思之情。梦中与昭君相会,醒来却听到孤雁哀鸣,更添愁闷。后来,单于将毛延寿送回西汉,元帝下旨杀了毛延寿祭奠昭君。

该剧把汉元帝与王昭君的爱情悲剧与政治悲剧、王昭君的个人命运与国家民族命运紧密联系在一起,热情歌颂了昭君的爱国精神与民族气节,同时对引狼入室的民族败类和尸位素餐的大臣进行了无情的讽刺。剧中对历史事实做了很大的改动:将汉强匈奴弱,以宫女和亲变为汉弱匈奴强,大军压境,强索昭君;宫廷画师毛延寿变为朝廷大臣,携图投敌;昭君的遭遇和结局也发生了改变,其和番之前已被宠幸,并投黑水而死。该剧不以激烈的冲突和起伏的情节取胜,而是用诗般的语言来抒发人物的内心情感,打动观众的心。作品重文辞,重抒情,不太注重戏剧性,带有强烈的主观色彩。而就抒情来看,其擅长悲剧性抒情,凄凉、哀婉。语言文采飞扬,而又清丽如画,不费推敲。故吴梅《曲学通论》说:"元曲有三家,一宗汉卿,一宗二甫,一宗东篱。"

《汉宫秋》经典片段:

【梅花酒】呀！俺向着这迥野悲凉。草已添黄,兔早迎霜。犬褪得毛苍,人搠起缨枪,马负着行装,车运着糗粮,打猎起围场。他、他、他,伤心辞汉主;我、我、我,携手上河梁。他部从入穷荒;我銮舆返咸阳。返咸阳,过宫墙;过宫墙,绕回廊;绕回廊,近椒房;近椒房,月昏黄;月昏黄,夜生凉;夜生凉,泣寒螀;泣寒螀,绿纱窗;绿纱窗,不思量！

【收江南】呀！不思量，除是铁心肠；铁心肠，也愁泪滴千行。美人图今夜挂昭阳，我那里供养，便是我高烧银烛照红妆。

三、明清传奇代表作家作品

明传奇为继元杂剧之后中国戏剧的第二座高峰。这一时期涌现了不少优秀剧作家与戏剧作品。

（一）汤显祖及其《牡丹亭》

汤显祖（1550—1616），字义仍，号若士、海若、别署清远道人，江西临川人。他著述丰富，除诗文外，最重要的成就是戏曲作品。前文已有提及，这里不再赘述。《牡丹亭》改编自明代话本小说《杜丽娘慕色还魂》。南安郡太守杜宝的女儿杜丽娘在丫鬟春香的陪伴下，到花园游玩。烂漫春光，突然使她感悟到青春的美好和短暂，恍惚之间她竟蒙眬睡去。梦中，一翩翩书生手执柳枝与她幽会。醒来怅然，追思不已。丽娘相思成疾，临终前描下书生真容，题诗于上，埋于花园太湖石下。不久，丽娘香消玉殒，葬于牡丹亭边，坟旁建起梅花庵。三年后，书生柳梦梅赴京赶考，因染病住进梅花庵，拾到丽娘画像，竟与梦中女子一模一样。梦梅焚香拜画。入夜，丽娘竟从画上走下。梦梅遵丽娘之嘱，掘墓开棺，丽娘竟得复生。最后，梦梅榜上有名，经皇帝出面，二人方得琴瑟合鸣。作品通过花季少女杜丽娘的青春骚动以及由此引发的爱情历险，深刻揭示并热情肯定了出现在人的潜意识领域的本能冲动以及欲望焦虑，把锋芒直接对准"存天理，灭人欲"的官方理学，对封建礼教扼杀人性的罪恶进行了尖锐的批判，代表了时代的进步精神和历史要求，竖起了一面以情反理的战斗旗帜。

杜丽娘是一个光辉的典型。剧作者通过这个形象，传达了明代封建专制主义的重压下，广大青年要求个性解放，争取爱情自由与婚姻自主的呼声，暴露了封建礼教的虚伪和腐朽，以及它对人们幸福生活和美好理想的摧残。通过杜丽娘同杜宝、甄夫人、陈最良等封建正统力量的冲突，以杜丽娘形象所包含的全部艺术魅力,表现了情与理之间不可调和的矛盾。

《牡丹亭》创造了人间、梦幻、幽冥三种境界,表现了主人公杜丽娘由生入死、死而复生的爱情追求,充满超现实的奇幻色彩。元杂剧注重人物的外在行为,明人戏剧也多重伦理,好说教,流于理性表面,不做深入的人性穿透。至汤显祖,其作品深入人的内心世界乃至潜意识领域。《牡丹亭》是第一部典型的心理戏剧,其在女性心理写实方面所表现出的深刻度和逼真度达到了前所未有的水平。

《牡丹亭》经典片段:

【绕池游】(旦上)梦回莺啭,乱煞年光遍。人立小庭深院。(贴)炷尽沉烟,抛残绣线,恁今春关情似去年?〔乌夜啼〕"(旦)晓来望断梅关,宿妆残。(贴)你侧着宜春髻子恰凭栏。(旦)剪不断,理还乱,闷无端。(贴)已分付催花莺燕借春看。"(旦)春香,可曾叫人扫除花径?(贴)分付了。(旦)取镜台衣服来。(贴取镜台衣服上)云髻罢梳还对镜,罗衣欲换更添香。镜台衣服在此。

【步步娇】(旦)袅晴丝吹来闲庭院,摇漾春如线。停半晌、整花钿。没揣菱花,偷人半面,迤逗的彩云偏。(行介)步香闺怎便把全身现!(贴)今日穿插的好。

【醉扶归】(旦)你道翠生生出落的裙衫儿茜,艳晶晶花簪八宝填,可知我常一生儿爱好是天然。恰三春好处无人见。不堤防沉鱼落雁鸟惊喧,则怕的羞花闭月花愁颤。(贴)早茶时了,请行。(行介)你看:"画廊金粉半零星,池馆苍苔一片青。踏草怕泥新绣袜,惜花疼煞小金铃。"(旦)不到园林,怎知春色如许!

(二)洪昇及其《长生殿》

洪昇(1645—1704),字昉思,号稗畦,浙江钱塘人。年轻时便"以诗鸣长安",诗、词、散曲很多,剧作十二种,今存《长生殿》《四婵娟》两种。

《长生殿》取材于史实。杨玉环进宫被唐明皇李隆基册封为贵妃,七夕之夜,长生殿中,李杨二人盟誓,永不分离。安禄山造反,唐明皇惊惶失措,携杨玉环逃离长安,避乱蜀中。兵马行进至马嵬坡,随行军士哗变,强烈要求处死罪魁杨国忠和杨玉环,杨玉环自尽。郭子仪带兵平叛,击溃安禄山,唐明皇得以回到长安,日夜思念杨玉环,织女星准许两人月宫团圆。

　　《长生殿》对李隆基和杨玉环都进行了一定程度的美化。关于李隆基,《长生殿》尽删前人笔记里引诱虢国夫人、秦国夫人的污秽描写,对李隆基与梅妃的关系做暗场处理,杨贵妃的责问使李隆基对爱情更加专一。马嵬之变,唐明皇甚至要代杨贵妃去死。并且《长生殿》还删除了杨贵妃原为寿王妃的史实,洗刷了唐明皇抢夺儿媳的丑名,从多个侧面描绘其勤政爱民。其虽有任命杨国忠的不明之举,以及驰送荔枝,使无数庄稼被毁乃至践踏人命,但考虑到其对杨的真情,当属顺理成章。杨玉环则一反前人眼中的倾国妖艳的形象,变成了一个美丽多才、执着情深且深明大义的痴情女子。《长生殿》将得宠前的杨玉环写成一般宫女,是一个纯情少女形象。她不仅具有稀世之容,而且具有卓越的艺术才华。她与梅妃、虢国夫人争风吃醋,是一个痴情少女正当的情感要求。她以自己的专一,要求着对方的专一。面对马嵬之变,她不是哀哀求生,而是自请赐死。该剧歌颂帝妃之间的真挚爱情,寄寓作者的爱情理想。剧中渲染李杨情缘的美好及其不得不走向毁灭的无奈,表现作者无法排遣、挥之不去的失意情绪。同时,也渗透了作者的家国兴亡之感:对"乐极复哀来"的人生感叹,对"弛了朝纲,占了情场"的历史感叹。

　　如此,把人生失意和历史感伤之情有机结合,既有别于《梧桐雨》中个体情怀与污秽史实的不相称,又不同于《长恨歌》绵绵长恨淹没了历史史实的理性,使主题更加深厚。《长生殿》上卷以写实为主,下卷以写幻为主,曲词典雅清丽,真切流畅,富有浓郁的抒情性。其在情之所钟上堪称一部热闹的《牡丹亭》,在对现实的揭露上堪称一部热闹的《鸣凤记》,在历史感伤情怀上大大超过了《千钟戮》。

《长生殿》经典片段：

【南吕·一枝花】不堤防余年值乱离,逼拶得歧路遭穷败。受奔波风尘颜面黑,叹衰残霜雪鬓须白。今日个流落天涯,只留得琵琶在……

【转调·货郎儿】唱不尽兴亡梦幻,弹不尽悲伤感叹。大古里凄凉满眼对江山！我只待拨繁弦传幽怨,翻别调写愁烦,慢慢地把天宝当年遗事弹……

(三)孔尚任及其《桃花扇》

孔尚任(1648—1718),字聘之,号东塘,诗文甚多,却因《桃花扇》而赢得不朽盛名。

《桃花扇》讲明代末年的故事。该剧以复社文人侯方域和秦淮名妓李香君的爱情故事为线索,以南明兴亡为中心事件,将朝政得失、文人聚散交织成一部雄伟悲壮的史诗,展现了明末动荡不已、纷繁复杂的社会生活画面。"东林党人"侯方域逃难到南京,重新组织"复社",与魏忠贤余党阮大铖斗争,并结识了秦淮名妓李香君。阮大铖匿名托人赠送丰厚妆奁,以拉拢侯方域,李香君知晓事情真相后坚决退回。阮大铖陷害侯方域,迫使其投奔史可法,并强将李香君许配他人,李香君坚决不从。南明灭亡后,李香君、侯方域在栖霞山重逢,面对国破家亡,他们双双遁入空门。

像《长生殿》一样,《桃花扇》包蕴着深沉强烈的兴亡之感,并借"离合之情"抒发出来。剧本把侯方域和李香君的爱情置于激烈而复杂的政治旋涡之中,使侯、李爱情不同于才子佳人之恋,乃有其特别的象征意义。南明风雨飘摇之际,侯、李遇合呈现给人的是衰败时代的末世贪欢。李香君却奁,乃至后来的拒媒、守楼、骂筵都十分精彩,剧作家的目的不仅仅是塑造李香君的刚烈形象,更是呈现出以李香君为代表的那个时代的一腔民间正气。最后的入道,是侯方域对前此自我的沉痛否定(眠花醉柳,千古不醒),乃是"离合之情"与"兴亡之感"的结合。侯、李爱情的寂灭,不是因为张道士的一声怒喝,而是国破家亡的残酷现实。在他们身上,寄托了作者的人格理想。

　　《桃花扇》既忠于历史,又善于对历史事件进行适当的加工以符合剧情和人物塑造的需要,达到了历史真实与艺术真实的有机统一。该剧人物塑造丰富多彩:同是妓女,李香君深明大义,不为财富所动;李贞丽世故圆滑,见钱眼开。同是奸佞之徒,马士英狂妄自大,缺乏谋略;阮大铖奸诈狡猾却富于才藻。写侯方域,既写他风流倜傥,关心国事,又写他纨绔习气和软弱动摇。写左良玉,既写他对大明王朝忠心耿耿,也写他跋扈骄横,不顾大局。李贞丽平庸贪财却能替香君嫁田仰为妾。黄得功争位内讧却死不降清。杨龙友精通世故,八面玲珑,既讨好马、阮,又不得罪复社文人。他帮阮拉拢侯,当侯被逮捕时,又通风报信。他奉承马、阮,使香君进宫为歌妓,当香君骂筵而有杀身之祸时,又打圆场使香君脱险。

　　《桃花扇》经典片段:

　　【甘州歌】流光箭紧,正柳林蝉噪,荷沼香喷。轻衫凉笠,行到水边人困;西窗乍惊连夜雨,北里重销一枕魂。梧桐院,砧杵村,青苔虫语不堪闻。闲携杖,漫出门,宫槐满路叶纷纷。

　　【前腔】鸡皮瘦损,看饱经霜雪,丝鬓如银。伤秋扶病,偏带旅愁客闷;欢场那知还剩我,老境翻嫌多此身。儿孙累,名利奔,一般流水付行云。诸侯怒,丞相嗔,无边衰草对斜曛。

　　【前腔·换头】望春不见春,想汉宫图画,风飘灰烬。棋枰客散,黑白胜负难分;南朝古寺王谢坟,江上残山花柳阵。人不见,烟已昏,击筑弹铗与谁论。黄尘变,红日滚,一篇诗话易沉沦。

思考题

1. 戏曲艺术形成以前,中国古代戏剧有哪几种戏剧形态?
2. 为何中国戏曲形式是一种音乐剧形式?
3. 元杂剧的文学创作成就要远远高于南戏创作,原因是什么?
4. 中国戏曲艺术的审美特点是什么?
5. 你最喜欢哪一种中国戏曲艺术?为什么?
6. 如何让中国传统戏曲艺术在现代社会绽放光彩?
7.《桃花扇》的艺术特色是什么?
8.《牡丹亭》为何经久不衰?

第三章　中国话剧文学

话剧是舶来的西方戏剧种类,和中国源远流长的戏曲艺术相比,它是后起之秀。话剧文学是供话剧舞台演出使用的脚本。话剧文学对话剧演出来说是极其重要的,没有话剧文学,话剧演出就失去了源头和基础。我国早期的戏剧实践者就对剧本的重要性有了深刻认识:"剧场中的生命之源就是剧本,没有剧本就没有舞台,没有戏剧。"[①]话剧文学可以脱离话剧演出而独立存在,是具有情感和审美表达的语言艺术,是与小说、诗歌、散文并列的文学体裁之一。

第一节　话剧文学的产生和发展

话剧是有别于戏曲的另一种戏剧。1909 年,王国维在《戏曲考原》中指出:"戏曲者,谓以歌舞演故事也。"这是戏曲的特点。话剧则是以话成剧的,是学习西方戏剧的结果。中国话剧萌芽于 19 世纪中后期,诞生于 20 世纪初,成熟于 20 世纪 30 年代。此后,话剧获得了飞速的发展。

一、中国话剧文学的产生

伴随着中国社会现代化的历史进程,话剧这种艺术形式被中国人不断地吸收和改造,从而实现了创造性的转化,不仅注重对话,而且关注演

---

① 陈大悲:《编剧的技巧·绪言》,《戏剧》第 2 卷第 1 期,1922 年 1 月 31 日。

员形体和舞台装置等,后来人们将这种以对话为主要表现手段的舞台艺术称为话剧。

一般来说,戏剧史学家把1907年春柳社在东京上演的《茶花女》和《黑奴吁天录》作为中国话剧史开端的标志。春柳社由当时留日的中国学生李叔同、欧阳予倩等人在1907年创建于日本东京,之后春柳社改编了《茶花女》剧本,在东京上演了法国小仲马的名剧《茶花女》第三幕,获得了中外人士的称赞。"既有了良好的舞台设置,而剧中人对白表情动作等等,绝对没有京剧气味,创造出一种新的中国话剧来了。"①这种演出形态,已经区别于我国传统的以唱和舞为主要表现形式的戏曲艺术,应该说是中国话剧的雏形。对于《黑奴吁天录》,欧阳予倩说"虽然是根据小说改编的,我认为可以看作中国话剧第一个创作的剧本。因为在这以前我国还没有过写得这样整整齐齐几幕的话剧本。"②虽然话剧是以对话、形体动作和舞台布景创造真实环境的舞台视觉艺术,但在艺术精神上,它同中国传统戏曲乃至中国文学艺术建立了内在而深厚的联系,这种外来的艺术形式已经转化为具有现代性和民族特色的中国戏剧形式,成为中华民族优秀艺术的一部分。

早期的话剧,也被称为文明戏,是戏剧的一种过渡形态。在特定的历史时期,为吸引现代观众,戏剧作为一种艺术手段,其内容主要是反对封建帝制,后来上演了很多迎和小市民欣赏口味的庸俗家庭剧等。文明戏学习话剧的演出形式,但不重视戏剧的文学性,常常没有具体完整的剧本,只有简单的故事梗概,实行幕表制。演员的台词随性发挥,后来甚至出现了恶俗的对话和表演,这就大大影响了戏剧的完整性与艺术性。戏剧故事也越来越模式化,不能吸引大量观众,因此慢慢走向衰落。在文明

---

① 徐半梅:《中国话剧诞生史话》(上),《杂志》第15卷4月号。
② 欧阳予倩:《回忆春柳》,《中国话剧运动五十年史料集》第一辑,中国戏剧出版社1985年版,第32页。

戏兴盛的同时,一些学校成立了新剧团,如1914年成立的南开新剧团。学校剧团秉持新的戏剧观念,采用西方写实主义的方法写剧演剧,反映社会现实问题,为当时的剧坛带来探索与实践的新鲜经验。

二、中国话剧文学的发展

文明戏虽然衰落了,但它为五四新剧的诞生提供了条件。话剧是最能直接反映社会问题的文学体裁,随着五四新文化运动的发展并达到高潮,世界著名剧作家的剧作被大量翻译和介绍进来,1918年《新青年》出版了《易卜生号》专刊。之后,胡适在《新青年》发表了剧作《终身大事》。这是中国现代戏剧史上对人性解放的第一声呐喊,从此戏剧文学出现了的反封建,提倡民主、平等、自由恋爱等旗帜鲜明的主题,并产生了一批关于恋爱、婚姻主题的话剧文学,一大批社会问题剧应运而生了。丁西林的《一只马蜂》、田汉的《获虎之夜》、欧阳予倩的《泼妇》、郭沫若的《卓文君》、袁拓英的《孔雀东南飞》等,都是这一主题的优秀剧作。这些剧作以独幕剧成就较为显著,其文学剧本完整,创作思想明确,注意人物形象的塑造。但这一时期的话剧在艺术上还不成熟,戏剧情节较为简单,人物形象不丰满。

1921年3月,沈雁冰、郑振铎和陈大悲等在上海成立了"民众戏剧社",翻译和介绍外国戏剧理论以及剧作。同年,古剑尘、应云卫等在上海成立了"戏剧协社",1922年,洪深和欧阳予倩也加入戏剧协社,更增加了这一剧团的生气和活力。戏剧协社一直到1933年解散,历时十二年,在戏剧的翻译、创作、导演、演出、舞台布置等方面,都对中国话剧产生重大影响,是中国现代戏剧史上历时较久、影响很大的戏剧团体。1922年,田汉在上海成立了"南国社",南国社是20世纪20年代在戏剧舞台上最活跃的剧团,1930年被国民党查封,历时八年的南国社,也为中国现代戏剧事业做出了不可磨灭的历史贡献。戏剧团体的建立,专业戏剧人才的纷纷加入,戏剧刊物的出版,都推动了剧本的创作。1928年,根据戏剧家洪深的提议,将主要以对话和动作来表现的戏剧样式,定名为"话剧"。

20世纪20年代的话剧创作更加成熟和繁荣。1922年,洪深创作了九幕话剧《赵阎王》,这是他的成名作。丁西林发表了一系列优秀话剧作品,如《一只马蜂》《酒后》《压迫》《瞎了一只眼》等。丁西林以喜剧家特有的直觉,挖掘生活中的喜剧元素,将其转化成为话剧中的喜剧因素,以机智、巧合等形成喜剧性。丁西林的话剧多为独幕喜剧,有一个独特的"三人二元"的戏剧结构。他的剧作中通常有三人,但不是三足鼎立,而是二元对峙,第三个人是"平衡码",大多是起到制造矛盾或解决矛盾的作用。丁西林的话剧语言显示出理性、巧妙的机智和幽默,具有独特的喜剧性。田汉在这一时期创作了《梵峨嶙与蔷薇》《湖上的悲剧》《古潭的声音》《名优之死》《获虎之夜》等。田汉这时期的话剧主要表现为"真艺术"与"真爱情"的书写,表现出唯美主义和带忧郁的浪漫情怀,如《梵峨嶙与蔷薇》《湖上的悲剧》,同时也表现出对社会的批判态度,表现"美"与"爱"的幻灭与毁灭,如《名优之死》和《获虎之夜》,具有很强的悲剧性。

20世纪30年代,中国现代话剧进入一个新的历史时期。在中国共产党的领导和关怀下,话剧不再沉浸在个人主义和个性解放的呼唤和苦闷之中,随着阶级意识的觉醒,话剧也成为中国无产阶级革命事业的艺术表达。1929年8月,上海成立了第一个中国共产党领导的剧社——上海艺术剧社,明确提出了"普罗列塔利亚戏剧",即"无产阶级戏剧"的口号,提出戏剧工作者都要站在无产阶级的立场上,为大众服务的建议。在这种阶级意识的指导下,上海艺术剧社在1930年1月和3月,先后举行两次公演,扩大和加深了上海艺术剧社的影响。1930年3月,上海成立了中国左翼作家联盟,在此基础上,1930年8月,上海剧团联合成立了中国左翼剧团联盟,1931年1月,改为以个人身份参加的中国左翼剧作家联盟,这是党领导的一个左翼文艺团体。左翼剧作家联盟成立后,先后在北平、南京、广州等地建立分盟和小组,广大戏剧工作者在党的领导下,特别在九一八事变之后,自觉担当起宣传思想、发动群众的重任。他们深入工厂、学校和农村广泛宣传和演出。这一时期话剧的主题主要是抗日和爱国，根据形势，为了解决"剧本荒"问题，很多剧作家创作了便于快速演出的"急就章"话剧。田汉在这一时期就创作了《乱钟》《洪水》《暴风雨中的七个女性》等，楼适夷创作了《活路》《SOS》等，这些剧目宣传性很强，口号较多，人物形象不鲜明，艺术不成熟，但由于演出中很有气势，适合工人、青年学生等大众观看，产生了很好的接受效果。1936年，为适应广泛团结戏剧界抗日力量的形势需要，中国左翼剧作家联盟自动解散。在抗日的大背景下，戏剧界响应"国防文学"的形势，提出"国防戏剧"口号，出现了大量民族主题的戏剧，如洪深的《走私》《洋白糖》、于伶的《汉奸的子孙》《回声》、张庚的《秋阳》、夏衍的《赛金花》《都会的一角》等，其中夏衍的《赛金花》是"国防戏剧"的代表作。

20世纪30年代话剧文学有很大收获，一批老剧作家在左翼戏剧运动影响下，创作主题、题材和表现手法发生明显变化，有了很大进步，突出的变化是阶级意识的强化。他们自觉地将戏剧为无产阶级革命服务，坚决反对日本帝国主义侵略。最具代表的是洪深创作的反映当时农村现实斗争的三部曲：《五奎桥》《青龙潭》《香稻米》。同时，涌现了许多优秀青年剧作家，壮大了剧本创作队伍，并将现代话剧创作艺术水平提高到成熟阶段。这一时期出现的青年优秀作家中，曹禺连续发表了《雷雨》《日出》《原野》等剧作，轰动了剧坛，令人耳目一新，中国话剧创作从此进入了成熟阶段。李健吾的《这不过是春天》，戏剧冲突虽没有《雷雨》那么强烈、深刻，但它自然舒展，像一曲精妙完美的交响乐震颤人们的心灵。这一时期受到曹禺等人的影响，夏衍创作出了现实主义的优秀剧作《上海屋檐下》，朴素平淡的风格，颇具契诃夫艺术风格的笔调，受到戏剧界一致好评。

七七事变后，日本帝国主义大举进攻中国，中华民族到了最危险的时候，民族矛盾上升，国共两党进行第二次合作。聚集在上海的戏剧家，立即组成了"中国戏剧家协会"，用集体创作的方式写成了大型抗战戏剧

《保卫卢沟桥》。"八一三"事变之后,上海成立了"上海戏剧界救亡协会",组织了13个演出队,分赴各地演出。上海沦陷后,戏剧工作者云集武汉,于1938年元旦成立"中华全国戏剧界抗敌协会"。这是戏剧界的抗日统一战线,为了民族的解放事业,戏剧工作者联合起来,走向农村、走向战场。抗战初期,戏剧界普遍洋溢着兴奋乐观的情绪,最为活跃的是街头剧、活报剧和独幕剧。这一时期影响较大的剧作有《放下你的鞭子》《三江好》《最后一计》,这些剧作都走向了街头和广场,引起了广泛关注,在大众中产生了广泛影响。这些剧作的内容多是揭露日本的侵华罪行,鼓舞士气民心,艺术技巧方面比较简单粗糙,存在着公式化、概念化的倾向。这一时期多幕剧也多有收获,代表作品有夏衍的《心防》、曹禺的《蜕变》。

抗战进入相持阶段,特别是"皖南事变"发生之后,不同地区的戏剧呈现出不同的风貌。在重庆,广大的戏剧工作者顽强斗争,不屈不挠,以戏剧为战斗武器揭露国民党破坏抗战的罪行。郭沫若一马当先,以浪漫主义诗人的气魄,连续创作《屈原》《棠棣之花》《虎符》《高渐离》《南冠草》,以历史剧来借古讽今、借古喻今。这不仅打破了国民党反动派对进步言论的封锁,使反对分裂、反对投降、反对倒退的正义呼声震撼山城重庆,而且话剧中所表现出来的崇高的悲剧美、激越的抒情美、深邃的哲理美,大大丰富了中华民族的艺术宝库。这一时期大量的历史剧,以强烈的时代感、现实针对性、高度政治化,受到观众的热烈欢迎,并且在演出实践中逐渐形成了具有现代中国民族特点与时代特点的历史剧理论、创作的传统,对现当代戏剧产生深远影响。此外,反映现实的剧作也硕果累累,曹禺的《北京人》,夏衍的《法西斯细菌》,宋之的、于伶的《戏剧春秋》,陈白尘的《岁寒图》,吴祖光的《风雪夜归人》都是这一时期国统区的优秀剧作。这些剧作不仅讲述了独具特色的时代故事,而且在艺术表现上注重挖掘人物的内心世界,将人物激烈的内心冲突和紧张的外在冲突统一起来,使作品更立体、更丰富。

延安和各抗日根据地的戏剧运动,在延安文艺座谈会之后得到蓬勃发展。各种样式的戏剧活动在"为工农兵服务"的口号下,开展得十分活跃,秧歌剧和新歌剧尤为繁荣。解放区话剧的发展,不及新歌剧等剧种,由于历史条件的限制,观众文化水平的差异,解放区话剧在艺术表现方面比较简单,剧作家在艺术上更多地追求革命主义色彩。

1949年中华人民共和国成立,中国话剧的发展也掀开了新的一页,文艺界重视戏剧、电影的传统得到延续,更加强化了戏剧与政治、戏剧与社会的紧密联系与互动,相继成立各种机构,领导和组织戏剧的创作和演出,并建立不同范围的戏剧"观摩"与"会演"制度。从1949年到1965年,举行了多次全国性的话剧会演与观摩演出。如1954年8月华东地区话剧观摩演出大会,1956年文化部举办的第一届全国话剧观摩演出大会,1960年4月文化部举办的话剧观摩演出,1963年12月华东话剧观摩演出大会(上海),1964年文化部举办的"1963年以来优秀话剧演出和授奖大会",1965年2月华北地区话剧、歌剧观摩演出大会等。这些话剧会演和观摩活动,推广了新创作的优秀剧目,交流话剧的创作和演出经验,并通过对优秀的话剧作者、导演、演员、舞台美术工作人员的评奖,促进了话剧创作的繁荣和演出质量的提高,推动了话剧艺术更好地为人民服务。中华人民共和国成立之后,话剧方面的演出体制,也朝正规化的剧场艺术的体制发展,更加强调话剧呼应现实,更加重视话剧的剧院艺术。1949年10月,中央戏剧学院成立,之前成立的北京人民艺术剧院于1951年2月演出了老舍的话剧《龙须沟》。

1956年,"双百"方针的提出,鼓励作家的创造和探索。在话剧观念上,反对公式化、概念化和模式化的创作倾向,主张写真实,敢于揭示生活中的矛盾冲突,表现人民内部矛盾。在题材选取上,主张打破模式,扩展视野,除反映工农兵斗争生活外,也应当写知识分子,写工农兵的家庭生活、感情生活和个人生活。1957年,黎弘(刘川)在《南京日报》上发表文章,指出:"记得有人说过这样的话:我们的话剧舞台上只有工、农、兵三种剧本。工人剧本:先进思想和保守思想的斗争。农民剧本:入社与不入社的斗争。部队剧本:我军与敌军的军事斗争。除此以外,再找不出第四种剧本了。"①道出了话剧创作和演出的公式化、概念化模式。杨履方的剧本《布谷鸟又叫了》,突破了当时剧坛的公式化和概念化模式,直击人性,区别于当时的"工农兵剧本",被称为"第四种剧本"。"第四种剧本"的代表作除了杨履方的《布谷鸟又叫了》,还有岳野的《同甘共苦》、海默的《洞箫横吹》、鲁彦周的《归来》、何求的《新局长来到之前》、王少燕的《葡萄烂了》、李超的《开会忙》等。"第四种剧本"首先勇敢地突破人性、人道主义的禁区,大胆描写人的道德、情操和爱情生活,深入剖析人的丰富复杂的内心世界,塑造出一批真实典型的人物形象;其次,勇敢地突破只准"歌颂"不准"暴露"的禁区,大胆地干预生活,尖锐地揭露现实生活中存在的严重矛盾和冲突。总的来说,"第四种剧本"打破了"社会主义现实主义"的陈规旧制,激发了现实主义话剧创作的新活力。

在现实题材之外,20世纪50年代末60年代初出现了历史剧创作热潮,代表作有田汉的《关汉卿》《文成公主》、郭沫若的《蔡文姬》《武则天》、曹禺的《胆剑篇》等。这些历史剧有的是对历史人物做出重新评价,如《武则天》与《蔡文姬》。在《蔡文姬》中,借助"文姬归汉"的故事来表现曹操是一位拥有远见卓识的政治家,有"为曹操翻案"的说法;有的是发掘历史精神以鼓舞后人,如曹禺的《胆剑篇》,采用"以人物带历史"的表现方式,赞扬了勾践卧薪尝胆、誓雪国耻的坚强意志和越国军民齐心合力抗敌的艰苦斗争精神;有的歌颂历史上的重要人物,如田汉的《关汉卿》,歌颂了关汉卿为民请命的"铜豌豆"精神。

这一时期最经典的话剧文学是老舍的《茶馆》。老舍以"人物群像展览式"的方法,借助三个不同的时代,描写栩栩如生的小人物,表现旧时代的葬送和对美好生活的向往。

"文革"时期的戏剧主要是"样板戏",为了适应大众的文艺欣赏要

---

① 黎弘:《第四种剧本》,《南京日报》1957年6月11日,第3版。

求,流行的"八大样板戏"中以京剧为主。"样板戏"是"文革"的产物,深刻蕴含了那个特定时代的精神,突显了政治实用主义和教条主义,文学性和艺术性较弱。

1976年以后,出现了"新时期戏剧",以90年代市场经济商业化发展为界,大致分为前后两个时期。1976年粉碎"四人帮"以后,特别是1978年十一届三中全会召开以后,党中央确定"实践是检验真理的唯一标准",取缔"以阶级斗争为纲"的政治教条主义,提倡解放思想,实行改革开放,中国现代化建设进入新时期。在新的时代环境中,话剧也有了新的发展。从"文革"的文艺禁锢中苏醒、活跃起来的话剧文学,在思想解放方面,一度走在各种艺术形式的前列,出现了《枫叶红了的时候》《于无声处》《丹心谱》《陈毅市长》等现实主义优秀剧目。在改革开放的氛围中,话剧文学大胆地吸收外来戏剧表现手法,出现了向心理、潜意识方面探索的先锋戏剧。戏剧观念、戏剧理论空前活跃,文化生态不断优化,涌现了一批优秀的中青年剧作家、导演、表演家、舞台美术家。

80年代前期,话剧文学总体上呈现出现实主义恢复期的特色,以"写实话剧"为主,代表性作品有朱苏阳的《丹心谱》、沙叶新的《陈毅市长》、李云龙的《小井胡同》《洒满阳光的荒原》等,塑造了丰满、情感浓厚的人物形象,表现出思想复苏之后的社会新情况,展现出强烈的生活气息,进一步拓展了写实戏剧的艺术表达。80年代后期,由于大量学习和借鉴西方现代派戏剧艺术,出现了戏剧文学的探索形态,即"先锋话剧"。这些剧作采用暗示、象征等手法,打破常规的戏剧时空,深入人物内心,更注重表现人的精神世界,戏剧情节也更抽象,甚至表现出荒诞。

在市场经济的背景下,话剧文学逐渐告别过去,不断调整和完善,呈现出多元化态势,大小剧场同时活跃,主流、先锋、商业、通俗戏剧多元并存,各显其能。这一时期,探索剧与之前相比呈现出衰微趋势,80年代后期,由于市场接受和观众欣赏习惯的变化,先锋话剧创作和演出逐渐减少,同时出现了现实主义戏剧的回潮,这也是我国现实主义传统在新形势下的延续与发展,其审美视角更为开阔,更深地挖掘人性内涵。代表性的作品有刘锦云的《狗儿爷涅槃》、过士行的《棋人》等。90年代话剧的另一个表现是小剧场戏剧兴起。这一时期的小剧场戏剧不以先锋、探索为旗号,却以反映大众心理和社会热点为中心,如乐美琴的《留守女士》、王建平的《大西洋电话》、郑铮的《情感操练》等。小剧场戏剧以其演出成本低、人员少、场地小和机动灵活的特点,为话剧在新的历史时期的发展提供了开阔的空间,为寻求戏剧同观众的结合拓展了新的途径。话剧在新的时代借鉴和吸收多样的艺术营养,适应了新形势和新观众的要求,在新的时代背景下站稳脚跟,深入拓展。

新时期话剧表现出很强的时代性和现实参与感,无论是深爱土地的农民狗儿爷,还是敢于向命运抗争的当代青年孙少平等,在他们的身上既印证了时代的发展,又显示出民族精神历练的过程。新时期话剧延续了中国话剧的诗意传统,将剧与诗结合,这是新中国话剧艺术延续的突出特点。《生死场》中苍茫原野下的顽强生命,《平凡的世界》中孙少平在孙晓霞牺牲后于古塔下的感人独白,《追梦云天》中三代飞机设计师对国产大飞机翱翔云天的深情向往等,这些戏剧意象,把细节的描写、真实的物象同人物的命运、戏剧的冲突、意境的渲染等统摄在戏剧的规定情境之中。新时期戏剧也表现出浓厚的民族特色。东北黑土地上粗犷豪放、色彩浓郁的气息,西北黄土高坡上慷慨激越、浑朴苍凉的意蕴,上海都市题材中摩登时尚的特色,京腔京韵的北京话剧中雍容大气、悠然自得的神韵……话剧文学中融入了深厚的民族精神和美学神韵,表现出"中国特色"和"中国气派"。

第二节 话剧文学的特点与审美形态

话剧是一种以对话和动作为主要表现手段的戏剧。话剧文学,是指供话剧舞台演出所用的文学剧本。剧本不仅可以供舞台演出使用,而且可以作为一种独立的文学样式供人们阅读,具有舞台演出和案头阅读的双重性。

一、话剧文学的特点

话剧文学不同于小说、诗歌和散文,它有独特的文学结构,是舞台演出的底本,通常包括开端、发展、高潮和结局,有的包含序幕和尾声。序幕是用来交代剧中故事发生的时间、地点和时代背景,或简要介绍剧中的主要人物及人物关系的。开端通常是剧本中所反映的矛盾冲突的第一个事件,引出矛盾,或点出次要矛盾,或设下矛盾的伏笔。发展是整个情节中的主要部分,包括从开端到高潮这一阶段。在这个阶段中,矛盾冲突逐步展开和深化,人物性格和人物关系逐渐表现出来,直至把矛盾冲突推向高潮。高潮是矛盾冲突发展的顶点,也是焦点,是决定矛盾冲突双方胜负和主要矛盾即将解决的关键,因而,也是斗争最紧张、最激烈、最尖锐的部分。结局是紧接高潮之后,主要矛盾得以解决,人物和事件有了一定的结果的部分。尾声一般是在结局之后展示未来前景,或对矛盾解决以后的结果作必要的补充交代,使主题和人物表现得更为鲜明。

话剧文学可以作为独立的文学样式供读者阅读,具有与其他文学体裁共通的文学性。同时,话剧文学是供戏剧舞台演出使用的蓝本,受到舞台这一特定条件的限制,而具有一些不同于其他文学样式的特点,主要表现在以下几个方面:

(一)突出的剧场性

话剧文学是供话剧舞台演出使用的脚本。话剧在剧场演出,有演员表演和观众接受才能构成完整的话剧形式,因此,话剧文学具有剧场性。"戏剧是否具有一种强劲的剧场性,是否预设了舞台演出的最佳效果,是否潜伏着恒久性的接受机制,是衡量戏剧文学成就高低的标杆。""只有具备了剧场性,戏剧文学才能适应剧场演出的需要,才有可能被排演。"①

话剧演出的构成要素包括剧本、演员、剧场和受众。剧本是话剧演出的基础和前提。演员和受众是话剧演出的执行者和接受者,不管缺少哪一个,话剧演出都是没有意义和价值的。剧场是话剧演出的空间载体,没有剧场,演员和受众就无处存身,话剧就无法演出。不同类型的话剧需要不同的场所,如大剧场或小剧场,室内剧场或室外广场,镜框式剧场或环形打通式剧场等。这些不同样式的剧场,会使导演和演员产生不同的心理体验和主体感受,使受众产生不同的观赏期待和审美感受,使演出和观赏都进入理想状态,使话剧演出达到理想效果。

话剧中的舞台表演、对话、动作、冲突等都需要依托剧场才能展开,剧场性是体现话剧观演互动的场所要求和内在特征。剧场性是话剧的内在要求和本质特征,使得话剧文学区别于其他文学。阅读话剧文学时,认真地分析和研究剧场性,是欣赏话剧文学的重要部分。

(二)表现戏剧冲突

诗歌以其所抒之情感染人、打动人,散文以其蕴含的思想启迪人、鼓舞人、感召人,小说以其故事吸引人,戏剧以其矛盾冲突震撼人。没有冲突就没有戏剧,戏剧冲突是社会生活中各种矛盾的反映和艺术表现。人是社会生活的主体与主宰,因而戏剧冲突主要表现在剧中人与人之间的矛盾冲突以及人物自身性格的内在冲突上。戏剧冲突是剧作家对生活中的矛盾进行选择、提炼、集中概括和艺术加工的结果,最能展示人物性格、人物关系,反映社会生活本质,是被高度典型化了的矛盾冲突。它表现出来的,或是人与自然、社会的外在冲突,或是不同性格的人物之间的冲突,或是人物性格自身的内在冲突。

戏剧冲突具有紧张性和内在性,往往是由于必然和偶然的结合而造

---

① 刘家思:《曹禺戏剧的剧场性研究》,中国社会科学出版社2010年版,第9页。

成的。俗话说"无巧不成书",这里所说的"巧",指的就是偶然中的必然,戏剧家经常运用偶然性来形成戏剧冲突的集中和紧张,加强戏剧气氛,使情节跌宕起伏,引人入胜。戏剧中的偶然性因素一定要符合生活的真实、人物的性格和事件发展的必然性,既要出人意料,又必须在情理之中。所谓"出人意料",就是通过观众预料不到的一些偶然性戏剧因素,使剧情的发展让人始料不及。所谓"情理之中",就是无论戏剧冲突多么奇巧,都要符合生活逻辑,符合人物性格。一出好的戏剧,偶然性的成功运用,往往可以省略许多枝节,推动剧情的发展,从情绪上紧紧地抓住观众,造成"山重水复疑无路,柳暗花明又一村"的艺术效果。

戏剧冲突的紧张性并不是说一出戏从头至尾一直处于紧张的气氛中,让观众的心一直都悬着,这并不符合艺术欣赏规律和观众欣赏心理。紧张与集中是相对而言的,要根据情节发展的需要,该紧张时紧张,该舒缓时舒缓,这样才显得波澜起伏,才具有更大的艺术魅力,更能抓住观众。

(三)情节与事件高度集中

话剧文学是在有限空间中上演的剧目的文学依据,具有时空、人物、情节的高度集中性,主要体现在人物及其相互关系的集中、故事情节的集中、矛盾冲突的集中和人物活动场景的集中。

人物及其相互关系的集中,一方面要求人物数量要少,关系要清晰,另一方面要求人物性格的表现速度要快,要突出。在戏剧中,人物过多,不仅会分散笔力,影响主要人物的刻画,甚至还会造成舞台的拥挤,导致人物关系的混乱,扰乱观众的注意力。

戏剧受演出时间和空间的限制,不能从容不迫地多方面地展开生活中的矛盾冲突。戏剧文学的矛盾必须集中、激烈,有些是深入内心的矛盾和冲突,给人以高潮迭起的感觉。

戏剧的情节是为了体现戏剧冲突的,由开端、发展、高潮、结局几个基本部分构成。有的多幕剧在开端的前面有序幕,在结局的后面还有尾声,情况不一。所谓情节的集中,就是一个故事开始后,要努力推动事件的发展,尽快进入高潮,继而解决矛盾。

由于演出空间的限制,戏剧不像电影那样可以超越时空地给人物提供自由的活动空间,而是把人物和事件集中到一个或几个场面中来,这样更能体现戏剧性。

(四)人物语言形象生动

戏剧文学的人物语言是剧作家塑造艺术形象、揭示人物性格、表现矛盾冲突、反映生活内容的根本手段。因此,戏剧文学的人物语言就比其他文学形式的人物语言显得更加重要,有着特殊的要求,起着多方面的作用。

人物语言首先要个性化。它既要鲜明地表现出人物身份特征,又要表现出人物的思想、感情、年龄、职业、经历、习惯、教养、兴趣和爱好等特点。如《茶馆》中王利发的语言非常具有个性化,他与秦仲义、唐铁嘴的那场戏,将他的常作揖的老好人性格通过语言和动作很好地突显出来。

人物语言应该揭示人物的外部动作和内心活动。戏剧的情节是由人物的一系列行动来推动的,人物的行动是由人物的一系列动作来完成的。人物的动作有外在的和内在的。所谓外在的动作是指人物的声容笑貌、神态举止,所谓内在的动作是指人物的内心活动、感情意向。其中,内在的动作是主要的,人物的内心活动、感情意向是人物的声容笑貌、神态举止的依据;外在动作有内心活动的依据,它才是有生命的,而不是孤立的、外加的。在戏剧文学中,这两种动作都要通过人物的语言来表现。人物的语言要力求做到"话中有戏"。关键在于通过人物的语言表现人物的矛盾冲突,有冲突才能有动作。每个人物只有处于一定的矛盾冲突之中,才能产生一系列的内心活动,才能由内心活动而产生一定的外部动作。动作性语言是人物行动过程中的语言,是内心活动化的语言,也是隐含着未来行动的语言,在语言中包含着情节的行进。

人物的潜台词更能显示语言的魅力,揭示人物活动的目的和实质。潜台词是指人物的台词除了表面的意思外,还包含深层的意义,而这深层的意义才是人物所要表达的真意和实质,即俗话说的"锣鼓听声、听话听音""话里有话""一语双关""弦外之音"。《雷雨》作为话剧经典,剧本中有很多潜台词,具有很强的艺术表现力。

二、话剧文学的审美形态

审美形态是指审美活动和审美对象各种直观的感性形式和存在形态。它与现实社会生活密切关联,集中表现在文学、音乐、戏剧、绘画、雕塑等艺术活动之中,既是被看作意识形态中富于审美特性的一类,又渗透着社会生活以及其他意识形态的因素。话剧是一种视听一体、观演互动的艺术,话剧文学作为"话剧之本",是剧场性与文学性并重、生活化与通俗性融合的文体,其审美形态可以从不同角度去把握。按演出场地分,有剧场剧、街头剧、茶馆剧。街头剧又称广场剧,多以政治时事为题材,多在街头、广场演出,对观众进行宣传,时有观众参与,演出后演员与观众展开讨论。代表作有《放下你的鞭子》。茶馆剧是在都市和乡镇的茶馆或是路边的茶亭中演出的剧情简单、人物简化的戏剧。抗战初期兴起于四川一带,演员扮作茶客及其他角色,彼此问答来讲述故事,宣传抗战。代表作有《长江血》。它描写一个落难者和两个外乡人在某茶馆里相遇,彼此搭讪,落难者讲述了武汉沦陷后逃难的百姓在船上遭遇敌机轰炸而惨死的悲剧。按审美风格来分,有悲剧、戏剧和正剧。这种分类方法在引论中有论述,不再赘述。按作品规模分有独幕剧、多幕剧和戏剧小品。这里重点介绍一下独幕剧和多幕剧。

(一)独幕剧

独幕剧指事件集中,角色较少,线索单一,故事完整,舞台时空固定,篇幅仅为一幕的戏剧。独幕剧只从一个生活侧面来反映社会矛盾,情节发展迅速,要求结构紧凑,开头、发展、高潮、结局表现清晰,矛盾冲突的展开比较迅速,演出时间一般在40分钟左右。中国话剧发展初期都是独幕剧,到20世纪20年代,"独幕话剧的创作,在艺术上已臻成熟,出现了《获虎之夜》《一只马蜂》《泼妇》《醉了》等一系列优秀之作"①,诞生了丁西林和田汉两位重要的剧作家,田汉的《名优之死》、丁西林的《压迫》堪称代表作。"从1919年到1929年的十年间,整个戏剧界创作和改编的剧本就达400多部",但大都是独幕剧,"究其原因,一是因为当时的剧本创作刚刚起步,大部分剧作家还没有能力创作出适合于舞台演出的多幕剧;二是因为大部分爱美剧社团只有能力演出独幕剧,也只需要独幕剧。"②汪仲贤的《好儿子》、欧阳予倩的《泼妇》《回家以后》和徐半梅的《月下》是20世纪20年代独幕剧中经常演出的佳作。到30年代,洪深的"农村三部曲"《五奎桥》《香稻米》《青龙潭》等也是独幕剧的代表作。"从中国现代话剧产生和发展的过程来看,独幕剧只是一种过渡形态。只有多幕剧才能使话剧真正与传统戏曲区别开来。从形式上看,传统戏曲是线性结构,而话剧是版块结构,只有多幕剧才能把话剧的版块结构体现出来。"③

(二)多幕剧

多幕剧是指大幕启闭两次以上的容量大、人物多、情节曲折复杂的戏剧。从世界戏剧发展历程看,中国古代戏曲的折子戏,虽然与多幕剧有点相似,但区别明显。而欧洲戏剧直到17世纪以后才开始分幕。多幕剧反映生活的容量大,故事情节通过分幕分场的形式有序展开,时空变换显得更为自由,场面比较丰富,一幕之中可分成若干场。在多幕剧中,幕的间歇往往表示着或长或短的时间跨度或场景的变换转移。一幕就是剧情发展的一个大段落,一场就是大段落中时间或场景的变换。通常,多幕剧的演出时间不少于60分钟,而演出时间在120分钟到180分钟之间的多幕

---

① 陈白尘、董健主编:《中国现代戏剧史稿》,中国戏剧出版社1989年版,第117页。

② 黄世智:《中国话剧形成、传播与常态》,中国广播电视出版社2017年版,第47页。

③ 黄世智:《中国话剧形成、传播与常态》,中国广播电视出版社2017年版,第49页。

剧,比较合适大众剧场接受的耐力。大型话剧也有演出时间超过240分钟的,欧美后现代戏剧有的长达12小时,这另当别论。"对于话剧艺术来说,多幕剧又十分重要。无论从剧本创作上来看,还是从舞台演出来看,多幕剧都是一种戏剧艺术真正成熟的标志。"[①]中国话剧发展到20世纪30年代才出现成熟的多幕剧。其里程碑就是曹禺1934年发表的《雷雨》。此前,多幕剧都不成熟,洪深主编的《中国新文学大系·戏剧集》选编了这一时期所创作的较为成功的多幕剧,只有陈大悲的《幽兰女士》、蒲伯英的《道义之交》、洪深的《赵阎王》、郭沫若的《卓文君》、熊佛西的《洋状元》五部,但多为案头剧,剧场演出很少。1920年,陈大悲的《英雄与美人》被许多爱美剧社团演出过,影响很大。1923年,谷剑尘创作了《孤军》,在上海被搬演。这些剧艺术上并不成熟。此后,曹禺创作的《日出》《原野》《蜕变》《北京人》《家》、郭沫若创作的《屈原》等大型多幕剧,打造了现代中国话剧的经典模式。曹禺的《胆剑篇》《王昭君》、老舍的《茶馆》等一批多幕剧则打造了当代中国话剧的经典模式。在当下戏剧中,幕与场的界限已不明显,有很多剧目并不分幕,在多场景、无场次的剧目中,时间的变化和场景的转换显得更为自由。

(三)戏剧小品

戏剧小品是苏联著名体验派戏剧家斯坦尼斯拉夫斯基命名的。他在《演员自我修养》中把戏剧院校的教学环节中的表演练习小品,即教学小品,称为"戏剧小品"[②]。1984年中央电视台《春节联欢晚会》演出戏剧小品节目后,戏剧小品在中国迅速崛起,影响很大。什么是戏剧小品呢?戏剧小品是指以形象化的手法简明生动地通过舞台叙述事件或议论问题,反映社会现实生活中出现的一些比较普遍或突出的社会现象,尖锐地揭

---

① 黄世智:《中国话剧形成、传播与常态》,中国广播电视出版社2017年版,第49页。

② 转引自童品良主编:《戏剧小品大观》,河南人民出版社1994年版,第3页。

露问题,引导观众思考和社会注意,使观众从中获得乐趣或教益的小型戏剧。20世纪80年代中期以来,戏剧小品以其强劲的发展势头成为中国戏剧界和文化界一种重要的现象,有些人称赞这是"古老戏剧之树萌发新芽"①。应该说,戏剧小品在小巧的架构中被寄予厚重的内涵,既通俗又生动,既饱含趣味性又有思想的深刻性,这种艺术品格自然会获得受众的青睐。

第三节 中国话剧文学的代表作家与作品

中国话剧自西方引进以来,经历了复杂的变化发展过程,话剧工作者在不同的时期创作出了大量话剧文学作品。

一、20世纪20年代的代表作家与作品

20世纪20年代,在现代化的大背景下,话剧观念活跃,话剧运动和话剧创作进步明显。这一时期,个性解放、平等思想的呼声高进,社会问题成为戏剧家关注的重心,出现很多"问题剧"。胡适的《终身大事》、郭沫若的《三个叛逆的女性》、欧阳予倩的《泼妇》、田汉的《获虎之夜》等,从婚姻、家庭等角度向封建道德发起攻击。作为科学家的丁西林,他的戏剧也从社会问题出发,在审美艺术上获得较高成就。田汉的《获虎之夜》堪称这时期的代表作。

田汉(1898—1968),字寿昌,湖南长沙人,是中国现代戏剧的奠基人,在我国话剧史上占有举足轻重的地位。田汉早期话剧始创于20世纪20年代,共有20余部话剧,具有浓郁的理想主义色彩和浪漫主义气息,从剧本题材上看,多为爱情剧,剧本内容多取材于现实生活。《获虎之

---

① 孙祖平:《上海戏剧学院编剧学教材丛书:戏剧小品剧作教程》,上海人民出版社2015年版,第1页。

夜》是田汉先生1924年创作的一幕独幕剧,在戏剧界享有很高的声誉。该剧描述了一个流浪青年和富农女儿恋爱的故事。剧本比较成功地塑造了莲姑和黄大傻这对向往自由幸福、争取合理权利的男女青年的形象。《获虎之夜》通过莲姑与黄大傻的爱情悲剧,谴责了以等级、财富、地位等来决定婚姻的封建意识,控诉了摧残、迫害男女青年真挚爱情的封建制度,赞扬了勇于向封建思想挑战的青年。

《获虎之夜》融"日常性"与"传奇性"于一体,讲述的背景是在"日常性"的一个喝茶聊天的冬夜,"传奇性"是这一夜黄大傻被当作"大虎"给捕回来了。《获虎之夜》双线并行,悬念双置,明暗线交错,明线是魏家为筹备女儿嫁妆准备猎虎,暗线是莲姑和黄大傻相恋。第一个悬念是能否猎到虎?第二个悬念是黄大傻被打伤,恋人怎么办?故事跌宕起伏,将读者引向深层次的思考。《获虎之夜》也是"戏"与"诗"的融合,故事戏剧性强,由许多意象传达出诗的意境,表达了田汉对"爱与美的毁灭"的艺术思考。洪深认为该剧,"在题材的选择、材料的处理、个性的描写方面,在对话、在预期的舞台空气与效果方面,没有一样不是令人满意的"[1]。

二、30年代曹禺剧作

20世纪30年代,中国话剧文学在曹禺手中走向成熟。他也是这一时期最有影响力的剧作家。曹禺(1910—1896),原名万家宝,字小石,祖籍湖北潜江,出生于天津一个没落的封建官僚家庭,中国杰出的现代话剧剧作家。1922年,入读南开中学,并参加了南开新剧团,曾任北京人民艺术剧院院长。曹禺是中国话剧文学的推动者,也是集大成者。他的《雷雨》《日出》《原野》《北京人》《家》等一部又一部杰作,犹如一道道丰碑,屹立在中国现代文学史和中国现代话剧史上。他在话剧史上的突出贡献

---

[1] 洪深主编:《中国新文学大系·戏剧集》(影印本),上海文艺出版社2003年版,第2页。

和杰出成就在当时以及后来的戏剧界产生了深远的影响。

(一)《雷雨》

《雷雨》是曹禺创作的第一部话剧,发表于1934年7月《文学季刊》。此剧以1925年前后的中国社会为背景,描写了一个带有浓厚封建色彩的资产阶级家庭的悲剧。剧中以两个家庭、八个主要人物、三十年的恩怨为主线,有伪善的资本家大家长周朴园,受新思想影响的单纯少年周冲,被冷漠的家庭逼疯的和被爱情伤得体无完肤的女人蘩漪,对过去所作所为充满了罪恶感、企图逃离的周萍,还有意外归来的鲁妈,单纯地爱与被爱的四凤,受压迫的工人鲁大海,贪得无厌的管家等人物。不论是家庭秘密还是身世秘密,所有的矛盾都在雷雨之夜爆发,在叙述家庭矛盾纠葛、怒斥封建家庭腐朽顽固的同时,反映了更为深层的社会及时代问题。《雷雨》自发表以后,常演不衰,成为北京人民艺术剧院的保留剧目。《雷雨》有非常优秀的舞台提示,是一部不仅可以演,而且可以读的优秀的话剧文学作品。该剧情节扣人心弦、语言精练含蓄,人物各具特色,是"中国话剧现实主义的基石",中国现代话剧成熟的里程碑。

《雷雨》有成熟独特的艺术特色。

其一,典型丰满的艺术形象。《雷雨》中的八个主要人物都是典型环境中的典型人物。周朴园专制、暴虐、自私,面对爱情与现实的矛盾、亲情的纠缠与蛮横,悲剧的接受和悔恨,这一切展示了一个受过新式教育的封建资本家的真实、多面的人物形象。蘩漪在周家陷于爱与恨的纠缠,从渴望真情,到委曲求全,再到鱼死网破,她敢爱敢恨,有时大胆果断,有时委曲求全。她由爱生恨,以致疯狂,是中国文学史上独特的女性人物形象。周萍是一个矛盾的青年。他渴望爱情却又常常糊涂出击,想努力摆脱压力却又犹豫迟疑,时常懦弱得无法直视问题,只能走向灭亡。鲁侍萍是一个旧中国劳动妇女形象。她正直,善良,在周公馆备受凌辱和压迫,尝尽人间辛酸,但仍然保有刚毅顽强的性格。鲁贵则是一个自私、贪婪、猥琐、见风使舵的奴才形象。这些人物形象具有很强的艺术感染力和思想表现力。

其二,尖锐复杂的戏剧冲突。《雷雨》中的八个人物之间都有或大或小的矛盾,连周冲和鲁大海、周萍和周冲等都有矛盾展现。最集中的冲突是周朴园与繁漪的冲突、周朴园与鲁侍萍的冲突、周萍和繁漪的冲突。从冲突的性质上来讲,周朴园与鲁侍萍、周朴园与繁漪的冲突都有其社会性,繁漪与周萍的冲突既有社会性,又具有两性冲突中的生理和心理特点,表现出原罪和命定意味,展现出主题的多义性。从冲突的重要性来讲,周萍和繁漪的冲突是主要冲突,贯穿全剧。

其三,个性化的舞台语言。《雷雨》中的人物语言具有鲜明的个性。周朴园简短、命令式、盛气凌人的语言,鲁侍萍和缓的语气、坚定的语调,鲁大海直截了当的语言,都与人物各自的身份相吻合。《雷雨》中的人物语言具有强烈的动作性,不仅与他们的外部动作相吻合,而且能够展示出人物丰富的内心世界。周朴园和鲁侍萍相认那一段,两个人从试探、躲闪到揭开真相,表现出两个人不断变化的心理活动。

(二)《原野》

《原野》写于1936年,发表于1937年,是一部三幕剧,剧本写了一个复仇的故事。青年农民仇虎从狱中逃出回到家乡,向残害他一家的地主焦阎王实施报复,但焦阎王已经死了,仇虎与焦阎王的儿媳妇花金子偷情。其实花金子之前是仇虎的情人,花金子的父亲死后,仇虎入狱,焦阎王强抢花金子嫁给自己的儿子焦大星。仇虎按照父债子还的观念,杀死焦阎王的儿子焦大星,并施计杀死了焦大星的儿子。大星是个善良懦弱的人,大星的儿子更是无辜,仇虎因而受到良心谴责,在逃跑穿过黑林子时出现幻觉而迷路,终未逃脱追捕而自杀。

《原野》全剧笼罩着浓厚的神秘气氛。每幕开头都极力渲染环境的神秘诡异。序幕的背景是秋天傍晚的原野,大地沉郁,莽莽苍苍。第一幕、第二幕均在焦阎王家堂屋中,阴森恐怖。剧本第二幕的背景中写道:"在这里,恐惧是一条不显形的花蛇,沿着幻想的边缘,蠕进人的血管,僵凝了里面的流质。"第三幕是在黑林子,"森林是神秘的"。《原野》中神秘、诡异的气氛,叫人透不过气来,这显然是作者刻意营造和追求的。《原野》中的人物也是诡秘的。仇虎是一个丑陋、满腹仇恨的"怪物"。金子是"野性、妖冶"的,焦母是一个对儿媳妇金子充满疑虑、话如毒蛇的瞎子。《原野》中的人物就是由怪狮子一样的仇虎、山猫似的花金子以及瞎子、白痴、窝囊废和糊涂虫构成的。这不是典型的现实主义剧作,这些人物的塑造形成了夸张、诡异、神秘的故事氛围。

《原野》融合了多样的写作手法,展现出丰富的艺术特质。《原野》既是现实主义的剧作——复仇的故事是现实的,故事中的人物和具体事件也是现实的;《原野》也是表现主义的剧作——气氛的神秘、人物的怪异,尤其是第三幕中将仇虎的潜意识、内心的恐惧、眼中的幻觉淋漓尽致地展现出来。《原野》的内核、灵魂又是浪漫主义的。《原野》还是象征主义的。"原野"具有双重的象征性。一方面,"原野"本该是一个自由的、无拘无束的所在,是原始生命的象征。正是在这片原野中诞生了仇虎,他像矗立在原野中的巨树。另一方面,一旦这种原始生命力失控,它便会反转成为一种异己的力量,"原野"成为被禁锢的地方,成为仇虎走不出去的黑森林。"原野"对人心灵的无形压抑和禁锢无所不在,让人摆脱不了,无处可逃。

三、当代话剧作家和作品

新中国成立以后,中国话剧文学继续发展,诞生了一批优秀作品。老舍的《茶馆》、沙叶新的《陈毅市长》、刘锦云的《狗儿爷涅槃》、朱晓平的《桑树坪纪事》、赖声川的《暗恋桃花源》等都是经典作品。其中以《茶馆》的影响最大。1956年,毛泽东主席提出了"百花齐放、百家争鸣"的双百方针,鼓励文艺繁荣发展。同年,老舍经过几次修改后创作了话剧文学《茶馆》,1957年7月初载于巴金任编辑的《收获》杂志创刊号。

(一)老舍的《茶馆》

老舍(1899—1966),原名舒庆春,字舍予,中国现代小说家、剧作家,新中国第一位获得"人民艺术家"称号的作家。代表作有小说《骆驼祥子》《四世同堂》等、剧本《茶馆》《龙须沟》等。《茶馆》是一出三幕剧,共有70多个人物,除茶馆老板之外,有吃皇粮的旗人、办实业的资本家、清宫里的太监、信奉洋教的教士、穷困潦倒的农民,以及特务、打手、警察、流氓、相士等,人物众多但性格鲜明,能够"闻其声知其人","三言两语就勾出一个人物形象的轮廓来"。作品通过茶馆老板王利发对祖传"裕泰茶馆"的惨淡经营,描写他虽然精明圆滑、呕心沥血,但最终也挡不住衰败的命运,从侧面反映了当时中国社会的走向。剧作在国内外多次演出,赢得了较高的评价,是中国当代话剧创作的经典作品。

《茶馆》通过裕泰茶馆的陈设古朴—新式—简陋的变化,昭示了茶馆在各个特定历史时期中的时代特征和文化特征。第一幕描写清朝末年戊戌政变失败后,茶客逗鸟、喝茶、玩虫,虽略带古风的声色,但由于"侦缉"的出现及"莫谈国事"的纸条,一动一静,均有着一种压抑的气氛。第二幕描写民国初年袁世凯死后,帝国主义支持下的军阀混战时代裕泰茶馆的生存境况,茶馆设施的更新与场面的收缩,暗示着茶馆在这个矛盾不断加剧的社会中所做的抗争。茶馆的"洋气"以及那张越来越大的"莫谈国事"的纸条,则预示着更大的危机。第三幕描写抗战后的国民党统治时期,人民的痛苦更加深重了。不仅"莫谈国事"的纸条更大、数目更多,而且旁边还有一张纸条上写着"茶钱先付",由此可以看出茶馆已经到了入不敷出的地步,而"茶钱先付"与"莫谈国事"显然反映了一种因果联系。老舍以茶馆为载体,以小见大,反映社会的变革。《茶馆》的结尾描写了王利发、常四爷、秦仲义三位老人经历了三个黑暗的年代,已看透了旧中国社会现实的腐败,在凄凉、绝望中,撒纸钱"祭奠自己",同时也是在给旧时代送葬。

《茶馆》的人物描写鲜活。王利发是裕泰茶馆的掌柜,也是贯穿全剧的人物。他从父亲手里继承了裕泰茶馆,也继承了他的处世哲学,即多说好话,多作揖。他胆小、自私,又精明、干练、善于应酬,对不同的人采取不同的态度。在黑暗的旧中国,尽管王利发善于应酬,善于经营,不断改良,却依然无法抵御各种反动势力的欺压。就是这样一个精于处世的小商人,最终仍然没能逃脱破产的命运。王利发最后自缢,以死向黑暗的社会发出了抗议。常四爷是旗人,在清朝时吃皇粮。但是他对腐败的清王朝不满,对洋人更加痛恨。第一幕中他因说了一句"大清国要完"被抓起来,蹲了一年的监狱。出狱后参加义和团,以后又凭力气靠卖菜为生。他正直、善良、敢作敢当、富有正义感。他不讳言他的不满,对抓过他的特务态度仍然很强硬,对正在发愁的王利发则雪中送炭。就是这样一个人,最后却穷困潦倒,绝望地喊出:"我爱咱们的国呀,可是谁爱我呢?"松二爷也是个旗人,心眼好,但胆小怕事,懒散而无能。清朝灭亡前,他游手好闲,整日喝茶玩鸟。清亡后,"铁杆庄稼"没有了,但他仍然留恋过去的生活,不愿自食其力。他宁愿自己挨饿,也不让鸟儿饿着,一提到鸟儿就有了精神,最后他却饿死了。这是一个没有谋生能力的旗人的典型,反映了中国封建社会的腐朽。秦仲义是裕泰茶馆的房东,是维新运动后出现在政治舞台上的新生民族资本家代表。他年轻时血气方刚,态度傲慢,目空一切,甚至敢于同有权有势的庞太监作斗争。他有一个自认为很远大的理想,就是"实业救国"。他天真地认为,可以用经济竞争的手段,把国家经济命脉掌握在中国人自己手里,就能战胜洋人,救国救民。但他惨淡经营了几十年的"实业"却被国民党政府没收了,心如死灰的他,到老年却悟出了这样一个荒唐的"道理":"有钱呀,就应该吃喝嫖赌,胡作非为,可千万别干好事!"在这一人物身上,体现了民族资产阶级既有斗争性又有软弱性,既有干事业的狂热的一面,又有在挫折面前软弱灰心的一面。

《茶馆》具有独特的艺术特色。

1. 独特的语言艺术。话剧文学首先是语言的艺术。《茶馆》是一部"京味儿"十足的作品,有鲜明的地域特色和民族色彩。每个人物的语言也符合其地位、身份和性格,如王利发的话语特点是谦恭、和蔼和周到。

2. "人像展览式"的人物群像。《茶馆》不以故事情节为结构线索,而以人物活动为结构要素,主要人物从中年到老年贯穿全剧,次要人物两代相承,每个角色自说其事,在时代大背景下事事相连,人物"招之即来,挥之即去"。

3. 侧面透露的手法。《茶馆》选取裕泰茶馆作为横向的观察窗口,通过对出入茶馆的各种人物的描写,来反映时代变迁。通过贯穿全剧的人物生活变迁,来纵向反映社会演变。

(二)赖声川的《暗恋桃花源》

赖声川的《暗恋桃花源》是中国当代话剧极有影响力的作品之一。赖声川(1954—),江西省会昌人,1954年出生于美国华盛顿,中国台湾省剧作家、导演,曾任台北艺术大学戏剧学院院长、美国斯坦佛大学客座教授及驻校艺术家。赖声川1984年成立了表演工作坊,演出了《那一夜,我们说相声》《暗恋桃花源》《红色的天空》《如梦之梦》等,获得极大声誉。《暗恋桃花源》是赖声川编导的一部话剧,最早于1986年在台湾省首次公演,1991年,该剧在美国和中国香港巡回演出,引起强烈的世界影响,2006年在北京人艺首都剧场开启大陆首演。他创作的一场场精彩绝伦的戏剧,开创了剧场新美学,令观众重新回到剧场感受剧场的魅力,为华语地区的话剧发展开创了新的领地。

《暗恋桃花源》讲述了一个奇特的故事:《暗恋》和《桃花源》是两个不相干的剧组,他们都与剧场签了当晚彩排的合约,双方争执不下,谁也不肯相让。由于演出在即,他们不得不同时在剧场中彩排,于是演绎了一出古今悲喜交错的舞台奇观。《暗恋》是一出现代悲剧,讲述青年恋人江滨柳和云之凡在上海因战乱相遇,也因战乱离散;其后两人不约而同逃到台湾,却彼此并不知情,苦恋四十年后才得以相见,此时男婚女嫁已多年,江滨柳也濒临病终。《桃花源》则是一出古装喜剧,武陵人渔夫老陶的妻子春花与房东袁老板私通,老陶离家出走进入桃花源;等他回武陵后,春花已经与袁老板成家生子。此时剧场突然停电,一个寻找男友的疯女人呼喊着男友的名字在剧场中跑过……《暗恋》和《桃花源》两个剧互相干扰、彼此打断,共同构成了这一部"混乱"的话剧《暗恋桃花源》。这貌似是两个互不相干的故事,但在主题意义上,最终走向了一致,共同完成了导演赖声川关于文化身份追问的主题。

《暗恋桃花源》的两个故事一古一今、一喜一悲,在同一个舞台上你方唱罢我登场,彼此对立,但又相互对话,共同完成了对于台湾文化身份的思考。《暗恋》和《桃花源》的互相打断、交错、乱入,形式上杂乱无章,却又彼此促进,殊途共归,使观众感到一种和谐,身陷努力回忆和拼命忘却的情愫中。赖声川说:"《暗恋桃花源》的成功,在于它满足了台湾人民潜意识的某种愿望:台湾实在太乱了,这出戏便是在混乱与干扰当中,钻出一个秩序来。让完全不搭调的东西放到一起,看久了,也就搭调了。"[1]

思考题:

1. 话剧文学产生的背景是什么?
2. 20世纪20年代话剧文学的主要代表作品有哪些?这些作品有什么共同性?
3. 曹禺话剧文学成熟的标志有哪些?
4. 话剧文学有哪些特点?
5. 话剧文学有哪些审美形态?请举例分析。
6. 简要分析曹禺《原野》的戏剧特性。
7. 老舍话剧《茶馆》的民族性体现在哪些方面?
8. 简要分析赖声川《暗恋桃花源》的独特性。

---

[1] 赖声川:《暗恋桃花源 红色的天空:赖声川剧场》(第一辑),东方出版社2007年版,第146页。

第四章　中国电影文学

电影与文学的联姻互动,贯穿整个中国电影发展史,呈现出动态往复之势。但不可否认的是,中国电影的发展离不开文学的滋养,文学也在电影的艺术表达中进一步完善、丰富自身,两者的互动、碰撞和融合不仅构筑了文艺新面貌、新态势和新气质,也有力推动着中国电影的发展与繁荣。与此同时,电影与文学的联姻,不仅增强了电影的表现力,也使得电影增强了与时代同频共振、共鸣、共情的能力。于文学而言,电影既有助于文学的传播,也有助于丰富文学创作。文学与电影互动融合,共同书写了独具中国民族特色的电影文学。

第一节　中国电影文学的生成与发展

电影是 20 世纪科学技术发展的产物。在不同历史阶段的电影运动和思潮影响下,从开始的杂耍娱乐、难登大雅之堂,经历时代浪潮、社会发展、经济洗礼以及音乐美术、戏剧文学的熏陶,在电影人的辛勤耕耘探索,特别是文学的滋养下,电影丰富、壮大了自身的表现手法、表现内容和艺术表现力,为发展为一门独立的艺术开辟了广阔的道路。正如安德烈·巴赞所言:"就像孩子的教育从模仿周围成年人而开始的一样,电影的发展也是和那些神圣艺术的榜样密不可分的。"①而在这些艺术门类中,文学对电影的发展影响最大。正如苏联电影理论家H.列别杰夫所言:"电影从它存在的第一天起就充分利用了文学的宝藏,因为它一开始就吸收了文学的道德精华,向文学作品学习,并吸取了文学大师来参加影片的工作。"②通过汲取文学的深厚养料,电影大大提升了自身的品位与地位,深受大众喜爱,并在艺术市场上稳居高位。

一、中国电影文学的发展历程

在百年电影发展历程中,深沉厚重的中国文化一直默默助力年轻电影的发展、繁荣,电影在萌芽状态时,文学便慷慨地伸出援助之手,电影不断地模仿和借鉴文学,从而确立了自己的一套叙事模式,之后两者便开始了共生共荣的局面。在电影发展成熟之后,文学与电影的地位开始互换,于消费时代的语境中,电影以自身强大的影像优势和经济优势,扶持困境中的文学,反哺文学的发展。由此可见,在不同的历史时期,电影与文学的关系有助于形成良性的电影生态,电影从文学中汲取营养,促进自身的成熟,文学也在积极借鉴电影的艺术化技巧,从而不断丰富和发展自身。

(一)中国电影文学的萌芽期

中国电影自发展之初便向文学寻求资源,并在文学的荫护下逐渐成长起来,努力改变杂耍娱乐的面孔,极力向神圣的艺术本位靠近。为此,襁褓中的电影开始学习文学的叙事方式和表现技巧,甚至借鉴文学的故事内容,学习文学作品中极富生命气息的人物语言、思想意蕴和叙事方式等,极力汲取文学的营养,大大提升了自身的文化品位和地位,真正成为一门独立的艺术。

---

① [美]D.G.温斯顿:《作为文学的电影剧本·序》,周传基、梅文译,中国电影出版社1983年版,第9页。

② [苏]H.列别杰夫:《文学与电影的关系》,冯由礼译,《电影艺术译丛》1955年第6期。

从1905年到1917年间,中国电影与文学的交融非常明显。由丰泰照相馆拍摄的中国第一部影片《定军山》,是谭鑫培主演的一部戏曲片。而且,"1905年到1908年所出品的八部电影全部由文学作品改编而来,且全部为京剧传统剧目,分别是《长坂坡》《定军山》《金钱豹》《青石山》《艳阳楼》《白水滩》《收关胜》和《纺棉花》"[①]。由此便可以获悉,作为舶来品的电影,正是在文学的扶持之下安定落地的。当电影还在考虑如何完善自我形象之时,是文学给予它可视化的表达方式。甚至可以说,在中国电影诞生之初,文学为其提供了内在思想内容,甚至外在表现形式,使其在并不成熟的情境中生根发芽。

在20世纪30年代的电影创作中,在文学与电影的亲密互动中,电影创作的黄金期到来了。羽翼尚未丰满的电影借助文学不断地完善和发展自身。相较于绘画、音乐及书法等艺术,出现得较晚的电影在视听传播上的优势,促使更多文艺工作者参与电影创作中来,借助电影实现自身的文艺诉求。

首先,他们身体力行,从编剧入手影响和改造电影创作。"九一八"及"一·二八"事变的影响,令观众对脱离日常生活、逃避现实的武侠神怪片和鸳鸯蝴蝶派的创作极为不满。明星电影公司改编的电影《啼笑因缘》票房惨淡,其他公司也出现类似情况。为保证公司正常运转,明星电影公司老板寻求进步文艺者撰写剧本,才使得公司起死回生。与此同时,凭借自身对社会的敏锐观察和深刻体验,左翼电影小组创作了一系列在内容和形式上都有创新的优秀剧本,如夏衍编剧的《狂流》《春蚕》《上海二十四小时》《脂粉市场》《前程》,沈西苓编剧的《女性的呐喊》,田汉创作的剧本《三个摩登女性》《母性之光》。

其次,积极开展电影理论和批评工作。一方面翻译大量的外国电影

[①] 程季华主编:《中国电影发展史》(第一卷),中国电影出版社1980年版,第161—162页。

理论著作。"夏衍、郑伯奇等人先后翻译了苏联电影大师普多夫金的《电影导演论》《电影脚本论》等许多文章。"[①]学习苏联电影的先进经验、蒙太奇的电影创作方法和艺术表现技巧。另一方面发布影评,以评论的方式批判思想落后的影片,清除思想毒瘤,宣传进步电影。左翼电影联盟的成功实践活动,皆与文学有着密切联系,电影剧本的创作、理论的翻译引进及评论文章的写作,都在不同程度上推动了电影的发展、成熟。可以说,文学提高了电影的思想深度,丰富了电影的表现形式,也推动了电影艺术的创新,助力电影的成长。

(二)中国电影文学的发展期

在全面抗战时期(1937—1945)和抗战胜利后(1945—1949)的历史维度下,电影像战士一样担负着保家卫国的重要使命。此时的文学是电影的坚强后盾,电影在文学的庇护下,绽放出保家卫国的异样光彩。

电影创作者们将目光聚焦于中国经典文学作品,以"曲线救国"的方式融入时代,展现对国家、民族的深切忧思。譬如,日本侵略者对沦陷区长春和上海的控制,导致中国电影业停滞不前,丧失生机与活力。尤其是日本利用其创作和管理团队对长春电影的严加管控,创作了一批麻醉人民的"娱民电影",消磨中国人的斗志,使得电影成为帝国主义欺骗和奴役中国人民的工具。而在上海,面对日本人的肆虐摧残,大批有经验的中国电影艺术家怀抱着强烈的爱国热情在夹缝中展现自己的民族气节,借助中国丰厚的民族文化传统,从经典文学作品和现代名著中找寻创作之源,催生了《红楼梦》《家》《木兰从军》《孔夫子》等优秀电影作品,表达艺术家们的战斗精神、民族气节和爱国情怀。从创作层面而言,它们有着共同的策略:第一,在将古典作品改编成电影的过程中,多使用隐喻、借喻、转喻和暗喻等文学修辞手法;第二,适当运用一些民谣、歌谣,进行点题式的渲染。由此可以发现,因战争因素的贯穿,电影借助改编文学作品间接

---

① 钟大丰、舒晓鸣:《中国电影史》,中国广播电视出版社1995年版,第23页。

传达家国梦想,同时利用文学的叙事手法和表达方式丰富自身的视听语言,不仅有利于自身的发展和繁荣,也是以东方式的电影情怀讲述中国故事,表现中国精神。

(三)中国电影文学的成熟期

十七年时期(1949—1966),随着新中国成立,原有的私营电影公司归于国家,从原有的私有制过渡为国有制,电影与文学的关系主要是相互成就,相互扶持,中国电影文学呈现出新的气息和新的面貌。这个时期,主要以文学改编为主,经典文学名著以高度的思想性和时代性,给电影注入新的血液,从此,电影的改编进入一个新时期。

于此语境下,中国电影在改编方面,主要呈现出如下面向:改编的重点开始转向代表新文学成就的经典名著,在革命历史题材和革命战争题材中确立主流话语。总之,电影和文学呈现出同一面貌,在经典名著的熏陶下,中国电影找到了自身的栖息之地,也在经典作品的影响下,构建自身的话语体系。十七年时期,革命战争与革命历史题材影片数量繁多且取得很大成就,这与小说创作、出版繁盛有着密切关系。从新中国成立到1966年,大批文学作品问世,多以土地革命战争、抗日战争与解放战争等不同历史时期的生活为题材,展现各个历史时期人民的革命斗争生活和精神魅力,比如《红旗谱》《青春之歌》《白毛女》《林海雪原》等,皆成为电影改编的蓝本,为新主流电影的确立和发展做出了卓越贡献。

粉碎"四人帮"之后,在新时期阳光的沐浴下,中国开始新的征程,在文学思潮的助阵下,电影开始焕发新的光彩,出现了"反思""伤痕""寻根""新写实"等电影思潮。总的来说,这是一段文学思潮引导下的电影创作,电影自身的特性还没有被充分发掘。一度中断的电影创作在文学繁荣发展的背景下,找到了自己的发展时机。

(四)中国电影文学的突破期

新世纪以来,随着政治、经济、文化等方面的调整,特别是发展市场经济,各个方面都发生了变化,中国进入了以消费为中心的消费型社会,更加注重视觉性的物象呈现。而且,电影技术不断更新进步,更加注重思想内容的突破,更加重视文学性因素的融合。因此电影无论是在技术上还是审美上,都有较大的突破。电影在充分发扬自身优长之时,还反哺了文学的发展,帮助文学走出困境。

电影不仅是艺术,更是一种商品,"在消费社会,商品被提到了前所未有的重要地位。电影作为一种商品,作为一种对市场有着很大依赖的文化产业,不可避免地也被纳入了市场化轨道"[1]。与此同时,全球化的时代慢慢到来,整个社会进入"读图时代",视觉性的表现手段在人们日常生活中占据着越来越重要的地位。与此同时,移动终端、自媒体、全媒体及融媒体的出现,不断丰富着人们的视听体验,也在悄然影响着大众的审美情趣。在工作快节奏及高压力的环境中,碎片化知识、精美视听成为人们青睐的对象,电影以生动、直观和立体的影像博得了大众的青睐,这为电影的发展提供了强大的观众基础,也使电影对文学造成一定的挤压。当其以强大的经济优势立足市场之时,传统文学在逐渐丧失话语权。而日渐强大的电影并没有一枝独秀,依旧投入文学的怀抱,反哺文学的发展,形成一种共生共荣的发展态势。同时,"电影从经典文学名著中改编,又反过来催动了文学的创作,使得原来的小说获得更大的知名度和销售额,也扩大了原小说或原作的粉丝群,从而实现了一种共赢"[2]。电影的大制作、大投资的性质在文学羽翼的保护下,不仅可以规避风险,还可以弘扬民族文化,实现中华民族伟大复兴的中国梦。

综上所述,在中国电影发展史中,电影与文学作为两种独立的文化体相互依靠、彼此成就,同发展、共命运,共同描绘了生动亮眼的电影历史图景。纵观百年中国电影历史,文学以其独有的思想内涵、多元题材和审美形态渗透电影文本的每一个细胞,与电影一起承担起记录时代、刻录社会

---

[1] 李清:《中国电影文学改编史》,中国电影出版社2014年版,第321页。
[2] 万传法:《改编与中国电影》,中国电影出版社2020年版,第116页。

及捕捉现实的使命,继承和发扬中华民族传统文化中的有益经验,推动中国电影不断发展。

第二节　中国电影文学的特点与审美形态

中国电影文学在电影与文学的互动、交融和联姻中,架构起整个文艺命脉,凝聚成一种独具中国气质的文化生态。当两种独立的文化体交流对话之后,我们看到中国电影文学的发展更富生机与活力;当两种表达方式融合碰撞之后,我们看到中国电影文学新的面貌和风格。纵观中国电影百年发展史,我们无法否认中国电影与文学亲密的关联与互动,也无法忽视电影在与文学的摩擦中产生新的可能性。

一、中国电影文学的特点

中国电影文学充分吸收电影和文学的优长,在百年的发展历程中,呈现出兼具社会性与现实性、直接性与形象性、多样性和动态性的特点。

（一）社会性与现实性

迄今为止,电影是人类艺术史上能够最大限度实现"逼真性"的艺术形式,因而,从电影本体论究,电影与生俱来的"记录现实""表现现实"及"再现现实"的特性,也是其区别于其他艺术的独特性存在。与此同时,作为一种特殊的社会意识形态,电影在反映现实的同时,也在反映着普遍的社会生活,是社会生活各个领域、各种事物的全面反映。可以说,人类社会生活的一切方面,皆在电影的视野之内,都是电影反映的对象。

中国电影文学基于其特殊的历史语境,在其历史发展中彰显出自身独特的风格与秉性。自古以来,我国文学艺术创作深受中华民族的历史文化传统和民族审美心理传统的影响,悠久厚重的中华传统文化无时无刻不在熏陶每一个炎黄子孙。尤其是创作者在价值判断、道德观照和审美意趣之中,无意间将传统文化流露出来,推动着中国电影文学民族风貌的形成。与此同时,中国电影文学与其所处的时代背景和社会生活有着密切关系。社会历史的每一次变革都会影响着中国电影文学的思想内容,也影响着电影人对中国特色社会主义电影道路的探索。电影与文学的联姻,促使现实主义成为电影人青睐的对象。当然,中国电影文学的发展也用事实证明,现实主义创作无疑是积极的、正确的。

追溯中国电影发展的历史,20世纪30年代左翼电影小组凭借对社会敏锐的嗅觉而开展的现实主义创作,使其成为中国电影发展的第一个黄金期。因此,1933年也就有了"电影年"的称号。在现实主义电影的助推下,明星公司"起死回生",扳回一局,由此说明武侠神怪题材虽刺激,但不得民心,只有真正贴合大众民心的作品方可赢得市场。如果说第五代导演是创造电影神话的一代,那么,第六代导演则是创造生活的一代。在中国影坛上,第六代导演身体力行,开辟了中国电影现实主义图景,让生活中的"边缘人物"走上银幕,为我们展开浮华背后的疼痛现实与漂泊人生。相比第五代导演的宏大叙事和思想启蒙,第六代导演在现实百态中书写生活,看似无声无息,却在大众心里烙下现实主义的深刻印记。中国电影文学的现实主义之路虽有曲折,却在浩瀚历史轨迹中记录着社会的百态人生。

初期中国电影史中,明星公司最重要的创作者是郑正秋,他担任编剧的一系列影片及寓教于乐的创作主导原则皆与当时的社会有着密切联系。虽然当时中国社会在半殖民地半封建文化的旧思想统治下,但他结合观众需求,把丰富的社会生活、舞台创作经验反映到他的创作中来。根据徐枕亚的小说《玉梨魂》改编的同名电影,通过讲述一个年轻寡妇的爱情悲剧,深刻揭露了几千年封建制度形成的强大势力对人性的压抑,以及封建制度和封建礼教的罪恶,并对受压迫的中国妇女表示了深切的同情,这是难能可贵的。作为电影的拓荒者,他的主要功绩不仅仅体现在电影事业上,更重要的是,他开创了中国电影从现实生活中汲取丰富养料的优良传统,并通过电影表现出他对当时中国社会的思考与观照。而正是有了中国早期电影人孜孜不倦的追求，才有了漫长电影文学历史发展中不朽的现实主义力作，使得中国的民族文化特色得到了淋漓尽致的展现。

总之，中国电影文学现实主义风格的创作呈现多样化、多层面态势，沧海横流，潮起潮落，交错发展，共同推进，在国内时代、政治、经济、文化因素和西方电影艺术的共同作用下，内容繁复多变。现实主义风格是中国电影发展的主流，对之进行清楚辨析，对于理解中国电影文学发展的历史脉络、把握未来发展方向有极其重要的意义。

(二) 多样性与动态性

中国电影文学的动态性主要表现在以下方面：一是随着时代的发展、大众审美趣味和认识能力的增强以及认识领域的扩大，大众对电影文学的认识也在不断充实和拓展；二是随着互联网技术和数字媒体技术的发展，新的文学作品也在不断涌现。当然，在时代的影响之下，中国电影文学的改编资源和改编类型也呈现出丰富而又多元的景象。

从中国电影文学的多样性来看，主要表现为改编资源的多样性和改编类型的多样性。首先，从改编资源的多样性来看，中国电影文学的改编从文明戏、古代通俗小说、现代经典小说、跨文化作品、诗歌、散文、戏曲和话剧，慢慢拓展到网络小说、游戏、动漫、真人真事及真人秀节目等，种类繁多，文本资源渐趋丰富。而且随着时代的不断变化，改编种类和资源更加丰富，更加多元。从改编资源的多样性来看电影与文学的关系，我们不难发现，虽然文学与电影的步调随着社会的发展而变化，为适应时代的发展不断自我更新，但它们一直是互相帮扶，共同成长的。

从改编类型的多样性来看，改编种类及题材的丰富多元，也带来了改编类型的多元化，包括奇幻片、魔幻片、军事片、动作片、悬疑片、惊悚片、探墓片、科幻片、喜剧片、家庭伦理片、青春片、新主流片、商业片、文艺片、历史片等。类型的多元化，适应了工业化的需求，也是文化多样性的一种体现，对中国电影的成长及发展，无疑有着极其重要的作用。近年来电影市场上的新主流大片备受青睐，涌现出了如《我和我的祖国》《中国机长》

《攀登者》《夺冠》《流浪地球》等充分发挥新工业美学的创新性表达优势,侧重书写中国精神、传递中国价值与发扬中国力量的一批佳作,给中国电影带来新鲜血液。

从历史维度进行考证,我们可以看到中国电影文学的动态性特征。纵观电影与文学互动的历史轨迹,在不同的时代背景下,电影与文学的关系呈现出一定的波动。作为时代的弄潮儿,电影总能够敏锐感知时代的诉求,并在时代的号召下积极调整发展的步伐,呈现出新的面貌。而这在电影和文学的关系中也得到了相应体现。譬如说,在中国电影史上,如果以改编的范围、数量及其对电影市场、电影创作的影响而言,20世纪20年代的"鸳鸯蝴蝶派"无疑是一个高峰。当第一代电影导演郑正秋将鸳鸯蝴蝶派的代表作品《空谷兰》搬上银幕并引起强烈反响之后,大量鸳鸯蝴蝶派作家参与电影创作,以文学滋养电影的发展。据统计,"从20世纪20年代到1931年,中国各影片公司拍摄了共约65部故事片,其中绝大多数都是由鸳鸯蝴蝶派文人参与制作的"[1]。而且,他们本身有着深厚的传统意识,又善于与时俱进、开拓进取,更多地呈现出由传统向现代的转变。从他们改编的作品或参与编导的电影来说,言情片、古装片、武侠神怪片的类型探索与叙事模式对中国电影有着积极的影响和意义。

随着社会的不断发展,尤其是进入21世纪之后,电影改编进入动态化。"它不仅要考虑改编本身与市场的潜在关系,还要考虑上中下游的产业空间和未来开发等问题;不仅要考虑改编艺术性等问题,还要考虑大数据所显示的各种动向。"[2]可以说改编已经处于动态化的序列之中,并在其中及时调整策略和方向。

(三)直接性与形象性

电影的发展史是与文学相伴共生的历史。一直以来,电影文学在创

---

[1] 李清:《中国电影文学改编史》,中国电影出版社2014年版,第50—52页。
[2] 万传法:《改编与中国电影》,中国电影出版社2020年版,第171页。

作和理论层面渗透在电影艺术的肌理之中,从价值构成、思想意蕴到叙事方式,源源不断地为电影提供丰厚的精神资源和艺术参照,成为电影成长路上不可或缺的存在。而改编成为让电影与文学结缘的惯用方式,文学和艺术在相互磨合和相互扶持的过程中,取长补短,构建了中国电影文学直接性和形象性的生动景观。

  文学与电影在表达方式和叙事特征上存在着显著差异性,通过改编形式,电影和文学相互交融、相互促进,以新的面貌亮相于电影市场。众所周知,文学作为语言艺术,以语言为手段塑造艺术形象,反映社会生活,表达作者的思想情感,传达审美情感,读者必须通过想象来感受艺术形象,所以说,文学以间接性的方式和大众交流对话。乔治·布鲁斯东认为,作为文学类型之一的小说和电影都是让人"看见",但"看见"的方式不同,"人们可以通过肉眼的视觉来看,也可以通过头脑的想象来看"①。同样是"看见",小说和电影以不同的媒介展示"看"的对象及过程。文学是以间接的文字符号唤起表象,通过读者的有意味的想象构架虚拟的形象,加之读者的文化素养、生活阅历和情感认知的不同,呈现出种种差异,这就造成了建构对象的不确定性、虚无性和抽象性。正如马赛尔·马尔丹所言:"文字与它所表明的事物之间,有着一种深刻的差距。"②这种深刻的差距,也就导致文字符号在传递事物形象时存在某种约束性和制约性,并且经由作者、读者共同创造才可以出现文学形象。而年轻的电影艺术直接作用于大众的感官,以生动可感可视的影像、生动可知的形体表演和声音建构逼真的银幕世界,将鲜活的艺术形象呈现在观众面前,直接产生艺术效果。譬如,对于小说《祝福》,不同的读者心里会有不同的祥林嫂形象;而具体到电影《祝福》,如有百万观众,那么,在他们面前只出现

---

① [美]乔治·布鲁斯东:《从小说到电影》,高骏千译,中国电影出版社1981年版,第1页。
② [法]马赛尔·马尔丹:《电影语言》,何振淦译,中国电影出版社1980年版,第6页。

了表演艺术家白杨扮演的祥林嫂形象。电影借助影像的刺激唤起记忆中构建的文学形象,实现了肉眼看到的形象和意识到的形象的叠印统一和丰富多元。它具有具象性的特点。所以,安德烈·勒文孙说:"在电影里,人们从形象中获得思想;在文学里,人们从思想中获得形象。"[①]由此,我们可以得知艺术的基本特征之一是形象性,电影以具体的、感性的方式体现艺术家的思想感情,抑或大众感知的形象性,进而满足大众的猎奇心理和观赏心理。

电影在改编过程中吸收文学养料,同时充分利用自身的镜像特征构建独具形象特质的电影文学。尤其在网络时代成长起来的年轻一代,越来越沉迷于视觉冲击带来的震撼效果,追求视觉快感,电影也在有意识地利用数字媒体技术资源丰富自己的视觉美感呈现,但是无论技术如何进步,都不能代替电影演员对文学形象进行的直接和形象的演绎。众所周知,演员在电影的视觉呈现中,占据大众视觉焦点。除了其外表贴近角色之外,形象气质也要尽可能地接近角色,不仅赋予角色外在的形象性,还必须呈现角色的性格特质。为此,创作者使用了多种表现方式和手段去无限还原、无限接近文学原型,进而以可视化的形象吸引大众走进影院。比如说:演员通过表情、言语、服装、动作等手段让文学中的虚拟形象得到具象呈现,从而使观众领会到影片的内容和意蕴。除此之外,电影还可以通过镜头、画面、声音、色彩、图像蒙太奇等电影语言,在银幕上塑造直观的形象。

二、中国电影文学的审美形态

电影作为一门艺术,作为一种紧紧依附于技术发展的新的艺术形式,自进入中国之后,中国电影人就努力让这一"舶来品"深深扎根在中华文

[①] [美]爱德华·茂莱:《电影化的想象——作家和电影》,邵牧君译,中国电影出版社1989年版,第114页。

化的土壤里,逐步形成中国电影自己的美学风格。中国电影人力求在创作中发掘并发扬中华文化和中华美学的传统,将中国的戏曲、小说、绘画、书法、音乐等各种文艺样式的创作经验和技巧手法有机融合在影片的创作和拍摄之中,使影片具有本土化艺术特点和民族化美学风格。

(一)内容和形式统一

艺术具有形式的结构,赋予平凡的现实以美的形态。形式不只是物质材料的杂乱陈列,更反映着一定的思想内容,因此,形式和内容并非疏离割裂,而是处于和谐统一的状态,呈现出你中有我、我中有你的美学意味。从美学上看,艺术的创造过程是艺术家从现实感悟到内心酝酿构思,再到呈现出有意味的形式的"赋形"过程。当然,对于电影文学来说更是如此,电影和文学靠近对方、成就彼此,使用适当的形式表达确切的内容和思想,由此传递审美情感和美学意蕴。

根据贝尔的观点,艺术品正是因为这种有意味的形式而获得了美学价值。"一切艺术问题(以及可能与艺术有关的任何问题都)必须涉及某种特殊的感情,而且这种感情一般要通过形式而被直觉到。然而,这种感情从本质上来说还是非物质的,我虽然无绝对把握,也敢断定,这两个方面,即感情和形式,实质上是同一的。"[1]毫无例外,电影作为年轻的艺术形式也是如此。通常,电影采用音乐、画面、声音等构筑有意味的形式,并通过其来表达特定的情感。而且,这种附带情感的形式,恰恰是电影不同于戏剧、戏曲、绘画和雕塑等艺术的原因。比如,影片中蒙太奇的运用可以实现时间和空间的自由转换,而这在戏剧中就相对困难;当电影以直接、形象的画面为我们框定一个事物时,读者还在想象中构建着飘忽不定而又模棱两可的事物形象;当我们坐在影院回味着曾经熟悉的镜像空间时,戏曲还在一桌二椅中表现虚拟空间。还有很多案例可以论证电影有

---

[1] [英]克莱夫·贝尔:《艺术》,周金环、马钟元译,中国文联出版公司1984年版,第45页。

意味的形式的存在价值及意义,但是,这并不妨碍我们对电影形式的考量。当然,对于文中的论述主体电影文学来说更是如此,而这在电影理论和电影发展过程中并不少见。当然,这也从侧面论证了有意味的形式在艺术中的广泛运用及其赋予艺术本体的美学意蕴。

中国电影诞生于东方文化背景之下,形成了独特的、有别于西方电影的美学特征。匈牙利电影理论家巴拉兹·贝拉是世界电影理论史上"从全面和已有的实例出发来探讨电影美学的第一人"[①]。在西方早期电影发展中,也出现了很多相关实例。譬如,为了探究电影这门艺术,欧洲电影艺术家们纷纷在形式上做功课,为电影的艺术性证言,相继出现了印象主义心理叙事、抽象主义、达达主义、德国表现主义、法国超现实主义和苏联蒙太奇学派。他们从不同领域探寻电影的艺术特性,拓展电影的造型美和形式美,为帮助新生的电影站稳脚跟做出了突出贡献。

在对中国电影文学形式的探索中,电影《小花》可谓是影坛上出现的一朵绚丽的花。影片的创作和拍摄,从内容到形式的探索都带有一定的"叛逆"性格。在《小花》创作总结中,副导演黄健中特别谈到形式和内容的关系问题,他说,很久以来,我们在电影理论上的探讨只讲内容决定形式,却很少研究形式对内容的反作用。《小花》在内容上尽管力求沿着人物命运去写战争以求新意,但创作者们在形式上也苦苦追求,在原有的故事基础上突出形式表现,注重对电影造型元素的运用,使得电影的"老故事"经过精心包装后呈现出别具样态的、具有中华民族特色的形式美感。

(二)表现和再现的统一

中国电影文学的基本特征是再现现实,再现自然成为其重要的审美特征之一。但是中国电影文学同样要表现作品的内在意蕴,表现艺术家的情感,因此,表现也是中国电影文学的一个重要的审美特征。

---

① 李恒基:《巴拉兹·贝拉的遗产:巴拉兹·贝拉逝世40周年祭》,《当代电影》1989年第3期。

在艺术中,再现是一个普遍的美学样态,是一切艺术的属性,即每一种艺术都可以再现现实世界。这便生动地突出了艺术与其所描绘的外部世界的密切关系,也强调了艺术再现现实的手段。众所周知,不同的艺术有着不同的表现媒介。诗歌与小说以语言来描摹事件和情感;造型艺术之一的绘画则是依靠色、形、线来刻画事物;雕塑需要用物质材料表现人物形象;音乐离不开声音;戏剧离不开演员的形体动作。由此可见,不同的艺术形式要求有不同的表现手段。美学家布洛克认为:"在对艺术的知觉中,既需要注意它使用的媒介物,又要注意它再现的物体。艺术品不仅仅是呈现一个物体,它还需要展现艺术家运用某种艺术媒介对这个物体的描绘或转译。假如仅从媒介物本身便看出它代表的物体,那还要艺术家干什么?因此,艺术就存在于这两种因素(媒介)和再现物的紧张作用中,离开两者中的任何一个,两者便不复存在。"[1]这充分论证了表现与媒介的关系。然而,在表现相对意义层面时,也涉及媒介问题。这里不做详细论述。重点关注的是,在美学中占重要地位的再现的存在、运用及与再现的不同之处。谈及表现,"表现指的是通过行为或其他事物表示呈现出来"[2]的,它涉及艺术家内在的情感状态如何通过艺术形式或符号传达出来。这也就为我们清晰地展示了再现与表现的不同之处,再现和表现都呈现出了不同的状态。譬如说,再现是关于艺术品与现实世界逼真描绘的问题,而表现则是关于艺术品与艺术家内心世界表达的问题,一个侧重客观描摹,另一个则青睐主观表达。表现与再现在艺术中犹如双生花,彼此交融和碰撞,共助艺术作品发展繁荣。这在中国电影文学中更是得到了生动的体现和淋漓尽致的表达。

回溯电影理论发展的历史,不难发现,艺术家们从各自专长领域和不同视角阐述电影与再现、表现的关系。与爱因汉姆强调形式基础相悖的

---

[1] 骆冬青:《形而放学:美学新解》,中国社会科学出版社2004年版,第89页。
[2] 周宪:《美学是什么》,北京大学出版社2002年版,第177页。

艾德温·潘诺夫斯基,从电影的社会性和大众性切入,得出电影是"现实本身"的结论,由此,电影媒体与其所描述的实际内容之间建立起一种不可或缺的联系,进而奠定了电影现实主义的基础。与潘诺夫斯基的理论具有同质性的巴赞理论也提出了电影社会属性,同时,巴赞认为"电影是现实的渐近线",电影与其他艺术不同的是,能够在人类最少干预的情况下自动地制造现实的影像,也就使得电影与可观照的物质世界之间建立起更直接、更可信及更亲密的联系。巴赞进而提到,"没有一门艺术能够像电影那样精确和全面地描述物质世界,也没有一门艺术能够像电影那样真实(从真实的基本要义上讲),在电影里面,即便是幻想也能逼真"[①]。和巴赞一样,另一个写实主义理论家西格弗里德·克拉考尔,在《电影的本性:物质现实的复原》中对现实主义做了系统而完备的论述。他认为电影是"物质现实的复原",电影的特性就是记录和揭示现实。这些观点和认识尽管是在特定语境下产生的,却从另一个层面揭示了电影与再现的亲缘性,进而突出电影具有模仿和再现现实的理论依据和历史根源。相比传统电影理论,现代电影理论中的第一符号学、第二符号学、电影精神分析理论及后殖民主义理论,普遍跳出电影描摹现实的本体,直接探讨电影背后隐含的意义及艺术家借助电影表达的思想情感。随着时代的不断进步,电影视听语言的逐步完善和人们需求的与日俱增,我们看到表现和再现已经出现在越来越多的作品中,电影工作者们对艺术发展之路的探索,为电影艺术的发展和繁荣做出卓越贡献。

(三)综合和个性的交融

电影作为活动画面的表现形式,涉及多种媒介,如录像、新兴的数字媒介和胶片,也渗入了社会、历史、文化、政治、经济和意识形态等多种要素,更切入了美术、音乐、科技、文学等门类,成为一种综合性艺术形式。

---

① 游飞、蔡卫:《世界电影理论思潮》,中国广播电视出版社2002年版,第204页。

当然,它也是一门彰显艺术家艺术素养和审美经验、体现独特性和主观性的个体性艺术。综合性和个性的交融为电影的审美提供独特的美学图景,也丰富了电影文学的景观概貌。

百年电影文学的动态发展历史是美学的表现历史。作为"舶来品"的电影,其跨国传播轨迹则是美学输出和共享的一种方式,它以影像介入现实,并以镜像规训着人们的日常行为和审美意趣,且不断获取其他学科在大众心目中的认可和接受的空间,成为独具风格的"第七艺术"。与传统艺术不同的是,它年轻,不受传统的羁绊;它与技术联姻,决定了其发展得更新更快;它与经济共谋,在资本红利方面备受青睐;它与公共空间结缘,剧场体验成就了其独特的美学表现。可以说,电影艺术融多种元素于一身,彰显了其作为大众艺术的独一无二的特征。其多元性、综合性和丰富性,满足了不同受众的审美理想和审美期待。"审美理想也称美的理想,是指审美主体在长期社会实践和审美活动中形成的、为个人审美经验和人格境界所肯定的,并融合了特定历史文化传统的关于美的理想观念或范型。审美理想的形成深受文化传统、社会语境和阶级身份的影响,因此具有鲜明的民族和阶级特征。"[①]而审美理想又和审美个体的秉性、风格、经历和体验有着密切关系。中国电影文学的美学形态正是在创作者丰厚的审美积淀和电影本体的探索实践中形成的。

它的综合性体现在:中国电影文学对中国电影内蕴、气质和价值的彰显,对中国哲学、美学、社会和文化的镜像体现,映现着历史的风云际会、时代更迭和民族发展,从中不难考究出它对现实风骨和艺术形象的记录和拯救。从电影创作的本体来看,电影的故事和剧本、影像、声音、剪辑、导演和表演互动交融,譬如,制作影片的技术元素(摄影机、照明、录音和剪辑)的组合拼接便可以把工艺变成具有美学意趣的电影艺术。影片的许多部分形塑而成的统一整体,是由一个个元素碎片拼接而成的,就像影

---

① 童庆炳主编:《文学理论教程》,高等教育出版社 2015 年版,第 188 页。

像美学的构成离不开胶片、构图、灯光和色彩一样。"从结构主义的范畴去看,中国现代电影文学至少包含电影文学观念(理论)、电影文学作者(编剧)、电影文学创作(剧本)、电影文学批评与传播(期刊海报)等领域,它们在社会意识、艺术美学、创作方法、评价形态与传播策略等诸多空间,构成了历史复位、学术考察和艺术探索的完整价值链,更遑论在其延展的明星研究、叙事研究、性别政治、意识形态批评、殖民理论以及文化地理学考察等方面,其缤纷无限的深化的学术落脚点、着眼点。"①

普遍接受的一个观点为:"艺术涉及选择。选择的指导来源是兴趣,兴趣是对我们生活于其中的这个复杂而多样的宇宙的某些方面和某些价值的一种无意识但却有组织的偏爱。"②同样,对于"第七艺术"电影来说,艺术家也是根据自我兴趣爱好和审美意趣有目的地选择素材,遵循着兴趣逻辑和主观思想而做出艺术选择。为此,电影文学的创作和文本皆带有作者鲜明的主观倾向性,在主观倾向性的影响下形塑个人风格。譬如,绘画大师雷诺阿在其画作中再现裸体,喜悦的感觉超越了色情的暗示,裸体抽象的象征意味被无情剥离出去,而因色彩延展到一个新的领域中,审美客体在欣赏之时则会无意识地用审美的目光驱逐暗示的部分,从而获得别样的审美特征。中国电影文学中的个人风格也在不同导演的作品中得到鲜明体现。胡柄榴导演对乡土独有的挚爱成为其特有的风格标签。影像的乡土符号生动呈现,影像之外的乡土情绪刺激离不开导演深厚的乡土体验,配合影像营造出淳朴、静谧而又朴实的乡村景象,乡情、乡音萦绕回旋在每一寸乡土上。第五代电影导演张艺谋在电影中的色彩运用成为鲜明的个人风格标签,尤其对红色的钟爱在其一系列作品中得到明晰呈现。在电影《红高粱》中,红色表示积极向上的生命韧力和高昂的生命

---

① 周安华:《勘察、发掘、梳理与重构》,《文艺报》2018 年第 8 期。

② [美]约翰·杜威:《作为经验的艺术》,孙斌译,华东师范大学出版社 2019 年版,第 114 页。

姿态。此外还有《菊豆》中的红色染布、《大红灯笼高高挂》中的红灯笼、《秋菊打官司》中的红辣椒、《我的父亲母亲》中母亲的红棉袄等。可以说,红色是张艺谋影片中重要的符号能指,超越了物体的客观存在,进而上升为精神与文化的重要符码。正如张艺谋所说,"因为红色有表现力,能给人以强大的冲击力。对影片的色彩,我一直很重视,因为它能马上唤起人的情绪,在视觉上给人以震撼力","这跟我是陕西人有关。陕西的土质黄中透红,陕西民间就好红。秦晋两地即陕西和山西在办很多事情时都会使用红颜色。他们那种风俗习惯影响了我,使我对红颜色有一种偏爱,然后我又反过来去表现这种红颜色"①。张艺谋电影的红色修辞体系,承载着一种神秘而完美的象征,也构成其鲜明的个人风格和叙事特色。

第三节　中国电影文学的代表作家与作品

中国电影文学在中国电影史上的成就离不开孜孜不倦的电影创作者们,他们怀抱高昂的创作激情和赤诚的热爱,为中国电影的发展付出了毕生的心血。其创作的一系列经典作品至今在中国影坛上熠熠生辉,成为研究中国电影史、书写中国电影民族史的有益参照、不朽精神丰碑和影像标本,助推了中国电影发展壮大。

一、袁牧之的《马路天使》

纵观中国电影发展的百年历史,20世纪30年代无疑是电影发展的第一个黄金时代,电影的思想内容、艺术形式和美学形态皆出现了革命性变化。20世纪30年代电影之所以表现出特别活跃和繁荣的局面,除了思想和艺术上的创新之外,最重要的就是艺术家们以自己独特的眼光和

---

① 李尔葳:《张艺谋说》,春风文艺出版社1998年版,第69页。

手法观察和表现生活,让电影深入社会的肌理之中,以社会为镜体现自我的价值。正如郑正秋在1933年著文呼吁的那样,希望电影"同时改正观众的心理,使它成为一种强有力的舆论,彼此互相推动,从社会心理建设达到社会的环境改造"[①]。而电影《马路天使》就是在此情境中脱颖而出、拥抱大众的。

袁牧之(1909—1978),原名袁家莱,生于浙江宁波,1930年投身于戏剧事业。他创办过《戏》月刊,出版了《戏剧化装术》(1931年)、《演剧漫谈》(1933年)等著作。1934年,在党领导的电影小组的动员下,他加入了电通影片公司,创作了第一个电影剧本《桃李劫》,通过主人公陶建平的生活道路和悲剧命运,生动地刻画了一个为旧社会所不容的正直的知识分子形象,真实地揭露了当时社会的黑暗与腐败。接着,他又在影片《风云儿女》中创造了浪漫诗人辛白华的形象。1935年,他自编自导了影片《都市风光》,还扮演了其中一个拉洋片的老汉,创作了中国第一部音乐喜剧片,以清新活泼而又辛辣深刻的艺术风格,展示了旧中国大都会病态的生活情景和尔虞我诈的人际关系,从而折射出时代的特点。1937年7月,他自编自导创作出左翼电影经典之作《马路天使》,在总结吸取左翼电影创作与斗争经验的基础上,坚持和发展了现实主义创作方法,编导、拍摄出这部优秀作品。

《马路天使》是20世纪30年代初中期新电影运动的最后一部影片,也是有声片在30年代中国电影发展旅程中趋向成熟之作。歌女小红(周璇饰)和姐姐小云(赵慧深饰)流落到上海,被人收养。天真活泼的小红有一副好嗓子,被当琴师的养父带到酒楼卖唱,姐姐则被养母赶到街上当妓女。住在对面阁楼上的吹鼓手小陈(赵丹饰)与小红情投意合,两人逐渐产生了恋情。琴师阻止他们的感情发展,还打算把小红卖给流氓。在姐姐的帮助下,小红逃了出来,并与小陈结为夫妻。不久,小云也来了,琴

[①] 郑正秋:《如何走上前进之路》,《明星月报》1933年第1卷第1期。

师跟踪而来,小云帮着妹妹跳窗逃走,自己却被琴师刺伤去世。作品叙述了底层人民的痛苦与悲惨生活。导演充分调动声话功能,影、音、对白、摄影等手段相互作用,歌曲音乐把握熟练,同时特别注意影片的叙事功能的发挥及其与时空变化和表现的关系。譬如片中对《四季歌》演唱时显示叙事时空的转换,反映小红离家避难的悲惨经历,同时也从侧面反映出对战争毁坏家国的忧愁。作为底层群体,他们的苦难经历不仅是对现实生活的一种有力控诉,也是对小人物生活的生动反映。

影片《马路天使》按照现实主义典型化的原则,通过塑造生动的艺术形象,真实地再现了一群小人物的痛苦生活和不幸命运。编导以现实主义的笔触和敏锐的观察力,成功地刻画了妓女、歌女、吹鼓手、报贩、剃头匠、失业者、小摊贩等一群有血有肉的艺术形象,深刻揭示了造成他们悲惨人生的社会根源。妓女小云是一个被污辱被损害的妇女典型,她原是东北姑娘,九一八事变后流亡上海,因生活所迫落入魔掌,在鸨母的痛打下,不得不做了"马路天使"——暗娼,过着屈辱的生活,最后又为旧社会恶势力所杀害。歌女小红,从少女时就被老板带着四处卖唱,受人欺凌。影片正是通过这样一群小人物的不幸命运和悲惨遭遇,深刻揭露了当时中国社会的黑暗,抨击了国民党的反动统治,从而表现出创作者的进步倾向。

不仅如此,影片还热情歌颂了这群小人物纯真善良、互帮互助、牺牲自己成全他人的高尚品格,表现出只有劳动人民之间才会有的"涸辙之鲋,相濡以沫"的可贵感情。妓女小云喜欢吹鼓手小陈,而小陈却对其妹青睐有加。但当她听到老板说要卖掉小红时,她主动帮助妹妹逃出魔窟,成全小红与小陈的爱情,最后为救小红脱险,牺牲了自己的生命。老王对小云的不幸身世深为同情,他理解她的感情,尊重她的人格,对她抱以"同是天涯沦落人"的爱怜之心。小陈正是在老王的影响下,由瞧不起小云到挺身相助小云,最后他请求小云原谅自己,这些细节都刻画得细腻动人。这群小人物尽管性格不同,但友爱团结,真诚相助。正是这种人性之美、互爱之光,才使他们在黑暗之中见到一丝明亮,从冷酷之中感受到人世间一点温暖,由此流露出作者深厚的人道主义情怀。

二、夏衍、桑弧的《祝福》

新中国电影从发轫之时就非常重视文学名著改编工作。1953 年底,政务院在《关于加强电影工作的决定》中提出:"除组织新的创作外,应尽量利用为人民所喜爱的我国现代和古典的优秀文学戏剧作品改编为电影剧本。"[①]无疑,经典文学移植银幕助了电影受众群的扩大,也对传播中国优秀文化做出了突出贡献。1956 年,为了纪念鲁迅逝世二十周年,电影界决定将鲁迅的短篇小说《祝福》搬上银幕,由夏衍编剧,桑弧导演,揭开了新中国电影与文学联姻的新面向。

影片《祝福》的主人公祥林嫂(白杨饰)是一个因受封建民俗文化毒害而在江南小镇除夕"祝福"的鞭炮声中悲惨死去的穷苦农家妇女。从影片开始的祭灶的鞭炮声和结尾隆重的祝福礼场景中,观众便可直观感受到江南农村的空间设置——鲁镇,这是一个完整的、封闭的、具有较强稳定性而又具有"强大生命力的传统空间",正因为它的封闭性和传统性,即使具备了反抗意识的祥林嫂也无法挣脱此系统;也因为它的稳定构造,繁重的礼节和礼俗无法以足够的包容心去"开脱"祥林嫂的"罪过"。为此,影片中江南的婚俗、祭祀民俗、过年民俗、守节习俗一方面作为客观的物质实体和文化载体直指江南风情,另一方面也在无形中铺排了祥林嫂的悲剧命运。影片最后,委曲求全的祥林嫂对鲁镇上热闹的气象垂泪而泣,她用尽全身的力气想努力挣脱这个"封闭"的空间,但饱经风霜、虚弱至极的她始终无法走出,最后在喧嚷的祝福声中慢慢离开。因为她终于明白,无论如何努力,"江南"的空间都不会滞留、不会接纳,更不会认

---

① 孟犁野:《新中国电影艺术史稿 1949—1959》,中国电影出版社 2002 年版,第 245 页。

同她。于祥林嫂而言,这种强有力的空间的存在是美丽的,也是致命的。

电影中祥林嫂朴实、勤劳、安分却毫无自由,她隐忍求全,只想简单地生存。无奈,命运却一次次将她推入悲剧旋涡,她不能掌握自我的命运,最终沦为封建制度的牺牲品。影片开始便为我们呈现出年轻守寡的祥林嫂的形象,她全心全意孝敬婆婆,却仍难逃被刁难的命运。婆婆不仅视她的付出为理所当然,还要威胁、摆布她。而后,祥林嫂又被强行卖给贺老六做老婆,新婚嫁娶的哀婉的唢呐声预示着祥林嫂不幸的命运。尽管她顽强地反抗,但是为了生存,她不得不妥协,听从命运的安排。影片用全景镜头来拍摄小巷中孤零零的祥林嫂时,观众不难直观地感受到她不断与命运对抗,到头来只能隐忍的无奈与落魄。影片的后半部分,当她发现和贺老六凭着辛苦的劳作能够安稳地生活下去时,她在心灵上也得到了些许安慰,她想的就是能安稳地过日子便可。可天不遂人愿,就连这最简单的愿望也被旧社会毫不留情地吞噬掉了。她终不能掌握自己的命运,无奈命运多舛,随着儿子阿毛被狼叼走,贺老六因伤寒死去,影片情节达到高潮。经受双重打击的祥林嫂,此刻被大伯赶出去又走投无路,重新回到了鲁四老爷家做用人。至此,这个"不干净的女人"彻底地被命运击败了,面对种种侮辱和伤害,她已无言抗议,她再也没有气力去与命运抗争。祥林嫂的扮演者白杨多年的江南生活经历使她对江南人有着自己独特的审美感受,影片中她通过眼神、动作、神态来表达祥林嫂的心理,展现出祥林嫂的委屈、隐忍的性格。

封建伦理纲常深入人们的骨髓,根深蒂固。祥林嫂身上集中体现出吃人的封建礼教对她的蹂躏、对她灵魂的吞噬,而这不是来自肉体、来自生活,而是精神上的绝望和枷锁,使她彻底丧失了活着的勇气。生而为人最起码的自尊被无限度践踏,这是导致祥林嫂走向绝望的致命伤害。影片中,饱受丧失亲人之痛的祥林嫂为了生存寄身于鲁四老爷家,空间变化并没有冲刷掉祥林嫂的哀伤,反而摧毁了祥林嫂唯一的精神支柱。善良的祥林嫂一度以诉说自我经历博得大家的同情,可是大家熟知之后便以轻蔑和讥笑的态度对待祥林嫂，周遭的不认可使得原本精神恍惚错乱的她更加迷茫。再加上主人在"祝福"之时对祥林嫂"分外对待"，使得她越发迷失，从而走上了一条看似光明实则使其坠入命运悬崖的道路。片中，为了摆脱灵魂的枷锁，祥林嫂听从柳嫂的话去土庙捐门槛"赎罪"，回到鲁家收拾碗筷的时候，鲁四太太大声呵斥她："你放着吧，祥林嫂。"就连祭祖用的东西，鲁四老爷也不让祥林嫂碰，这时候的祥林嫂彻底绝望了，她想再次从柳嫂那里获得些许安慰，可柳嫂也无言以对。影片至此，人性的麻木、冷漠与社会的残忍以及那些卑劣庸俗的观念彻底把祥林嫂推向了死亡的深渊，随之，影片亦达到人物形象阐释的高潮。

三、鲁彦周、谢晋的《天云山传奇》

新时期开始，电影与文学共筑的命运共同体，犹如双生花般相互扶持、相互成就。电影创作紧随文学思潮，及时回应拨乱反正、改革开放的社会思潮，一旦文学在思想文化领域有了新的发现，电影的改编就会紧随其后，用影像演绎原著精神。从初期的"伤痕文学"带来的"伤痕电影"，到"反思文学"带来的"反思电影"，再到"改革文学"带来的"改革电影"，新时期电影一直致力于与文学共同繁荣。在这个时期，文学作品改编形成一股风潮，相继在银幕上出现了一批富有思想深度而又为观众喜闻乐见的作品。比如说，当时备受关注的谢晋的"反思三部曲"(《芙蓉镇》《天云山传奇》《牧马人》)等，颇受好评，导演谢晋也走进了大众的视野，成为人民热爱的艺术家。

鲁彦周(1928—2006)，安徽巢湖人，著名小说家、剧作家。1954年发表短篇小说《云芝娘和云芝》。1957年，创作电影文学剧本《凤凰之歌》。1979年，创作中篇小说《天云山传奇》，获得中国优秀中篇小说奖，并改编为电影。谢晋(1923—2008)，浙江绍兴上虞人，第三代导演代表人物之一。1948年开始在大同公司从事电影导演工作，一生拍摄了各类故事片和艺术片30余部。他拍摄的《天云山传奇》《牧马人》《芙蓉镇》被称为

"反思三部曲",斩获了多个奖项。1980年摄制的《天云山传奇》获第一届"金鸡奖"最佳故事片奖,《牧马人》获第六届大众电影"百花奖"最佳故事片奖,《芙蓉镇》获第七届"金鸡奖"最佳故事片奖和第十届大众电影"百花奖"最佳故事片奖。

电影《天云山传奇》反映了"反右"运动到"文化大革命"结束的社会变化,力图揭露极"左"路线的危害。影片通过现实主义创作方法将极"左"年代,"右派"罗群的故事搬上银幕,突出表现反右扩大化后知识分子的不同命运和不同精神世界。通过罗群的遭遇,我们明白了生活中的错失、无奈,但这并未使人们哀伤、绝望,反之,由于看清了道路,我们更为振奋,更加热爱党、依赖党,坚信我们的理想。如此透彻的醒悟、坚定的信念和正确的方向,让成长之路上的女性相信,不论环境多么恶劣和艰险皆会渡过难关。

在电影《天云山传奇》中冯晴岚形象的塑造无疑有着典型意义。冯晴岚是个普通、平凡的人,她深沉、坚定,善于思考,有着对党、对人民、对正义、对事业的热烈的爱。她既没有什么丰功伟绩,也没有什么惊人的事业,她只是默默无闻地生活和工作着。但是她那内在的力量,她那真诚、善良、坚韧、无私的性格却深深地感动着大众的心灵。影片中最经典、最感人的段落,莫过于被发配到农村劳动的冯晴岚,在漫天风雪中孤身推着身患重病的罗群,跋涉在山路上。这个场景让无数观众感动。而与冯晴岚形成鲜明对比的另一个女性宋薇则呈现出另一种境况。宋薇在这部影片中占据着重要位置,也是塑造得最丰满、最成功的一个人物,她的性格复杂多变,处于中青年两种不同的状态。年轻时期的宋薇,单纯、热烈而又虚荣;中年时期的她呈现出沉稳和痛苦的一面,这样的书写无疑让人物形象更加丰富、立体和饱满。她幼稚、软弱、盲从,这种性格悲剧,不仅展现了深刻的时代烙印,而且具有一种普遍的代表意义。

从影片的视听语言来看,闪回镜头的使用直接而又形象地传达出影片的含义和人物的情绪及感受。譬如影片开始段落的叙述中,宋薇和罗群曾经是恋人,有过一段十分幸福而又甜蜜的恋爱经历。当中年时期的宋薇再度陷入回忆,脑海中出现一连串和罗群在一起的闪回画面时,耳边响起连续不断的画外音"我们永远在一起"。这个回忆画面比较短促,声音比较虚,观众能感受到这种效果,不仅符合特定环境,也符合人物的处境及心情。后来,在宋薇大段回忆天云山考察队的生活情景时所出现的镜头,画面和声音都比较实。这种虚与实的处理,有力地揭示了人物内心世界,充分发挥了电影语言的艺术表现力,增添了影片艺术感染力。与此同时,声画对立的运用也十分到位,比如,在吴遥和宋薇谈话之时,当吴遥讲到罗群的一系列事情的时候,声音渐渐地没有了。紧接着,罗群、吴遥两人的形象急速地在她脑海中交替浮现。吴遥讲罗群如何坏等等,宋薇脑子里闪现出来的却是罗群美好的形象,这种处理方式,有力地体现了她此时此刻复杂矛盾的思想感情,对刻画人物形象有着重要影响。

四、莫言、张艺谋的《红高粱》

莫言(1955—),山东高密人,当代著名作家。1985 年在《中国作家》发表《透明的红萝卜》而一举成名。1986 年,在《人民文学》杂志发表中篇小说《红高粱》引起文坛轰动,随即改编成电影,由张艺谋导演。1988 年 2 月,在柏林电影节获得"金熊奖"。张艺谋(1950—),陕西省西安市人,中国第五代导演代表人物之一,导演《红高粱》《菊豆》《大红灯笼高高挂》《秋菊打官司》《活着》《一个都不能少》《我的父亲母亲》《英雄》《满城尽带黄金甲》《十面埋伏》《归来》《影》《一秒钟》等电影,并在国内外电影节斩获了多个奖项。纵观整个 80 年代的电影,1987 年上映的《红高粱》无疑是其中的出彩之作。总体来看,导演张艺谋在改编过程中提炼了小说的"魂"——狂野的生命力和爱情传奇,加入了富有形象感的视觉元素和造型元素,以期增强电影的表现力,使其在不违背原著的精神风貌的基础上,拓展自我风格个性表现,满足了观众的审美接受需求和猎奇心理,为文学电影的改编提供了极为重要的启示。

《红高粱》的故事发生地点是山东高密东北乡。这是一个华夏黄土文明孕育下的古朴村落,是传统文化的象征。这里催生出的古朴文化如黄土般厚重,布满民族文化的斑驳色彩,是远离现代文明侵蚀的圣地。漫无边际的红高粱,富有蓬勃向上的生命活力,成为中华文化不朽的代表。在辽阔、贫瘠、落后而又沧桑的黄土地上,充斥着极为强悍的生命活力,虽然村民的思想保守、愚昧,但是他们的生命力淳朴而又强劲,构成黄土地不朽的色彩。片中,运用色彩叙事,以鲜艳夺目的红色与苍劲的黄色(黄土)形成鲜明对比,进而突出生命的色彩——一种顽强生长在落后黄土地上的旺盛生命色彩,运用红色象征高昂的生命力、反抗苦难的决心及中华民族永不屈服的斗志。片中,随着唢呐和小鼓等民乐器的背景音响渐入,镜头画面中的红盖头、红嫁衣、红发簪、红色绣花鞋、红花轿以及红润的脸庞进入大众的视线,即将出嫁的九儿置身于红色的空间场景内,与作为背景的黄土高坡和绿意盎然的高粱地形成鲜明的对比,带来强烈的视觉冲击力。此外,高粱地作为剧情发展最为关键的场景,可被视为影片中最基本的红色实物标志。首先,"红高粱"本身虽不是红色,但作为重要元素多次处于被红色物化符号建构的场景浸染当中,因此具有红色符号的象征意义,成为被赋予人的性灵的生命载体。其次,红色也表征着九儿的性格色彩,在这块被苍凉包围的土地上,以九儿为代表的女性所具有的反抗精神构成黄土地上人们特有的生命奇观。最后,《红高粱》以大红色奠定整部影片的基调,不仅对观众构成强烈视觉冲击,还为影片增添些许意境。影片最后,高粱酒点燃的红色火焰象征着主人公们内心怒火冲天,洒到地上的血红色高粱酒和暗红色的天空反映出主人公们反抗时所付出的惨痛代价。此外,影片的红色也体现了战争的残酷,渲染出一种悲怆的情绪氛围。

与此同时,影片中的音乐在塑造人物形象和推动故事情节发展中有着关键性的作用,影片的配乐是由著名的音乐作曲人赵季平创作,主要运用唢呐、大鼓等具有中国特色的民族乐器,使配乐在电影中将故事情节、民族文化以及画面效果表现得淋漓尽致。片中首次出现的配乐是具有中国民族特色的歌曲《颠轿曲》与一群光背壮汉抬着花轿齐声合唱,歌曲的时长达7分钟之久,凸显了西部地区男性特有的豪情与壮志,也从侧面交代了一望无际的黄土景观和北部地区特有的民俗风情。音乐的播放与壮汉们的齐唱,带给观众强烈的情绪感染力。在抬花轿时,民族音乐与壮汉们颠轿子时杂乱步伐的嘈杂声相配合,将花轿中新娘的复杂心理完美、淋漓地表现出来,为整部电影增加了独特的色彩。一首《妹妹你大胆地往前走》具有浓厚的西北地区民族特色,是整部电影的音乐核心,唱出了西北男性特有的精神气质,音乐营造的感性气氛,将观众的情绪成功植入并起到情绪宣泄的作用,增强电影的声音表现效果,进而引起观众的情感共鸣。譬如,歌曲中运用了很多衬词,例如哎、哇、呀、啊、儿等,皆是我国民族音乐的元素。这些歌曲由电影中的人物"我爷爷"高歌,更具有一种情绪代入感,显得非常真实。音乐用感性的方式完美诠释了"我爷爷"炽热浓烈的情感,从而将西北人民的精神风貌和当时的历史背景生动地描摹出来了。

五、徐克、陈凯歌和林超贤的《长津湖》

近些年来,电影的创作类型愈加丰富,尤其在市场经济影响之下,作为文化产品的电影为了占据市场高点、吸引大众的注意和增加本身的亮点,纷纷进行自我革新和改造。其中新主流电影以出色的市场定位、观众的高度认同和优质的故事文本成为众多电影类型的典范,其开创的新的美学范式,展现了中华民族的精神气韵,成为中国精神的形象载体。

新主流电影开创了新的电影叙事范式,其最初被提及是在1999年上海电影制片厂的一次会议上。此次会议认为,新主流电影是"有创意的低成本的商业电影",也明确了其与主旋律电影的密切关系。为此,新主流电影充分汲取主旋律电影的精华,审慎考察当下电影的类型生态和市场需求,并将新的时代精神移植其中,形成了多元交融的电影新类型。从电影的类型来看,新主流电影打破了商业电影、艺术电影、主旋律电影三分法的原则,成功吸取了不同类型电影的精华,不断丰富着自己;从电影生态来看,新主流电影敏锐捕捉到当下大众的需求,在"读图"和技术主导的数字化时代,人们对图像的渴求、对技术带来的视觉盛宴的沉迷,尤其在消费时代中,日常生活中的网络小说、移动短视频的兴起,给大众带来热闹欢愉和精神解放,使得大众陷入精神幻象和疲惫之中,人们迫切需要精神的回归和价值的正面引导。与此同时,2003 年内地与香港签署的《内地与香港关于建立更紧密经贸关系的安排》协议直接带来了新主流电影的风格转向,众多香港本土导演带来了成熟的电影类型制作模式和创作技法,改变了内地以往主旋律电影的呈现方式,激发新主流电影在工业美学与视觉奇观呈现上求得新变。这种变化在 2021 年国庆档上映的新主流电影《长津湖》中得到了出色的实践,而影片也以 56.95 亿元(截至 2021 年 11 月 28 日 12 时 49 分)的票房收入验证了此类型的成功。

电影《长津湖》是由陈凯歌、徐克、林超贤联合监制并执导,影片的演员阵容豪华,吴京、段奕宏、朱亚文、李晨、胡军、易烊千玺等组成的演员梯队,涵盖了老、中、青三代。在电影创作上,以长津湖战役为背景,讲述了中国人民志愿军连队在极度残酷的环境下坚守阵地、奋勇杀敌,为长津湖战役胜利做出重要贡献的感人的历史故事。作为博纳影业的得力巨作,影片延续博纳的"主旋律类型大片"风格,在类型选择、主创团队和演员梯队上力争达到合理高效。譬如,在人员的选择上,皆选择与其签署长期合作协议的林超贤、刘伟强、陈凯歌、张涵予等知名电影人,无论是在此前的《红海行动》《中国机长》,还是同期的《中国医生》中,均出现了这些电影人的身影。与知名影人长期合作,有助于明晰类型定位,通过个性鲜明的风格使大众的思维定格,提升作品的大众辨识度,也能增强博纳自身的品牌效应。在电影《长津湖》中,三位导演各有所长,陈凯歌导演将其擅长的宏观场域的表达和厚重的历史底蕴的呈现发挥到极致,以宏观的视角看待抗美援朝战争,突出历史的真实感和史诗般的宏阔气势;徐克导演则将电影技术呈现在银幕中,运用特效对战争的场景进行美学渲染,用奇观的影像构造出独特的审美认知,满足大众的视觉期待,在视觉影像的带动下促进知觉的感性体验。尤其"徐克风格"的子弹运行过程,延展了想象的视域,而把现实搁置在一旁。观众在凝视这一过程中,叙事短暂停顿,奇特的影像向观众展现了充满诗意的真实存在,使观众沉浸式体验子弹运行的过程,从而体会凝视带来的快感。而林超贤导演是近些年拍战争片和动作戏非常突出的中国导演。三者的合作,出色完成了对电影的商业化表达、审美范式的重构和文化力量的彰显。

此外,电影在展现抗美援朝战争的宏大场景时,也注重突出场景和细节的真实,从而使得宏观和微观并置交融,展现出动感十足而又极度真实的战争全景图。电影的每一个镜头、镜头中的每一个元素彼此联系而又分担不同的角色功能,为共同的目标服务。这些细小的元素并不是可有可无的,而是发挥着重要的价值。譬如,电影《长津湖》中对作战场景的真实呈现,以最大尺度展示了真实。而电影毕竟是艺术载体,是表达的媒介,是一种艺术化的真实。因此,我们肉眼可见的真实是经过创作者精心处理和选择后的物象呈现,是技术和艺术深层次的渗透和协作,"在新技术的应用条件下,技术不再仅仅定位于作为艺术创作主体使用的创作工具和依托的功能单一的传播平台,而是其本身也开始被视作为审美的对象,甚至成为艺术作品之中不可分割的一部分"[①]。在技术的影响下,创作主体、艺术创作、审美接受、大众观念都相应突破了传统审美活动及内在关系,而在对接当下大众的观念和时代特色的基础上进行创意表达和创新突破。电影《长津湖》正是在此语境下脱颖而出的,以回顾历史的方式和当下进行对话,不仅超越了历史,而且有力地彰显了时代。

更为重要的是,《长津湖》在以电影叙事时空指向历史,回顾战争,缅

---

① 楚小庆:《技术进步对艺术创作与审美欣赏多元互动的影响》,《东南大学学报》(哲学社会科学版)2021年第21期。

怀一代革命烈士的英勇事迹之时，也未将当下时空割弃，而是以温情而又浪漫的处理方式慰藉当下语境。电影借助歌曲的歌词让历史和当下双轨并进，歌词中饱含着人们对英雄烈士的深切缅怀和诚挚敬意。电影主题曲《最可爱的人》，道尽和平年代的大众对战争年代奋勇在前线抗战的英雄的深深敬意，形象生动的表现方式，将战士比作"最可爱的人"，透过并置的手段拉近历史与大众的距离，足见那段荡气回肠的历史中呈现出来的具有钢铁意志的战士们被大众所认可，并且人们在认同之时完成了精神上的塑形和理念上的提升。而这恰恰实现了新主流电影的超现实表达的目的，直接指向更深层次的价值引导和精神熏陶，也暗含了大国意志的非凡超越和国族气象的恢宏表达，无疑具有特殊而重大的意义。由此可以窥视，发自肺腑的言语穿梭在历史和现实时空中，完成了战争年代的人和和平年代的人的交流和对话。此外，音乐在发挥独特价值时，也自觉融入历史的叙事，让大众以感性、直观的形式走进历史、感受历史和理解历史，从而实现历史和现实的交互性、共生性和共存性。

思考题

1. 如何认识电影与文学之间的关系？
2. 在不同历史时期，电影与文学之间的关系是如何发展变化的？
3. 中国电影文学有哪些审美形态特点？
4. 中国电影文学的基本特征有哪些？
5. 如何理解中国电影文学内容与形式的统一？
6. 中国电影文学对电影事业的发展产生了什么影响？
7. 文学在电影的发展史上扮演了什么角色，发挥了什么功能？

第五章　中国广播剧文学

在文学家族中,广播剧文学是继电影文学之后诞生的一个新的文学样式。在戏剧大家族中,广播剧是继话剧和电影之后诞生的戏剧样式。广播剧文学是一种适应广播节目要求的新型文学样式。中国广播剧文学是20世纪30年代诞生的。

第一节　中国广播剧文学的生成与发展

广播剧文学由广播技术和文学艺术共同孕育而成,是文学依托于广播这一媒介形式,通过声音的艺术展现,完成故事讲述、人物塑造的戏剧文本。广播剧文学包括单本剧文学和长篇系列剧文学。在世界科技飞速发展的20世纪,尤其是进入21世纪新媒体繁荣的时代,广播艺术在一段时间内遭到了一定程度的挤压。但广播艺术以其显著的优越性、独特性仍保持着强大的生命力,对人们的生活方式和思维习惯仍然有着不可或缺的影响,并为广大听众所喜爱。

一、20世纪世界科技的发展和广播事业的兴起

20世纪以来,科学技术获得巨大发展,摄像、录音和无线通信等技术的发明激发了人们新的艺术实践,同时也诞生了一些新的艺术形式。电影、电视和广播艺术就是随着这些科技的发展和发明产生的。1919年苏联建立了第一座实验广播电台,1920年秋开始试播。列宁曾以极大的热

情,赞扬无线电广播是"不要纸张、没有距离的报纸"。1920年11月2日,美国匹兹堡的 KDKA 广播电台在全美第一个获得了营业许可证,并开始定时播音,它是世界公认的第一座正式的广播电台。此后,许多先进工业国家陆续创建了无线电广播事业。1922年11月14日晚8时,英国伦敦 ZLO 广播电台开始正式播音。第二年5月28日,一些评论家被邀请到这个广播公司,在播音室观看了一次节目试播。这个节目以莎士比亚的《第十二夜》为基础进行广播化的加工,对原著进行了删节,在有些地方加了解说。这个节目播了1小时45分钟。在播出后的当天晚上,一位听众给电台发来电报,表示祝贺。《第十二夜》开启了在广播里播放戏剧的先河,但它还不能算是广播剧。

  1924年1月,伦敦 ZLO 广播电台播出了理查德·休斯撰写的广播剧《危险》,这是世界上第一部专为广播电台创作的广播剧。广播剧《危险》主要有四个人物:年轻姑娘梅丽、青年小伙子杰克、老矿工巴克斯和一个工人。老矿工巴克斯带着梅丽和杰克到井下参观,但到了底层正遇上煤矿塌方,他们都被封在矿井里。被堵在坑道里的人和外面的家属都非常焦急。正在情况十分危急时,被堵死的矿井终于打开了一个小口。时间就是生命,但大家还是互相谦让着一个一个地离开了这个随时都会再次发生危险的地方。无疑,这是一部闪耀着人性良知火花的作品。这部剧通过人物语言、音乐、音响营造了强烈的戏剧氛围,对听众的心理产生了很大的影响。同年,该剧由日本的小山内薰翻译成日语,译名为《煤矿之中》,在朝日广播电台多次播出。《危险》所采用的模拟生活的媒介——广播中的语言、音乐、音响,是艺术史上前所未有的。它的台词虽为戏剧台词,表现手法却又有所不同。《危险》这部被广播演绎的剧作的出现,标志着一种新的艺术形式的诞生。从此以后,广播剧这种艺术形式便在世界上传播开来,并得到蓬勃的发展。

二、中国广播及其广播剧文学的诞生[①]

(一)中国广播事业的诞生

中国的无线电广播在 20 世纪 20 年代出现。1923 年 1 月,奥斯邦从美国带来无线电设备,在上海办起 ECO 电台,并进行广播,开启了中国发展民用广播事业的第一步。中国人创办的电台,萌芽于民国时期的奉系军阀的军用电台。1922 年 9 月,奉系军阀收回了由俄国在哈尔滨控制的一座无线电台,改名为东三省无线电台,这是中国境内的第一座军事通信电台。1924 年 8 月,北洋政府交通部颁布了中国第一部无线电广播法规《装用广播无线电接收机暂行规则》,对于无线电广播电台由先前的无条件取缔改为有条件限制,规定老百姓可以使用广播收音机,并且准备成立中国自己的无线电广播电台。客观上,这个法规促进了中国广播事业的发展。

直到 1926 年,中国人才真正开始自己创办广播电台,最初是官办。1926 年 1 月,无线电专家刘瀚就在奉系当局的积极支持下创办哈尔滨广播无线电台,经过多次试验后,1926 年 10 月 1 日开始正式播音。1928 年 1 月 1 日,他们将发射功率增大到 1000 瓦,呼号改为 COHB,用汉语、俄语和日语三种语言广播。1927 年 3 月,东北无线电监督处在北京、天津设立广播无线电办事处,开始在京、津筹建广播电台。5 月 1 日,天津广播无线电台开始播音,呼号 COTN;9 月 1 日,北京广播无线电台也开始播音,呼号 COPK。1928 年 1 月 1 日,沈阳广播无线电台开始播音。这是中国自办的第一批官方广播电台。同时,中国自办的民营电台也出现了。

1927 年 3 月,上海的新新公司为了推销自己制造的矿石收音机,在上海开办了发射功率只有 50 瓦的我国第一座私营广播电台。到年底,上

[①] 本节内容参见刘家思、周桂华:《广播传播与戏剧新路———论中国现代广播剧的诞生及其发展历程》,《绍兴文理学院学报》(哲学社会科学)2014 年第 3 期。

海的无线短波电台收发商报已发展到上海附近海面上的中外商轮,以及昆明、广州、厦门、福州、杭州、宁波、九江、武昌、汉口、洛阳、太原、郑州、青岛等地,且由青岛天文台无线电台转发到天津和北京两地。也就在这一年年底,北京还出现了一座商办的私营电台——燕声广播电台。于是,以上海为中心的中国无线电短波通信网络初步形成。北伐战争的成功,消除了军阀之间各自为政的半分裂状况,民国政府立即在南京创办中央广播电台,1928 年 8 月 1 日开始播音。这是国民党继中央通讯社、《中央日报》之后创办的第三个全国性的中央媒体,宣传政府的主流声音,所有新闻稿件均由中央社提供。1932 年,该台扩充电力,更改呼号为 XGOA,是当时亚洲发射功率最大的广播电台。在抗日战争爆发以前,国民党政府还在全国各地的大中城市,如杭州、北京、广州、上海等,办起了 20 来座地方广播电台,以转播中央广播电台的新闻节目,扩大其政治影响,统一思想精神和民众意志。1929 年 8 月,国民党政府颁布《电信条例》,允许民间经营,促进了民营广播事业的发展。到 20 世纪 30 年代初期,全国广播事业勃兴,民营电台数目剧增。上海就有 28 家之多,天津有 4 个电台,北京有北平电台、燕声电台等。同时,云南、山东、山西、河南、湖南、江西、广西、江苏、四川等省,也先后开办了无线广播电台。至抗日战争爆发,全国大、中城市中出现的民营广播电台有 70 多个,其中 50 多个集中在经济发达的上海。至此,无线电广播作为一种新的传播技术,就在全国各地推广应用开来。

(二)中国广播剧文学的诞生

1933 年,我国诞生了第一部广播剧。1933 年 1 月 27 日下午 6 点,上海商业广播电台亚美广播公司为了组织募捐,支援抗日将士,播出了广播剧《恐怖的回忆》,揭开了中国广播剧的历史序幕。这是由苏祖圭编剧并导演的。该剧是为了配合纪念"一·二八"淞沪抗战而创作的,是一个两幕剧,全剧剧本约 5000 字,刊登在 1933 年 1 月 20 日出版的《中国无线电》杂志第 2 卷第 2 期上。该剧本发表时被称为播音剧,播出时长为 30

多分钟。它写的是1932年上海"一·二八"事变,通过叙述经商的一家人的遭遇,控诉了日本侵略者在"一·二八"夜间对上海进行狂轰滥炸的暴行,激发了上海人民的抗日热情和斗志。

广播剧在中国诞生以后,广播剧文学创作就日益受到人们的重视,不仅无线广播电台的工作者积极从事广播剧的创作和演播,而且一些著名作家、戏剧家也纷纷从事广播剧创作。从创作来看,中国广播剧最初是编导合一的,后来逐渐发展并形成了一支专业与业余相结合的广播剧文学创作队伍。这里,既有现代文学史上的著名作家,也有随着广播事业崛起而出现的广播编辑。主要有苏祖圭、柏身、洪深、夏衍、孙瑜、于伶、石凌鹤、余力、蔡楚生、刘流、李昌鉴、李一、张元贤、邢智寒、陈沉、郑重、卢林、陈澄、黎鸣、颜柳、陈望野、程俊等。而且,很快诞生了一批优秀作品,如《爸爸的苦心》《尝胆》《老大徒伤悲》《烟贩》《赌徒》《花柳恨》《患难夫妻》《明灯》《五卅泪》等。广播剧一开始就显示了较强的广播特征,呈现了较高的艺术起点。

中国广播剧理论这个时候也开始勃兴。1935年6月,郑伯奇以笔名华尚文发表《从无线电播音说起》一文,他将广播小说和广播剧看成文艺大众化的两种形式,针对京沪津粤无线电广播的盛行,提出了创作广播剧的急切任务。7月,他又在《新小说》发表了6月1日写的《小说的将来》,指出"播音剧的作者也要成为一种独立的艺术家,这都是可能的"。他是我国左翼文艺界最早谈到广播剧的人。到1935年下半年,一批广播剧理论文章在报刊发表,其中苏六发表了一系列论文,揭开了广播人对广播剧创编和演播的探讨的序幕,堪称中国现代对广播剧文体展开探讨和批评的第一人。广播剧理论的兴起,推动了中国广播剧的创作。到1936年,中国广播剧文学就呈现了飞跃发展的势头,各电台竞相播演广播剧。

三、中国广播剧文学的发展[①]

中国广播剧文学根据其发展特点可以分为现代广播剧文学时期和当代广播剧文学时期。中国现代广播剧文学时期又可以分为三个阶段,即诞生阶段、成熟阶段和发展阶段。

(一)中国现代广播剧文学的三个阶段

随着广播事业的发展和国际国内政治形势的变化,现代广播剧的发展并不是一帆风顺的。由于日寇的全面入侵,中华民族遭受了空前的灾难,各项事业都遭受严重的摧残。中国广播剧的发展,也遭受了严重的阻碍。因此,从整体上看,我们可以将中国现代广播剧文学划分为抗战前、抗战中和抗战后三个阶段。

1. 1933年1月至1937年6月,是中国现代广播剧的诞生阶段。

这一阶段的广播剧主要集中出现在天津、北京以及东北、华东等地,广播剧名称繁多,如电台剧本、播音剧、播音话剧、广播剧、无线电话剧、空中话剧等等。这一阶段,正是左翼文学运动的后期,也是国防文学运动的勃兴时期,因此广播剧呈现出两种类型。一是宣传抗战,反对投敌卖国的广播剧。《恐怖的回忆》《苦儿流亡记》《东北血》《开船锣》《围城记》《太平无事》《对垒》《灯》《爸爸的苦心》《流离声》《撤退北大营》等,都是这方面的优秀作品。这些广播剧,揭露了日本侵略者的血腥罪恶,暴露了汉奸的丑恶嘴脸。与此相联系的是,有不少广播剧宣扬民族气节,歌颂民族英雄,进行社会教化。二是表现底层人民的不幸命运,批判社会罪恶的广播剧。《罗莉莎》《恐怖之夜》《姊妹花》《水深火热》《笙箫缘》《女店员》《被灾后的一群》《一吻之罪》《负疚的心》《喜筵之后》《罪的种子》《懦弱者》《伟大的爱》等等,都是当时较好的广播剧。应该说,与初期白话诗相比,

---

[①] 本节内容参见刘家思、周桂华:《广播传播与戏剧新路———论中国现代广播剧的诞生及其发展历程》,《绍兴文理学院学报》(哲学社会科学)2014年第3期。

中国广播剧一诞生就显示了较高的艺术起点,尽管当时还有不少作品舞台话剧的痕迹较重,但绝大部分广播剧显示了较强的广播特性,整体上看还是比较成熟的。

2. 1937年7月至1945年8月,是中国现代广播剧的成熟阶段。

这时期,中国的版图上出现了国统区、解放区和敌占区(沦陷区)三种区域。总体上说,这时期的广播剧以国统区的创作为主导,其成绩最为明显。这里有爱国抗日剧、社会教育剧和现实批判剧,但以抗战剧为主体,成就最高。《"七二八"的那一天》《以身许国》《慰问》《第七个"九一八"》《姚子青将军及其部下》《逃到哪里去》《莫云》《守住我们的家乡》《敌》《最后的一课》《模范工人》《巾帼英雄》《流浪》《孤岛星火》《烈妇》《逃难》《倒毙》等等,都是优秀的广播剧作品,深刻表现了日本帝国主义的侵略给中国民众带来的深重灾难,成为激发中国人民英勇抗战的号声,坚定了人民的抗日斗志,指引了民众前进的方向。

3. 1945年9月至1949年,是中国现代广播剧的发展阶段。

这一阶段广播剧文学不仅在国统区繁荣,在解放区也出现了,而且香港、台湾等地也有。国统区的广播剧以揭露批判现实为主,代表作有《清歌一曲》《米蛀虫》《海滨之歌》《火烧仓库》等;解放区的广播剧以揭露国民党血腥屠杀的罪行、反对内战、歌颂拥军爱民、歌颂革命英雄、反映生活变化等为主,代表作有《血染荒原》《我们宁死不当亡国奴》《黎明前的黑暗》等。这一阶段的广播剧,舞台剧的特征淡化了,凸显了广播的特征。尤其是,这时期国统区的广播剧内容丰富,形式多样,既有现实题材的,也有历史题材的;既有现实主义的,也有浪漫主义的,还有现代主义的;既有悲剧,也有喜剧,还有正剧。《米蛀虫》等现实批判剧、《还魂草》等人性表现剧、《苹果树和冬青树》等哲理剧、《草原的故事》等浪漫悲剧、《博士之家》等讽刺喜剧、《清歌一曲》等传奇剧和《银光》等儿童剧,充分显示了中国现代广播剧的实绩和成就。

中国现代广播剧文学三个阶段的创作特点非常明晰。

第一个阶段是诞生时期,因为广播条件的限制,复杂的音响效果难以制作,因此不少作品保持了比较浓厚的舞台话剧的特征。同时,这时的作品以短小的独幕剧居多,大多是根据话剧改编的。

第二个阶段是探索时期,对于广播剧文体特征的理论探讨非常活跃而积极,使创作者对广播剧创作有了认识,推动了广播剧文学的成熟。抗战初期,因为战争影响还不大,加上对广播剧有了几年的探索,因此这时期的广播剧文体上多数比较成熟,声音的运用比较突出,艺术感染力强,诞生了《第七个"九一八"》等一批标志性作品。后期因为战争的影响,物资匮乏,设备被损坏,仓促而作的作品就比较粗糙。尤其是沦陷区的所谓放送剧出于反动宣传的目的,几乎没有艺术价值可言。

第三个阶段是抗战结束至新中国成立这一时期,广播剧文学呈现了继续发展态势。广播剧文学在文体特征上日益鲜明,创作题材丰富,对生活的反映也渐渐深广。

(二)中国当代广播剧文学渐入佳境

1. 新中国成立初期广播剧文学的发展。

新中国成立初期,百废待兴,我国广播事业因为技术和经济等原因发展受到局限。1950年2月7日,中央人民广播电台播出新中国成立后录制的第一部广播剧《一万块夹板》,因为技术限制,也只是把语音、音乐和效果简单合成;3月8日播出第一部电影录音剪辑《白衣战士》;50年代上海的广播电台播出第一部多集广播剧《原动力》;其后多种形式的广播文艺节目陆续出现。由此可见,新中国成立初期的广播剧文学得到一定的发展。

1951年5月1日,中央人民广播电台开办对少年儿童广播节目,以满足广大少年儿童收听广播的需要。每天播出两次,每次30分钟,以小学生为收听对象,兼顾初中一、二年级学生。开始曲是《中国少年先锋队队歌》。广播内容除了时事政治、祖国建设成就、先进人物事迹、学校生活报道、科学知识,还有故事、广播剧、音乐歌曲、教少年儿童唱歌和表演朗诵、相声等。寒暑假还播出长篇故事,并举办征文活动。少儿广播节目重点是配合学校少先队组织,对少年儿童进行爱国主义、国际主义和社会主义教育,培养他们成为爱祖国、爱人民、爱劳动、爱科学、爱护公共财物,健壮、活泼、勇敢、诚实的社会主义接班人。为了办出具有特色且针对性较强的少儿节目,1956年9月4日增办了针对学龄前儿童的广播节目《小喇叭》。针对学龄前儿童年龄小、思维具体形象的特点,内容包括讲故事、教歌谣、教唱歌、猜谜语,对孩子们进行思想品德教育,在社会上产生广泛影响。

2. 改革开放以后80年代广播剧文学的繁荣。

20世纪80年代可以说是我国广播剧文学发展的一个黄金时期,每年制作的广播剧有500多部,广播剧呈现多品种、多样式、多体裁、多风格的特点。1982年4月,第一次全国优秀广播剧评奖会议举行,有15部广播剧获奖。此后,全国性的评奖活动不断。1984年开始举办广播剧"丹桂杯"大奖赛,设有剧目综合奖、编剧奖、导演奖及演播、音乐、音响、录音合成、立体声效果、编辑等单项奖。黑龙江人民广播电台的广播剧《序幕刚刚拉开》在首届"丹桂杯"大奖赛中名列前茅。1986年的"丹桂杯"大奖赛,参加评选的有53家电台的60部作品(475集),《瓜棚风月》等20部作品获奖。

中国的新样式广播剧在探索中佳作迭现,较早迈出这一步的是1986年中央人民广播电台播出的系列广播报道剧《普通人》。这部剧如一石击起千层浪般掀起了听众的情感热潮,电台很快就收到两千多封来信。为了迎合听众的口味,他们又很快推出了京味很浓的系列广播报道剧《大碗茶》和连续广播报道剧《我们是中国农民》。这些剧有三个突出的特点:一是借鉴了新闻报道的结构手法,二是无明确空间环境,三是使实录人物和塑造人物统一起来。此时地方台也佳作迭现,令人耳目一新,如上海人民广播电台文艺台的《刑警803》、广东人民广播电台的《西关人家》等。

这一时期广播连续剧发展较快，主要原因一是随着人们生活水平的提高，人们对精神文化生活的需求也在扩大，而广播连续剧具有很好的戏剧功能，能给人以艺术的享受；二是广播连续剧容量比较大，能够反映广阔的社会生活；三是我国刚刚从"文革"中走出，文化事业百废待兴，广播连续剧制作相对简单，依赖的设备也比较容易得到，在这一点上它比剧场艺术、影视作品更有优势。另外，中国听众有听故事的习惯。

3. 90年代以来我国广播剧文学走向时代化、精品化。

1995年起，中宣部将"一首好歌"和"一部好广播剧"列入"五个一工程"评选范围，"五个一工程"的名称不变，这极大地促进了我国广播剧文学的发展和繁荣。这一届就有《孔繁森》等13部广播剧作品（含连续剧和单本剧）获奖。到第十三届（2014年）为止，共有159部广播剧获得"五个一工程"奖。这些代表着"五个一工程"实施十几年来丰厚收获的精品力作，凝聚着各级宣传文化部门和广大文艺工作者的心血。"五个一工程"推出了大量深受群众欢迎的优秀作品，也培养出了一批批优秀的文艺工作者，形成了一种以作品带人、以人促作品的生动气象。精品迭出，人才辈出的"五个一工程"，发挥着激励、导向、示范、精品、育才五大作用，在构筑社会主义先进文化精神大厦、建设和谐文化、繁荣文艺创作的进程中具有越来越重要的意义。广播剧的从业者无不为之欣慰，并愿投身其中，奋力向前。

21世纪以来，人们的文化生活日益丰富，互联网的发展也非常迅速，许多新媒体随之诞生。但广播剧艺术经受住了考验，广播剧文学走上了时代化、精品化的道路。广播剧文学的生存环境也发生了重大的变化，除了中央台之外，各地广播电台星罗棋布，各地市广播电台频道多样，为广播剧文学提供了广阔的天地。另外，大量有声读物出现，甚至出现了一些专门用于移动设备的有声文学应用软件，广播剧文学呈现出供不应求的态势。在技术上，广播剧的制作也越来越精良，优秀的配音演员数量众多，录音技术、无线技术完备，音乐发展繁荣。广播剧文学进入一个求精、求专的发展时期。同时,广播剧文学的创作更加贴近社会生活,更加突出改革开放的需要。讴歌改革开放中先进人物和先进事迹的广播剧文学不断涌现。

第二节 中国广播剧文学的特点与审美形态

广播剧是一种以无线电为传播路径的艺术形式,审美接受依靠听觉感受,无疑具有自己鲜明的特点与形态。作为广播剧根本的广播剧文学,自然既具有一般叙事文学、戏剧文学的基本特点,又有自身独特的审美形态。

一、中国广播剧文学的特点

广播剧文学作为文学艺术大家庭中的一员,和戏剧文学、电影文学等一样,都是文学艺术,不仅具有文学艺术的普遍性特点,而且因为广播剧文学既是媒介艺术,又是综合艺术,所以还具备以下几个特点:

(一)形象性

广播剧文学作品是用于演播的,它的内容和思想,要通过声音塑造的形象来实现。广播剧文学的接受对象是听众,也就是要通过听觉来"阅读"并想象,优秀的广播剧总能使听众如临其境、如见其人、如触其物、如闻其声。所以广播剧在语言上特别强调形象性。在广播剧文学中,形象性语言通常是通过包括形象的比喻、强化的夸张、具体化的象征、生动的描述以及通感等各种修辞手法的运用来实现的。

广播剧文学的形象性还体现为语言的浅显易懂。因为广播剧主要靠听来实现艺术的展示,为便于听众理解和想象,语言的口语化、生活化要求就比较突出。著名广播剧理论家刘家思认为,1937年著名剧作家夏衍创作的广播剧《"七二八"的那一天》充分反映了从七七事变之后到中国人民抗日战争全面爆发之前,中国人民的真实思想,淋漓尽致地表现了广大民众呼唤抗日的心声,歌颂了中国人民普遍高涨的抗日热情,同时又深刻地揭露了国民党政府不全力抗日,却借助新闻舆论来造谣,欺骗人民的丑行。该剧做到了以声成像,将所有的视觉形象转换成了听觉形象,以声像感染听众,作品中的合声欢呼、爆竹声、呵斥声、卖报声、读报声、开瓶声、人声、自行车铃声、众人拍手声、无线电声等,绘声绘色,就连台词也达到了逼真的听觉效果,使得听觉效果视像化、情态化和性格化。

(二)动作性

广播剧是听觉的艺术,它享有比舞台剧更为自由广阔的时间和空间感。要在广播剧中实现时空的自由转换,充分表现人物丰富的思想情感和内心活动,就必须依靠动作性的语言。所谓动作性的语言,就是要使剧中人物在听众的脑海中栩栩如生,剧中事物的变化如在听众眼前。动作性的语言还可以反映剧中的情节矛盾,顺利推进故事发展。

广播剧《突然寒冷》在李武林与悍匪周旋的一场戏中,从警察队长李武林的电话对白中,听众很清楚地了解到警察与匪徒之间斗智斗勇的活动。先是匪徒开出了要直升机的条件,警方根据目前形势,判断这个要求反而于我有利,可以战术性答应,也许是制伏匪徒的机会。警方接受了这个要求,并提前埋伏了狙击手,李武林决定留10分钟去部署。同时,从李武林的口中听众得知,他在等一个电话,而这个电话也许将改变局势,这个悬念是什么?听众只有听下去,才会得到答案。故事情节不知不觉地在对话中展开。

(三)典型性

叙事文学艺术是以塑造人物典型为主要目的的,必须通过典型人物形象来反映社会生活和表现作者的思想情感,广播剧文学也不例外。人物的典型个性是区别于剧中其他人物的独特品质,共性则是职业、学识、年龄、气质所带来的人物的普遍特质,个性与共性辩证统一,才能构成剧中人物的典型性。衡量一部叙事文学作品是否具有艺术生命力和审美力,关键就在于它是否塑造了能反映特定时代和社会生活的典型人物。

广播剧文学一般是通过人物的语言、心理活动和行为动作,达到刻画人物、塑造典型的目的。正如我国著名剧作家李渔所言:"欲代此一人立言,先宜代此一人立心。若非梦往神游,何谓设身处地?无论立心端正者,我当设身处地,代生端正之想,即遇立心邪辟者,我亦当舍经从权,暂为邪辟之思。"①

当代优秀广播剧《呦呦青蒿》主要表现了科学家屠呦呦历经磨难、百折不回、献身医学、造福人类的感人事迹。该剧由中央人民广播电台、浙江广播电视集团和余姚市广播电视台联合制作,一共三集,生动再现了屠呦呦39岁时带领课题组从中国古老医学中获得灵感和启发,在经历无数次试验后,最终发现并提取抗疟药物青蒿素并率先以身试药的艰苦征程。这一人物形象是当代中国杰出人物的代表和典型。

(四)跨时空性

众所周知,广播剧是听觉的艺术,是通过电波将声音从广播电台发射传输到可能的空间范围,然后通过听众的听觉想象实现的艺术创造。电子设备,如收音机等,是接收广播电台的重要工具。一方面,现代技术的发展,使得电子设备具有便携性、跨时空性的特点,人们只要有一个无线电接收设备就可以收听自己喜欢的广播剧,因此广播剧也就成为随时随地可以欣赏的跨时空艺术。另一方面,广播剧是听众通过声音进行艺术想象的艺术,要把文学的想象转换为听觉思维的想象,而想象性本身具有跨越时空的特性,人们可以通过想象建构跨越时空的人物和空间形象。

比如,20世纪80年代热播的《夜幕下的哈尔滨》,把中国共产党领导东北人民进行抗日斗争的英勇事迹通过广播剧的艺术形式传遍大江南北,其中的人物形象深刻地烙印在听众的脑海里。这是一部由同名小说改编的广播剧,听众也牢牢地记住了演播者王刚的名字。

---

① [清]李渔:《闲情偶寄》,中华书局2014年版,第137页。

二、中国广播剧文学的审美形态

广播剧文学是广播剧演播的重要依据,广播剧文学是专门为广播进行创作的文学样式。根据广播剧的播出特征,可以将广播剧文学的审美形态概括为以下几个方面:

(一)声音

广播剧的声音包括对白、独白、旁白等有声语言和拟音(或音响)、音乐等,而其中最为重要的是对白、旁白和独白这些有声语言。广播剧的有声语言演播必须从人物的心情、个性等出发,音量、音色也必须高低收放、粗细刚柔,做到规范有致、入耳入心,让听众过"耳"难忘。

广播剧作为声音的艺术,就它的具体表现力来说,有两点独特之处。第一,它可使人声、音乐、音响等充分细致地发挥其表现力。画家的笔触可表现形象的差异、性格的区别,声音的"笔触"也有同样的表现力:语言的变化、不同心态的笑声、远处的犬吠、琴弦上的细微音响,都可构成表现形象的"工笔画"或"写意画"。第二,它可以展现声音诸因素的综合美。录音合成技巧把声音诸因素组合起来,就形成了声音艺术新的美感。虽然舞台艺术早已注意到声音诸因素组合的艺术表现力,但毕竟较粗糙,较为完美的声音组合更多存在于广播剧里。

声音诸因素的组合可构成"声音蒙太奇"的效果,利用不同声音的衔接、组合,可产生新的艺术语言,营造特殊的戏剧氛围。

(二)想象

广播剧以声音启发欣赏者的想象,声音是由具体的物质发出的,听众由声及物,产生联想,形成对广播剧创造的艺术世界的想象,这是广播剧文学的一个重要审美形态,也是广播剧艺术想象的原理。剧作大师曹禺先生谈到广播剧时说:"想象打开了五光十色的宝库。你看得见深情的眸子和明丽的光影,你看得见黯淡的眼神和阴郁的气氛,你会看见人的崇高与雄浑,你会看见人的卑微与邪恶。一切展现在你的眼前……流动在你的眼前。"正说明了广播剧是听觉的艺术,也是想象的艺术。美国理论家小斯巴费尔德对广播剧的这一艺术特质也作了明确的阐述:"出现了广播这一媒介,从而出现了想象中的戏剧。20世纪的集体听众终于分解成了单个的听众,他们的头脑变成了剧作家的舞台,而音乐、语言、音响变成了剧作家的刺激物。剧作家发明了新的技巧来把剧作中的行动和人物输送给人们的听觉。"①广播剧的形象塑造正是在"听众参与"中完成的。

20世纪中叶,日本剧作家内村直也认为:"广播剧的最终目的不是在听众的心里构成视觉形象后,再引起戏剧感受,而是以声音本身直接打动听众的思想感情,这样,广播剧就能更接近听觉的声音世界。"这里"以声音本身直接打动听众的思想感情",包含的意思是:一方面,广播剧不追求影视作品的画面感;另一方面,广播剧是声音的艺术,可以依靠声音(主要是对白和旁白),通过听众的想象创造艺术的世界。

(三)情感

用声音塑造人物、传递情感是广播剧的优势,广播剧声音的魅力在于背后的情感。广播剧中的每个人物都有其特定气质,通过不同的播音演员角色扮演,就可以做到"千人千声",但要准确地表现出人物特征,还需要通过观察生活、分析人物性格,将其融入人物的对话、独白等,确立其独特的声音状态,才能做到真实感人。

广播剧文学有这样的"优越性"——可以让人物直接吐露自己的内心话语即坦露心声,还可以直抒胸臆,这就是"独白",即让人物旁若无人地诉说。广播剧文学因此在呈现人物的心灵世界,展现复杂的状态,进行叙事的时候具有显著的情感特点。可以说,用声音来表现心灵图画,直接展示心理活动,是广播剧文学的艺术个性,或者说是其艺术个性的一个重要方面。广播剧的人物形象也带有一种特殊性——"神"重于"形"。而

---

① 参见王国臣编著:《广播剧创作教程》,北京大学出版社2016年版,第189页。

视听综合艺术的使命,是完成一个"形""神"兼备的物质世界,通过人物的外在活动,传达人物内心深处的情感。视听综合艺术之所以让人感到意味无穷,往往就在于外在的"形"含着内在的"神"。①

总之,广播剧文学作为戏剧文学大家庭中的一员,是以其独特的审美形态存在的。这些审美形态并不是孤立的,而是相互融合、缺一不可的,它们共同汇成广播剧意义的表达。

第三节　中国广播剧文学的代表作家与作品②

中国广播剧文学将近百年的发展历程,其中涌现的作家和作品数不胜数,在中国社会不同的发展阶段,广播剧文学作家都奉献了契合时代发展和人民生活需要的优秀作品。

一、中国现代广播剧文学作家及作品

(一)1933年1月至1937年7月

这一时期,著名戏剧家洪深、夏衍、石凌鹤、陈大悲、李昌鉴、苏祖圭等,都创作了广播剧,代表作主要有《恐怖的回忆》《"一·二八"之夜》《李老大说梦》《东北血》《开船锣》《太平无事》《"七二八"的那一天》等。这时期的广播剧主要以九一八事变和"一·二八"淞沪抗战为取材视域,是以自述式的国难书写为主,大力暴露日寇的侵略暴行,显示了中国人民强烈的抗日要求。

中国广播剧文学是日本发动"九一八"侵略之后兴起的。1933年1月,上海"一·二八"淞沪抗战胜利一周年之际,上海商业广播电台亚美

---

① 参见王国臣编著:《广播剧创作教程》,北京大学出版社2016年版,第189页。

② 本节内容部分参见刘家思、刘璨:《上海现代抗日广播剧文学研究》,《绍兴文理学院学报》(哲学社会科学)2015年第5期。

广播公司举办了为期五天的纪念性广播活动,组织抗日募捐。

苏祖圭专门创作了广播剧《恐怖的回忆》。该剧以日本侵略者发动对上海闸北区的进攻为中心事件,通过对商人一家悲惨遭遇的描写,反映了1932年上海"一·二八"事变给中国人造成的灾难,揭露日本法西斯的凶恶面目和血腥暴行。日本侵略上海,孙意诚和孙致智父子两人正在收拾东西,准备逃难,这时,邻居左林居来访,说广播电台和报纸上发布了市长签字讲和的消息,认为上海不会有战事,不必逃走。于是他们就安心地早些睡觉了。半夜11点,日寇背信弃义大举进犯,孙意诚急忙叫醒已经熟睡的打着鼾的儿子孙致智逃命,这时左林居又急忙来敲门,和他们一块逃。结果,三人都在逃跑的途中被炸弹击中,死于非命。全剧"很巧妙地通过主人公的个人命运来反映'一·二八'事变这样一个大的历史事件",意在激发民众的爱国热情与民族义愤,激发人们对日本帝国主义的仇恨,鼓励民众积极投入抗战的烽火硝烟中去英勇杀敌。它的发表和播出,标志着中国广播剧的诞生,也显示了中国广播剧的一个基本特征:一开始就与国家和民族的命运紧密联系在一起,自觉地担负起了抗日救国的神圣使命与伟大责任。

夏衍的《"一·二八"之夜》,描写市民纷纷到弄堂口的烟纸店抢购鞭炮庆贺,以至于杂货店存货告急。老板立即派学徒到批发行去拿货,可批发行也被抢购一空。老板自己也为抗战的消息所振奋,便将鞭炮留着自己放,又买报纸分给大家看,并白给香烟,拿酒请客。作品描写这种欢庆热闹的情景,淋漓尽致地表现了中国人民收复失地的强烈愿望,真实地传达了同仇敌忾、呼唤抗日的心声。这个广播剧充分反映了七七事变之后到八一三淞沪抗战爆发之前中国人民普遍高涨的抗日热情,显示了中国抗战广泛的群众基础。批判社会民众麻木不仁,反对汉奸投降卖国,也是这一阶段上海抗日广播剧的一个重要内容。

国难当头,不少国民还沉湎于个人生活之中,石凌鹤的《太平无事》对此展开了批判。作品将国家遭受日本侵略和王家遭受张师母插足这两件事交织在一起。因为日本入侵,上海虹口一带的马路上汽车、黄包车和独轮车都在忙着搬家,住在租界的王先生不仅要腾出一楼出租,趁机发国难财,而且要王师母出去买十石米,然后又与前来请他出主意的天潼路的张师母在楼上偷情,先后被用人和王师母发现,夫妻扭打起来。显然,该剧与其说是表现了日本入侵给中国人民带来的灾难,不如说是批判小市民的腐朽生活和国民的劣根性,引导国民关注国家危机,投入抗日救国的战斗中去。

洪深的《开船锣》则是批判国民党包庇汉奸的代表作。快到八月中秋节的一天,一艘由汕头开往广州的船即将离开码头,在喧闹和嘈杂声中,突然声音一静,嘈杂忙乱都停止了,正当旅客们疑惑时,响起了开船的锣声。原来那是两个给"××人"做事的汉奸,怕在当地审问引起麻烦,所以他们被解押到省城去。于是,随着机器声、水声,船启航了。该剧通过对汉奸上船后的情景的描写,深刻地揭露了为虎作伥的汉奸如何猖獗,反动政府表面上假装惩治汉奸,而实际上则包庇甚至与汉奸相勾结的反动本质。这个广播剧显示了很强的思想价值。外敌入侵后,可怕的不只是入侵者,还有国人和当局对入侵者持怎样的态度。1936年下半年是抗日战争全面爆发的前夕,此剧具有突出的现实意义,显示了剧作家思想的锐利和深刻。

(二)1937年8月至1949年

这一时期,于伶、蔡楚生、孙瑜、石华父、李一、于友等一批著名戏剧家都创作了广播剧,代表作主要有《姚子青将军及其部下》《第七个"九一八"》《以身许国》《慰问》《最后的一课》《爆炸》等。这些作品,除《爆炸》是以上海沦陷之后的抗日斗争为题材之外,其他都是以八一三淞沪抗战为题材的,而且以描写对敌作战、表现悲壮的抗日历程为主,反映了中国人民反抗侵略、保家卫国的坚强决心,表现了中国人民以身许国的共同主题。讴歌中国军民在前线正面作战,是此阶段上海抗日广播剧的一个重要内容。全面抗战爆发之后,中国军民英勇抗击入侵之敌,不惜为国捐躯,可歌可泣。

　　李一的广播剧《姚子青将军及其部下》和蔡楚生的广播剧《第七个"九一八"》都描写了中国军队的正面抗日。前者"以宝山姚营长殉国为题材,以无线电管理员因机件损坏亦参加作战为副材",正面描写姚子青营长带领全营将士孤军作战,坚守宝山县城,与强敌相持两昼夜,终因敌我人数悬殊,而弹尽粮绝,县城陷落,真实地表现了我军将士奋勇抗敌、勇于牺牲的悲壮情景,讴歌了中国军队不畏强敌、坚守阵地、誓死卫国的战斗精神。后者则正面描写我军前沿阵地某营战斗间隙的情景,表现了中国人民前赴后继、英勇抗敌的崇高精神。一场激战之后,全营将士死伤大半,营长的肚子被炸了一个窟窿,肚肠都流出来了,但他还是带着全营弟兄们坚守我军前线最险要的阵地。他告诉弟兄们,全线的胜败都在他们身上,就算只剩下一个人,也要死守下去,就是战死也光荣。当听到敌人再次冲锋的呼喊声时,他高呼"弟兄们冲锋"。于是一场激战又开始了。显然,该剧歌颂了抗日将士誓死抗敌、为国抗战的伟大精神。

　　面对强敌入侵,要获得民族解放,中华儿女必须走出个人的狭小天地,摒弃个人的私利,以身许国,勇于牺牲,舍身救国。于伶的《以身许国》和于友的《慰问》就是表现这个主题的代表作。前者描写了一个将个人的小爱上升为大爱的故事。从上海回到内地某城市的女生韶音因为收到未婚夫写的在前线负伤治疗后又上前线的绝笔信,痛苦万分,后在徐赓琳、夏可梅的启发与勉励下,决心振作起来,以身许国,投身抗战。这个作品真实而典型地反映了抗战时期热血青年相互勉励、投身抗日的思想境界和高尚情操,传达了全民齐心抗战的愿望。后者则在充满革命乐观主义的艺术描写中表现了以身许国的主题。这些作品,表现了中国人民的抗日壮志和爱国精神,反映了抗战初期全国人民高昂的抗敌激情,情绪激昂悲愤。

　　谴责日本侵略者的侵华暴行和滔天罪恶,也是这时期上海抗日广播剧的主要内容。孙瑜的广播短剧《最后的一课》就是其中的代表作。这是以太仓小学被敌机轰炸为蓝本而创作的一出两场剧。近战区的某小学秋季开学刚八天就被日本侵略者轰炸,学生不能继续上课,老师冒着危险给学生上了最后一课,进行爱国主义和反侵略教育。作品深刻地揭露了日寇的侵略暴行。全剧以一名叫史大力的小学生为中心,学校要放假,他反对,而主张继续上课。敌机把他炸伤了,但他仍不屈服。于是,老师在大家的要求下给同学们去上课。在敌人的袭击之下,小学生们学习了"民族抗战的第一课"。这是一部非常优秀的儿童广播剧,标志着现代儿童广播剧创作艺术上的成熟。

二、中国当代广播剧文学代表作家及作品

新中国成立之后一直到"文革"结束,由于经济、政治和技术等原因,广播剧文学发展比较缓慢。1980年以后,我国经济发展和精神文明建设驶上了快车道,广播剧文学迎来前所未有的繁荣,反映改革开放中的典型人物和故事的作品如雨后春笋般不断涌现,其中不乏反映社会主义建设事业、典型人物和社会发展重大事件的优秀作品。此外,广播剧融古今之要事、道文之精髓,一些根据我国古典名著改编的广播剧文学在这一时期也达到高峰。比如中央人民广播电台制作的《红楼梦》、黑龙江人民广播电台制作的《水浒》等都有很深的文化底蕴。著名广播剧文学作家有张庆仁、刘保毅、瞿新华、李景宽、刘康达、黄海芹、饶津发等。随着时代发展,《二泉映月》等原创作品大量涌现,剧本更加丰富。108集广播连续剧《三国演义》由四川省广播电视厅、四川省广播电视艺术委员会、四川人民广播电台联合编辑,由四川大学出版社出版发行。《三国演义》有五分之三的篇幅是写蜀汉的。从1982年开始,100多位艺术家和广播工作者经过长达十年的艰苦努力,于1992年完成,《三国演义》堪称我国广播剧史上篇幅最长、规模最为宏大的广播剧。

祖文中和瞿新华等创作了广播剧《刑警803》。《刑警803》是20世纪90年代一部著名的大型广播连续剧,分两次录制,取材于上海市公安

局刑侦总队的侦查破案故事。"刑警803",是上海市公安局刑事侦查总队的代号,因其门牌号为803号(中山北一路803号)而得名,"803"也是主角刘刚的代号。"803"现在已经成为上海家喻户晓的刑警形象符号。这部由上海人民广播电台文艺台和上海市公安局法制宣传处联合录制的讴歌当代中国刑警的广播文艺作品,已经成了中国大型系列广播剧的著名品牌,"803"在上海乃至相邻地区也成了"中国刑警"的专用称谓。

鄂允文、荣磊、刘保毅编剧的《二泉映月》也是一部经典作品。该剧取材于我国著名民间音乐家瞎子阿炳的生平事迹,以其人生历程为基础进行精心的艺术加工,生动地描写了阿炳苦难的人生历程与心路轨迹,展现了他艰辛悲苦的音乐生涯,表现了一个民间音乐家热爱祖国、对民间音乐艺术的激情,刻画他刚直不阿、不懈抗争的精神品格,成功塑造了人物形象,反映了在黑暗社会中底层民众的悲惨命运,表现了抗争不懈、追求民族光明前途的阿炳的艺术形象。"全剧朴实真切,以情动人,没有矫揉造作之笔。它充分发挥了'广播剧'这种以声音艺术为表现手段的戏剧艺术的特长,具有自己鲜明的艺术特色,所以能抓住人,感染人,引起人的共鸣。"[1]

广播剧文学作家张先,是一位高产的广播剧文学作家,曾多次获得中宣部精神文明建设"五个一工程"奖和中国广播奖一等奖等奖项。代表作为广播剧集《情满昆仑》。该剧以王乐义支援新疆农业建设的故事为原型,通过山东寿光三元朱村农业技术员崔善义到新疆推广科学培育大棚蔬菜的经历,反映了山东人的无私情怀,展现了和谐社会中的民族大团结这一主题。作品在弘扬主旋律的基础上,更加注重艺术展现,剧本结构流畅,层层推进,每集都有一个戏剧高潮,直至最终的大高潮;同时将农业科技新知识巧妙地融入剧情之中,丰富了剧情内容;新疆特色音乐与山

---

[1] 胡源、许志平:《广播剧〈二泉映月〉艺术特色浅析》,《现代传播》1979年第2期。

东特色音乐交织在一起,使剧情更加生动,塑造的人物更加丰满。韩童生、刘铁刚、赵树人等知名演员的全力演绎,更为作品增色不少。

刘康达,中国戏剧家协会会员,曾任北京通州区文化馆正高级研究馆员。创作《运河人》《共和国赤子》《扫雷英雄杜富国》等广播剧近30部,出版130万字的《刘康达剧作集》。刘康达在业内有"获奖专业户"之誉,是当代广播剧作家中的翘楚,作品先后获中宣部"五个一工程"奖15项、国内和国际各种奖20余项。刘康达的广播剧创作,始终立足于生活,题材广泛,深切反映现实。《运河人》是刘康达的广播剧的代表作。《运河人》讲的是以金水花和魏长河为代表的新老两代运河人的故事。① 抗战后期,魏长河15岁,被日军抓劳工到了日本。他在日本历尽磨难,经过几十年奋斗,终于成为日本巨商。改革开放后,魏长河重返故里,回到家乡古塔村,并与村里的企业进行商业洽谈。为了不破坏规矩,他执意不参加谈判。面对家乡古塔公司的困境,他拿出200万元捐给古塔公司助其渡过难关,但是以金水花为代表的新一代运河人不肯接受这笔捐赠,双方陷入僵局。剧中既展现了商战中老一辈人的坚定果断,又展现了改革开放中成长起来的新型农民的自尊自强。通过一次返乡、一项洽谈,生动再现了改革时代人的精神风貌和现实生活。这部剧中场景转换明快清晰,水到渠成,自然妥帖,加之运河与塔铃等特有的象征物象,丰富了广播剧的文化和诗意的底蕴。在声情并茂中,以声音构筑的艺术世界洋溢着诗情画意。

2015年,由董慧临担纲主创的广播剧《呦呦青蒿》重视真实性与艺术性的结合,将屠呦呦人生历程中的悲喜沉浮、"人生如戏"的真实故事转化成了"戏如人生"的艺术作品。该剧以屠呦呦先生在诺贝尔奖颁奖典礼上的精彩演讲为起始,生动再现了屠呦呦39岁时临危受命"523"项目,带领课题组从中国古老医学中获得灵感和启发,在经历无数次试验后,最

---

① 刘家思、彭红平:《论刘康达的广播剧艺术》,《中国广播》2002年第2期。

终发现、提取抗疟药物青蒿素并率先以身试药的艰苦征程。该广播剧创作历时两年多,主创人员查阅近千万字的书籍资料,进行大量实地采风和相关版权获授等基础工作,以忠实记录、细节考证的严谨创作方式,辅以艺术表现的穿越手法,展现"中医药是中华民族献给全世界的一份礼物"这一深厚主题,用声音艺术向科学家致敬,用时代精神激活优秀传统文化生命力。

思考题

1. 何为广播剧?简述中国广播剧的发展历程。
2. 广播剧有哪些艺术特点?
3. 广播剧有哪些艺术形态?
4. 中国广播剧有哪些代表作家和作品?
5. 简述中国广播剧在当代的发展状况。

第六章 中国电视剧文学

电视剧文学作为电视剧创作的基本文本,其发展与电视剧这种艺术形式密不可分。我国的电视剧文学作品与电视剧作品并肩创作发展而成。这种相伴而生的关系,使得电视剧的艺术特征在某种程度上也决定了电视剧文学作品的特征。

第一节 中国电视剧文学的诞生与发展

中国电视剧最早开始于1958年的电视直播《一口菜饼子》,同时,中国电视文艺也开始进行各种形式的节目制作。党的十一届三中全会以后,包括电视剧在内的中国电视文艺开始复苏和迅猛发展。而中国电视文艺的发展历史大致可以划分为以下几个阶段:

一、初创阶段

1958年至1966年是中国电视剧文学的初创阶段。中国的电视剧事业从筹建电视台开始。这一阶段采用了直播手段,而且当时大多是黑白电视机,其播出的大多为纪实性作品,均为反映当时社会生活中的好人好事。在这一阶段,北京、上海、广州三地电视台共制作和生产了80余集电视剧,虽然当时生产电视剧的数量不算多,但是在社会上引起了强烈的反响,取得了不俗的社会效果。最重要的是,自此中国诞生了第一批电视人,培养和建立了第一代编、导、演、摄、美、录等电视剧制作队伍。

可是,正当中国电视剧起步发展时,"文革"十年浩劫却使这种新兴的电视艺术几乎消失于萌芽之中。中国电视剧整整十年无声无息。其他形式的电视文艺也遭遇了同样的命运。

二、复苏阶段

1978年至1980年是中国电视剧文学的复苏阶段。粉碎"四人帮"后,新时期中国电视剧经历了两年徘徊期后,中国历史进入了新的时期,作为现代化传播媒介的电视事业,获得了迅猛发展。从此,全国各省、市、自治区、直辖市都相继建立了电视台,但是中国电视剧的需求与产量并不能匹配,形成了突出的矛盾。所以在这个时期,中国电视制作队伍整装待发,开始为中国电视剧生产的复苏发展进行艰苦卓绝的工作。在这个时期,中国电视剧进入了彩色录制时代。中国电视剧的年产量也由1978年的10余集发展到1980年的80余集。在这个阶段,有些电视台先后开始组建文艺部,多种形式的电视文艺节目制作相继得以复苏,并在整个电视节目播出中占据了相当分量。

三、飞跃发展阶段

1981年至1986年是中国电视剧文学的飞跃发展阶段。在这一阶段,为了满足迅速增长的电视节目需求,各地有条件制作电视剧的电视台纷纷开始积极投入生产,同时各家电影制片厂也相继成立了电视剧部,它们成为国内电视剧生产的重要组成部分。各行各业的宣传部门、文艺团体也开始涉足电视剧生产。中央电视台播出的国产电视剧从1981年的110集增加到1986年的1500集左右。在这个时期,电视剧数量迅速增加,其品种呈现多样化,剧作质量也日益提高,出现了一批在思想和艺术上水平较高的短篇电视剧和引起强烈反响的长篇连续剧,尤其是1984年以来荣获"飞天奖"的一批优秀电视剧,如《走向远方》《新闻启示录》《希波克拉底誓言》《巴桑和她的弟妹们》《寻找回来的世界》《太阳从这里升起》《新星》《红楼梦》《努尔哈赤》《雪野》等,它们在社会各界引起了广泛影响。电视剧作为新兴的电视文艺形式在中国文艺领域占据了重要位置。

四、稳定发展阶段

1987年至今是中国电视剧文学的稳定发展阶段。由于中国电视剧的年产量增长迅速,而人才、资金、设备、物力等方面的准备却不足,一定程度上出现了一批平庸之作甚至劣等作品。从1987年开始,电视剧的制作开始贯彻"提高质量、控制数量"的方针,中国电视剧的创作进入了稳定和健康发展的新轨道。在这个时期,各地每年选送中央电视台播出的电视剧的数量相对稳定,一直保持着与1986年相近的水平。思想性和艺术性俱佳的作品逐年增加,出现了短篇电视剧艺术精品《秋白之死》、古典名著改编的长篇连续剧《西游记》、钱锺书先生创作的同名作品改编的《围城》以及造成万人空巷的反映当代生活的电视剧《渴望》等一批优秀作品。这标志着中国电视剧已经进入成熟期,中国电视剧的生产方式也由"小土群"向"基地化"过渡。20世纪90年代以来,中国电视剧的创作坚持"二为"方向和"双百"方针,倡导多样化,弘扬主旋律,产生了一批思想性和艺术性相统一的、人民群众喜闻乐见的优秀文艺作品,为满足人民日益增长的多样化的文化需求贡献了力量。同时,其他形式的电视文艺也在百花齐放中呈现栏目化的发展趋势。自1987年起,中央电视台发起了全国电视文艺"星光奖"评选活动。随着电视剧与其他形式的电视文艺逐步走向成熟,中国电视文艺也逐渐走向世界。如《西游记》《红楼梦》《武松》《济公》《诸葛亮》《末代皇帝》《宋庆龄和她的姐妹们》《三国演义》《水浒》等作品相继在日本、美国、欧洲及东南亚等多个国家和地区进行播出。我国也开始选送优秀的电视文艺节目参加一些国际电视节评选活动,《小船》《穷街》《南行记》和少儿节目《丑角风波》《小船小船》《太阳有七种颜色》等分别在国际电视节上获得奖项和荣誉。

第二节 中国电视剧文学的创作特征与审美形态

电视剧创作是指电视文学剧本通过电视导演,在电视屏幕上形成电视剧艺术形象的过程,所以电视剧需要电视文学编剧和电视导演的共同创作。其中,电视文学剧本作为电视导演再创作的蓝本,是电视剧创作的基础,对电视剧质量有着决定性影响。

一、中国电视剧文学的创作特征

在电视剧文学的创作特征方面,题材、主题、人物、环境、结构、语言等,成为其主要的组成形式。而这些形式层面的创作特征亦构成电视剧文学的主要创作特征。

(一)题材的时效性、历史性、日常性

从广义上讲,题材是指作品表现的生活现象的性质和范畴,例如工业、军事、农村、历史、神话、山水花鸟等题材。从狭义上讲,对电视剧文学而言,题材是指剧作家通过对现实生活进行观察体验后,集中提炼和加工的生活素材,亦是创作者在创作时选定的源自生活的素材和材料。因此电视剧又被称为"时代的艺术",具有一定时代性和现实性,能够反映生活细节和特点。

1. 时效性

指选择当代具有鲜明时代特点的生活题材。反映群众关心的具有时效性的普遍问题,以及迫切需要解决的社会问题,是电视剧文学的常见题材。这类具有鲜明时效特征的电视剧文学作品往往在题材选择上较新,创作速度较快,在发挥其及时反映社会现实作用的同时,能取得良好的社会效应,提高广大观众的审美趣味并使观众产生情感共鸣。例如,《人间正道》《黑脸》《孔繁森》《任长霞》《黄大年》《湄公河行动》《人民检察官》《人民的民义》《破冰行动》等受到广泛认可的优秀电视剧,均是对具有一定时效性的真实事件的改编和再创作。

2. 日常性

电视剧又被称为"家庭艺术",所以日常生活中的平凡小事也常常成为电视剧文学的题材来源。对日常生活的再现,让观众能通过电视剧中的情景反观自己的生活。美国电视剧作家查耶夫斯基曾提出:

> 电视剧应把在大街上过往的那些平凡的人,描写得真实细腻,故事环境也是电视观众身边常见的,人物关系也并没有如何稀奇之处,台词也好像是在听过路人的讲话。但是,通过极普通的语言和人物行动,却能尖锐地揭示出人生的一刹那。因为平凡,才使人感到亲切真实。与电影的超日常性的奇观化审美体验不同,电视剧往往通过日常性创造亲和体验,电视剧为了达到这种"感同身受"效果,更加强调与现实生活的相互参照。①

日常性的题材,为观众提供了一面观照自身的镜子,从而让观众通过电视剧文学中熟悉的人物和事件,更好地认识到生活中存在的问题。同时这种既熟悉又亲切、具有真实性的日常化题材,更能激发观众对电视剧的观看兴趣。这种日常性题材的电视剧包括《渴望》《空镜子》《中国式离婚》《蜗居》《情满四合院》《父母爱情》《欢乐颂》《小欢喜》《都挺好》等。

3. 历史性

电视剧由于其连续性的特征,更利于表现重大题材和史诗性题材作品。历史性事件的展现往往伴随着较长历史时间的迁移,电视剧文学作品对此类题材的选择能充分发挥其连续性的时间优势,用电视剧时空的表现力增强对史诗性的宏大题材的深度挖掘。这种重大题材和史诗性题

---

① 尹鸿、阳代慧:《家庭故事·日常经验·生活戏剧·主流意识——中国电视剧艺术传统》,《现代传播》2004 年第 5 期。

材作品包括《今夜有暴风雪》《末代皇帝》《天下粮仓》《雍正王朝》《康熙王朝》《孙中山》《开国领袖毛泽东》《长征》《太平天国》《走向共和》《汉武大帝》等,既有时代广度,又有历史深度。

(二)主题的真理性、多样性、深刻性

主题是指作品透过特定题材所反映出来的思想内涵,表达了作者的主观情感和题材的客观意义。它传达出具有某种社会意义的思想,也是作品的核心思想。

1. 真理性

电视剧文学作品的真理性包括了两层含义:正确性与真实性。正确是指主题的表达应当积极向上、符合时代要求,真实则是作品的主题来自生活,是客观生活现象与作家的主观认识、评价、情绪的统一。

2. 多样性

电视文学作品的主题通过其中的社会生活、艺术形象传达出来,由于作品所反映的社会生活具有一定复杂性,人物事件也较为复杂,所以作品往往表现出多样性的思想情感主题。由于现实生活庞然杂陈、矛盾众多,其题材和材料具有多样性特征,电视剧文学作品一般篇幅较长、内容庞杂,所以一个作品一般来说不止一个主题。这种长篇叙事性作品背景广阔、人物众多、情节复杂,其蕴含的思想内容也比较复杂,所以其主题具有多样性特征。

3. 深刻性

主题的深刻性主要取决于电视剧文学创作者对社会生活观察的深刻程度和认识水平。作者需深挖现实生活中的各类矛盾,关注社会群众日常面临的各种问题。通过作品中对日常小事的细节刻画,透过生活的表层,窥探其中的深刻底蕴。电视剧文学的创作应当站在当代社会的新高度,用道德规范对历史生活进行深刻观照,通过作品引导观众的思想观念。

（三）人物的复杂性、典型性

人物通过外貌、言谈、行为举止等具体元素所展示的有关人物性格、内质等抽象元素在他人心中的具体反映形成了电视剧文学作品中的人物形象。人物形象由主观与客观两方面组成，电视剧文学作品亦通过塑造人物形象反映社会生活。

1. 复杂性

人物的塑造总是具有一定的丰富性与复杂性，全面与立体的人物形象往往更具有真实感。电视剧《努尔哈赤》中，剧本将努尔哈赤设置成女真族统领，在四十年的戎马生涯里东征西战、百折不挠，是一位杰出的政治家、军事家。他的雄才大略铸就了他叱咤风云的民族英雄的形象。但是，剧作中的努尔哈赤在残酷的战争中杀人如麻，在政治角逐中，鸩兄杀子、贬妻为奴。努尔哈赤的人物形象集强大与暴虐、炽热与冷酷于一身，这种人物的对立特征让他的形象更具立体感，形成了更具生命力、性格鲜明的艺术形象。这种处理既符合历史真实，又不失艺术真实。正如别林斯基所说：

> 成功的艺术形象会栩栩如生地出现在你的眼前，神态逼真、须眉毕露。你可以感觉到他们的脸、他们的声音、他们的步伐、他们的思维方式。他们永远不可磨灭地深印在你的记忆里，使你再也忘不掉他们。[1]

2. 典型性

典型性特征源自生活的真实，通过艺术加工提炼，在生活典型和艺术典型的审美转化中塑造人物典型形象。典型性特征既有人物的主观意

---

[1] [俄]别林斯基：《别林斯基选集》第二卷，满涛译，上海译文出版社 1979 年版，第 196 页。

识,又受到客观身份的影响,在塑造人物时,作者往往根据人物的性格特征和具体身份对人物形象做出一定的典型性设计。

在电视剧文学作品中,剧作者通过对人物的动作、语言、神态、外貌特点等方面的描写,展现人物典型性特征,这种细致的描写也为电视剧的影像化创作提供了可遵循的文本依据。例如在《红楼梦》原著中,曹雪芹对人物的外貌、神态的刻画细致入微,反映出大家庭中各色人物的典型性格特征。在第三回中描绘王熙凤的出场:"头上戴着金丝八宝攒珠髻,绾着朝阳五凤挂珠钗;项上戴着赤金盘螭璎珞圈……"①将王熙凤这样一个贵族大家庭里的大管家的典型形象刻画得细致入微,同时穿着的华贵也表现出王熙凤对金银珠宝的喜爱,一方面展示人物身份的尊贵,另一方面也反映出典型的爱慕荣华的人物性格特征。再如,在第二十四届中国电视剧"飞天奖"中荣获长篇电视剧二等奖的,由高希希导演、许波编剧的《结婚十年》,就是一部主打亲情主题的电视剧。剧作主要从平民化的视角,选取日常生活经验中具有典型性的生活素材。剧中人物的经历展现出当时都市百姓真实自然又富有典型性的生活状态,通过展现人与人之间的理解与宽容,实现作品的社会价值。

(四)环境的独特性、普遍性

环境作为构成电视剧文学作品典型性的重要部分,具有独特性(个性)和普遍性(共性)。电视剧文学作品中的环境分为"小环境"和"大环境"两种,其中,"小环境"主要指作品中人物所处的自然环境和社会环境,"大环境"则是指人物所处的历史时代。

1. 独特性

电视剧文学作品中的环境具有一定的独特性,这种独特性由人物的身份和围绕在人物周围的社会关系、事件发生地的自然环境而形成。不同的剧作有不同的环境,同一个剧作中,不同人物所处的环境也会有所差

---

① [清]曹雪芹、高鹗:《红楼梦》,人民文学出版社1966年版,第43页。

第六章 中国电视剧文学 | 179

异。这种环境的独特性形成了不同电视剧文学作品的故事风格。例如，路遥创作的《平凡的世界》主要以20世纪70年代的陕北城乡地区作为故事的发生环境展开叙述。而同样被选入"新中国70年70部长篇小说典藏"，被翻拍成电视剧作品的，由阿来创作的长篇小说《尘埃落定》则是将故事的发生环境放置在康巴藏族地区。在不同环境下展开的故事中，人物性格特点、生活方式均具有独特性，也表现出作品的独特风格。

在大环境方面，同样是张恨水的小说改编成电视剧的作品《金粉世家》，其故事发生在民国时期，《纸醉金迷》的故事则发生在1945年的重庆。两部作品分别表现了民国时期的社会风貌与战时的中国社会的纷繁复杂。

2. 普遍性

电视剧文学作品在环境方面具有一定的普遍性，主要指同一部作品中或同类型的电视剧文学作品中的大环境具有一定普遍性。在电视剧文学作品的创作上要重视对典型环境的塑造，力求"真实地再现典型环境中的典型人物"[①]。对于展现相同的大环境的不同的电视剧文学作品，其从不同的视角，以不同的风格，通过不同的情节展现相同的环境与时代主题。

（五）语言以对白为主，具有口语化、亲和力强的特征

这里的语言主要是指艺术作品的外显形式，艺术家们运用不同材料媒介创造艺术主体，这种媒介就是艺术语言，也是艺术作品的外在形式。电视文学作为文学的一种，其艺术语言也是以文字形式来表现的。与其他文学形式不同，电视剧文学因其与电视剧的关联性，使得它具有不同于散文、诗歌、小说等文学形式的特征。

[①] 中共中央马克思恩格斯列宁斯大林著作编译局：《马克思恩格斯选集》第四卷，人民出版社1997年版，第462页。

1. 以对白为主

高尔基曾在《论剧本》中提出:"剧中人物之被创造出来,仅仅是依靠他们的台词,即纯粹的口语,而不是叙述的语言。"① 由于电视剧的表现形式主要是人物的语言交流,所以在电视剧文学作品中,对白是表现人物性格、推动剧情发展的主要语言方式。在电视剧中,人物之间的关系主要通过对话展现,电视剧文学作品在创作时,应当注重结合人物性格、角色特点,设计贴合具体情境的对白。同时对白还需要根据剧作的风格、故事发生的时代,以符合剧作风格。例如在《甄嬛传》中,人物语言具有鲜明的时代风格特点:字句凝练,颇具古风雅韵,人物对话有张有弛,将"极好的""最好不过了"及宫廷专用语"不负恩泽"等作为人物对白中的习惯用语,这使得电视剧在播出后受到广泛认可的同时,其"甄嬛体"语言风格也一时被人们争相效仿。编剧流潋紫表示《甄嬛传》的语言风格模仿了《红楼梦》,她认为这也是符合剧中朝代特色的语言风格。

2. 口语化

电视剧作为大众艺术中的重要部分,其受众面非常广泛,要成为被大众所接受和欣赏的作品,电视剧文学的创作就需要做到语言的口语化。口语化是指电视剧中的人物语言要接近日常生活的语言,让观众能够直接把握人物语言传递的信息。作为人类重要的交际工具,语言在人际交往过程中用于表达思想情感,传递信息,交流经验。在形式上,语言分成口头语言和书面语言,其中口头语言便是直接通过声音向他人传递信息。电视剧文学虽然是文学作品,但其表达形式应该以电视剧的语言形式为主,即应以口头语言为主,采用生活中谈话的语体,长话短说,多用短语,避免倒装句和生僻词,根据观众习惯的说话方式进行语言设计。

相对电影艺术追求的超日常性而言,电视剧大多以日常生活空间为

---

① [苏]高尔基等:《论剧本》,江西省文学艺术工作者联合会编,1954年内部印刷,第15页。

背景,即使是历史题材或宏大的史诗题材,也要还原其普通人的生活状态。所以电视剧文学创作的语言应根据日常经验进行处理。古装剧中的文言文要尽量掺杂白话,大人物的语言也要尽量接地气。这种语言的口语化特征一方面使得电视剧中的人物的表现更加真实,另一方面也便于广大电视观众理解人物表达的内容,从而更好地掌握剧情内容。

3. 亲和力

电视剧文学作品在故事的叙述上,为了使观赏者迅速理解剧情和人物,语言具有亲和力的特点。一部好的电视剧的价值与意义来自观众的认可。电视剧将文学作品中的文字还原为生活语言,再现于荧屏,电视剧文学作品在语言上遵循着电视剧语言的特点,在风格上体现出民众语言亲和力强的特点。马丁·艾思林曾说:"电视剧的优点,往往就在于它能使为数不多的人物同观众接触的那种亲切感,许多最好的电视剧本就是得力于这种接近感和亲切感。"①

这种语言的亲和力特点主要通过具有代表性的方言词汇与音调、语调表现出来。例如:1985年版的《四世同堂》通过对老舍文学原著的改编,在语言上高度保留了京腔的特点,多用儿化音,这种平民化的京味语言充满了老北京的亲切感。电视剧《白鹿原》,为还原文学原著中陕西关中平原的风格,人物在语言上常带有当地方言,用陕西方言惯用的"哩"替代"呢",增添了语言的亲和力。

二、中国电视剧文学的审美形态

电视剧的审美形态是在多种因素的影响和制约下构成的。首先,电视剧是电视文化的一种表现形式。而电视剧的审美过程必然会受到电视文化的诸多影响。其次,电视剧作为电子信息技术与叙事艺术的产物,除

---

① [英]马丁·艾思林:《戏剧剖析》,罗婉生译,中国戏剧出版社1981年版,第77页。

了要遵守艺术法则,还受技术因素的规范。另外,作为大众传播媒介的电视剧,在其传播过程中也会受到诸多媒介特征的影响。在所有这些因素的共同作用下,电视剧形成了大众性、纪实性、通俗性和兼容性等审美形态。

(一)大众性

电视传播的广泛性和直接性造就了电视剧的大众性特征。其传播范围之广、传播力度之大,超过了其他任何艺术形式。电视剧面对不同文化层次、不同年龄层、不同地域的受众,而一部优秀的电视剧,往往能够受到全社会各个阶层的观众的喜爱,做到雅俗共赏,并产生一定的社会影响。如美国电视剧《翌日》播出之后,产生了巨大的社会影响,甚至波及全球,前后有40多个国家进行了本土播映。反战团体纷纷举行集会,就连美国总统里根也对它进行了评论,成为全球瞩目的焦点话题。日本电视剧《阿信》播出以后深受观众喜爱,在我国也获得了不俗的反响,一时间大街小巷人人说"阿信"。我国的电视剧《三国演义》《西游记》等,除了在国内引起巨大反响,还在许多国家播映,并受到了他们的普遍欢迎和认可。

参与性是电视剧的大众性的另一面。电视媒介传播的双向互动特点以及电视观众的主体参与心理都决定了电视剧受众的参与性。作为一种视觉艺术,电视剧"为现代人看见和想看见的事物提供了大量优越的机会,这与当代观众渴望行动参与、追求刺激、追求轰动效应相合拍"[1]。所以,电视剧的审美价值最终通过观众的主动参与和接受得以实现。

而电视剧创作在发展过程中也在努力加强同观众的互动和交流,以此来调动和激发观众的参与性。比如《我爱我家》通过情景喜剧的拍摄模式,在拍摄时邀请现场观众参与,在剧中,观众与演员在现场的交流成为作品的一部分。在这种形式中,现场观众作为其他电视观众的"代表",实现了参与性。

---

[1] 王岳川:《后现代主义文化研究》,北京大学出版社1992年版,第67页。

(二)纪实性

作为一种通过摄录来直观呈现现实世界的艺术,电视剧天然地就具有纪实性。"照相"般的记录功能、电视节目的媒介传播特点以及电视文化"真实、全面、宏大地展现社会历史生活的特质"[1],都决定了电视剧是一种纪实性的艺术。正如日本电视学者大山胜美所说,"电视剧既是一面'镜子',同时又是'家庭居室开向社会的窗口'"[2],形象地说明了电视剧鲜明的纪实性特征。电视剧的纪实性主要有两个方面:即时性和真实感。

1. 即时性

灵活快速的电视剧制作特点使得电视剧可以像其他电视文艺节目那样及时地反映当下社会正在发生的、人们所关注的生活事件,再现社会热点,反映生活情状成为电视剧的重要表现内容。20世纪80年代初,《新闻启示录》《女记者的画外音》《乔厂长上任记》等一批电视剧以新闻报道般的速度,将我国兴起的改革浪潮及时而充分地表现出来。尤其是《女记者的画外音》一剧,与报刊等新闻媒体一起第一时间向观众展示了改革家步鑫生的形象,表现出电视剧对于捕捉和反映现实生活情状的巨大潜力。此后出现的《长城,向南延伸》《太阳的摇篮》《外来妹》《九一八大案纪实》《苍天在上》等一大批优秀电视剧也都因其及时、迅速、生动地表现了观众所关心的现实生活中正在或刚刚发生的种种情形而受到广大观众的欢迎。

电视剧的即时性并不等同于"新闻性",不能以"时效性"为最高标准。但是它的确要求创作者善于从当下社会生活中去捕捉生活的种种情状,以此来反映真实的生活,进而满足观众了解现实、认识社会的真切需求。

---

[1] 朱羽君、王纪言、钟大年主编:《中国应用电视学》,北京师范大学出版社2002年版,第6页。

[2] 李邦媛、李醒选编:《论电视剧》,北京广播学院出版社1987年版,第12页。

2. 真实感

在电视剧的审美过程中,真实与否,是判断一部作品优劣的重要标准。对电视剧的"真实性"的追求主要源于电视媒介的特性。作为能够无限还原和逼近生活真实的一种媒介,电视已然成为人类生活的一部分,其所传达的内容成为现实生活的延伸。"在电视这一媒介中,所有其他媒介中所含有的与另一现实的距离感完全消失了"①。这种媒介特性激发了观众对电视节目真实性的期待与探求,甚至有人会把电视中的"生活"与现实生活等同起来。

但现实生活反映的某种"真实"并非电视剧所追求的"真实感"的唯一内容。换句话说,艺术来源于生活,更要高于生活。电视剧更要抓住生活"本质"的真实,以此来把握客观事物自身的规律性。也就是说,创作者除了对真实生活的外在表象进行真实描摹之外,还需要透过社会表象来把握事物的本质特性并进行追诉,最终艺术地呈现出来。像《长城,向南延伸》《九一八大案纪实》这样的作品是通过重现真实事件来追求真实感的。而以浓缩、夸张的方式表现现实生活的《编辑部的故事》,经过艺术加工的《红楼梦》《四世同堂》《宰相刘罗锅》,甚至采用荒诞形式创作的《四川好人》等各类作品,也都在追求真实性,并被广大观众所接受。

(三) 蒙太奇

蒙太奇,法语音译词,原是一个建筑用语,是组装配置之意。它被借用在影视创作中,有三个层面的含义。一是指影视独有的思维方式——蒙太奇思维。所谓蒙太奇思维是指影视创作者以连续流动的画面、声音形象为基础进行构思、创作的特殊思维活动。二是指影视的基本结构方法和表现技巧,包括镜头、场面、段落的组接及其全部技巧。三是指影视剪辑的具体技法技巧。蒙太奇在影视中的运用遵循以下两个原则:叙事

---

① 唐小兵:《后现代主义与文化理论:弗·杰姆逊敦授讲演录》,陕西师范大学出版社1986年版,第10页。

连贯原则和意义产生原则。所谓叙事连贯原则,就是指按照情节发展的时空顺序、因果逻辑分切组合镜头、场面和段落,完成电影叙事任务。所谓意义产生原则就是将不同内容的镜头、画面并列,形成强烈的对照和撞击,达到某种抽象的情绪、心理、意识、思想表述的目的。蒙太奇贯穿于影视创作的始终,是影视艺术的基础。

当然,蒙太奇并不是影视艺术独有的,在其他的文学样式如小说、诗歌中同样存在。对电影蒙太奇的确立做出重大贡献的美国著名导演格里菲斯,曾说自己是从英国著名小说家狄更斯的作品中得到启发,并学到了交叉剪辑(即交叉蒙太奇)的技巧。苏联著名蒙太奇理论大师爱森斯坦也曾宣称在日本俳句、中国古诗里找到了精彩的蒙太奇实例。比如"借问酒家何处有,牧童遥指杏花村",这组视听形象的组接就包含着连续蒙太奇的形式。还有著名诗人杜甫的诗句"朱门酒肉臭,路有冻死骨",也是对蒙太奇的应用。但是,蒙太奇在这些文学样式中主要是作局部技巧应用,而在电视剧文学中,却是整体结构和根本性的技巧应用。

(四)兼容性

电视剧作为现代电子技术与艺术结合的产物,科技的发展在电视剧艺术的发展演变过程中起着决定性作用。从黑白画面到彩色画面,从低分辨率的小屏幕到高分辨率的大屏幕,电视技术的每一次革新与突破都给电视艺术观念和手段的形成起着巨大的推动作用。技术与艺术的兼容构成了电视剧在制作和传播方面的特性,从而形成极具特色的审美特征。

多种艺术元素和艺术手段的结合也体现出了电视剧的兼容性。电视剧语言是一种影视语言,影视是多种艺术的综合。电视剧语言在其发展过程中,逐渐学习和融合了广播、新闻、戏剧、电影等多种艺术表达手段,从而极大地丰富了自身的艺术表现力。一部成功的电视剧,必然融多种艺术元素于一身,同时又能根据自身内容来进行整体的艺术构思和创作。如电视剧《南行记》《丹姨》中音乐、造型等元素的巧妙结合,既有清新写意的绘画美、婉转优美的音乐美,又有深沉意蕴的文学美。再如电视剧

《新闻启示录》,它将各种艺术表现手法融为一身,包含新闻栏目的纪实性、法律政论的思辨性、戏剧的情节结构、散文的自由写意等多种艺术表现手段。这种多手法的融合使这部电视剧在思想上和艺术上都形成了对传统观念的反叛与冲击,其与时俱进的创新实践也成就了一部真正"电视剧化"的作品。

(五)通俗性

通俗性实质上就是大众化。电视剧是一种大众艺术,它的大众普及性和商品属性决定了其本质是一种通俗的文艺形式,通俗性是其本质特征之一。电视剧的通俗性首先体现在表达内容上的通俗化。它善于选择大众所喜闻乐见的东西作为表达对象。无论是《外来妹》《新闻启示录》的现实追踪,《苍天在上》的切中时弊,《乌龙山剿匪记》的传奇故事,《四世同堂》的历史画卷,还是《过把瘾》的纯情爱恋以及《篱笆·女人和狗》《渴望》的道德伦理等,它们都是因为善于表现社会大众所关注的生活、情感,而受到了观众的广泛欢迎。

内容大众化表现为思想内涵浅显易懂。但浅显不等于浅薄,它只是要求最大限度地注重观众的感受,考量他们的接受心理。在娱乐休闲中将思想内涵传达给大众,形成寓教于乐的效果,使电视剧成为广大观众业余生活中的文化休闲内容。如电视剧《乌龙山剿匪记》把对正义的表达蕴含于传奇的剿匪故事之中,《宰相刘罗锅》于诙谐幽默之中让观众看到了人的正气、善良和机智。此外,电视剧的通俗性特征也表现在表达形式与手段的简单明了,为不同层次的受众所接受上。而所有这些都需要电视剧语言的通俗化,需要"强化电视剧语言诸元素——结构、蒙太奇、场面调度、画面造型、音响设计、对话以及演员表演的最基本的功能"[①],使电视剧最终的呈现方式能够适应电视传播的直接性,尽可能适应广大观众的观看需求。此外,电视剧的通俗性说明了在电视剧审美过程中对观

---

① 林大庆:《如何寻找电视剧的美学特性》,《中外电视》1988年第1期。

众的重视,也进一步揭示了电视作为大众传媒工具的本质特征。

第三节　中国电视剧文学的代表作家和作品

中国电视剧自1958年诞生以来,经过几代人的努力探索,产生了一大批优秀作品,涌现了一批知名的作家,显示了中国电视剧文学的风格和水平。这里选择几位代表作家及其作品进行介绍,以期让我们更加具体地认识和理解中国电视剧文学。

一、郭宝昌的《大宅门》

郭宝昌(1940—2023),原名李保常,导演、编剧。1982年,编导了剧情片《春兰秋菊》;1991年,执导了历史剧集《淮阴侯韩信》;1994年,拍摄了戏曲电视剧《大老板程长庚》,该片获中宣部第四届"五个一工程"奖;1997年,执导了爱情历史剧《日落紫禁城》;2001年,编导的家族剧《大宅门》在中央电视台首播,并以17.74点的收视率夺得2001年央视年度收视冠军。

电视剧《大宅门》讲述了医药世家白家经历清末、民国、军阀混战、新中国建立等时期的浮沉变化,忠实地反映了百草厅白氏这个大家族随着国家、民族的历史发展而发展的过程,以及经历的官场恩怨、情场爱恨、商场输赢,书写了一部回肠荡气的"宅门"风云变幻史,展现了一幅波澜壮阔、动荡不安的社会生活画卷,谱写了一曲世态炎凉、悲欢离合的命运之歌。

该剧之所以在内地、香港、台湾乃至世界其他地区都获得了良好的口碑,是因为它的故事情节紧凑,悬念迭起,戏剧元素丰富;剧中人物形象鲜明,每一个演员都一丝不苟,主要演员有斯琴高娃、陈宝国、刘佩奇、蒋雯丽、雷恪生、何赛飞等。整部剧的服装设计、妆容和道具都力求真实精到,把大宅门里的衣食住行、吃喝拉撒睡都表现得真真切切,浓浓的京味让人觉得过瘾,细琐委婉之处都突显着浓郁的"宅门文化";宅门里折射出的社会变迁、人性的挣扎和世界的不同形态,让这部戏充满传奇色彩,同时让这部戏具有了历史和人文的纵向深度。《大宅门》是一部寓意深远的电视剧,讲述了一个家族的变迁故事,折射出在风云变幻的岁月中各路人物的命运,被称为"《红楼梦》的现代版",在中国电视剧史上有着重要的地位和影响,引起了人们的热议,之后的《乔家大院》《大染坊》《闯关东》等电视剧无不受其影响,名噪一时。

二、海岩的《便衣警察》

海岩(1954—),本名侣海岩,作家、编剧。1985 年,出版人生第一部长篇小说《便衣警察》,并首次改编为电视剧呈现于荧屏。

12 集电视连续剧《便衣警察》由公安部、政治部、北京电视艺术中心1987 年摄制。该剧获第八届中国电视剧"飞天奖"三等奖、第六届"中国电视金鹰奖"优秀电视连续剧奖。

作为公安题材电视剧的开山之作,根据海岩小说改编而成的《便衣警察》,在 20 世纪 80 年代具有丰富而精彩的看点。"文革"、刑侦、"反特"、爱情……一系列元素被融入一个荧屏故事中,人物命运在时代变迁中被淋漓尽致地展现出来。文艺作品常常把人物置于困顿和两难的抉择之中,以此来表现人性的力量和情感的迸发。这部电视剧里,由胡亚捷塑造的主角周志明,是一个蒙受冤屈却坚持信念、不断立功的青年警察。其角色的引人之处在于生活重压和理想信念二者带来的巨大戏剧张力。当主人公在遭受怀疑、蒙冤入狱,而又逢父亲离世,并陷入情感变故的重重困境时,他如何保持理性、克服困难、坚持信仰?这会使观众不由自主地投入剧情中,身临其境地去感知主人公的痛苦与纠葛。

三、高满堂的《闯关东》

高满堂(1955—),著名编剧、作家。1989 年,农村题材剧《篱笆·

女人和狗》是他的首部作品，而后创作了《大海风》《抉择》《远山远水》《错爱》《常回家看看》等多部电视剧作品。2008 年，他与孙建业共同担任古装剧《闯关东》的编剧，他凭借该片获得第二十七届中国电视剧"飞天奖"优秀编剧奖。2014 年，凭借农村题材剧《老农民》获得第十三届四川电视节"金熊猫奖"长篇电视剧类最佳编剧奖。2015 年，凭借现实题材剧《温州两家人》获得第二十九届中国电视剧"飞天奖"优秀编剧奖。

《闯关东》是由中央电视台文艺中心影视部在 2008 年出品的 52 集大型电视连续剧，讲述的是从清末时期到九一八事变爆发前，一户山东人家为生活所迫，离乡背井，勇闯关东的故事。全剧以主人公朱开山复杂、坎坷的人生经历为线索，穿插了朱开山的三个命运不同的儿子在闯关东的路上遇到的种种磨难和考验。剧中一家人坎坷且富有传奇色彩的闯荡经历，数千万移民从离开自己的土地到扎根于新的土壤的艰辛过程，通过对这个家族的描述被清晰地勾画出来。而且，这部电视剧讲的不只是一部家族史，更是一部民族的文化史。

该剧是一部大视角、多层次、富有深厚文化内涵的史诗性作品。相比于很多倾向西方审美趣味的影视剧，《闯关东》偏重民族精神的正面塑造，从一个家族的奋斗史中探寻一个民族的生存历程，意图在小家之中寻找一种大智与大勇之道。《闯关东》也与时下流行的古装剧不同，它是一部深沉而质朴的力作，没有无端的恶搞和无聊的笑料，而是满含家国情怀的沧桑。因此，如果用一种美学特征来总结这部电视剧的话，它应该是"崇高"，它所展现出来的是一种壮美，也是一种悲怆。

四、王朔的《渴望》

王朔（1958—　），著名作家、编剧。1978 年，开始创作和发表文学作品，先后发表了《玩的就是心跳》《看上去很美》《动物凶猛》《无知者无畏》等中、长篇小说。后进入影视业，改编的电视剧《渴望》《海马歌舞厅》和《编辑部的故事》均获成功，引发广泛关注。

《渴望》是由北京电视艺术中心于1990年出品的一部50集大型电视连续剧,也是我国电视剧史上第一部室内剧。故事发生在20世纪60年代末的北京城。女工刘慧芳有两个追求者,一个是深爱她的宋大成,一个是大学毕业生王沪生,对二人的追求她始终表现得犹豫不决。王沪生的姐姐王亚茹是个医生,其未婚夫罗冈去干校后,王亚茹生下女儿罗丹。从干校偷逃回家的罗冈匆忙中带走了罗丹,却将罗丹弄丢。王沪生与刘慧芳结婚,罗丹此时竟阴差阳错地被慧芳收养,取名刘小芳。几年后,小芳在意外事故中受伤,王亚茹作为主治医生手术失败,使得小芳下肢瘫痪。后来小芳身世大白,病也被治好。而刘慧芳因车祸瘫痪,于是她决定将小芳送还其亲生父母。

大型室内电视连续剧《渴望》的播出,在当年创造出"凡有电视处皆有《渴望》"的轰动效应,形成"万人空巷,争看《渴望》"的壮观景象。《渴望》能产生如此大的社会效应,究其原因,有如下几点:首先,这部长达50集的室内电视连续剧满足了观众对长篇电视连续剧的期待。其次,《渴望》的思想内涵契合了当时的时代需求,准确地把握了观众的心态。"文革"十年,给许多家庭留下的阴影和创伤是难以估算的;紧接着改革开放的前十年,社会的巨大变化导致了一些人崇尚金钱至上;90年代初商品经济的冲击,又不可避免地带来了一些负面效应。在这样的时代背景下,人际关系日趋冷淡,人们对现实产生不满,大多数人从心底渴望人间真情,渴望中华民族传统美德和社会主义伦理道德观念的发扬光大。《渴望》正是在这样的社会背景下创作而成的。它毫不隐讳地以传统的伦理精神和家庭人伦关系为依托,强调人性和仁爱的传统伦理和道德价值,契合了观众对失落的传统道德观念的怀念。

五、邹静之的《康熙微服私访记》

邹静之(1952—),江西南昌人,著名作家、编剧、制作人。1997年,独立编剧的第一部电视剧《康熙微服私访记》,获得成功,从而开启了他的编剧生涯。2000年,担任古装剧《铁齿铜牙纪晓岚》的编剧。2003年,担任爱情话剧《我爱桃花》的编剧,该话剧参加在日本举办的第十一届中日韩戏剧节,是唯一一部参演的中国话剧。2005年,凭借民国剧《五月槐花香》获得第二十五届中国电视剧"飞天奖"优秀编剧奖。

《康熙微服私访记》是广东巨星影业有限公司出品的系列电视剧,1997年—2007年共拍摄了5部144集。该剧讲述了清朝皇帝康熙到民间微服私访的故事。剧作以康熙微服私访为线索,用戏说的方式引出一个个传奇故事,既有皇上的视角,又有百姓的视角,展现康熙皇帝体验平民生活,惩治贪官污吏的故事。《康熙微服私访记》自第一部播出后,其诙谐幽默的风格、曲折离奇的故事情节很快使得该剧红遍大江南北,并接着又陆续拍摄了4部续集。

《康熙微服私访记》第一部包括四个故事:《犁头记》《铜鼎记》《八宝粥记》和《紫砂记》;第二部包括三个故事:《馒头记》《霞帔记》和《桂圆记》;第三部包括三个故事:《锦袍记》《食盒记》和《铃铛记》;第四部包括三个故事:《金镖记》《绫罗记》和《茶叶记》;第五部包括三个故事:《铸钱记》《神童记》和《火箭记》。

电视剧作为一种大众文化,反映民间文化以及时代和社会的风貌的民间故事是其题材之一。《康熙微服私访记》一连播出5部,收视率一直较高,受到大众的广泛喜爱,足以说明观众对民间视角和市井风情的追捧。面向当代大众,不能用古代思维而应当用现代思维来演绎古代故事,拉近与观众的距离,使观众感到亲切,才能符合大众的审美情趣。在艺术表现中,《康熙微服私访记》以惩恶扬善作为主旋律,用民间道德标准评判剧中人物;用戏说的方式表现民间立场,借康熙到民间私访,讲述更多老百姓自己的故事。

六、姜伟的《潜伏》

姜伟,出生于山东济南,导演、编剧,1997年,编导个人第一部电视剧

《阿里山的女儿》,从而开启了他的导演生涯。2008 年,凭借谍战剧《潜伏》获得第二十七届中国电视剧"飞天奖"优秀编剧奖。

《潜伏》是 2009 年由东阳青雨影视文化有限公司、广东南方电视台联合出品的 30 集电视连续剧,讲述了国共内战期间,国民党军统总部情报处特工余则成经中共策反,以地下党的身份潜伏于军统待命。为协助余则成的工作,中共安排游击队队长翠平假扮余则成的妻子。在一次次危机中两人化险为夷,随着感情的日渐升温,两人假戏真做。天津解放后,翠平生下他们的孩子,在山村等待余则成的归来,而身在台湾的余则成与地下党晚秋组成了新的家庭,继续执行潜伏的任务。

悬念、对抗、传奇等戏剧性元素是《潜伏》这类题材剧的先天优势。首先,脱离了宏大场面的叙事与花哨动作的加持,这部拍摄周期仅为 63 天的 30 集电视剧,将主要场景多设置在室内。在人物塑造与剧情设置上推陈出新,吸引观众眼球。其次,剧中塑造出诸多人物形象,摆脱了寻常谍战剧中脸谱化模式,从神化与妖魔化的形象回归到人的常态化形象。作品塑造的余则成这一人物形象在工作中体现出非常人的严谨,拥有清晰的思路,但其七情六欲与喜怒哀乐的本性与常人无异。而作品塑造的翠平更是一个生动的形象。翠平一方面展现出淳朴善良的乡下女人的特征,另一方面又以其坚定的共产主义信念、优秀的个人能力展现出典型的女共产党员形象。

谍战剧《潜伏》可谓是人生正反两面的教科书,作为典型形象,主人公们所体现的信念力量,他们身上所蕴含的理想主义的气质,正是生活在当今这个社会里的人们真正需要和呼唤的东西,正是隐藏在曲折故事背后,打动观众的深层力量。

七、周梅森的《人间正道》

周梅森(1956—),江苏徐州人,著名作家、编剧。1978 年在《新华日报》发表处女作《家庭新话》。之后相继发表了《人间正道》《中国制造》《绝对权力》《至高利益》《国家公诉》《我主沉浮》《人民的名义》等政治小说,这些小说均被其亲自改编成影视剧。

《人间正道》这部电视剧由中国电视剧制作中心于1998年拍摄,讲述了勇于改革的共产党人,在国企改革、反腐倡廉的敏感领域中排除阻力,创造了人间奇迹,展示出一幅气势磅礴、场面壮观的生活画卷。在老国有企业面临危机的关头,以肖道清为首的领导层内部为权力展开诸多纷争,不法个体私营业主通过钻改革过程中的法律空子大肆敛财。平川市市委副书记吴明雄临危受命,担任该市市委书记,在国企改革、反腐倡廉的过程中克服各种阻力。面对各种困难,吴明雄作为共产党员,依靠省委、市委和人民的支持,进行国有企业深化改革,扶持民营企业成长,打击违法活动,同领导层中的腐败势力进行不懈斗争,最终建立了一个生气勃勃的新平川。

该剧以经济建设为主线,在上至省委下至基层的广阔视野里,展示了国企改革、基础建设、反腐倡廉领域的一幅幅气势磅礴的时代画卷,全方位、深层次地表现了时代主题,直面时代,不回避矛盾,塑造了一批敢于为改革事业押上身家性命的优秀共产党人形象。电视剧中描绘了从省委书记到村委书记,从国企领导到普通农民工人等五六十个人物。面对这样复杂的结构与人物关系,编导为了避免电视剧因缺乏场景变化带来的拖沓,首先完成多人物的交代、多线索的铺陈,以此在有限时空内让人物情绪、故事情节得以充分铺垫、准备和积累。这些人物的利益、命运、遭遇,都与平川市以吴明雄为核心的领导集体紧紧联系在一起,构成了一个时代群像的缩微版。这部剧不愧为一部荡气回肠的改革史诗、一部当代英雄的颂歌。

八、兰晓龙的《士兵突击》

兰晓龙(1973—),著名编剧、作家。1997年毕业后进了北京军区战友话剧团,成为一名职业编剧。2002年创作的话剧《爱尔纳·突击》获得全军新剧目展演编剧一等奖。2006年凭借电视剧《士兵突击》获得第十四届上海电视节"白玉兰奖"最佳编剧奖和第二十七届中国电视剧"飞天奖"优秀编剧奖。

《士兵突击》是2007年由八一电影制片厂、北京华谊兄弟影业投资有限公司联合出品的一部30集电视连续剧,讲述了出身农村单亲家庭的普通士兵许三多在部队的成长历程。许三多在家里排行老三,从小被父亲叫作"龟儿子",父亲为了他能有出息,央求前来征兵的班长史今,许三多就这样懵懵懂懂地踏进了军营。新兵营里,老实木讷的许三多错误百出,经常引来连长高城和班副伍六一的训斥,许三多被分到了地处偏远、看守输油管道的三连五班。五班的生活寂寞无聊,许三多靠一个人的力量修成了路,老兵们皆受到感染。后来,从五班到钢七连,再到特种部队的侦察大队,憨厚朴实的许三多在一次次磨砺中与身边的战友慢慢建立了信任与友谊。最终因为不抛弃、不放弃的信念,他成为一名出色的侦察兵。

《士兵突击》是一部现实主义军事题材电视剧,由于身处和平年代,观众印象中对"军队—战争"的直接联想已经不再那么强烈,但同时大众又处于社会竞争和紧张激烈的市场环境中,如何在激烈的竞争中变得坚强有力、富有魅力、获取成功,成为大多数人渴求解答的问题。《士兵突击》将表现的主题由"军队—战争"切向"军队—生活",在军队中艰难奋进的许三多仿佛就是在职场中苦苦打拼的工薪族,许三多的成功故事无疑给生活压力之下的普通人带来了一个宣泄的窗口和希望的寄托。从起点看,许三多似乎更容易让人产生一种力量上的优越感,但从终点回溯,许三多的成长经历不仅令人敬佩,更为奋斗中的人们提供了一个优秀的参照榜样,使得我们在"许三多式"的成功中得到了某种自身问题的想象性解决。在军事剧的外壳里植入励志剧的内核,这一日常化的置换与类比,为电视剧产生集体共鸣做了极好的铺垫。

九、都梁的《亮剑》

都梁(1954—),江苏淮安人,原名梁战,著名作家、编剧。2000年,出版个人首部长篇小说《亮剑》。2004年,其担任编剧的青春爱情剧《血色浪漫》首播。2005年,其担任战争剧《亮剑》的编剧,凭借该剧他获得第二十六届中国电视剧"飞天奖"优秀编剧奖、第二届"电视剧"风云盛典最佳编剧奖。

《亮剑》是2005年由海润影视制作有限公司出品的一部36集电视连续剧。讲述了革命军人李云龙历经抗日战争、解放战争、抗美援朝等历史时期,其军人本色始终如一的故事。《亮剑》作为历史题材电视剧,时间跨度虽只有二十年,却涵盖了从抗战、内战到1955年授衔等重大历史事件,从而具备了史诗般的恢弘气势。同时,它又是一部个人传记,生动地记载了李云龙从出生入死到功成名就的人生历程。

电视剧《亮剑》的成功,首先归功于李云龙一角的塑造。编剧从历史人物中汲取营养,坦率直白地展示了李云龙的优缺点,使这位灵魂人物迥异于以往"高大全"的英雄形象,表现出多元杂糅的个性气质,更有生活质感。李云龙与中国古典小说的诸多人物在精神气质上有承继关系,比如粗中有细的张飞、敢于亮剑的常遇春、率性智慧的鲁智深、诡计多端的程咬金、忠诚不渝的尉迟恭、富有喜感的郑恩等。他虽是20世纪的军人,却散发出历代草莽英雄的气息,其形象暗合了我国观众由历史文化熏陶而成的欣赏习惯。

十、龙平平的《觉醒年代》

龙平平(1956—),著名编剧、作家、学者。曾参加《邓小平文选》《十四大以来重要文献选编》《三中全会以来重大决策的形成和发展》《邓小平年谱》等书的编辑工作,著有《邓小平与他的事业》《跨世纪的中国政治大视野》。参与电影故事片《邓小平》、电视文献片《邓小平》《中国1978—2008》《百年小平》、纪录电影《丰碑》等创作。2021年凭借编剧的电视剧《觉醒年代》获得第二十七届上海电视节"白玉兰奖"最佳编剧。

《觉醒年代》是一部纪念新中国成立七十周年、建党一百周年的重大革命历史题材献礼剧。该剧弘扬正确的历史观、国家观、文化观,深刻揭示出中国共产党和社会主义道路是中国历史和中国人民的必然选择的主题。该剧以从1915年《青年杂志》问世到1921年《新青年》成为中国共产党机关刊物为贯穿线索,展现了从新文化运动到中国共产党成立这段时期波澜壮阔的历史画卷,讲述觉醒年代的百态人生。该剧以李大钊、陈独秀、胡适从相识、相知到分手,走上不同人生道路的传奇故事为基本叙事线,以毛泽东、陈延年、陈乔年、邓中夏、赵世炎等革命青年追求真理的坎坷经历为辅助线,艺术地再现了一批名冠中华的文化大师和一群理想飞扬的热血青年演绎出的一段充满激情、燃烧理想的澎湃岁月。

《觉醒年代》以新文化运动、五四运动为叙事中心,从思想和文化变革的角度观照中国从封建社会到旧民主主义革命并走向新民主主义革命的过程。该剧以精巧的故事架构全景式地展示了中国近代惊心动魄的思想变革。首先是从社会思想观念的进步切入,其次是对思想变革进行戏剧性架构,既保持政论性又突出观赏性,达到了"让观感舒服的状态"。叙事策略上的多元创新,使得这部电视剧突破了题材的束缚,营造出极致的东方美学效果。

另外,剧中还刻画了在近代史上闪耀的群星人物,彰显重大历史转折阶段青春中国的炽热和青春中国的元气。该剧堪称经典的是对人物形象的塑造及道具、场景的完美再现,既有晚清遗老、北洋军阀、守旧的儒学大家,也有在新思想影响下率先觉醒的青年英才、寻求救国良方的知识分子领袖,还有在近现代中华文化史上留下雪泥鸿爪的诸多人物。除了对陈独秀、李大钊、蔡元培、胡适等人物精雕细琢外,其他人物虽寥寥数笔却极为传神,如鲁迅、钱玄同、辜鸿铭、黄侃等人物均被演绎得十分生动传神,就连跟随辜鸿铭的两个封建忠仆的特点也被刻画得入木三分。正是把握了角色的个性特征,该剧的人物塑造才比同类剧集更精准、更生动、更丰满、更立体。

思考题

1. 中国电视剧文学经历了哪些主要的发展阶段?

2. 请结合中国电视剧文学的创作特征,谈谈你对电视剧人物形象的理解。

3. 如何理解电视剧文学审美中的大众性和通俗性?

4. 请任选5位中国电视剧文学代表作家及其作品进行评析。

5. 请举出一部你喜欢的电视剧,并进行简要论述。

第七章　中国网络戏剧文学

20世纪电子科技的进步推动了戏剧事业的发展。无论是电影、广播剧，还是电视剧，都是由无线电技术推动的。随着网络技术飞速发展，戏剧在20世纪末21世纪初，又诞生了一种新的样式——网络戏剧。它是以网络传播为目标的一种戏剧。为适应这种网络传播的需要，网络戏剧文学创作也随之兴起，成为戏剧文学大家族中最年轻的成员。网络戏剧文学一诞生就受到市场的欢迎，显示了欣欣向荣的生机。作为戏剧影视文学专业的学生，自然应该对网络戏剧文学有所了解和认知，自觉推动网络戏剧文学健康发展。

第一节　中国网络戏剧文学的生成与发展

随着视频行业的不断发展，一种新的艺术形式——网络戏剧进入我们的生活。网络戏剧多被称为网剧，它伴随着新媒体和互联网发展繁荣而出现，是新媒体与传统影视相结合的产物，更是众多影视制作方和网民参与其中、不断追捧的新事物。要真正深入了解网剧文学，必须首先从对网剧这一基础概念入手。

一、网络戏剧的概念

尽管网剧受到网民的认可、追捧，互联网和视频网站也共同见证了它从草根创作、模仿传统电视剧，最终走向"井喷式"发展的历程，然而学界并没有对其内涵做出权威的界定。

最早给"网剧"下定义的是上海戏剧学院研究生钱珏。1999年,她在文章《"网剧"——网络与戏剧的联合》中首次提出"网剧"一词,认为网剧是"以互联网为传播渠道,并由计算机接收的,可进行实时互动的一种戏剧新形式"[①]。此概念强调了网剧的传输媒介,以及与戏剧的关联性。这项研究具有里程碑式的意义,为后续关于网剧的研究提供了方向。

2016年,北京师范大学教授张智华、朱怡璇在其论文《中国网络剧发展路径》中对网剧这样下定义:"我们可以看到网络自制剧定义范畴中的四个要点:一是网络自制剧应是由网络媒体作为创作者参与投拍、制作的,也可以说网络媒体是网剧投资、拍摄、制作的主要力量;二是网剧首要播放平台应该是投拍的网络媒体;三是网剧从制作到内容应该符合剧集的要求和特征,可以是连续剧,也可以是系列剧;四是网络自制剧应该具有明确的价值取向、精彩的故事与比较深刻的文化内涵,符合网络传播的特点。"[②]此文进一步提出网剧的要素以及作为优秀的网络自制剧应该具有的价值取向、文化内涵等特征。

因此,我们不妨对网剧的内涵做出以下概括:

一是由视频网站或影视公司独立投资拍摄,专门针对网络平台制作,并主要在互联网上播放的剧集和视频作品,又称"网络自制剧"。二是利用网络平台在视频网站上播出的传统电视剧集,把网络作为电视信号的替代技术,使受众能够在计算机、手机、平板电脑等智能电子终端上任意购买和点播的传统电视剧。[③]

网络自制剧又分为三种类型,第一类是视频网站独立制作或与影视公司联合制作的"内容自制剧",从知识产权开发、剧本创意、角色选择到

---

① 钱珏:《"网剧"——网络与戏剧的联合》,《广东艺术》1999年第1期。
② 张智华、朱怡璇:《中国网络剧发展路径》,《艺术评论》2016年第6期。
③ 范周主编:《网络剧与网络综艺批评》,知识产权出版社2019年版,第3页。

制作营销都由视频网站按照相对成熟的方案具体实施。如爱奇艺与工夫影业联合制作的《河神》、搜狐视频出品的《屌丝男士》。第二类是视频网站立足于互联网的传播特征,以高点击率和高商业回报率为目的,为客户量身定做的"广告自制剧"。第三类是由网民自由创作、自愿上传至视频网站进行传播的"原创网剧"。本章我们主要讨论第一类网络自制剧中的文学剧本,即网剧戏剧文学。

二、网络戏剧文学的缘起

任何一种事物的出现,都有其社会背景,网络戏剧文学的兴起也不例外。它是适应网络戏剧制作和传播要求而诞生的。

(一)互联网技术的高速发展

网络与信息技术的发展对网剧的发展和传播来说是一个巨大机遇。

回首广播、报纸、电视三足鼎立的旧媒体时代,最显著的特点便是"自上而下的控制,专业人士的生产"。然而,随着互联网技术的飞速发展,以及多媒体制作技术、数字摄录技术、非线性编辑技术等影视多媒体技术的广泛应用,这种特点被打破。如今,影视剧视频制作由专业化影视机构向个人化方向发展,呈现出普及化特点,使"人人皆可为导演"成为现实。

网络技术的发展,使网剧传播方式也发生了变化。三网融合的快速推进给网络自制剧带来了"三屏合一"的新契机;智能移动终端的普及,宽带互联网用户的不断增加,为网络自制剧带来多重用户市场;4G、5G网络的高度覆盖,为网络自制剧的观看提供了便利条件;各类社会化媒体的发展为网络自制剧的传播提供了更多的分享方式。

(二)受众的接受需求

如今海量信息以碎片化形式涌入当代人的生活,社会压力加大、工作节奏加快,作为移动互联网终端的使用主体,越来越多的青年人被网剧的"草根化"主题、"平民化"讲述、时尚搞笑的语言和曲折离奇的情节吸引。网剧作为大众文化背景下艺术和技术的结合体,凭借它的轻松、自由、即时、互动等强娱乐性和强交互性等特点满足了网民娱乐消遣的接受需求。

（三）政策环境的宽松

虽然在一段时期内,有关主管部门制定了一系列严格的政策条例,使电视台的影视剧和商业广告的投放产生了挤出效应,但在网剧兴起之初,严格的政策规定并未进入,制播的环境相对宽松,在一定程度上给予了网剧"野蛮"生长和发展的广阔空间。

（四）题材内容的灵活

由于相对宽松的审查和监管制度,多年来,网剧的题材、内容、风格都很灵活,实验性和探索性较强,符合一部分求新求变的年轻网友的娱乐需求。例如曾经轰动网络的《万万没想到》系列,以各种近似无厘头的创意,从社会流行元素中寻找灵感,选取与历史典故相结合的热点,契合年轻网民的"笑点"追求,使受众能从中找到自身的映射。网剧碎片化的叙述方式,适应了网络传播的特点,弥补了传统影视剧在题材内容以及传播方面的不足。

三、网络戏剧文学的发展历程

网络戏剧文学作为一种新的艺术形式进入大众生活,近年来发展迅速。从图1中可以看出,中国网剧数量每年递增,质量也有所提高,出现了一些市场与口碑双赢的现象级网剧。近二十年间,中国网剧的发展从娱乐化、商业化走向专业化、规范化,从创作题材到艺术类型都展现了与传统电视剧不同的艺术追求。以内容生产为主要依据,大致可将其细分为三个阶段,即 UGC（User Generated Content）非专业制作的网络戏剧雏形期,PGC（Professional Generated Content）专业群体制作的网络戏剧发展期,OGC（Occupationally-generated Content）职业版权制作的网络戏剧深耕期。[1]

---

[1] 范周主编:《网络剧与网络综艺批评》,知识产权出版社2019年版,第31页。

(一)雏形期

2000年至2008年,我国网剧处于UGC阶段,即用户原创内容。早期网剧篇幅短小,多为网友或者业余团队拍摄制作,因此在内容上略显简单粗糙。一般认为,我国第一部网剧是2000年由5名长春大学生自编自导自演的《原色》。该剧讲述了两名高中同班男女同学在网络上成为知己的故事,拍摄资金仅2000元。

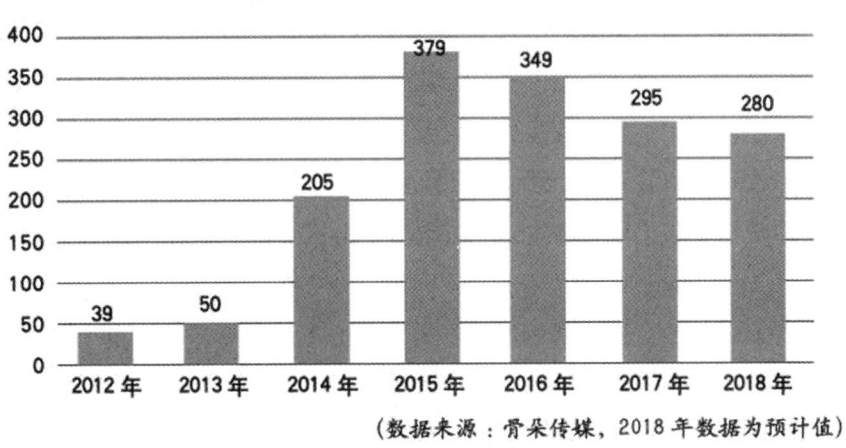

2012-2018年网络剧数量统计(单位:部)

年份	数量
2012年	39
2013年	50
2014年	205
2015年	379
2016年	349
2017年	295
2018年	280

(数据来源:骨朵传媒,2018年数据为预计值)

图1

2005年,一部20分钟的网络视频短片《一个馒头引发的血案》引爆网络。这部短片通过重新剪辑组合电影《无极》片段和法制栏目《法治在线》,由制作者胡戈编导而风靡网络。这部短剧成功之后,网络视频制作爱好者制作了大量恶搞短片上传到网络。

优酷、土豆、爱奇艺和搜狐等视频网站在自制剧方面起步较早,像优酷和土豆这两个视频网站在网络视频行业发展初期就认识到网络用户的重要性,注重打造精品影视和综艺节目,并为适应用户的使用习惯建立起具有独特性、差异性的视频内容制播平台。它们支持网民拍摄制作视频并上传分享。例如,土豆提出了"每个人都是生活的导演"的口号,优酷推出了"拍客文化",以鼓励网民自制视频。2008年由小肠导演的网剧《谋生计》将镜头瞄准在城市打工的农民工,以喜剧风格表现城市农民工的艰辛和不易。虽然创作水准不高,但网络短片让人们看到了网络自制的魅力,观众对这种"草根化、接地气"的文艺形式表现出极大的热情,并迅速掀起了网络自制剧的制作热潮。随着网民们积极参与自制视频热情的提高,加上自制视频泛滥又缺乏监管,其中不乏一些为博眼球和点击率而制作的水平不高、内容庸俗的视频。

这类网剧为网民提供了话语空间,表现着网民"自娱自乐"的精神状态,从而体现出草根性、通俗性的文化气息,反映出广大网民自主观念的萌发,是彰显个性、表达情感的有效方式,同时对传统精英话语权和主流文化形成了挑战。但由于创作者创作水平不一,且缺乏资金支持,大量网剧文学低俗小品化风格明显,充斥着戏谑与恶搞。

(二)发展期

2008年至2015年,我国网剧进入专业影视公司生产网剧的PGC模式阶段,即制作成本较低,由专业团队参与制作,具有稳定且连续的播出周期,每集的内容相对独立,制作周期较短,播出渠道为视频网站。

根据中国互联网络信息中心发布的数据显示,截至2008年12月31日,我国网络视频用户突破2亿,大量视频用户从电视端向计算机端转移。此外,视频行业还面临高成本购买版权的问题。面对流量诱惑和高昂的版权费用,视频网站显著加大了对自制剧的资金投入,制作专业化的影视剧,"网络自制剧"一词开始流行。

在这一阶段,网络情景喜剧开始发展。2009年,以办公室生活为主题的《嘻哈四重奏》开启了这一类型。此后,《万万没想到》《报告老板》等现象级、话题级系列剧相继推出。

传统电视台参与并介入了网剧的制作,比如甘肃交通广播、甘肃电视台制作的网剧《新牛肉面的故事》,搜狐视频和SMG尚世影业制作的《他来了,请闭眼》,芒果TV与东阳欢娱影视文化有限公司制作的《半妖倾城》等。

2014年,爱奇艺宣布单集投资500万元制作《盗墓笔记》,引发网剧市场付费浪潮。同年,腾讯视频、搜狐视频、乐视、优酷等视频网站先后制作、播出了《暗黑者》《废柴兄弟》《探灵档案》《匆匆那年》等剧集。资本的迅速聚集使赢利模式更加多元、产业链更加清晰,而受政策束缚较少的网剧产业迅速枝繁叶茂,自由生长,题材更加丰富。

中国网络视听节目服务协会发布的《2019中国网络视听发展报告》显示,以2014年为界,网剧发布数量井喷式增长,一跃从每年50部左右提升到每年200至300部。业界与学界也因此将2014年称为"网剧元年"。此后,经过2014年、2015年的快速发展,到2016年,中国网剧市场开始趋于稳定,逐渐走向精品化阶段。

(三)深耕期

据中国互联网络信息中心发布的数据显示,截至2015年12月31日,网络视频用户突破5亿,首次超过网络音乐,成为互联网休闲娱乐类第一大应用。基于庞大的用户需求,网剧的发展从平台竞争向版权内容竞争的逐渐转变,进入OGC,即职业生产内容时代。

2015年6月,网剧《盗墓笔记》在爱奇艺独家首播,以付费会员提前观看全集的方式开启网剧版权付费观看模式。版权意识的增强,不仅大大提升了网剧制作方的积极性,挑战和改变了传统用户的免费收视习惯,更为网剧产业链的形成和视频网站收回成本起到了积极的促进作用。2016至2018年,国产网剧精品频出,如《白夜追凶》《大军师司马懿之军师联盟》《河神》《延禧攻略》等,播放量数据和观众口碑一致走高,网剧制作水准再上一个新台阶。

《2019中国网络视听发展报告》提出,视听内容质量提升,网络平台用户心甘情愿为优质内容付费,加之互联网平台采用多重方式进行有效引导,网络付费用户规模迅速扩张,头部平台内容付费超过贴片广告,成为营收主力,网络视听正式进入"氪金时代"。

网剧文学的创作正呈现出日益显著的类型化特点,开始形成了相对成熟的类型化创作体系。在《2019中国电视剧蓝皮书》发布的"年度影响力十大电视剧"排行榜中,《长安十二时辰》《庆余年》《破冰行动》《陈情令》4部网剧进入前十位。不难看出,由它们分别代表的悬疑、古装、警匪、玄幻四大类型网剧得到了受众喜爱。此外,青春甜宠类、都市爱情类剧集亦引起了较高关注度,《闪光少女》《全职高手》《追球》等剧集聚焦青少年生活,将音乐学校、电竞游戏、乒乓球等作为题材突破点,为后续青春题材剧提供了创作方向的引导;具有穿越、奇幻等元素的网剧《我在未来等你》《动物管理局》《我的莫格利男孩》等也有不俗表现。这些网剧填补了电视剧市场的空缺,符合"网生代"观众的审美。同时,随着观众审美的提高,以及台网审查标准的统一,网剧的发展也逐渐规范化。

竖屏短剧是典型的网络专属剧集。移动传播时代,手机端视频传播显现出两大重要趋势,即视频时长由长变短,画面从横屏变为竖屏。短剧要求体量短小精悍,需要用清晰的结构,在短时间内说清楚一个故事,甚至还包括反转,在特效、音乐等元素的配合下,给予观众强烈的刺激。竖屏则具备人物形象被放大和凸显、注重画面的纵向关系等特征。2018年,第一部竖屏短剧《生活对我下手了》诞生。该剧通过在不同场景中不同家庭成员的遭遇,分享有趣的故事和社会现象,加上运用拼贴、消解、快切、恶搞等元素,使观众在欢笑中引发思考。随后,多档竖屏短剧面世,例如《我的男友力姐姐》《萌宠君》《人鱼村庄》《这个王爷我想退货》《曼曼今天迟到了吗》等。这些作品对剧集形态的探索和创新不再基于电视时代的连续剧创作经验,而是逐渐脱离电视剧单纯向网剧平移的逻辑,将网剧引领成为一种独立于传统电视剧的文本类型。

第二节　中国网络戏剧文学的特点与审美形态

有人认为,网剧与电视台播放的传统电视剧的区别主要在于播放的媒介不同,除此之外,两者并无本质的不同。也有人认为,网剧是"低俗搞笑"的代名词,品质一般、格调不高,与电视台播放的"良心"电视剧相比差距甚远。如此种种,实则因为比较的标准不同,导致结论不同甚至完全相反。前者看到了网剧自觉期的品质不输于传统电视剧,而忽视了"互联网+电视剧"在网络时代的新生与变异特质;后者注意到了网剧雏形期乃至发展期的某些客观存在,但忘记了网剧本身也在与时俱进,不断走向成熟。

纵观国内网剧的整个发展历程,不难发现,从制作人才到技术手段,包括编、演、摄、录、美等,如果没有传统影视剧文学的滋养,网剧文学的发展势必无从谈起,更不必说网剧文学从草创到发展,假如没有传统影视剧专业制作群体的加盟,它不可能在短时期内发展壮大。可以说,网剧文学的发展是站在传统电视剧文学这个"巨人的肩膀"之上,是对传统影视剧文学的继承与发展,或者说借鉴与发展。

一、网剧文学的特点

网剧文学由于与网络媒介的传播特征高度契合,致使其具有独特的个性。

(一)IP 改编分量重

IP 是 Intellectual Property 的缩写,泛指知识产权。在当代的文化产业链中多指一些文学类作品和影视类作品以及以热门游戏作为原始素材进行的第二次开发和第二次传播的行为,即对叙事类 IP 文本、短视频、小说、游戏等进行再创作。从广义来讲,具有一定文化价值的文学类作品、成果,均可被纳入知识产权的范畴。

IP 改编是网剧发展不可或缺的一部分。由于固定的粉丝基础的优势,大量影视公司购买 IP 资源。2014 年,被称为"IP 改编元年",爱奇艺首先提出了网络影视 IP 剧创作的概念和标准。其中,被购买影视版权的网络小说有 114 部,拍成电影的有 90 部。从图 2 中可以看出,从 2015 年到2018年,IP网剧数量在整个网剧占比中逐年上升,意味着IP改编的作品成为网剧文学的重要来源,从此诞生了一批有影响力的IP改编的网剧。

《白发》改编自同名小说《白发皇妃》,讲述西启长公主容乐、北临王子无忧等人在乱世中找到属于自己归宿的故事;《长安十二时辰》改编自知名作家马伯庸的同名小说,讲述了长安城内历时二十四小时的惊险护城故事;同样改编自小说的《陈情令》,讲述了江氏故人之子魏无羡和姑苏蓝氏弟子蓝忘机之间的知己情缘;《庆余年》则是网络作家猫腻的同名作品,以穿越到古代的神秘少年范闲的视角,讲述了其如何在家族、江湖、庙堂中体验一段跌宕起伏、非比寻常的人生传奇;《剑王朝》根据同名漫画改编,在架空历史的背景中讲述了在一个以剑说话的世界,修行者为争夺最高权力相互厮杀而引发的一系列故事;《鹤唳华亭》根据雪满梁园的同名权谋小说改编,讲述了太子与众位皇子之间相互夺权的故事。

关于2015~2018年原创、IP网络剧数量统计
数据来源:《2019中国网络视听发展研究报告》中骨朵传媒数据

图2

(二)题材类型多元化

网络自制剧在题材和类型上突破了约束和规定,呈现多元化的趋势。目前,年轻的受众在整个网络用户群体中占的比重较大。根据中国互联

网络信息中心第35次中国互联网络发展状况统计报告显示,截至2014年12月,我国网民以10—39岁年龄段为主要群体,比例合计达到78.1%。其中20—29岁年龄段的网民占比最高,达31.5%,10—19岁的网民所占比例为22.8%。网剧受众年轻化的特征鲜明,这就要求网络自制剧在题材选择和呈现方式上有所突破,从而吸引年轻受众的关注。除了情景喜剧、都市情感剧、青春偶像剧等传统类型影视剧,网剧还推出励志剧、悬疑剧、穿越剧、奇幻剧等新的题材和类型。剧集表现形式更唯美、轻盈、生动、活泼,更多以幽默、夸张、自嘲、无厘头的方式呈现,情节设定符合年轻人的审美要求。

网剧由于在媒介和政策及审查流程上环境较为宽松,能涉及传统电视剧不常涉及的题材,在网络上闯出一番天地。

相对而言,网剧在题材的选择上更加宽泛,许多在传统电视剧中受到限制和约束的题材,在网剧中都能找到新的生存空间,如穿越、灵异等题材。网剧凭此空隙生存与发展,同时形成其与传统电视剧的竞争优势。

(三)互动手段多元化

网剧互动关系紧密,众多网剧不断创新互动手段,增强内容黏性,例如IP改编剧《九州缥缈录》通过片头原著作者真人互动帮助无原著阅读背景的观众快速进入剧情;《长安十二时辰》同屏展示剧中典故、古代器具、特殊称谓等,满足观众的浸入式体验。针对粉丝群体,一些平台在播放剧集的页面上还出现了"只看TA"的按钮,即观众可以选择只看当集剧中某一演员的片段;对于高热度剧集推出配套解析与访谈栏目。这些"媒介化"手段都为网剧发展提供了新思路,随着技术的进步,仍将有巨大的发展空间。当然,这样的做法也是双刃剑,过多的噱头某种意义上可能会冲淡观众内心的审美体验。

除了文学剧本的创新外,播放的"弹幕"也对网剧产生一定影响。"弹幕"能够为观众创造实时的互动快感和同类认同的归属感。腾讯视频发布的《2020大剧营销趋势洞察报告》显示:网络平台正在成为用户观看剧集的主流渠道,互联网社交平台围绕剧集的话题发酵能力也进一步增强,网剧播映月覆盖用户将近4亿,75%的观剧用户有发互动"弹幕"的行为。为了有效创造收入流,网络视听平台需要不断创新手段以获取与维护用户,除了内容创作上的演员选择、角色倾向管理等,还针对性地创新开发出更多有效互动措施。

(四)网络戏剧制作成本低

文学剧本创作需要考虑实际拍摄情况。网络自制剧在发展之初,大都是网民自己拍摄和制作的,成本相对来说比较低,上传视频网站经过简单审核后就可放在网上供网民点击收看。后期网络视频网站为追求品牌效应和质量,开始组建团队打造网络剧集,同时逐渐提高了制作的成本和周期,但相对于一部投资上百万的传统电视剧来说,网络自制剧的成本依然很低。2007年,国内电视剧最高的单集成本为每集60万元左右,到2010年的新版《三国》,平均每集成本约170万元,新版《红楼梦》单集成本超过200万元;到2018年播出的《如懿传》,全剧87集,总成本达到3亿元,单集成本约3500万元。而在2013年,当时大热的网剧《万万没想到》,单集成本不超过5万元;2014年热播的《匆匆那年》,单集成本也不超过100万元。

当传统剧集的主要演员的片酬节节攀高时,网剧的演员选择另辟蹊径。网剧的演员的选用,除了专业演员外也有网络红人、普通百姓,不拘一格。虽然有的具有一定知名度,但总体而言并非传统电视剧所用的大牌演员和一线明星。拿口碑不错的网剧《河神》来说,主要演员李现、张铭恩、王紫璇等,在拍摄时并不是当红大牌。他们随着网剧播出后走红,逐渐被传统媒介所接纳。

二、网剧文学的类型化

在艺术学中,类型意味着一种"范式"。它包含两个基本特征:第一,单一事物不具备构建类型的条件;第二,成规模的同类事物反复发生并传播才能构建类型。网剧文学的类型化是指网络文学出现以来规模化的生产和传播,以及文本体裁、内容题材、影像风格相似的类型模式。至网络文艺兴起,网剧在"类型化"道路上进一步探索,不断细分,呈多元化趋势。

从网剧文学的发展历程来看,由《一个馒头引发的血案》为代表的搞笑短片、《屌丝男士》等为代表的情景喜剧,以及悬疑、推理、动作、科幻、灵异、古装、穿越、魔幻、都市、爱情、偶像、青春、校园等网剧类型相继登场。

2014年呈现"类型融合"态势。"类型融合"即根据故事内容,在不同类型中寻找彼此的契合点,缝合不同类型元素的优势。这样,不仅突破了单点的模式,让叙事更为复杂细密、主题表现更为丰富,还能让观众既达到心理预期,又获得意外之喜。本节提到的类型,是以网剧的主要类型来讨论的。

(一)情景喜剧

早期网剧主要是情景喜剧,期间出现了以《嘻哈四重奏》为代表的情景喜剧类网络自制剧。并在2014年前后随着专业化制作和网络用户的激增而使此类型模式达到成熟。如《万万没想到》《陈翔六点半》等自制剧收视飘红。恶搞、段子、喷血等元素成为情景喜剧类网络自制剧的类型符码。随着网络自制剧类型化的加深,情景喜剧类网络自制剧一统天下的格局被打破,悬疑推理剧、仙侠奇幻剧、青春校园剧等类型开始出现。

(二)悬疑推理剧

悬疑题材是伴随网剧产量突飞猛进的增长之后凸显出来的一种剧作类型。从2015年起,网络悬疑推理剧成为一支奇兵,掀起了网剧市场的波澜,国产原创网络悬疑剧美学质量稳步提升。"这类题材一直是受市场认可的类型。许多人潜意识里会觉得或许悬疑题材是男性观众更为喜欢的类型,但从视频平台提供的数据来看,在男性用户和女性用户的主动选择剧目列表里,悬疑题材都位列前三。同时在去年各大视频平台公布的

2019年片单里,悬疑题材的储备量仅次于都市、古装、青春这三大主流题材。这也充分说明,市场对悬疑剧尤其是精品悬疑剧有着旺盛需求。"①

在故事主线上,网络悬疑剧跳出了传统悬疑剧的叙事模式,把"正义最终战胜邪恶"的故事转移或者部分转移到主角对自身的救赎上来,创造了新的叙事动力。例如,《白夜追凶》剧情表面看似是男主角关宏峰通过自己过人的刑侦技术将罪犯一一捉拿归案,实则是主人公以查案顾问身份作为掩护而得到为自己弟弟关宏宇翻案的机会。

传统悬疑剧一般将破案过程的曲折离奇和凶手意想不到的计划作为叙事重心,而网络悬疑剧的叙事方式不同于传统悬疑剧,它不仅以离奇的案件吸引观众的焦点,而且有意引导观众把视线转移到查案的表象之下,利用"背后的故事"的神秘性去抓住人性"窥探"的欲望。

在场景和道具设置上,网络悬疑剧力求用逼真的艺术场景,形成强烈的视觉冲击力,从而吸引观众的注意力。国产网络悬疑剧在还原案发现场时普遍做到了真实,《法医秦明》的碎尸案中,在主角打开受害者房门时,地上、墙上洒满了血浆,随之而来的还有满屋子被尸体吸引蜂拥而出的苍蝇,这种真实感极强的现场有着极大的冲击性。

为了给观众带来更多观剧感受,许多从业者会尝试使用"悬疑+"的创新模式,在悬疑剧的基础上合理融入刑侦、推理、奇幻、探险、犯罪心理等元素,突破了题材限制,能够衍生更多类型。慈文传媒早期推出的《青盲》《五号特工组》《谜砂》《暗黑者》等属于"悬疑+刑侦";《胜算》是"悬疑+谍战";《沙海》是"悬疑+探险";《大唐魔盗团》是"悬疑+魔幻";《神探伽利略》是"悬疑+推理"。

(三)青春校园剧

这类网剧主要以年轻人为主人公,讲述发生在校园内的爱情故事。

---

① 张颖:《对话慈文传媒:"悬疑+"模式不断创新,悬疑剧创作有哪些"方法论"?》,《电视指南》2019年第9期。

早在2014年,搜狐视频制作播出的《匆匆那年》就引起了很大的反响,拥有了很高的话题讨论度和网络点击率。之后,青春题材网剧逐步走进观众的视野。同时,青春题材网剧的制作费用,相比于古装、玄幻类型的网剧来说成本较低,因此受到制作方的青睐。

2016年,根据八月长安的同名小说改编的网剧《最好的我们》以总播放量超过20亿、豆瓣8.8高分的好成绩收官。2017年底,两部青春题材网剧火爆,爱奇艺"振华三部曲"的第二部《你好,旧时光》以及腾讯视频的《致我们单纯的小美好》,凭借精良的制作和超高的话题度,占领了网剧市场。2019年,《致我们暖暖的小时光》和《我只喜欢你》也是一经播出就受到了广泛关注。

青春校园题材的网剧,其故事发生的时间往往设定在2000年前后,虽然每个人青春时代的经历不同,但是在高考这个大背景之下,又有着惊人的相似。在怀旧的氛围下,观众接触到当年的歌曲、物品以及学生时代的校服,能够引发青春时代的回忆。例如《人不彪悍枉少年》以1996年为开端,第一集中主人公杨夕一直闹着向父母要一辆"捷安特"自行车,这就是那个年代特殊的时代产物,而这辆自行车也成为男女主角相识的契机。又如杨夕妈妈下岗,这也是时代的特征,这段叙事紧扣时代背景,让观众有代入感。当然,除了这些具有时代特征的物品和事件,整个故事主要展现的还是一个主题——高考。剧中所有人,都在为了高考这个目标而奋斗,除了浪漫的爱情故事,刻苦学习、积极应试也是此类题材的一大看点。

在青春校园题材的网剧中,一般主人公与周围人的关系温馨融洽,这种单纯的同学关系、师生关系、父母关系让青春题材网剧变得更加清新脱俗,表现一群年轻人为了梦想而奋斗的故事。以《最好的我们》为例,整部作品并没有吵架、叛逆等狗血情节,剧情平凡但不平淡,整体透露出青春、积极、正能量的气息。《最好的我们》通过军训、大合唱、话剧排练、物理竞赛等我们学生时代经常接触的活动为出发点,来制造人物情感的升华、细腻地展现情节。该片详细描写了一群学生在高中三年努力学习的历程，是一部励志青春剧。

不难看出，随着近几年网剧制作水平的提高，青春题材的网剧已经一改传统偶像剧浮夸的画风，转而拍摄更加真实感人的青春故事，少了些虚假浮夸，多了些真情流露，拍出了真正的"中国式青春"。青春题材网剧以其投资少、易拍摄、受观众喜爱等优点迅速占领了网剧市场，促使这一类型的网剧不断完善和发展。

（四）历史古装剧

古装题材的网剧以武侠、玄幻、神话、穿越、宫斗、悬疑为主导，逐渐成为网剧的一种重要类型。其实，在国内影视剧创作中，古装剧一直是重要类型之一，其背后依托的正是中华上下五千年的悠久历史和一脉相承的文化积累。从文化传播角度来看，历史古装网剧是数字化时代民族文化传播的重要媒介。随着受众的不断增加，网剧影响力也在不断扩大。《延禧攻略》《长安十二时辰》《九州缥缈录》《庆余年》等古装题材网剧陆续登陆国内各大门户网站，凭借着妙趣横生的故事叙述、演员的精湛演技、优良的制作，引发观众较为热烈的关注和讨论。

虽然是古装剧，但其整体还是以现实主义创作理念贯穿始终。所谓小事不拘，大事不虚。在保证整体历史氛围真实的基础上，使人物刻画和剧情需求既符合历史规律，又具备时代特点。以架空历史剧《长安十二时辰》和《庆余年》为例，《长安十二时辰》剧里张小敬与李必的对话表达的是为苍生、为百姓的人文情怀；《庆余年》中范闲在回答林婉儿"置身江湖动荡为了谁"的问题时，亦是说为众生、为天下。实际上创作者是有意识地将现代人的思想映照在古代故事中。《庆余年》中范闲与"鸡腿姑娘"的纯美爱情、与傻兄弟大宝的平等互动、父母兄弟的亲情纠葛等都体现出古代与当代世界的人性相通。可见，古装网剧找到了一条可行之路，即在现实主义创作传统指引下，秉承人民创造历史、为人民服务的创作观，将目光投向深明大义、灵动活跃的小人物，还原老百姓寻常生活的图景，为人民平凡生活之中的伟大而歌颂。

第三节 中国网络戏剧文学的代表作家与作品

网络戏剧文学自诞生以来,涌现出了大量精品。从中汲取营养,对于理论知识的学习与创作水平的提升具有指导意义。本节选取悬疑推理、青春校园、历史古装这些不同类型的网剧,介绍其类型、人物和情节。

一、《白夜追凶》

网剧《白夜追凶》是由王伟执导的悬疑推理剧。2017 年,网剧《白夜追凶》自首播以来,以其紧凑的剧情、精良的制作、高超的演技从众多网剧中脱颖而出,并在豆瓣评分中获得 9 分。该剧讲述了刑侦大队长关宏峰为了帮助弟弟关宏宇洗脱罪名,与弟弟分别在白天和夜晚担任警局编外顾问,一路破获多起案件的故事。

《白夜追凶》的主要剧情取材于 8 个案件,集结了贫富差距、婚姻伦理、贪污腐败等当下社会敏感议题,其辐射社会的广度、撞击现实的力度,均能给观众带来心灵震撼。

(一)类型

从类型融合来看,《白夜追凶》以悬疑类型为主,融合了公安侦破和都市情感的类型元素,让它们在相互碰撞中产生了独特的审美效果。

传统的悬疑剧为单线模式,由多个案件故事组成,主要展现警察侦破案件缉拿凶手的过程。网络悬疑剧则打破传统悬疑剧的单线模式,而运用主线与支线共同推进的手段,这不仅成为推动叙事的重要引擎,也使悬念产生叙事戏剧性和节奏感,唤起观众对于未知人物和事件的好奇心。该剧以案件的发生和侦破为悬疑背景埋下伏笔,让观众对最终结局保有期待。该剧采用了"1+7"的剧情框架,其中,"1"是基本线索,是关于关宏宇是否清白的灭门案;"7"是关氏兄弟在警局协助办案过程中的7个相对独立的案件。剧中的案件都是以社会事件为原型而创作的,由熟谙人性的专业律师、作家指纹精心打磨,多多少少都有着一些寓意。这种以社会事件为基础二次创作的形式,足够新颖,更接地气,仿佛案件就发生在我们身边。

悬疑剧情舍弃了强化正面人物"怎么破案"的过程,而选择剖析罪犯的动机。"外卖杀人狂案"的作案对象都是经常叫外卖的人。因为罪犯自身有着严重的肾病无法医治,他看到许多身体健康的人却不珍惜自己的身体,他们常年不出门,饿了就叫外卖。这种行为令罪犯产生了巨大的心理落差而去杀人分尸,发泄自己内心近乎变态的嫉妒情绪。

根据公安剧的经典叙事模式,剧中设置了两组对立人物,即警察(以周巡为代表的警察们)与匪(各大案件的犯人们)。不过《白夜追凶》并没有遵循早期公安剧的角色设置,塑造高大的警察群像或罪大恶极的恶人形象,而是在细节和心理刻画上加大了比重,如队长周巡是一个油滑、机敏的刑警,而外卖小哥杀人背后也有着痛苦的心理动机。这样的处理使人物更为立体,也让剧中的人性主题得到进一步丰富。此外,由于故事设置在破案的背景下,剧中充斥着大量公安剧的标志性符号,如汽车、枪支等。

该剧也融合了都市情感的元素,但占比重较小,主要集中在关宏宇和高亚楠的情感关系上。这个感情线起到调节与辅助叙事的作用,在叙事过于紧张时调整节奏,让整个剧情在张弛有度中推进。

《白夜追凶》以悬疑元素为主,公安、言情元素为辅,服务于全剧的主题核心——从关注剧中白与夜、警与匪的对立存在,到观照人的精神危机与社会问题。

(二)人物

双生子的设定是剧情上的一大亮点,刑侦支队队长的孪生弟弟被冤枉成杀人凶手被通缉,哥哥为他平冤得罪了领导而离开警队,又意外患上黑夜恐惧症,兄弟二人被迫共用一个身份查案,以此推动案情发展。这不仅能在对比下突显兄弟二人迥异的性格,而且让全剧随时处在一种紧张刺激的氛围中。白天与黑夜,双胞胎兄弟身份的互换吸引了大批观众。不难看出,无论是人物设置、故事结局还是思想蕴含,该剧都是中国民间故事中"两兄弟"母题的一个延续。

"白夜"兄弟是彼此的镜子,也可看成一个人的一体两面。哥哥关宏峰是传统意义上的破案主角。作为一名资深刑警,他性格沉稳,心思缜密,破案能力强。但同时也有性格上的缺陷——偏执,不近人情。他患有黑夜恐惧症,故在白天出现;弟弟关宏宇是一个反类型的主角。他不像传统破案剧主角那样善于破案,但善良、勇敢、身手不凡。在剧中,他是一名逃犯。他们也有相似点,即有正义感、头脑灵活。剧中关宏宇被训练成"关宏峰"的过程,其实就是要在他人身上找到自我的过程。随着剧情的发展,原本隔阂的两兄弟互相理解、贴近,吸取对方的优点,成为两个整体性的自我。这一过程也可看成以关宏峰为代表的个人,对镜中不同影像的接纳过程,以及对自我的认知过程。

《白夜追凶》没有刻画千篇一律的"神性"警察群像,而是选择刻画"人性"与"神性"兼具的个体形象,如在维护正义和反秩序中两难的关宏峰、亦正亦邪的周巡、相信自己爱人专业技术过硬的法医、潜伏多年内心挣扎摇摆的卧底等。例如,关宏峰为了帮弟弟翻案,脱下警服,被返聘为顾问,但曾经的警察身份使他仍然维护正义、法律、秩序,保护百姓。当找不到证据给凶手定罪时,实习警察在现场伪造证据,关宏峰指正她,告诉她:面对凶案,我们(警察)要捍卫法律,保护老百姓,如果造假,和犯人没有区别。用细节将"神"还原成"人",更能让观众感同身受。

就像婴儿会对镜中自己的影像产生认同和误解,观众也会对屏幕上的"自我"产生认同和误解。以读者为中心来分析,剧中种种扣人心弦的情节、城市黑暗角落的生活、不同类型的人物形象,满足了观众窥视的快感。而不同类型的典型角色,如一体两面的关宏峰、亦正亦邪的周巡、爱打官腔的刘队、单纯善良的桐桐等,则让不同观众找到与自己相似的"理想化"自我,在想象中与角色一起成长,接纳自我,满足心理快感。

(三)艺术特点

警匪剧中,"二元对立"是基本结构。该剧也是如此,最明显、最基本的"二元对立"是警察和犯人之间的矛盾冲突。第一对警匪对立是"白夜"兄弟,一场灭门惨案让原本逍遥浪荡的关宏宇成了被通缉的在逃嫌疑犯,而他的哥哥是刑侦支队队长,但哥哥相信弟弟,誓要查出真相。不过由于亲属回避的原则,警队禁止关宏峰参与灭门案的调查,关宏峰愤而辞职,赋闲在家半年训练弟弟,伺机回警队调阅灭门案的卷宗,查出真相以还弟弟清白。这时哥哥弟弟都成为"匪"方,与新上任负责此案的周巡等人形成新的对立。但案子层出不穷,周巡因为破案压力,也为了追寻关宏宇的下落,设计让关宏峰以"编外顾问"的身份继续参与各大案件的调查,但其实"关宏峰"是由兄弟二人在白天、夜晚分饰的,于是"白夜"兄弟与周巡等人,又与各大案件的犯罪人以及灭门惨案的幕后黑手形成最大的一组警匪对立。

此类剧一般由警匪对立生发出犯罪(认识对立关系)和破案(解除对立)两条故事线,但这只是《白夜追凶》中的基本单元。灭门惨案的陷害让"白夜"兄弟二人联手破案,每桩案件的破获(单元二元对立的解决)都会抽丝剥茧得到灭门案的一些线索(认识最大的二元对立),来帮助"白夜"兄弟自证清白(解除最大的二元对立),形成套环结构。

除了二元对立的叙事结构外,《白夜追凶》在叙事上实现了三种既并行又交叉的多元化时空叙事,即关氏兄弟过去的时空、现在破案的时空以及案件发生的时空。剧中,时空并行、交叉主要有两种形式,第一种是破案时空与案发时空的交叉,案发时空可以给破案时空提供线索;第二种是现在时空与关氏兄弟的过去时空交叉,这往往为主悬念提供一些线索,也为剧情提供解释。这种时空并行、交叉的叙事方式,结合交叉蒙太奇式的镜头转换,使故事悬念丛生、曲折离奇。

二、《你好，旧时光》

《你好，旧时光》是2017年播出的校园青春类网剧。该剧改编自青春文学作家八月长安的同名长篇小说，讲述了余周周、林杨和他们身边的小伙伴们在振华中学里经历种种喜怒哀乐并共同成长的青春故事。

（一）类型

校园青春题材一直备受影视制作团队及观众的青睐，零碎平淡的班级生活，懵懵懂懂的校园爱情成为该剧中最能吸引观众眼球的亮点。

该剧的时间线设定在高中，剧中没有刻意弱化繁重的学习生活，如林扬为了物理竞赛在课余时间努力做题，基础较差的"宏志生"辛锐为赶上进度凌晨三点起床学习，楚天阔为高考加分竞选学生会主席。观众能从他们的生活中看到自己的成长轨迹。

《你好，旧时光》能够受到观众的广泛喜爱，与其浓厚的"怀旧风"和写实主义的表现手法是密不可分的。在《你好，旧时光》中，导演通过对青春校园场景的高度还原，以及校园符号的合理化使用，重新唤起了大家青春校园时代的美好回忆，从而引发观众的情感共鸣。

影视画面中，往往会用某些道具来表达隐藏含义。提起校园文化，洁白的帆布鞋、松垮的校服、泛黄的笔记本、清脆的上课铃、宽敞的教室等具体的物象化符号一定会在我们的脑海中闪过，这些物品象征着青春，承载了每个人学生时代最纯真、最美好的回忆。

《你好，旧时光》就是通过打造浓浓的怀旧风，让已经逝去的岁月重新回到观众眼前。那个时代，没有智能手机，同学们拿着录音机听着磁带里的周杰伦的歌，满屋子都是网球王子和美少女战士的海报，还有陈奕迅的演唱会、漫画《灌篮高手》等。观众的记忆也被这些符号一点点拼凑完整，虽然每个人的记忆都是不相同的，但总会被剧中不断出现的不同符号所浸染，或是一段文字，或是一首老歌，都能唤起观众心中关于校园时代的记忆，观众进而按照自己已有的经历和认知，将这些符号重新建构为自己的青春记忆。

（二）人物

《你好，旧时光》借助人物的对比，透过校园生活来表现家庭和社会存在的问题及其对个人成长的影响。

主人公余周周命运跌宕坎坷，小小年纪便承受了太多辛酸苦楚。她在读小学时，母亲因车祸不幸去世，而周周私生女的身份使她受尽委屈，得不到父亲关爱。但在家人、好友的陪伴与鼓励下，周周仍保持着一颗善良纯真的心。她课后主动辅导基础较差的转校生辛锐；在得知好朋友米乔患有先天性心脏病时心疼得大哭；原谅抛弃她的父亲与伤害过她的林扬等。观众为余周周的不幸感到怜悯和痛心，然而又为她坚强乐观的心态和善良无私的美好品性而感动。

来自小县城家庭的辛锐却有着不同遭遇。辛锐母亲脾气暴躁且自私势利，在家常对辛锐拳打脚踢，爱赌钱的父亲也不曾对她有过关心和照顾。辛锐转到重点高中后，因成绩较差而遭到同学的嘲笑和老师的忽视，这都使她内心变得更加敏感而自卑。自卑使她坚强上进也使她充满嫉妒，使她不得不去偷贺卡来维护自己的尊严，使她做着"你永远都不是主角"的噩梦。

从余周周和辛锐两个人身上，我们看到家庭环境、社会环境对一个孩子世界观、人生观、价值观所产生的巨大影响。

此外，凌翔茜的母亲对孩子要求严苛，一切以高考成绩为基准的教育理念，也引发了观众对家庭教育的思考。

（三）艺术特点

《你好，旧时光》与传统意义上的青春校园剧不同，它没有一波三折、跌宕起伏的故事情节，更没有大牌明星的加持出演，但制作团队对于细节的把握却能入木三分。例如，当面对高中分科时究竟是选文还是选理，同学们纠结万分，当老师的建议、家长的期望和自己的兴趣爱好相冲突时，他们焦灼不安、无所适从。这些感受是经历过这些事情的观众所能体会的,观众此刻已经不再只是旁观者,而是作为亲历者,与剧中的人物惺惺相惜,达到情感共鸣。这些细节化的呈现让《你好,旧时光》在传统青春校园剧的范式下脱颖而出。

爱情和友情似乎是青春校园剧中永恒不变的话题。图书馆里的偶然邂逅,食堂里的不期而遇,篮球场上的高声呐喊……青春校园剧中青涩的爱恋总能带给观众无尽的遐想。友情线则让青春校园剧原本略显单薄的故事情节变得丰满起来,学习上的互相帮助,生活中的互相关心,开心时可以一起分享喜悦,伤心时能相互安慰,既往种种,总能让观众从中找到情感的共鸣。

《你好,旧时光》还融入了师生情,老师是校园剧中不可或缺的角色,他们一遍遍地重复着无数老师都说过的口头禅:"我再讲一分钟就下课""今天体育老师有事,这节课上英语""你们是我带过最差的一届""等你们上了大学就自由了"……他们虽然外表严厉,可是他们对学生的关爱却一点也不少。故事中班主任武老师被电视台邀请去做一档历史评说节目,获得了很高的收视率,节目导演希望武老师能辞去学校的工作,来电视台工作。经过再三的思想斗争,武老师发现自己始终无法放下班上的42个学生,他们已经成为一个整体,一起努力为高考而奋斗,这种感情是谁也无法割舍的,于是他拒绝了导演的请求,与学生们并肩作战。学生时代的爱情和友情让观众难忘,但浓浓的师生情同样能唤起观众的集体记忆,让观众回味无穷。

每个人在青春年少时都怀揣着理想,虽然在实现理想的道路上是坎坷的,但是这个追寻理想的过程是值得的,因此奋斗是青春剧重要的情节之一。人物通过自身努力克服了社会、家庭或自身的重重障碍,在战胜大大小小的困难之后,磨砺了自己的意志并且获得了人生经验,从中观众可以体会到主人公身上所具有的坚强执着的奋斗精神。例如班上转学来的插班生辛锐英语成绩跟不上,但她日夜刻苦学习,一步步脚踏实地地奋斗,终于取得了不错的成绩。

这部剧在一定程度上也是一部励志剧。在面对困境和挫折时，人物依然不放弃、努力奋斗的精神，激励着在困境中努力挣扎的人们，给他们带来了希望与正能量。

思考题：

1. 简述电视剧文学与网络戏剧文学的异同。
2. 试述中国网络戏剧文学的时代性。
3. 小说在网络戏剧改编过程中需要注意哪些问题？请举例说明。
4. 网络戏剧文学有哪些代表性作家和作品？
5. 请谈谈网络戏剧的思想艺术成就。

第八章　外国戏剧影视文学

外国戏剧影视文学是中国戏剧影视文学的参照系,与中国戏剧影视文学一起,推动了世界影视文学的滚滚历史潮流,成为世界文学与艺术重要的文化资源。从戏剧起源讲,外国戏剧影视文学一个重要的艺术源头是古希腊戏剧,此外古印度的梵剧也是其中重要的源头。中国古代戏曲、古希腊戏剧和古印度梵剧是世界三大著名古剧。随着人类社会的进步,戏剧不断发展,涌现出种类繁多的戏剧样式。近代,出现了电影和电影文学;进入现当代,先后出现了广播剧、电视剧、网络剧,相应地先后诞生了广播剧文学、电视剧文学和网络剧文学。本章简要介绍一下外国戏剧影视文学的概况。

第一节　外国戏剧文学

外国戏剧文学的源头一直可以上溯至公元前6世纪后期在雅典诞生的古希腊戏剧。这时,古印度的梵剧尚在"母腹"之中,中国也只有戏曲的雏形。因此,可以说,古希腊戏剧是世界上"资格"最老的戏剧样式,它至今已有两千五百年的历史。我们认为戏剧文学,包括舞台演出的"戏剧"和作为剧本的"文学",同时也包括欧洲戏剧在内的各地区戏剧文学,但由于篇幅所限,本章主要在勾勒欧洲戏剧文学发展历史轨迹的基础上,分析戏剧文学的主要艺术特点。

一、外国戏剧的发生发展

外国戏剧,起源于古希腊戏剧,其发生发展经历了漫长的过程,成为影响中外戏剧与文学的重要源头。

(一)从公元前6世纪后期至公元前5世纪前期是欧洲戏剧的诞生期

外国戏剧文学特别是欧洲戏剧的诞生是以古希腊悲剧和喜剧的出现为标志的。古希腊戏剧直接脱胎于酒神节举行的酒神祭祀仪式。古希腊戏剧主要包括三类,即悲剧、喜剧以及作为余兴演出的萨提尔剧。古希腊有三大悲剧作家埃斯库罗斯、索福克勒斯、欧里庇得斯,而最著名的喜剧作家是阿里斯托芬。埃斯库罗斯有"悲剧之父"之誉,代表作有《被缚的普罗米修斯》《阿伽门农》等。他率先在戏剧中采用两个演员,使戏剧冲突和对话具有了广阔的用武之地。《被缚的普罗米修斯》塑造了一个为人类的幸福而勇于牺牲,敢于反抗邪恶、坚定而高傲的神的形象。索福克勒斯的代表作有《俄狄浦斯王》《安提戈涅》等。《俄狄浦斯王》是古希腊命运悲剧的代表作,反映了古希腊人对命运的恐惧以及人类与命运抗争的坚强意志和伟大力量,其"闭锁式"戏剧结构产生了强烈的美学效果。欧里庇得斯的代表作有《美狄亚》《阿尔刻提斯》等。《美狄亚》反映了古希腊的现实生活中的婚姻、家庭、子女等问题,成功地塑造了弃妇美狄亚的形象。古希腊悲剧形成了开场、入场、插曲、退场的演出形式。喜剧在希腊文里被称为"狂欢游行"或"乡村歌唱",意为狂欢歌舞剧。阿里斯托芬的喜剧代表作有《阿卡奈人》《鸟》等。丰富的神话是古希腊戏剧的土壤,人与命运的搏击是古希腊戏剧的主要表现向度。作为源头,古希腊戏剧从艺术风格、人物类型、戏剧情境到文本结构形式等,都对后世欧洲戏剧产生了巨大而深远的影响。

(二)从公元前5世纪西罗马帝国灭亡到15世纪上半叶文艺复兴运动兴起之前的中世纪是"宗教剧时代"

中世纪是宗教剧时代,主导剧坛的是由基督教(天主教)教会掌握、宣扬基督教教义的宗教剧。控制着社会政治文化命脉的封建教会排斥非宗教文化，实施把戏剧变成宗教之奴婢的文化专制统治。通常中世纪被视为欧洲戏剧的"黑暗时代"。宗教剧大约形成于9—10世纪，14世纪发展到顶峰，从15—16世纪开始，因文艺复兴的兴起而逐渐走向衰落。宗教剧大多取材于《圣经》，刻画"圣徒"形象，宣扬基督教（天主教）教义，"是教会训诫文盲观众的主要形式"。宗教剧是对古希腊、古罗马戏剧的反动，它使戏剧由关注人转向关注神，悲剧庄严、喜剧滑稽的传统也被颠覆。按题材区分，宗教剧有奇迹剧、神秘剧和道德剧三种不同的样式，其作者大多是宗教信徒。重要的剧作有《狄奥菲尔奇迹剧》《坚忍城堡》《第二牧羊人剧》《凡人》等。

（三）中世纪下半叶至17世纪初是文艺复兴戏剧的时代

文艺复兴运动是欧洲告别由神权统治的中世纪走向近代的一场资产阶级思想文化运动，因以复兴古希腊、古罗马文化为旗号而得名。文艺复兴运动的主导思想是人文主义与神本主义的对立，反对宗教迷信、反对禁欲主义的思想文化体系。其戏剧标举"模仿自然"的旗号，反映现实生活，追求世俗化品格，热情赞美人的智慧、理性、力量、价值与尊严，肯定人的正常欲望与合理情感，爱情与友谊成为戏剧的重要表现对象。在审美形态上，文艺复兴戏剧对悲、喜两分的壁垒有所突破，喜剧中融进了悲悯成分，悲剧也并不一概排斥滑稽美，"悲喜混杂剧"受到欢迎。文艺复兴戏剧大多情节线索头绪纷繁，登场人物众多，剧情的时间跨度较大，剧情的空间也多次转换，而且大多采用"开放式"结构。文艺复兴戏剧是对宗教剧的成功颠覆，对古希腊、古罗马戏剧传统虽有所继承，但不是对古人的模拟与因袭。[1] 虽然文艺复兴运动由意大利人最先发起，但是这一时期的戏剧以英国和西班牙戏剧最为繁荣，西班牙著名的戏剧家是塞万提斯。莎士比亚是这一时期成就最高的戏剧作家，其悲剧《哈姆雷特》《李

---

[1] 廖可兑：《西欧戏剧史》，中国戏剧出版社1981年版，第20页。

尔王》《麦克白》《奥赛罗》《罗密欧与朱丽叶》及喜剧《威尼斯商人》《第十二夜》都取得了很高的艺术成就。①《哈姆雷特》中王子对人生进行深度思考的独白:"生存还是毁灭,这是一个值得思考的问题;是默然忍受命运的暴虐的毒箭,或是挺身反抗人世无涯的苦难,在奋斗中结束了一切,这两种行为,哪一种是更勇敢的? 死了,睡去了,什么都完了……"②这段经典的台词,不但诠释了莎士比亚的人文主义思想,而且对中国戏剧在呈现该剧思想时也有非常深刻的影响。③ 莎士比亚剧作中蕴涵了人文主义思想,提倡个性解放,希冀建立人与人之间的和谐关系。塞万提斯不仅是著名的小说家,也是戏剧作家,创作过三十多个剧本。其《被围困的努曼西亚》热情讴歌西班牙人民的爱国精神和抵御外侮的英雄气概,塑造了宁死不屈、为国捐躯的英雄群像,体现了西班牙崇高的民族气节和文艺复兴时期"不自由,毋宁死"的时代精神。剧作声情激越,场面宏大,悲壮感人。

(四) 17 世纪中叶至 18 世纪上半叶是古典主义戏剧的时代

古典主义文艺是法国笛卡儿理性主义(唯理主义)哲学的艺术呈现,它宣称"永远只凭着理性获得价值和光芒"。古典主义戏剧以"回归"古希腊、古罗马戏剧悲喜分离、严谨整饬的"古典传统"为目标,对莎士比亚所开创的模仿自然,不避俚俗、汪洋恣肆、悲喜混杂的人文主义戏剧传统进行反拨。古典主义戏剧的特征是:拥护王权,崇尚理性,以古希腊罗马戏剧为典范,要求戏剧形式尊崇规范,要求悲剧诗人恪守"三一律"创作原则。所谓"三一律",是指戏剧创作必须遵循动作(事件)、地点、时间完整一致的规则。这时期西班牙的主要剧作家有蒂尔索·德·莫利纳和卡尔德隆,前者的《不信上帝而被打入地狱的人》《爱情与友谊》,后者的《人

---

① 李伟民:《中国莎士比亚批评史》,中国戏剧出版社 2006 年版,第 11—12 页。
② [英]莎士比亚:《莎士比亚全集》(第三卷),朱生豪、陈才宇译,浙江工商大学出版社 2015 年版,第 232 页。
③ 李伟民:《总序》,转引自[英]莎士比亚:《莎士比亚全集》(第三卷),朱生豪、陈才宇译,浙江工商大学出版社 2015 年版,第 1—22 页。

生如梦》影响都很大。但以法国戏剧独领风骚。法国古典主义戏剧的奠基人是高乃依,他 1636 年推出的《熙德》标志着古典主义戏剧的正式诞生,剧中描写了主人公内心的激烈冲突,展现了人物的内心痛苦:"愤怒啊!失望啊!可恨的老年啊!难道说我活了这么久,只是为等待这个耻辱?在征战之中,我熬白了头发,难道一天之中多少胜利荣华就这样毁灭干净?"剧作富有激情的独白具有强烈的艺术感染力。莫里哀的喜剧代表了古典主义喜剧的最高成就,但莫里哀的喜剧同时也具有市民戏剧的品格,其审美趣味和艺术法则并非古典主义所能完全涵盖的。他的代表作有《吝啬鬼》《太太学堂》《伪君子》。

(五)19 世纪上中叶是启蒙主义、浪漫主义和现实主义戏剧的时代

启蒙主义运动是继文艺复兴运动之后又一次资产阶级思想文化运动。自由、民主、平等、博爱、天赋人权是这一运动的响亮口号,其矛头直指封建专制统治和天主教教会所宣扬的蒙昧主义思想。启蒙主义戏剧承载了这一运动的精神,对戏剧影响最大的理论家是狄德罗,他主张用符合资产阶级理想的市民戏剧来代替反映宫廷趣味的古典主义戏剧,要求戏剧关注家庭而不是宫廷,描写独特的个性而不是普遍的理性,打破悲喜两分的森严壁垒,创造介于悲剧与喜剧之间的"新剧"。启蒙主义戏剧有较鲜明的政治倾向性、深厚的哲理色彩、真实自然的创作风格和活泼多样的戏剧文学形式。启蒙主义戏剧的中心是法国和德国,博马舍、歌德、席勒的作品代表了启蒙主义戏剧的最高成就。博马舍的代表作是《费加罗的婚礼》三部曲,第一部《塞维勒的理发师》又名《防不胜防》,反对封建压迫、宣扬启蒙思想是该剧的主要思想倾向。《费加罗的婚礼》对封建社会里的普通劳动者的悲惨命运给予深切同情:"有什么比我的命运更离奇古怪的!不认识爹娘,给强盗拐去,在他们的习惯环境里成长,我感觉厌烦,想走诚实的道路……"席勒是德国文学理论家、诗人和戏剧家,主要剧作有《强盗》《阴谋与爱情》等。歌德是狂飙突进运动的代表人物,其戏剧具有反对古典主义、倡导启蒙主义的鲜明特征。代表作《浮士德》批判了出

卖灵魂的可耻行为,歌颂了人的进取精神和创造能力,充满了乐观主义精神。在启蒙主义戏剧中,意大利的哥尔多尼的《女店主》、戈齐的《图兰朵公主》也是重要作品。

浪漫主义是与现实主义相对应的创作方法,浪漫主义在反映客观现实上侧重从主观内心世界出发,善于借历史题材抒发现实社会中普通人对理想的热烈追求,用热情奔放的语言、大胆的想象、夸张的手法塑造鲜明的艺术形象,突出善与恶的冲突,表达善必胜恶的基本信念,张扬人的个性和情感,具有强烈的主观色彩、理想主义和道德精神。浪漫主义戏剧反对古典主义只注重描写历史题材和宫廷生活,着力表现自然景物和乡间的纯朴生活;坚决摆脱"三一律"的束缚,主张以"自然"为法则,打破悲喜两分的森严壁垒,采用夸张的艺术手法,追求强烈的艺术效果,把悲与喜、滑稽与崇高混于一体。雨果代表了浪漫主义戏剧的最高成就,其代表性剧作《艾那尼》揭露了封建统治阶级对自由和爱情的戕害,塑造了勇武、忠诚、知恩图报的正面人物形象,对现实黑暗社会进行了有力批判。小仲马是19世纪法国著名的戏剧家和小说家,他的代表作品《茶花女》对上流社会的腐朽、自私、冷酷、虚伪进行了揭露和控诉,对被侮辱和被损害者的善良、纯洁、正直的品格和可贵的牺牲精神进行了歌颂。

1795年,德国剧作家、诗人席勒在其《论素朴的诗与感伤的诗》一文中首先使用了"现实主义"一词。19世纪中期的俄国剧作家屠格涅夫、奥斯特洛夫斯基,法国的小仲马等把批判现实主义戏剧推向了一个新的高度,使之成为一个重要的戏剧流派。现实主义与自然主义是颇不相同的两个概念,其最主要的区别是:现实主义追求"本质的真实",要求作家运用典型化的方法,对"原生态"的生活素材去伪存真、由表及里地进行加工提炼;自然主义则追求艺术描写的实录性,要求作家"无动于衷",运用"照相录音手法"对生活进行记录,而不重视对社会人生做出自己的解释和评判。这一时期,戏剧除在欧洲西部继续发展之外,俄国的民族戏剧也已经形成,出现了冯维辛、格里鲍耶陀夫、果戈理、奥斯特洛夫斯基等一批戏剧文学作家;北欧的丹麦和东欧诸国也创造了自己的民族戏剧。奥斯特洛夫斯基的代表作是五幕悲剧《大雷雨》,该剧以宗法制家庭中的矛盾冲突为主线,通过女主人公的爱情婚姻悲剧,揭露了封建农奴制的专横、冷酷与黑暗,特别是对封建宗法制剥夺人身自由、蔑视人格尊严、实施精神奴役的罪行进行了强有力的控诉。他还有《没有陪嫁的姑娘》《智者千虑必有一失》《贫与罪》等代表作。

(六)19世纪末至20世纪是现代派戏剧的时代

这一时期的欧洲社会经历了巨大的震荡与激烈的变化。许多西方人都觉得,世界与人生是荒诞的、难以把握的。为寻找出路,崇尚标新立异的思想文化界呈现出此消彼长而又多元共存的格局。有的主张重建宗教信仰,重塑新的"上帝",有的主张回到内心,表现内心深处难以言说的神秘体验,有的则为无政府主义和极端个人主义辩解。19世纪末至20世纪初,现实主义戏剧以批判现代资产阶级社会为描写向度,在欧美国家获得很大发展,出现了易卜生、萧伯纳、霍普特曼、罗曼·罗兰、托尔斯泰、契诃夫、丹钦科、斯坦尼斯拉夫斯基、高尔基、威廉斯、米勒、威尔逊等一批杰出的戏剧家。这一时期的现实主义戏剧不仅没有因为现代派戏剧的兴起而消亡,而且还形成了新现实主义、社会主义现实主义等不同分支。正是这种流派的空前繁荣和广为流播,直接催生了现代主义戏剧。现代派戏剧包括以对现实主义戏剧等传统戏剧进行反拨的面貌出现的先锋戏剧,以及象征主义、表现主义、未来主义、意识流、超现实主义、存在主义、荒诞派等多个新锐派别。这时期,除欧洲戏剧继续发展之外,美国戏剧也异军突起,取得了很高的成就,可视为欧洲戏剧的延伸。20世纪以来,诺贝尔文学奖对戏剧文学,特别是锐意创新的作家和流派给予了关注,对这一时期欧洲戏剧的发展产生了较大影响。其中包括奥斯卡·王尔德的《温德米尔夫人的扇子》、易卜生的《培尔·金特》、贝克特的《等待戈多》等重要作品。

二、外国戏剧的艺术特征与审美形态

外国戏剧文学,特别是欧洲戏剧的艺术特征和审美形态都有明显的发展,特点突出,在"审美取向"上,从重"情趣"到求"理趣"。在追求以情感人的同时,往往又追求"思考的乐趣",有意削弱情感的冲击力,突出理性思考的作用,道德理性成为剧作表现的着重点;在审美形态上经历了从悲喜两分到悲喜混杂的发展过程。悲喜分离的单一美感过于生硬、单调,悲喜混杂更契合大众的审美心理需求;在表现倾向上,经历了从人物的行动到人物的心灵再到创作主体的主观体验的转移。而当代戏剧则有意淡化情节,表现的着力点不再是人物的独特个性,而是创作主体丰富的内心世界;在艺术审美构成要素方面,从繁复到单纯,再走向新的综合;在呈现发展方式上,从"反叛"走向"反动"。怀疑与否定是欧洲戏剧发展过程中多数剧作的基本精神,反叛与挑战、毁灭与重建是其发展倾向。尤其当代戏剧,对一切戏剧形式提出挑战,以"全面反动"[①]的方式创造了"反戏剧"的全新样式。[②] 这些艺术特征和主要审美方式在世界各国各民族的戏剧文学中均有不同的表现,只是程度不同而已。这里重点论述四个主要特点。

(一)审美取向:从重"情趣"到求"理趣"

欧洲戏剧在追求以情感人的同时,往往又追求"思考的乐趣"。这种倾向其实早在古希腊悲剧中就有反映。《俄狄浦斯王》虽然也涉及伦理问题,比如乱伦,但其观察生活和表现生活的角度并不是单纯的伦理角度,而是带有一定的哲理性。它没有强化道德情感的冲击力,而是力图告诉人们,尽管命运不可改变,但人应与命运抗争。这方面的代表作有《被

---

① [德]汉斯·蒂斯·雷曼:《后戏剧剧场》,李亦男译,北京大学出版社 2016 年版,第 16 页。

② 郑传寅、黄蓓:《欧洲戏剧史》,北京大学出版社 2008 年版,第 10—17 页。

缚的普罗米修斯》《俄瑞斯忒斯》,其中《俄瑞斯忒斯》三部曲是埃斯库罗斯戏剧中最伟大、最成功的作品,其以伟大的悲剧力量表现出埃斯库罗斯的悲剧美学特征。俄狄浦斯的高尚与乱伦、清醒与盲目蕴含着个人与社会、道德与天性、理智与情感等多重复杂而深邃的哲理问题。剧作在感动我们的同时,还力图让我们思考。

欧洲古典主义戏剧受"唯理论"哲学思潮的影响,有意削弱情感的冲击力,突出理性思考的作用,战胜个人情感的道德理性成为剧作表现的着力点。欧洲现当代戏剧并没有完全抛弃以情感人的审美取向,例如,表现主义戏剧就大多蕴含着强烈的感情,力图激起观众的情感波澜,但就总体而论,欧洲现当代戏剧比过去更加重视"理趣",多数流派有意削弱情感的冲击力,强化对社会人生的哲理思考。这主要表现在两个方面。第一,"间离效果"的强化。德国戏剧家布莱希特为了突出戏剧的认识作用,有意识地削弱情感的作用,以便给理智留下更大的余地。他力图让观众从感动的"迷狂"状态中走出来,以冷静超然的态度去思考和评判舞台上所表现的生活现象,也就是尽量避免观众"走进剧情",而是想方设法让观众与剧情保持心理距离。"间离效果"的强化,标志着戏剧从追求"以情感人"到追求"以理胜人"的变化。第二,整体象征手法的运用。所谓整体象征,指的是把人物变成作者传达某种思想的符号,以抽象、变形的形象来象征人类的处境,传达作者的生存体验的艺术手法。20世纪50年代出现的荒诞派戏剧就是突出的例证。荒诞派戏剧之长在于以整体象征手法传达作者对社会人生的哲理性思考,人物成了剧作家表达某种理念的符号,谈不上什么个性,剧作几乎没有情感冲击力,剧情也大大淡化,但哲理性很强,给观众留下了很大的思考空间。

(二)审美形态:从悲喜分离到悲喜混杂

欧洲戏剧从一开始就分成壁垒森严的悲喜两大阵营。古希腊有的作家专门创作悲剧,有的则专门创作喜剧,悲剧诗人写喜剧或喜剧诗人写悲剧是难得一见的特例。悲剧的人物、结构、冲突和效果与喜剧迥然不同。

悲剧被视为"艺术之冠冕",喜剧的地位则在悲剧之下。古希腊戏剧家开创的悲喜分离的传统,被后世欧洲戏剧家所尊崇,直到今天,悲喜分离仍然是欧洲剧坛的基本格局。这一格局的形成与酒神祭祀节庆游行队伍行进中的"下等表演"重戏谐,而在祭坛前对酒神身世、事迹的咏唱求庄重有关,也与西方占统治地位的"同中见异"的传统思维方式有关,更为重要的是,与宫廷和贵族提倡戏剧的传统密切相关。

古希腊悲剧作家欧里庇得斯开创了"悲喜混杂剧"的先河,创作了多部悲喜剧,他的有些悲剧剧目不够"典型",带有悲喜混杂的色彩。但古典主义悲剧中亦不乏蕴喜于悲的剧作。例如,高乃依的悲剧《熙德》的结局就是喜剧性的。18世纪的启蒙主义戏剧和浪漫主义戏剧又一次改变了这一传统,相当一部分剧作家热衷于创造悲喜混杂的"严肃戏剧",实际上就是我们通常所说的正剧。20世纪的现代派戏剧突破了悲喜两分的森严壁垒,多数剧目不同程度地带有悲喜混杂的特点。

(三)表现向度:从人物的行动到人物的心灵再到创作主体的主观体验

戏剧面向社会人生,人物和事件自然成为剧作之"要件"。但不同文化背景的作家在表现社会人生时,其表现向度是存在一些差别的。古希腊戏剧家把着力点放在人物的行动上,亚里士多德在《诗学》中说,悲剧是对一个严肃的有一定长度的行动的模仿。又说,悲剧所模仿的不是人,而是人的行动、生活、幸福;情节乃悲剧之基础,有似悲剧的灵魂,性格则占第二位。行动的过程就是剧作的故事情节。古希腊戏剧,特别是悲剧,表现的着力点主要是人物行动的过程,当然多数剧作家对人物性格的刻画也加以注意。古希腊悲剧只有欧里庇得斯剧作中的人物性格比较鲜明。阿里斯托芬的喜剧重视人物的行动,人物的个性并不突出。米南德的《古怪人》则比较重视人物性格刻画。这种情况到古罗马剧作家普劳图斯之时有所改变,他的《一坛金子》有"性格喜剧"的美誉。古希腊、古罗马戏剧为了凸显故事性,往往让剧中人或报幕人直接向观众介绍剧情展开的背景、前情和人物关系。从文艺复兴时期起，这种状况有了更大的改变。马洛的剧作重视揭示人物的内心世界，其《爱德华二世》《浮士德博士的悲剧》等都具有这一特点。启蒙主义、浪漫主义戏剧是以人物性格为表现重点，而且更注意人物性格的复杂性，莱辛在《汉堡剧评》中推崇莎士比亚戏剧的创作原则，甚至提出：对于作家来说，只有性格是神圣的，加强性格、鲜明地表现性格，是作家在表现人物特征过程中最当着力的用笔之处。① 古典时期那种单一的、类型化的、缺少发展变化的人物性格此时已不再受重视。

欧洲现当代戏剧有意淡化情节，表现的着力点不再是人物的独特个性，而是创作主体丰富的内心世界，在这一时期的剧作中，那种某一性格的典型代表性的人物形象并不是没有，但不像过去那样能引起广泛的重视，不再被视为衡量剧作成败得失的主要尺度。荒诞派戏剧甚至把人物变成传达剧作家主观体验的符号，其中的人物谈不上什么个性，剧情的故事性也不强。象征主义、表现主义戏剧也反对凸显人物的个性，有的剧作家甚至让其笔下的人物戴上面具。这类作品有意减少对情节和人物的依赖，所凸显的已不再是表现对象（人物、故事）本身，而是创作主体的主观体验和内心世界。这种表现向度的变化，与欧洲文艺复兴运动以来越来越关注人、关注个体的精神世界的文化发展指向有关，也与超越具象、探求本质的科学精神的不断高扬有关。

（四）艺术构成：由繁复到单纯再走向新的综合

古希腊戏剧是载歌载舞的，古罗马时期，歌舞不再是戏剧的必备要素，喜剧虽然还要谱曲，有竖笛伴奏，但歌队已退出喜剧舞台。悲剧还保留歌队，但歌队的台词主要不是为了歌唱，而是供人朗诵。文艺复兴时期以后，欧洲虽然还有以歌舞为表现手段的戏剧剧目和演出，但其主导倾向

---

① 李伟民：《莎士比亚戏剧：一种艺术创作原则——莱辛对莎剧审美价值的认知》，《外语与外语教学》2010 年第 2 期。

是歌唱、舞蹈、对话等"单一成分"各自"朝一个方向进击",使不同的戏剧样式有各自不同的表现手段和发展空间,歌剧、舞剧、话剧各立门户。此后,话剧一般既无歌唱也没有舞蹈;歌剧通常只有歌唱,没有道白,也没有舞蹈;舞剧(如芭蕾舞剧)全靠肢体语言,既没有道白,也没有歌唱。17世纪末18世纪初,欧洲出现"民谣歌剧",19世纪下半叶这种新的戏剧样式获得了较大发展。19世纪以降,欧洲戏剧注意向"有容乃大"的中国戏曲学习,音乐、舞蹈手段又被许多戏剧家所重视。① 20世纪中叶,载歌载舞的音乐剧作为一种独立的戏剧样式,在英、美等国产生巨大影响。瓦格纳创作的《黎济恩》《汤豪瑟》《罗恩格林》等歌剧取得了很大的成功,他的歌剧音乐中各种主导动机能够准确、生动地传达戏剧主题以及要表现的复杂思想。② 音乐剧也成为戏剧走向新的综合的一个具体成果。

　　同时,戏剧文学在其他国家、民族中不仅显示出自己悠久的历史、民族文化特色以及特殊的演出方式和发展特点,而且在融入世界戏剧的潮流中,也都具有民族审美特色。例如在印度戏剧中,被誉为"泰米尔戏剧之父"的桑班达牟达里亚尔是一位杰出的戏剧家。1893年,剧社上演了他编导的现代剧《普什巴瓦丽》,轰动一时。他一生创作和改编了90多种戏剧,代表作有《两个朋友》《贼首》《魔鬼世界》等。他的论著有《泰米尔戏剧》《舞台生活回忆录》等。印度独立前后,有些剧作家还创作了一些反对种姓压迫,鞭挞不合理现象,宣传社会改革的优秀剧目。日本在明治维新初期,有人将古典的歌舞技艺加以改良,从而出现了"新派剧",但演技幼稚。第二次世界大战后,日本新剧又重新活跃起来。东京艺术剧场是战后初期主要的剧作创演团体。随着日本经济的发展,新剧经常在大剧场上演。日本戏剧可分为古典戏剧、商业戏剧、话剧、音乐剧等门类。

---

　　① 李伟民:《莎士比亚戏剧在中国语境中的接受与流变》,中国社会科学出版社2019年版,第423页。

　　② 陈惇、刘象愚:《比较文学概论》,北京师范大学出版社2010年版,第247页。

话剧团通常在租借的剧场演出,近几年涌现出了不少以导演和制作人为中心的制作班子,他们不靠剧团这一组织形式而独立进行戏剧演出。

三、外国戏剧文学的代表作家和作品

外国戏剧史上诞生了许多优秀的剧作家和作品,可谓群星璀璨,光彩照人,成为世界戏剧史上宝贵的财富。

(一)埃斯库罗斯及其《阿伽门农》

该剧为五场悲剧,取材于古希腊神话。《阿伽门农》通过12世纪一个由长老组成的歌队观察和评判人物,对王后的阴险、残忍、无耻进行了揭露,在赞美阿伽门农为国复仇、建立功勋的英雄行为的同时,对他杀女献祭的残忍行径和好战的行为进行了一定程度的谴责。对于这场因家族杀戮产生的悲剧,剧作家分别从道德、报应、命运等角度进行了解释。该剧的道德评判不仅是从一个角度反映社会生活,而且呈现出宗教神学的特征,剧作的主题和人物性格呈现出多维的复杂性。剧作截取事件临近结尾的部分,以人物活动的空间为出发点结构剧情,歌唱在剧中占有重要部分,歌队的歌唱贯穿始终,歌曲成为推动剧情发展的重要部分。该剧也存在着明显的不足,前半部分缺少紧张的戏剧冲突,阿伽门农出场很晚,出场后又很快被杀害,他的"行动"大多由别人讲述。因此造成了人物形象不够鲜明的缺陷。这也证明古希腊悲剧在埃斯库罗斯的手里尚未发展到完备的地步。该剧与中国古典戏曲中的奸情情节有所不同,剧作对奸情并没有做正面的描写,杀夫的主要原因不是奸情,也不是丈夫另有新欢,而是阿伽门农曾杀女献祭。这一行为伤害了作为母亲的妻子,同时赋予杀夫行为一定程度的正义性。

(二)莎士比亚及其《威尼斯商人》

莎士比亚的《威尼斯商人》取材于民间故事。类似的故事曾长期在欧洲各地流传,如中世纪故事集《罗马的事业》中就有类似的故事。该剧歌颂了纯洁的爱情和真诚的友谊,对贪婪、残忍的恶性进行了谴责。安东

尼奥和鲍西娅是作者肯定的正面人物形象,在他们身上寄托着人文主义者宽容、仁爱的道德理想和价值观念。鲍西娅看重的不是金钱地位,而是忠贞不渝的爱情,是人内在的高尚品质。已经负债的安东尼奥为了朋友向仇人借债,陷入困境之后,却毫无怨言,为了友情宁肯牺牲自己的生命。他虽然也是商人,却乐善好施。夏洛克是贪婪、残忍的商人形象,通过这个形象,莎士比亚揭示了金钱对人的灵魂的腐蚀和对人性的扭曲。同时,夏洛克的形象也是复杂的,莎士比亚在描写夏洛克与安东尼奥的冲突时,赋予了夏洛克的行动以一定程度的正义性。夏洛克坚持要在安东尼奥的胸脯上割下一磅肉显然是凶残、冷酷和不符合人性的,对此应该强烈谴责。但在他的残忍与冷酷之中又包含着对压迫与羞辱的反抗,他的申诉同时也博得了人们一定程度的同情。1904年,上海达文社就在《澥外奇谭》中刊出了该剧,林纾、魏易以文言文的形式翻译的《吟边燕语》也刊登了该剧。《威尼斯商人》也是较早在中国戏剧舞台上演出的莎剧之一。清光绪二十八年,上海圣约翰书院演出了此剧。由此可见,《威尼斯商人》在中国具有深广的影响。①

(三)莫里哀及其《吝啬鬼》

莫里哀既是演员又是导演和剧作家。他的主要艺术成就是在喜剧创作上,他一生创作了30部喜剧,主要剧作有《冒失鬼》《多情的医生》《伪君子》《吝啬鬼》《可笑的女才子》《太太学堂》等。《伪君子》剥下了伪善者"正人君子"的假象,触及人性中卑劣的一面,超越时空、烛照人生,揭示了本质的深刻性。《伪君子》在艺术上的成就很高,最突出的是塑造了一个伪君子的艺术形象,答尔丢夫后来成为伪君子的专有名词。他的《吝啬鬼》是根据古罗马剧作家普劳图斯的喜剧《一坛黄金》改编的,是欧洲喜剧名著。《吝啬鬼》成功地塑造了吝啬鬼阿尔巴贡的艺术形象。阿尔

---

① 李伟民:《从单一走向多元——莎士比亚的〈威尼斯商人〉及其夏洛克研究在中国》,《外语研究》2009年第5期。

巴贡是依靠放高利贷为生的剥削者，他积攒了大量金钱，却吝啬到了极点。这种身份使他的吝啬具有鲜明的时代烙印。他是资本主义原始积累时期的暴发户的典型。吝啬实际上是贪婪的另一种表现形式，正是这种恶性膨胀的欲望扭曲了阿尔巴贡的人性，反映了资本主义原始积累时期资产阶级的贪婪和无情，触及人性的卑劣，揭示了金钱对人的灵魂的腐蚀与扭曲。该剧善于营造喜剧情境，通过编织特殊的冲突，运用多种艺术创作手法，营造出具有强烈的莫里哀喜剧情景的笑声。而该剧的主人公也成为世界戏剧史上"吝啬鬼"的典型形象。

（四）席勒及其《阴谋与爱情》

席勒是德国文学理论家、诗人和戏剧家。他的主要戏剧作品有《强盗》《阴谋与爱情》《华伦斯坦》三部曲，其中《阴谋与爱情》是席勒的代表作。五幕剧《阴谋与爱情》描写了宰相的儿子与贫穷的乐师米勒16岁的独生女露伊丝之间的热恋。该剧是席勒早年的成名作。席勒创作该剧时正是狂飙突进运动发展得如火如荼的时期，青年席勒受到了狂飙突进运动的深刻影响。剧作以社会地位悬殊的一对青年男女的爱情悲剧控诉了封建专制统治的黑暗和宫廷的罪恶，反映了市民阶层追求平等、自由和个性解放的强烈愿望，具有鲜明的政治倾向性和启蒙主义的思想内涵，因而得到了伟大的无产阶级导师恩格斯的赞赏。恩格斯指出《阴谋与爱情》的主要价值就在于它是德国第一部具有政治倾向性的戏剧。《阴谋与爱情》成功地塑造了一系列鲜明的人物形象，有强烈的理想主义色彩。该剧把恶人作恶与男主人公的过失结合起来描写，以此来诠释该剧的特点，突出了剧作的社会批判功能。但是该剧的缺陷和不足也是明显的，剧作中有些人物的行动缺乏性格逻辑的合理性，有些台词，例如演说词篇幅很长，缺乏艺术感染力，说教的色彩较浓。由于人物的言行具有鲜明的政治倾向性,减弱了剧作情节的合理性。① 马克思在《致费迪南·拉萨尔》中论及拉萨尔的剧作《济金根》时指出:"你的最大缺点就是席勒式地把人变成时代精神单纯的传声筒。"② 当然这不是说席勒的所有剧作都是如此,但这种标语口号式的创作倾向确实存在于席勒的戏剧创作中。

(五)奥斯特洛夫斯基及其《大雷雨》

五幕剧《大雷雨》以宗法制家庭中凶悍的婆母与贤惠的儿媳之间的矛盾冲突为主线,通过女主人公卡捷琳娜的爱情婚姻悲剧为线索,揭露了农奴制的专横、冷酷与黑暗,该剧特别突出了对宗法制度剥夺人身自由,蔑视人格尊严,实施精神奴役的罪行的控诉。剧作还通过与主线相纠缠的支线,展开了对小城中富商依附的权力机构的描写,对俄罗斯农奴制度崩溃前官商勾结、统治者对贫苦市民进行的疯狂经济掠夺的残酷现实做了一针见血的深刻揭露,作品中蕴含了丰富而深刻的社会生活内容。剧作中描写的封建宗法制社会虽然具有男性中心主义的倾向,但我们也应该认识到,剧作中对残酷女性的描述也令人触目惊心。农奴制下的沙俄曾长时间由女性控制最高权力。这些人在沙俄历史上所起的作用虽然不一样,单在对农牧实施专制统治方面,她们的残忍、冷酷却丝毫不输于男性。这就是奥斯特洛夫的《大雷雨》带给我们的启示之一。

(六)易卜生及其《玩偶之家》

亨利克·约翰·易卜生是挪威杰出的戏剧家、诗人。作为伟大的戏剧家,易卜生改变了欧洲戏剧的发展道路,被誉为"现代戏剧之父"。易卜生一生创作了 26 个剧本,其中著名的包括《布朗德》《培尔·金特》《玩偶之家》《人民公敌》《海达·高布乐》。易卜生最大的贡献就是创作了一系列社会问题剧。他的这些社会问题剧以其丰富的社会内容、高度的艺

---

① 李伟民:《"莎士比亚化"与"席勒式"批评演进在中国》,《安徽大学学报》(哲学社会科学版)2005 年第 6 期。

② 中共中央马克思恩格斯列宁斯大林著作编译局编译:《马克思恩格斯全集》第二十九卷,人民出版社 1972 年版,第 74 页。

术技巧引起了一场深刻的戏剧革命。易卜生把当代社会中同人们切身有关的问题都搬上了舞台,让平凡的日常生活走进舞台。他提出了一系列的"问题",虽然这些问题并没有在舞台上给出"答案",但是这种社会问题剧引起了人们的广泛思考,激励着一批批后来者继续进行探索,继续寻找问题的答案。易卜生是现代主义戏剧的创始人,他为现代戏剧开辟了一个崭新的纪元。在易卜生创作的"社会问题剧"中以《玩偶之家》最具世界影响。《玩偶之家》塑造了娜拉这样一个鲜明的人物形象。娜拉在没有觉醒之前是一个天真无邪的女孩。她的生活依照的法则是自身所认为的善恶对错。当她认识到现实真正的面目时,她毅然选择了离家出走。这样一种猛烈的觉醒给读者和观众留下了深刻的印象。娜拉这个觉醒的女性已经成为世界戏剧史上的一个不朽的典型。海尔茂是易卜生刻画的另一个生动的人物形象,作为与娜拉对应存在的男性形象,他并不是单纯地以一个负面人物的形象出现的。但是,他从来没有尝试过真正了解娜拉,这就是婚姻中很多丈夫的典型代表。《玩偶之家》思想内容非常丰富,主题明亮突出、强烈;在艺术上独具特色,戏剧冲突集中而富有感染力,人物之间充满了各种对照。总之,《玩偶之家》在思想深度、艺术性以及社会影响等方面都取得了突出的成就,而且对中国现代话剧有深刻的影响。

(七)奥尼尔及其《琼斯皇》

尤金·奥尼尔是当代美国戏剧的奠基人,也是美国唯一荣膺诺贝尔文学奖的剧作家。他一生创作了50余部剧作,代表作有《琼斯皇》《毛猿》《天边外》《送冰的人来了》《大神布朗》《榆树下的恋情》。奥尼尔开创了当时美国戏剧舞台演出的新局面。他是当代美国戏剧的开拓者,同时也使美国戏剧产生了重大的国际影响,跻身于世界剧坛。奥尼尔早期的戏剧呈现出现实主义的基调;中期戏剧深受现代主义文艺思潮的影响,冲破了现实主义戏剧传统的藩篱。奥尼尔的剧作中经常运用表现主义创作手法。《琼斯皇》是奥尼尔创作的第一部表现主义戏剧,也是美国早期表现主义代表剧作之一。《琼斯皇》描写了人的权欲心态,指出了过度的贪婪和追求权欲会导致人的毁灭。奥尼尔创作该剧受到了心理学家荣格的"集体无意识"理论的影响。《琼斯皇》在结构上与传统戏剧不同,更像是一出独幕剧。该剧不分幕。奥尼尔在《琼斯皇》中大量使用了象征主义的创作手法。《琼斯皇》问世不久就被介绍到中国,对中国戏剧产生了比较大的影响。中国著名剧作家洪深的《赵阎王》被认为改编自《琼斯皇》,1923年在上海笑舞台公演。

第二节 外国电影文学

电影是在欧美最早出现的,自然,电影文学也是首先在欧美诞生的,至今已经走过了一百多年的历程,诞生了大量的经典电影作品。相应地,欧美也创作了大量的电影文学精品,成为人类宝贵的精神财富。这里,我们对外国电影文学做一些简单的梳理,以便对外国电影文学创作概况有基本的认识。

一、外国电影文学的诞生与发展

电影从正式在银幕上放映开始,经历起落、兴盛,发展到2022年,已经走过了一百二十多年的历史。相应地,电影文学也已经发展了一百二十余年。

(一)电影的诞生

从现有的电影史料来看,电影的发明是欧美各国科学研究的成果。1895年于法国巴黎大咖啡馆放映的《火车进站》可被视为世界电影的起源。卢米埃尔兄弟时代的电影,是很难谈及电影文学的。这类一分钟短片由单镜头完成。但是并不能说在早期的电影当中没有电影文学思维的存在。这些朴素的单镜头影片事实上为后来的电影文学发展奠定了最基本的范式基础。

范式解决了电影叙事空间的问题。这些叙事空间既有生活之日常（比如《工厂大门》），又有从生活之日常中所开发出的戏剧性（比如《水浇园丁》），还有电影对于人类技术高度发展的敏锐的发现和反映（比如《火车进站》）。同时卢米埃尔兄弟派往世界各地的电影摄影师们，事实上是借助电影这种方式完成了对于世界多元空间和跨文化的表述。这都成为后来一百多年间电影文学叙事展开的基本框架。在卢米埃尔兄弟时代，电影虽然没有具体的剧本形态，但是在影像当中所蕴含的创作思维被之后的电影人延续性地发展了。

在世界电影发展史中一个重要的天才人物就是乔治·梅里爱。乔治·梅里爱生于一个富裕的家庭，早年经营魔术和木偶戏剧场，由此成为一个富翁。当卢米埃尔兄弟的电影风靡法国的时候，乔治·梅里爱被新技术打动，他敏锐地意识到新技术对人类的戏剧艺术将会是一个大大的促进，乔治·梅里爱从一个剧场作者转换成为重要的电影创作者。

当电影走到乔治·梅里爱的时代时，电影生产当中第一次出现了编导合一的倾向。在这一时期，电影文学的创作尚没有从电影导演生产当中独立出来，但是乔治·梅里爱的电影与卢米埃尔兄弟的相比，截然不同的地方在于前者极大加深了电影的戏剧性倾向。而在电影当中增加戏剧性将是之后一百余年间电影文学的主流。虽然在后世的电影文学发展当中，电影艺术出现某种多元化倾向，但是以戏剧性为主干的强叙事成为电影文学的基本框架。这个框架在各种电影技术和艺术理念的挑战之下岿然不动，成为故事片遵循的总法则。

(二)外国电影文学的发展

在默片时期，法国曾经出现了一批与好莱坞经典叙事完全不同的电影作品。这些电影作品被称为法国的印象主义。这个流派之所以得名，主要是因为它努力在叙事当中呈现角色内心深处的意识，着眼的不是人物外在行动的记录，而是内心深处的感受。这些作品以回忆或者追溯的手法进行叙事，有时一部影片大半部分是回忆片段或者是一连串回忆，常常描绘角色的梦境、幻想或者无意识。这一流派重要的作品有德吕克的《狂热》(1920年)、杜拉克的《西班牙的节目》(1920年)、冈斯的《车轮》(1923年)等，这些影片追求造型美，寻求新奇的视觉形象和奇特的拍摄角度，特别是探索了表现人物主观世界的方式，加强了画面的主观性。这些影片大多使用主观视点拍摄和剪辑。

同样值得注意的是超现实主义电影的出现，当法国导演在工商业体系当中制作印象派电影时，超现实主义电影的导演主要依靠私人赞助而逐渐发展起来。由于资本的不同，电影的书写方式出现了更加私人化的倾向。《贝壳与僧侣》《一条安达卢的狗》成为这时期的代表性作品，这些作品的意义是模糊的，甚至创作者本人也无法解释。

与法国电影不同的是，大约从1904年开始，美国电影叙事形式成为此后世界电影产业当中最突出的形式。之后，全世界的电影产业快速增长，在美国的东海岸，很多小公司开始介入电影的生产，从中攫取了大量利润。美国早期的电影业由专利公司控制，发行商和放映商都受其控制。电影专利公司主要是监督电影工业的运转和征收专利费用，它控制了电影运作的全部过程。而从1910年到1920年间，诸多小电影公司合并为大公司。迄今还有很多公司依然存在，如米高梅、福克斯、华纳兄弟、环球影业以及派拉蒙等，形成了早期好莱坞。与欧洲电影发展路径不尽相同的是，从20世纪20年代末以来，美国的主要类型电影，如西部片、喜剧片、强盗片、恐怖片、歌舞片和战争片等已经初具规模。20世纪三四十年代，好莱坞的制片商们在稳固的制片厂制度之下，为适应电影工业化生产的需要、迎合观众趣味、攫取更多利润，更加强化了类型电影的生产和创作观念。

1903年鲍特所编导的《火车大劫案》成为美国经典电影的原型。这部电影建构了清晰的时间、空间和逻辑上的线索。此时，外国电影文学呈现比较清晰的格局。电影在世界不同区域中呈现出以叙事为主干，以视听为手段的表现特色。这成为电影文学的基本范式。这一范式甚至持续到20世纪40年代奥逊·威尔斯拍摄《公民凯恩》之后,外国电影文学的叙事才从线性叙事走向了多线叙事和多角度叙事。外国电影文学叙事结构的丰富性和电影人物表现的复杂性与多元性,不仅出现在美国电影中,而且与日本电影导演黑泽明拍摄的《罗生门》和《公民凯恩》也遥相呼应。

苏联的爱森斯坦与库里肖夫的电影蒙太奇实验、普多夫金的诗电影,构成了世界电影史上具有重要影响力的苏联蒙太奇学派。电影声音技术出现之后,蒙太奇学派的大师们还沉浸在用思维进行电影声音的创作时,苏联《真理报》发表了一篇题为《走上布尔什维克的轨道》的社论。社论向苏联的电影工作者提出了新的要求,要求他们跟上社会主义建设的步伐,转向社会主义现实主义的创作方向。

1934年,苏联社会主义现实主义电影创作的里程碑之作《夏伯阳》问世。影片根据富尔曼诺夫于1923年发表的同名小说改编。编导瓦西里耶夫兄弟在原小说的基础上进行了大胆的改编,围绕着统一的剧作中心构成情节,使影片呈现出接近古典剧作原则的情节结构。在集中塑造夏伯阳的传奇形象的同时,又多层面、多角度地展示了各种力量的冲突,使人物之间的关系更为复杂,人物形象更加栩栩如生。瓦西里耶夫兄弟在电影文学层面的创新,鲜明地表现在运用当时刚刚出现的电影声音这一新的手段上,他们使声音完成积极的剧作职能,赋予影片鲜明的情绪色彩,使之成为构成现实主义艺术形象的有力手段。这为后来的电影文学中的声音思维建构与表达起到了积极的示范作用。

第一个对好莱坞电影制作模式发起重大挑战的则是,第二次世界大战中后期在意大利兴起的新现实主义电影。当第二次世界大战结束,意大利的法西斯统治走到了末日,一批过去被排斥在制片厂以外的电影人逐渐团结起来,形成了新的电影力量。意大利新现实主义电影既有左拉的以自然主义为基础的批判现实主义文学传统的影响,又有苏联现实主义电影的影响和欧洲诗意现实主义电影的影响。这时候出现的重要创作者有维斯康蒂和德西卡等。维斯康蒂拍摄的《沉沦》被看作是新现实主义的先声。意大利新现实主义电影的兴起,一方面有战后意大利经济崩溃的现实原因,另一方面这些电影人在他们的作品当中也出现了一种回到卢米埃尔的真实感。在拍摄中,他们把摄影机扛到街头去。意大利新现实主义电影基于生产条件的限制,引起了此刻外国电影文学家对意大利现实的空前关注。这种对现实的关注,成为二战之后历次电影艺术运动和各电影流派的某种共通的倾向。

从20世纪50年代末到60年代早期,一批在二战后重建时期成长起来的新生代导演登上舞台。1959年,在戛纳电影节获奖的戈达尔的《筋疲力尽》、特吕弗的《四百击》、阿伦·雷乃的《广岛之恋》,标志着新浪潮进入了世界电影史。法国新浪潮是继欧洲先锋主义和意大利新现实主义以后的第三次具有世界影响的电影运动。在新浪潮电影运动中有一批导演被称为左岸派,如阿伦·雷乃、阿兰·罗伯格里耶、玛格丽特·杜拉斯等。

左岸派强调对人的理解,强调电影的文学性,他们被人们看作电影作家,即文学家们拍摄电影。左岸派的创作者们深受现代主义哲学的影响。他们有着强烈的对于叙事的解构倾向,特别关注意识流文学的影响。在左岸派创作者的电影当中,叙事时间和空间逻辑是被打乱的:过去与现在、现实与幻想、真实与回忆被连接起来。电影当中的人物经常无名无姓,人物所依托的空间也模模糊糊,观众和电影角色处于一种离间的状态。此刻,与法国新浪潮遥相呼应的是,欧洲其他国家也纷纷出现著名的电影大师,比如意大利的费里尼、安东尼奥尼,瑞典的英格玛·伯格曼,德国的法斯宾德等。20世纪40年代至60年代出现了世界性的电影运动。由于社会逐渐稳定、经济逐渐繁荣和具有替代性能的电视的出现,电影逐渐失去了社会和市场的支撑,慢慢变得脱离观众。

欧洲现代主义电影作为一种思潮,在20世纪60年代以后逐渐开始淡化并衰落。而在美国,由于欧洲电影的影响,好莱坞电影生产进入一个新的时代。一群深受欧洲电影影响的艺术家在好莱坞的商业体制当中,将创作者的艺术个性和好莱坞的商业逻辑相结合,使好莱坞走出了传统的类型片生产模式,使电影有了新的现实深度、艺术创新和思想洞察力。

《邦妮和克莱德》的出现,意味着新好莱坞电影的横空出世。该片的复杂性使它具有强盗片、惊险片、传记片、警匪片、喜剧片等很多类型影片的特点。此时,好莱坞电影也使美国电影出现了明显的类型杂糅的倾向。同时,好莱坞电影还体现出一种对于现实的观照性。《邦妮和克莱德》这部影片是根据20世纪30年代美国经济危机时期一对银行抢劫犯的真实故事进行改编的。此后,尼克尔斯的《毕业生》、佩金斯的《狂野团伙》等都表现了美国社会青年叛逆、社会暴力、种族冲突、道德乱象等内容。

这些影片的出现不能不说是对意大利新现实主义电影美学的一种继承。20世纪40年代中期到20世纪70年代,一方面各个国家的电影与本国的政治变化、社会现实紧密相连;而另一方面,现代主义和后现代主义文化的全球影响,也使各国电影艺术呈现出了前所未有的风格、流派和观念的多样化。

二、外国电影文学的重要流派与特点

外国电影文学在一百二十多年的发展历程中,以第二次世界大战为界,前后两个阶段形成了不同流派。

(一)第二次世界大战前的外国电影文学重要流派

外国电影文学是伴随着电影的生产而逐渐产生的。这种独立性的倾向有两种根源:一种是以导演为中心的编导合一(以梅里爱、格里菲斯为代表),另一种是以演员为中心的编导合一(以卓别林为代表)。在其演变过程中,在不同区域又先后出现各自相对独立的流派。

德国表现主义电影大多创作于1919年至1924年。1920年由卡尔·梅育编剧的《卡里加里博士》成为其中的代表性作品。该片是世界电影史上被谈论较多的影片之一,它突出体现了表现主义风格,所塑造的作为疯狂和幻想、残忍和固执的综合体——卡里加里博士这一形象——对西方恐怖片的形成和发展产生了深远的影响。影片开拍之时,德国正处于第一次世界大战之后的深重苦难当中。电影人对让德国陷入战争的政治权威和群众对于权威的盲从感到不满。这是卡尔·梅育编写剧本的重要思想背景。在他的电影剧本里,卡里加里博士是个不折不扣的疯子,他利用他的催眠术驱使无辜的青年人去杀人。剧本被买下后做了重大改动,导演在影片头尾分别增加了内容,把卡里加里博士的疯狂犯罪,改成一个疯子的幻想。于是权威的角色从犯罪的疯子变为理性的保护人,这让编剧十分不满。

当表现主义被普遍接受后,导演不再将它局限在精神病患者的世界,在主流电影当中,表现主义风格常常被用来制造幻想片或恐怖片的景观。后来,欧洲和美国好莱坞的"吸血鬼"题材影片也直接受到德国表现主义的影响。许多电影在制造神秘感、恐怖感和错乱感时,都直接或间接地借鉴了德国表现主义的电影观念和电影经验。

20世纪30年代,苏联电影转为社会主义现实主义的创作方向的首要问题是蒙太奇学派的大师们的转向问题。社会主义现实主义的创作方法要求苏联电影工作者更真实、更具体地描写苏联的社会现实,去创造一种"为大众的艺术",而不是具有抽象意念的知识分子的艺术;要去表现有社会内容的内在冲突,而不是强调形式主义的外在冲突;要去具体刻画人物形象,而不是仅限于即兴的人物速写等。

(二)第二次世界大战后的外国电影文学流派

20世纪40年代中期之后,外国电影文学在欧美呈现了不同流派。意大利、法国、美国、苏联、日本等都有自己的流派。

意大利新现实主义电影文学是其中一个重要流派。其电影文学有三个明显的特征:第一,它具有强烈的现实性,对于现实的密切关注,忠实于真实事件与人物的再现,使文学故事性消失在如同新闻报道的实际生活的叙事状态之中;第二,意大利新现实主义电影文学在叙事结构层面,追求一种朴实无华的结构特色,不使用倒叙、闪回等一些令人费解的结构形式,而是选择了一种简单、鲜明、直观的结构形式,呈现出一种清晰、自然、充实的结构特色;第三,意大利新现实主义电影文学在塑造人物时注重方言的运用。这是受到了爱德华·德·菲利普的方言戏剧和维尔加小说的影响,也是民族电影追求声音效果表现的突出手段。意大利新现实主义电影文学在人物语言塑造中既保持方言的特点,又尽可能使人听得懂。

20世纪50年代末期在法国新浪潮运动兴起的时候,还有一群艺术家,他们同样拍了一系列与传统电影相背离的影片,电影史学家将他们称为左岸派。阿伦·雷乃是法国电影重要人物之一,也是左岸派的领军人物。他导演的《广岛之恋》是由法国著名新小说家玛格丽特·杜拉斯编剧的一部故事片。影片讲述一位法国女演员在广岛拍片和当地的一个日本男子相爱。在两天之内,女演员不断回忆她在二战时期爱上的德国军人和她自己遭受的痛苦。其语言风格明显带有编剧本人的特点:大段内心独白、祷文式的叠句、咏叹式的朗诵……剧本的这些特点使导演在影片中通过大量心理蒙太奇以及闪回的手法来表现人物的回忆、想象与梦境。通过意识流动、内心独白、时空交错来剖析人物的内心世界。影片淡化矛盾、淡化情节的处理方式,将文学中的意识流及象征手法运用到电影当中,通过电影语言补充创作了一部寓意深刻的影片。

美国新好莱坞电影大致分为两个时期,第一个时期是1960年到1966年,这一时期好莱坞尝试进行各方面变革。第二个时期是1967年到1976年,这是美国新好莱坞电影做出变革后进入创作高潮的时期。新好莱坞电影有着某种统一的美学特征。首先,在叙事结构上,新好莱坞电影打破经典好莱坞电影的戏剧式线性叙事,结局一改以往的大团圆而走向开放。社会批判意识和现实态度相较以往的好莱坞电影有所增强。其次,在人物塑造上,新好莱坞电影打破以往的经典好莱坞电影文学中的扁平人物的塑造,进而塑造非定型化、性格多变的圆形人物。

卢卡斯的《星球大战》、科波拉的《教父》《现代启示录》、斯科赛斯的《出租车司机》、斯皮尔伯格的《大白鲨》、库布里克的《2001:太空漫游》

《发条橙》等,都是这一时期较为著名的作品。

20世纪50年代末至60年代末,苏联电影空前繁荣,这一时期被称为苏联"新浪潮"代表作品的有《第四十一》《士兵之歌》《雁南飞》《伊万的童年》。苏联电影文学有两大题材。第一,战争题材。战争题材一直是苏联重要的影片题材之一,它不仅在苏联电影中占有重要的地位,对世界电影也产生了很大影响。代表作品有《这里的黎明静悄悄》等。苏联电影作品中,道德精神构成了它与西方电影的本质差别。20世纪70年代以后,苏联出现了一大批道德题材影片,成为当时电影创作的主流代表,作品有《莫斯科不相信眼泪》《两个人的车站》《秋天的马拉松》等。20世纪70年代以后的苏联电影还创作了许多名著改编的影片,如《苦难的历程》《战争与和平》《安娜·卡列琳娜》《静静的顿河》《白痴》等。

从1950年左右开始,日本电影界出现了一大批优秀的电影导演,使日本电影走向了世界。与黑泽明同时代的电影大师小津安二郎的作品所表现出来的日本民风民俗和人情关系,受到影评家的赞赏。与野田高梧联合编剧的《晚春》《东京物语》是小津安二郎导演的著名作品,这些作品中体现了日本的民俗习惯,生活气息浓厚。沟口健二是以拍摄女性电影著称的电影大师,他的作品多以女性的生存状况和命运悲欢为主题,在日本电影之林中独树一帜。在日本电影走向世界的过程中,沟口健二贡献巨大,依田义贤编剧的《雨月物语》是其代表作品。

三、外国电影文学的代表作家与作品

外国电影创作和代表人物,应该说主要集中在欧美。从外国电影发展史来看,除了早期的卢米埃尔、乔治·梅里爱的创作之外,主要应该注意如下几个电影人物及其创作。

(一)默片时期的外国电影文学大师

与法国先锋派电影相比,德国电影更加密切地关注德国的社会现实。德国表现主义电影所蕴含的社会性,在室内剧和街头电影中得到了发展,

摆脱和超越表现主义电影美学流派的正是那些表现主义电影艺术家自己。卡尔·梅育是创造了两种完全相反的电影学派的剧作家。在被称为室内剧三部曲之一的《最卑贱的人》中,剧作家卡尔·梅育描写了一个年迈的旅馆看守人由于穿一身体面的制服而受人尊重,当他被降职之后,其自尊心受伤。他极力掩盖事实真相,唯恐失去人们的尊重,但最终还是真相大白,他的精神濒于崩溃。

新客观派是 20 世纪 20 年代后半期盛行于德国的一个文学运动。新客观派的任务仅限于记录事实、照相式地反映客观状况,而不探求事实的意义。新客观派拒绝提出问题,拒绝表明观点和态度。无论是其左派还是右派,都不回答如何改变世界这一根本问题。1925 年出现了以现实主义为特征的新客观派电影,给德国电影带来了一系列题材与风格上的变化:作品美学从表现"赤裸裸的灵魂"到表现"赤裸裸的现实",从表现主观到表现客观,从表现非理性到表现理性,从表现抽象到表现具体,表现手法从象征到实际。

根据同名小说改编的著名影片《没有欢乐的街》,有意识地将原小说中的谋杀侦破情节加以压缩,同时加重了影片社会性的描绘,真实展现了第一次世界大战后通货膨胀年代中维也纳的社会与生活图景,并将贫富两种社会阶层进行对比。《没有欢乐的街》并没有超越《卡里加里博士》和《最卑贱的人》的室内拍摄的原则。但这部影片和表现主义及其室内剧所表现的狭小世界相反,表现社会现实,反映出战后欧洲的一个社会阶层的没落,使影片中的人物和情节与社会政治和道德的背景紧密联系起来。

从《卡里加里博士》到街头电影,20 世纪 20 年代的德国电影文学的探索越来越趋于现实性和社会性。

(二)现代派外国电影文学的重要作家与作品

《公民凯恩》由 H. J. 曼凯维奇·奥逊·威尔斯编剧,它是一部艺术开拓性强、具有很大挑战性和艺术魅力的影片。《公民凯恩》的特别之处主要体现在对传统的电影审美观念的大胆突破上,它不属于类型电影。剧作者创造了一种独具新意的多视角的现代叙事结构。从凯恩之死揭开序幕,由汤姆逊为解开凯恩临终遗言"玫瑰花蕾"之谜而进行采访,引出五个人物的不同讲述。这些讲述错综复杂地呈现了凯恩人生经历的不同阶段以及凯恩性格的不同侧面。通过赛切尔、伯恩斯坦、里兰、苏珊以及雷蒙分别对凯恩的回忆和叙述,最终形成了凯恩这个剧中人物形象,同时也完成了电影文本的叙事。这里显得更为复杂的是,每个人分别进行的叙述之间都是相互矛盾的,都是从不同的阶段看到的不同侧面。而每个人又都认为自己所讲述的是正确无疑的。

这与黑泽明的《罗生门》叙述方式有所相似,但不同的是,《公民凯恩》不是关于道德的相对论的探讨,而是以凯恩在一生中主要的生活经历作为不同的叙事线索,从而揭示他的性格命运发展变化的过程。影片表面上是寻找"玫瑰花蕾"的答案,而深层却是揭示了凯恩这个人物的形象。

《罗生门》的文学剧本是电影剧作家桥本忍与导演黑泽明根据日本著名作家芥川龙之介的小说《莽丛中》改编的,并选取了芥川龙之介的另外一部作品《罗生门》作为题名。原著小说故事很简单,一个武士带着妻子远行,途中被一个强盗骗进树林,绑在树上,妻子遭到强盗侮辱。

剧作家用五个人在公堂上的供词和行脚僧、卖柴人、打杂的在避雨时闲谈的形式展现了这几个人对武士被杀这一事件的经过得出的不同结论。剧本写了五十六场戏,集中在四个地方:罗生门、山林、官署、河滩。有限的四处场景,屈指可数的七八个出场人物,单线条的剧情,影片却有声有色,内涵极其丰富。

这部根据芥川龙之介两部小说改编而成的电影作品,其中主要故事和人物来源于《莽丛中》,剧本保留了原作中多角度的叙事方式。然而,原小说反映的怀疑主义、利己主义的主题思想,显然与黑泽明作品一贯主张的道德观念和理想主义的色彩不相吻合。因此,影片从表达人道主义思想的作品《罗生门》中取了一个框架,用来体现主体思想。

罗生门废墟和古典式法庭是弄清事件真相的两个"画框",而事件本身的描述,则由相互矛盾、对立和冲突的四个不同的叙述版本组成。从《公民凯恩》到《罗生门》,这种多角度叙事的电影文学结构,在此后的世界电影文学创作中被广泛使用,这也使电影文学在人物塑造和叙事结构层面的探索上有了巨大的突破。

此后,在外国电影文学中,人物的塑造越来越不满足于简单人物的性格构建。外国电影文学当中的矛盾冲突,从人与人之间的外部冲突日渐走向人与人的内在冲突,以及人与自身内部的意识形态冲突。瑞典电影大师英格玛·伯格曼于1957年编导的《野草莓》突出地描写了这种现代社会中人的内在意志冲突的转向。

英格玛·伯格曼1918年出生于瑞典,父亲是一位虔诚的教徒。家庭中浓郁的宗教氛围和父亲严厉的管束,使伯格曼形成内向、叛逆的性格,对他日后的创作产生了深远的影响。伯格曼的作品几乎从不离开对下列三个问题的讨论:1.人的孤独与痛苦;2.生与死、善与恶的相互关系;3.上帝是否存在。

在叙事方式上,《野草莓》打破了传统的线性结构,采用了多主题、多线索、多层面的复调结构。它的故事框架是描述主人公伊萨克本人向观众讲述自己从斯德哥尔摩到隆德去接受荣誉博士头衔这一在现实空间中的旅行,时间是从现在到未来。影片的深层结构是伊萨克在自己广袤无垠的心理空间中的种种自我回顾,时间是从现在到过去,现实与梦境两条线索交错。

梦境是现代电影文学的重要元素之一。借助梦,可以深入人的心灵意识和下意识中的一切领域。《野草莓》的基本情节就是由五个相当长的梦构成的。开头是一个可怕的梦,结尾是一个恬静美丽的梦。进入现代电影文学阶段后,世界电影文学渐次实现了这种转向,对于传统的电影文学观念带来的巨大的冲击,伴随着叙事结构的复杂化、人物的模糊化、叙事空间的不确定化,外国电影文学也实现了与传统类型化叙事之间的迭代,出现了越来越多的类型杂糅。

20世纪末以来,数字技术的发展给电影的美学、艺术和技术带来了新的挑战。电影在国际化与民族性、娱乐与艺术、商业与美学奇观、形式与人性故事的冲突之间,努力寻找平衡。到21世纪,越来越多的电影超越国界,同时,越来越多的电影也根植于本土。这种两极化的趋势,最终会带来世界电影的发展。

(三)社会主义阵营的电影文学

以苏联为代表的社会主义国家的电影文学在二战之后继续发展,并呈现出自己鲜明的艺术特色。维克多·罗佐夫编剧的《雁南飞》是20世纪50年代苏联重要电影作品之一。20世纪50年代中期以后,普通人成为银幕上的主人公。观众可以在电影中看到自己在生活中经常遇到的人,他们的欢乐和忧伤自己也常常感受到,因而是容易理解的。《雁南飞》中的女主人公维罗尼卡并不是出类拔萃的英雄人物,她带有明显的性格上的弱点:幼稚而易受欺骗、爱幻想而不切实际,而且她的视野也不够开阔,精神境界也不够高,但她的遭遇真实地反映了那个时代,因而在观众心中得到了共鸣。

20世纪50年代到60年代,苏联诗电影流派的倡导者认为,"真正的电影必须是诗电影,无论在剧作上、形象的处理上以及表现手段上都应如此产生一部影片的思想和意图,应当通过广阔的诗的色彩表现出来"。诗的特点已经不单纯,表现在隐喻、象征上,它贯穿着影片的整个构思。《雁南飞》中有大量散文式的描绘,这些段落也洋溢着诗的氛围,《雁南飞》可以被看成一首抒情长诗:它由许多段落组成,每一个段落都是一首诗。

20世纪50年代以来,书写普通人与诗电影的传统,深刻影响了苏联电影发展的方向。1972年由瓦西里耶夫与罗斯托斯基根据同名小说改编的《这里的黎明静悄悄》面临的第一个问题就是叙事结构:电影是以现代人的眼光来审视过去的战争,从而对今天的现实进行思考。小说对主人公们的战前和战斗工作进行了平铺直叙的客观叙述,而电影则采用了对比鲜明的表现手法,把小说对女主人公往事的客观叙述变成了她们的主观回忆。叙事结构由多视角的回忆与现实组成。这两条线索的汇合,既表现了女主人公们对生活的热爱,又歌颂了她们不怕牺牲的爱国主义精神。与以往许多战争题材影片不同的是,这部影片强调的是战争是在人们毫无思想准备的情况下,像灾祸和瘟疫那样突然降临到人们头上的。而红军女战士们毅然决然地与德国法西斯展开了英勇斗争直至全部牺牲。苏联电影文学中的这些"非口号式"英雄更加耐人寻味,也深刻影响了社会主义阵营电影文学的转向。

第三节 外国广播剧文学

在外国戏剧文学大家庭中,外国广播剧文学是继电影文学之后出现的另一种新的戏剧文学。这是无线电技术进步、广播事业发展的产物。广播剧文学是为了广播剧演播的需要而创作的,它以适合声音传播为内在要求,以跨时空的快速传播显示自己的独特优势。它在英国一问世,就受到人们的青睐,很快就在欧美各国发展起来,进而传到中、日等亚洲国家,于是广播剧文学迅速崛起。外国广播剧文学一直以广播事业发达的欧美国家的文学为主。欧美广播剧文学的发展,给了中国广播文学创作有益的借鉴。

一、外国广播剧的生成与发展

外国广播剧文学是在英国广播公司探索广播节目的多样化和新异性中孕育并产生的,又是在政治宣传和广播事业竞争中得到发展的。

(一)外国广播剧的诞生阶段

外国广播剧诞生于20世纪20年代,这是在广播节目的创新探索中孕育的。1906年12月25日,雷金纳德·奥布里·费辛敦用无线电报机试验语言和音乐的广播获得成功,为世界广播事业拉开了帷幕,也为广播剧问世做了技术准备。1921 年,美国匹兹堡的 KDKA 电台播出的作品《一条乡村教育的电话线》(*A Rural Line Dn Education*),被认为是"世界上最早播出的广播剧"[①]。1923 年 1 月,英国广播公司所属电台成功转播莫扎特的名作《魔笛》,5 月 28 日,又成功试播莎士比亚《第十二夜》,广播戏剧文学就开始孕育了。10 月,杰弗里根据同名小说改编的广播剧《罗布·罗伊》,被"公认为是最早的具有独创性的广播剧"[②]。1924 年 1 月 15 日,理查德·休斯以英国威路斯煤矿事故为素材创作的广播剧《危险》,由英国伦敦 BBC 广播电台演播,标志着世界上一种新的戏剧文学——广播剧文学——的诞生。

从此,广播剧迅速传播,广播剧文学在世界兴起。1925 年 8 月 13 日,小山内薰把《危险》译成《煤矿之中》播出,在日本引起了强烈的反响。[③] 同年,日本播出了自创的第一部广播剧《凋落的梧桐叶》(*Kirihitoha*)。1925 年 12 月 29 日,美国纽约 WGBS 电台播出了南西·布劳西马斯创作的喜剧 *SUE·EM*,这是"美国首次印刷的广播剧"[④]。此外,美国还有《英雄披亚》等广播剧。

(二)外国广播剧文学的成熟阶段

20 世纪 30 年代中期到 40 年代,是外国广播剧文学的成熟阶段。20 世纪 30 年代,无线电广播事业迅速发展,欧美的广播技术日趋成熟,广播节目不断丰富,广播剧形式日益完善起来,广播剧文学走向成熟,影响深

---

① 赵玉明、艾红红、庞亮主编:《广播电视学学科体系建设研究》,中国广播影视出版社 2015 年版,第 433 页。

② 张凤铸主编,王雪梅副主编:《中国广播文艺学》,北京广播学院出版社 2000 年版,第 31 页。

③ 宫承波主编:《广播电视概论》,中国广播影视出版社 2009 年版,第 219 页。

④ 转引自朱宝贺、刘雨岚:《广播剧编导艺术》,中国戏剧家协会黑龙江分会 1986 年印刷,第 6 页。

广。如奥森·韦尔斯根据英国幻想小说《宇宙战争》改编成广播剧《星际大战》,1938年10月30日晚8时由美国CBS水星剧团演播,剧情以新闻报道的形式推进,达到了以假乱真的效果,引起听众的广泛恐慌。这时期涌现了一批著名的广播剧作家,优秀作品很多。其中大多以描写世界反法西斯战争为主题,英国杰弗里·布里德森的广播诗剧《45号行军令》、A. L.劳合和I.维诺格拉道夫的《纳粹旗下》、塞西尔·麦克吉维的《弹舱门开启》,加拿大邓乐夫的《中华万岁》,美国阿齐博尔德·麦克莱希的《城市的陷落》、赛珍珠的《中国事件》、卢西尔·弗莱彻的《对不起,号码错了》(又译《谋杀》)、阿奇·奥布勒的《阿奇·奥博勒广播剧十四部》《珍珠港前反法西斯战争》、阿诺门·卡雯的《为了和平的缘故,我歌唱!》《无名英雄》、翰斯·雷贝尔克的《告世界》、诺曼·科温的《这就是战争》等等,都是重要的代表作。当然,也有其他题材和主题的作品。1942年诺曼·科温出版了"科温的二十六部"系列广播剧集,童话广播剧《阮宁·琼斯远征记》、政治宣传剧《我们掌握着真理》、反欺压剥削的《我的摇钱树可儿怜》,曾获得过"天下一家"大奖。这时期以英美广播剧为主导。

(三)外国广播剧文学的繁荣阶段

20世纪50年代到80年代,外国广播剧进入全面发展阶段。这一时期不仅英美加等国的剧作家广播作品众多,其他国家也涌现了很多作家和作品,题材非常广泛,思想也很深刻。20世纪50年代的外国广播剧文学,既有对第二次世界大战的反思,也有对社会发展与变革的描写。1952年4月,日本演播的《君之名》(又译为《你的名字》),描写了战争孤儿的故事。真知子与后宫春树相爱,相约在半年后相见,但战争失败后的日本发生了翻天覆地的变化,人的命运不能自主。当他们再次相见时,真知子已嫁作人妇,而在这之后他们的命运又会有怎样的改变呢?"剧情跌宕起伏,峰回路转,充满了奇遇和伤感,紧紧抓住了日本听众的心。"[①]剧中的

---

① 张采:《日本广播概观》,中国广播电视出版社2001年版,第51页。

台词"忘却,是抛弃过往。没能抛弃过往,就发誓忘却,这是何等悲伤"在日本影响很大,展示了战后日本人的心态,也引发听众思考。据称,这部作品播出时,澡堂的人消失得一干二净,都去听广播了,后来这部剧被翻拍成电影放映。① 在德国,埃尔文·魏克德的广播剧《课堂作文》、龚特·魏森堡的广播诗剧《扬子江》、君特·艾希的广播剧《维泰波的少女们》《梦》都是优秀作品;冰岛奥·约·西古德逊的儿童广播剧《天鹅湖畔》也影响很广;尼菲道娃根据维里斯·拉契斯德的长篇小说改编的广播剧《走向新岸》则是苏联广播剧广有影响的代表性作品,描写了拉脱维亚共和国革命者的斗争故事;瑞士广播剧作家杜伦马特的《深秋夜话》曾获意大利广播剧大奖;肯尼亚广播电台(KBC)的《广播剧场》节目里,一年就播放了54部广播剧。20世纪60年代开始,欧美国家的广播剧开始了"新广播剧"的探索和试验,一度流行"原素材"广播剧。这些实验性广播剧有的没有完整清晰的情节,如美国广播剧《翅膀》;有的没有对话,如英国BBC广播公司第三电台播出的广播剧《复仇》,还有的是人物谈话和动作声音的录音,如广播剧《一个拉琴,一个吃草》等。但还是传统的广播剧居多,影响更大。20世纪70年代,德国广播剧十分流行,无论是青少年广播连续剧还是成人广播剧都吸引了大量听众。英国的《古堡幽怨》《超级市场》、德国的《奥立佛》等都是这时期著名的作品。20世纪80年代中期,英国广播公司每年都收到1000个左右的广播剧本②,这一规模的剧本供应,促使剧作家互相竞争,在剧本风格和内容上逐渐形成了一套统一的选拔标准。

(四)外国广播剧文学的坚守阶段

20世纪90年代以后,外国广播剧受到电影、电视和网络文化的影

---

① 动漫大辞典编辑室编著:《动漫大辞典4 同人收藏模型》,航空工业出版社2014年版,第205页。

② [英]普里斯尼茨:《英国广播剧概观》,陆群译,《现代传播》(中国传媒大学学报)1989年第Z1期。

响,但还是在坚守中谋求不断发展。"2006 年美国广播剧的听众达到历史上最低,但是英国广播剧仍然一片繁荣景象,BBC 的广播三台、四台和七台每年制作播出数百部新广播剧,特别是 BBC 广播七台,提供广播喜剧、恐怖剧和科幻剧。"①英国广播公司(BBC)改编自但丁原著的广播剧《神曲·地狱》,获得了 2015 年第 19 届麦鲁利奇奖广播剧类第二名;美国广播剧有《我的邻居》《十字路口》《上海谍影》《星球奇遇》以及音乐剧《发胶星梦》等。这时期,欧美一些国家探索创作了既能适应电视剧拍摄播出,又能做广播剧演播的作品,影响很大。在数字技术高速发展的今天,"播客"成为新广播剧的重要传播渠道,带来了广播剧的重生。美国芝加哥电台美国生活旗下的广播剧 Serial 是最火的播客节目,从 2014 年发布第一季以来,打败了众多热播剧,成为美国人最期待的剧集,下载量十分惊人,其单集下载量平均超过百万次,而且是最快在 iTunes 上拥有 500 万下载量以及在线收听量的播客。这说明,广播剧具有很强的生命力,在融媒体时代,可以有效提高资源的利用率。

二、外国广播剧文学的艺术特征和审美形态

广播剧文学作为 20 世纪随着广播技术发展出现的新型戏剧文学样式,外国广播剧文学,尤其是英美广播剧文学,既具有一般文学样式的基本特征,也具有作为广播剧文学的普遍性特征,还有作为广播剧文学诞生与发展中的地域文学特征,相应地也有了丰富的审美形态。

(一)艺术特征

外国广播剧文学是在探索一种新的广播节目中诞生的,一开始就追求区别于话剧等舞台剧文学的独特性,在艺术特征上,除了现实性、政治性和想象性之外,还有三个方面非常突出:

---

① 赵玉明、艾红红、庞亮主编:《广播电视学学科体系建设研究》,中国广播影视出版社 2015 年版,第 433 页。

1. 突出的声音性。广播剧是通过无线电广播传送的,是一种听觉艺术,因此广播剧文学一出现,就显示了突出的声音特征,提出了声音制作的明确要求。理查德·休斯创作的世界上第一部广播剧文学作品《危险》,在序幕中一开始就规定了声音特征:"隐隐约约地听到矿工们的歌声、说话声,接着是爆炸声、喷水声、脚步声、挥镐声。"接着是播音员告诉听众,这是在危鲁斯矿井中。然后是人物的声音——主人公梅丽喊叫:"哎呀,怎么啦?!"主人公杰克回答:"是灯灭了。"梅丽问:"喂,你在哪儿?"杰克回答:"在这儿。"剧本注明:"脚步声。"梅丽叫:"在哪儿?什么也看不见呀!"杰克回答:"在这儿,哎,我的手,在这儿!"梅丽说:"看不见。"整个文本中没有任何可视性的提示,只有声音元素,形成一个全新世界。

2. 突出的广播性。广播剧文学是为广播节目而写的,它是一种广播文艺作品。因此,广播剧文学创作者一方面为了避免缺乏视觉性而带来的局限,另一方面为了表现更广阔的生活和丰富的内容,总是用"报幕人""旁白""解说"等元素,特征是非常明显的,如《纳粹旗下》一开始就用报幕人的身份介绍:"七十五年来,一个国家曾经五次破坏了欧洲的和平,曾经五次参加战争。1864年进攻丹麦,1866年进攻奥国,1870年进攻法国,1914年进攻全世界。而1939年又一次进攻波兰、英国和法国。德国的国运是大大地改变了。当1864年,德国是个有许多小国聚集而成的国家,像一盘散沙般由三十九个诸侯分治着。如今它却是个纳粹旗阴影下的大国了。1914年普鲁士王室掌握着德国的命运,使德国陷入战争。如今纳粹们当权了。纳粹是怎样的人呢?""军乐奏了起来,接着雄壮的声音和着音乐的拍节出现。"然后又是报幕人说:"1914年8月,德国发动战争了!"作品就是这样,由报幕人推进情节,完成全剧。这类作品用"解说""旁白"等元素,显示了独特的文体特点。

3. 突出的先锋性。外国广播剧文学是欧美等发达国家探索创新广播节目而出现的,在其发展过程中,一直保持了很强的探索精神,它不仅体现在表现形式上,而且体现在题材和表现领域上,因此这些广播剧从情节剧到心理剧,形态繁多。邓乐夫的《伤兵》是独角戏,阿奇·奥博勒的《鬼怪故事》是鬼戏。赛珍珠的抗日广播剧《中国事件》是一部传统的情节剧,另一部《从中国到美国》则是散文剧,它以美国广播电台的乙通过无线电台呼叫中国,分别与中国人唐先生、彭先生、林队长、梅先生等一些人的通话构成全篇,没有任何情节,也不塑造人物,只有几个通话的片段,显示了突出的散文特征。这些都显示了外国广播剧文学比较明显的探索性特征。

(二)审美形态

外国广播剧文学因为其不断探索创新,艺术上不断运用新的表现手法,因此在审美上有多种形态。除了通常的叙事剧、散文剧、诗剧之外,主要还有这几种不同的类型:

1. 史诗剧。广播剧是声音剧,以声音表现生活,听众也依靠听觉来接受其审美信息,因此外国剧作家们在创作战争剧时往往用全景式的笔调去描写战争的历史进程。A. L. 劳合和 I. 维诺格拉道夫共同创作的《纳粹旗下》、赛珍珠的《中国事件》、邓乐夫的《胜利进行曲》、翰斯·雷贝尔克的《告世界》、薛西尔·麦葛克文的《英国空军在行动》都是史诗性的广播剧,在文体形态上显示了突出的创新性特色。"翰斯·雷贝尔克的《告世界》深刻地表现了弱小国家从战争爆发到抗击强敌,节节失利却绝不放弃的历史进程。薛西尔·麦葛克文的《英国空军在行动》则以多部曲的形式全景式地表现英国军民英勇抗击希特勒发动的德国侵略进攻的历史进程。这些史诗性广播剧,不仅具有历史的深广度,也具有强烈的艺术感染力。"[①]

2. 抒情剧。外国广播剧创作者创作了大量的抒情式广播剧作品。

---

① 刘璨:《20世纪40年代英美反法西斯广播剧的审美特征》,《四川戏剧》2016年第11期。

龚特·魏森堡的《扬子江》、阿诺门·卡雯的《为了和平的缘故,我歌唱!》和《无名英雄》、邓乐夫的《伤兵》等,都是这样的代表作。这些作品具有浓郁的主观情绪,形成了强烈的艺术感染力。例如阿诺门·卡雯的《无名英雄》以强烈的抒情方式,"深刻地表现了民众在法西斯战争中不是阵亡就是被屠杀的悲惨遭遇,揭露了侵略者的残忍,表现了对法西斯战争的坚决反抗。全剧浓浓的抒情性,给听众以强烈的心灵震撼"①。这种抒情剧,不仅具有抒情诗的审美艺术张力,而且具有很强的宣传效果,能够强化受众的反战情绪,推动其投身到反对法西斯侵略的正义战争中去。

3. 心理剧。这些作品是以人物的心理活动来结构的,带有很强的主观情绪性,被称为"新广播剧",又叫"实验剧"。如邓乐夫的《伤兵》、阿奇·奥博勒的《鬼怪故事》《纽伦堡的瑞普·冯·丁克尔》等,都是这一类。《伤兵》是一个微剧,除了配置的声音效果之外,全部都是伤兵自己的独白。这种独白是一种自我倾诉,展示主人公的内心活动。主要内容讲述伤兵全家被日寇枪杀,他16岁开始抗日,20岁负伤进入伤兵医院,发高烧,说胡话,对听众抒发他对日寇的痛恨,对自己负伤且被切去了右臂而不能再去抗日而感到遗憾和悲观。但是,他作战勇敢,杀死了无数鬼子,在战场上一对一拼杀时他没有受伤,可在面临敌人的飞机轰炸,他端着枪射击飞机时,被炸伤了。可以说,这是一个英雄成长的悲剧诗。全剧主人公充满情绪性和感情张力的话语,令听众深深感动。②

此外,还有广播诗剧、演讲剧等。前者如《城市的陷落》《扬子江》等,后者如诺曼·科温的《我们掌握着真理》等都是影响深广的演讲剧,听众多达六千万。《我们掌握着真理》介绍了美国宪法的制订和修订过程,展现了美国式的官僚与资产阶级民主政治,剧中主要人物是资本家和官僚,

---

①② 刘璨:《20世纪40年代英美反法西斯广播剧的审美特征》,《四川戏剧》2016年第11期。

如林肯、杰弗逊、罗斯福、华盛顿以及各州代表等。最后,剧中插入了罗斯福总统在白宫的广播讲演,以及美国国歌。参加演播者都是电影明星,大部分内容是在美国西部的好莱坞录音的。

三、外国广播剧文学的代表作家和作品

在世界广播剧文学一百周年诞辰之时,我们回顾广播剧的历史,有很多剧作家及其作品值得我们去研究。这里限于篇幅,我们简要介绍几位广播剧作家及其作品。

(一)理查德·休斯的《危险》

理查德·休斯生于1900年,牛津大学毕业,诗人、剧作家。1923年,他专门为广播电台创作了广播剧《危险》,于1924年1月15日中午1点钟,在英国伦敦广播电台播出,拉开了世界广播剧的大幕。该剧以英国威路斯煤矿发生的一桩事故为题材进行创作。全剧有四个主要人物:女青年梅丽、男青年杰克、老矿工巴克斯、男矿工以及五个合唱演员,其情节是:老矿工巴克斯带着梅丽和杰克到井下参观,突然遇到煤矿塌方,被封在矿井里。在黑暗的窒息的空间里,死神悄悄地降临,他们每个人都非常焦虑,都想摆脱死亡的阴影,外面的家属也都非常着急。就在十分危急的时刻,矿井终于被打开了一个小口,新鲜空气被灌进坑道,他们惊喜交加。接着一根救命绳子从上面降下来了,但是让谁先上去?尽管他们都感到别人很可怜,尽管时间就是生命,可彼此之间还是谦让起来,最后老人留下来了,其他人一个个离开了这个随时会发生危险的地方。"剧中通过紧张的对话,细腻地描写了人物复杂的心理活动,再配上恰如其分的音响效果,就构成了一个感人肺腑的艺术作品,使聆听广播剧的人们感到焦急和恐惧,在心理上产生了强烈的共鸣。"[①]正如王雪梅所说:"这是一部闪耀

[①] 朱宝贺、董旸:《广播剧编导教程》,中国传媒大学出版社2009年版,第4页。

人性良知火花的作品。"[1]这部作品人物语言、配乐、音响具有强烈的听觉感召力,形成了强烈的戏剧气氛,产生了很大的影响。

(二)A. L. 劳合和 I. 维诺格拉道夫的《纳粹旗下》

A. L. 劳合和 I. 维诺格拉道夫均为英国广播公司职员。广播剧《纳粹旗下》于 1939 年创作,是世界广播剧历史上第一个史诗剧。1939 年 1 月,英国广播公司要求创作该剧,一个月后,初稿(第一幕)完成,并开始预演和播出。以后一幕一幕写,一幕一幕演播,《纳粹旗下》本来包含 8 幕剧和 1 个《收场》,后来只出版了 6 幕:第一幕《领袖的产生》、第二幕《权力之路》、第三幕《纵火国会》、第四幕《希特勒统治德国》、第五幕《阴影的扩张》、第六幕《走向战争之路》。该剧系统全面地反映了德国纳粹法西斯的诞生、发展以至成为世界法西斯帝国主义头号罪魁,侵略欧洲各国,导致第二次世界大战的发展历程,清晰地展现了希特勒如何篡夺政权,引导德国走向纳粹法西斯帝国主义的每一个步骤,深刻地反映了世界帝国主义发展的基本规律。该剧反映的历史跨度二十余年,涉及欧洲大陆许多国家,题材宏大、视域广阔、人物众多,既塑造了希特勒等一批法西斯头目形象,又塑造了一批被侵略国家的民众形象。希特勒的欲望是要对世界实施法西斯统治。当他掌握权力后,实施恐怖和独裁,以个人的欲望强奸民意,欺骗国家,最后祸害全世界。这个形象显示了很强的艺术价值,也有很强的宣传作用,给世界人民提出了警示。《纳粹旗下》每次播出时听众有一千二百多万人,没有别的形象化的节目曾经吸引过这么多人去收听。

(三)诺曼·科温的《总体规划》

诺曼·科温,美国著名的广播剧作家,1944 年 3 月,在亨利霍尔特出版社出版了广播剧集 More by Corwin,一共收入 16 个剧本。他在 20 世纪 40 年代抗战后来中国上海、南京访问过。《总体规划》是一个演讲剧,是

---

[1] 王雪梅主编:《广播剧史论》,中国传媒大学出版社 2007 年版,第 2 页。

"这就是战争"系列广播节目中的第九个,后改名为《敌人》。这个广播剧第一次将纳粹德国和日本帝国主义放在一起来揭露和批判。首先通过旁白"轴心国罗盘上的毒针,以一个巨大的残忍弧线,从柏林飞向东京。我们心里都跟明镜似的。我们知道那些恐怖的事。但我们总结过了吗?这些恐怖的事是孤立存在的吗?它们是权宜之计吗?抑或是它们形成了一种模式、一个总体规划吗?"对法西斯帝国主义的罪行进行了深刻揭露。紧接着作者采取解剖麻雀般的典型手法系统地对法西斯侵略者的罪恶进行了揭露与谴责,具体描写了四个事件:一是法西斯德国在波兰华沙一个学校里残害学生保拉;二是纳粹强行杀死房子的主人,让德国人搬进房子居住;三是转移劳工;四是精神压迫,如禁止波兰人弹奏肖邦曲等;五是鼓励发展小国家内部的仇恨,让他们忙于内战,从而不去反抗德国。他们的总体战略一环扣一环。全剧深刻地揭露了法西斯的罪行。剧中号召世界各国人民"从困惑和混沌的过去中站起来,坚定不移地、不屈不挠地向前进攻!走向胜利!走向我们的新世界!"。该剧以超时空的手法选择典型场景予以表现,叙述与描写结合,揭露了法西斯德国和日本长期的侵略计划和侵略暴行,同时又反复以设问和排比的方式增强表现力,形成很强的审美效果。

(四)埃尔文·魏克德的《课堂作文》

埃尔文·魏克德,德国著名剧作家。《课堂作文》是20世纪50年代广播剧名作,1954年1月19日在德国西南电台播出。作品描写德国某城市一个高中毕业班7个学生从20世纪20年代末毕业到第二次世界大战结束这二十八年的不同经历和遭遇,展现了德国近三十年的社会矛盾和发展变化。全剧以主人公盖格的回忆为线索,将7个人不平坦的人生道路一个一个予以生动清晰的呈现,很切合广播剧的特点。该剧虽然场面描写不多,以盖格的叙述交代为主,但很生动,富有感染力。正如王雪梅所说:"语言生活化,叙述性很强,听来像讲故事,颇能吸引听众。它的音乐、音响极少,完全靠情节抓住听众。"①

(五)龚特·魏森堡的《扬子江》

龚特·魏森堡,德国著名戏剧家。1928年创作表现主义戏剧《潜水艇》。第二次世界大战时因反战流亡美国,1950年创作剧本《欧伦施皮格尔的叙事谣曲》,1954年创作剧本《两个天使下车》,1955年创作《罗夫特》(又名《丢失的面子》)。1956年秋和1961年两次来中国访问。1956年回国后写了许多关于中国的作品。主要有歌颂中华人民共和国成立后中国人民征服自然斗争的广播剧《扬子江》(1958)、散文集《扬子江畔的巨人站起来了》(1958),并改编了中国昆曲《十五贯》(1959)。其中影响最大的就是根据我国昆曲剧本改写的《十五贯》和《扬子江》。《扬子江》是一部广播诗剧,以1954年长江特大洪水事件为题材,描写中国人民在中国共产党的领导下,团结起来战胜洪灾,反映了中华民族自强不息的精神。该剧人物表有:第一个讲述者、第二个讲述者、主席、报告人、女人、老郭、小李、老陈、主任、老杨、第一个声音、第二个声音、合唱等。一开始就是音乐揭幕,然后广播员开始报告:"《扬子江》!这是一出关于现代中国的广播剧,叙述人类历史上一个史无前例的事件——"扬子江告诉世界:"亲爱的兄弟狂风,古老的中国起了变化,这变化你看不见,但我感到一种危险。人们把我另眼相看,不再毕恭毕敬像对一个神灵,从前我心烦,他们便一齐逃开,现在却想利用我的巨力,想锁起我来把我利用。"作品热情地歌颂了翻身解放的中国人民坚定不移治理水患的伟大精神,产生了强烈的感染力。

第四节 外国电视文学

1936年11月,英国广播公司(BBC)开办电视节目,电视行业从此诞

---

① 王雪梅主编:《广播剧史论》,中国传媒大学出版社2007年版,第4—5页。

生。1937年,英国广播公司播出了英王乔治六世加冕的实况,有5万多观众通过3000多部电视机观看了这一盛况。1939年9月,英国广播公司每周播出的电视节目时间增加到24小时,专职的工作人员也发展到500多人。1938年,法国电视台开始每天定时播出,节目通过巴黎埃菲尔铁塔上的发射台发送。不久,里昂等城市也开办了电视广播公司。1939年9月,苏联莫斯科电视中心和列宁格勒电视中心正式定期播出节目。1941年,美国全国广播公司(NBC)的WNBT电视台作为第一家商业电视台正式成立,标志着美国电视行业的诞生。世界电视史上第一个商业广告是由美国全国广播公司在1941年7月1日播出的,这是一个1分钟的手表广告,一只Bulova牌手表的表盘占满画面,秒针转了一圈。1941年,美国联邦通信委员会批准开放了18个高频率无线电频道,并给全天播出节目的18个商业电视台颁发了首批经营执照。到当年12月,美国已有32家商业电视台获得执照,进行独立营业。随着20世纪30年代后期电视节目的诞生及其种类的增多,电视文学也就适应了电视节目的发展,成为继广播剧文学之后诞生的一种新的戏剧文学样式。

一、外国电视文学的生成与发展

伴随电视事业的飞速发展和电视文化的逐步确立,电视文学已然成为一个引人瞩目的领域。屏幕上不断涌现出电视小说、电视散文、电视散文诗、电视报告文学、电视文学片等电视文学的新样式。它们在电视屏幕上鲜明地亮起了"文学"的旗帜,并且初步形成了屏幕上的"电视文学家族"。这既是文学的电视化,也是电视对文学领域的深度介入。如今,人类从电子时代进入互联网时代,电视文学早已成为一种国际文化现象。

与电影文学创作相比,电视文学更具实用性和模式化,如新闻报道、谈话节目、游戏综艺、专题记录、广告创意等。世界电视文学史也可以说是最具艺术性的电视剧和电视文艺的发展史。世界电视发展史与电影发展史相较而言,显得更为复杂、琐碎。世界各国的电视艺术发展很不平衡，各个国家的电视体制、发展状况、运作模式、制作方法差异很大，路径各不相同，很难在一个描述层面中涵盖世界电视史错综复杂的发展情形。因此，本节将主要以美国、日本与韩国的电视文学发展历程为例，来窥探世界电视文学的整体面貌。

美国电视产业在世界上最为发达与雄厚，电视作品不但数量众多，而且影响力大，在世界各地产生了广泛影响。据统计，在电视节目的国际交易总额中，美国外销的节目占了一半以上，美国电视节目的样式，尤其是电视剧，对世界各国产生了极其重要的影响，许多节目作为原型被移植到了不同国家。因而，对美国电视节目的风格、类型、模式、编制技法与案例加以考察，就能大致了解世界电视节目发展的基本状况。苏联早在20世纪50年代就创作了电视小说"契诃夫人物系列"。苏联尤其重视电视文艺的发展，无论在电视理论还是在创作实践上，当时都居于世界前列。心理剧、幻想剧、通俗喜剧等各种形式不断产生，体现出体裁的多样化。苏联的电视文艺也很重视思想教育作用，N.卡采夫曾说过："虽然有许多形形色色的，包括传统的创新的方式去紧扣观众的心弦，但在电视剧艺术里，就像在所有的艺术里一样，主要的东西仍然是艺术家所提出的问题应与当代生活中的问题相符合。艺术家的任何在形式方面的探索都应服从这一点。"①在艺术形式上，苏联电视文艺悉心探讨电影和戏剧艺术的表现手法，并且还注意吸收小说和其他艺术类型的特点。

此外，墨西哥电视剧作品主要有《父女之间》《诽谤》《卞卡》，其在本国被称为"电视小说"。日本NHK电视台从建台之初就设立了《电视小说》栏目，著名的电视连续剧《阿信》，在日本当时就是作为"清晨电视小说"播出的。自20世纪90年代以来，韩国影视业异军突起，风靡国际市场，成为"韩流文化"的领头羊。从1993年中央电视台引进第一部韩国电

---

① [苏]N.卡采夫：《面对千百万观众——苏联电视剧选序》，牟晓仁译，《电视文艺》1983年第6期。

视剧《嫉妒》开始,大批受人喜爱的韩国影视剧,如《大长今》《澡堂老板家的男人们》《看了又看》《明成皇后》《蓝色生死恋》《对不起,我爱你》等被相继引进中国。

二、外国电视文学的主要形态及其特点

外国电视文学因为其生成的地域与民族的不同,其艺术形态和审美特征也有所差异。美国、日本、韩国的电视文学形成了不同的类型与风格特征。

(一)美国电视文学

一般认为,美国电视剧大致可分为肥皂剧、情境戏剧、电视电影等几个类别,在不同时期,这些不同类型的电视剧各领风骚。

1. 肥皂剧

在 20 世纪 30 年代的美国广播剧中,当时肥皂厂商经常在白天播放的以家庭主妇为对象的广播情节剧中做广告,因此这种情节剧得名肥皂剧。电视肥皂剧兴起于 20 世纪 40 年代末的美国。1947 年,杜蒙电视网推出了美国第一部电视肥皂剧《一个难忘的女人》,但当时产生的影响不大。哥伦比亚广播公司(CBS)1950 年开播的《最初一百年》被视为电视肥皂剧的开山之作。1951 年,《寻找明天》和《永世之爱》这两部著名的电视剧奠定了肥皂剧的基础,形成了电视剧样式的独特模式。直至今天,肥皂剧在美国仍然具有广泛的观众基础。

肥皂剧特点鲜明。它采用流水线式的制作程序,题材基本雷同,情节高度公式化,人物个性突出、美丑分明,故事的推进主要依靠人物的对话,而非人物的动作和视听画面。肥皂剧编剧通常采用全知视点来进行叙事,观众对剧中的秘密无所不知,剧中人物处于迷茫的困境中,被各种假象和谎言所迷惑,虽说编造痕迹很重,但强烈的悬念感和戏剧性还是赢得了许多忠实的观众。

2. 情景喜剧

情景喜剧是一种深受美国观众喜爱的电视样式,从 1947 年第一部电视情景喜剧《玛丽·凯和琼尼》开始,至今已有几百部各式各样的情景喜剧问世。通常情况下,情景喜剧是一种 30 分钟时长(包括插播广告的时间)的系列喜剧,最主要的特点是加入了现场观众,以播出时伴随着现场观众(或是后期配置)的笑声为主要外部特征。20 世纪 50 年代,情景喜剧推出了经典之作《我爱露西》,主要讲述了女主人公露西和丈夫在生活中各种稀奇古怪的遭遇和意外事件,令人捧腹大笑,将夫妻间的家庭生活和生活细节融入了剧情。

情景喜剧的特点:它具有固定的制作模式,最大特点是主要角色和基本环境不会变动。每一集通常讲述一个独立成章的完整故事,每集都有一个小标题,同时在人物关系和某些情节线索上,各集间也会有一定的连续性。

3. 电视电影

美国的电视电影是指专门为电视台制作,版权归电视台所有的影片;在电视中播放的电影故事片成品则不包含在内。电视电影的长度与电影故事片的长度基本相同,表现技法也遵循电影创作规则。

在电视发展初期,由于没有版权限制,好莱坞电影和电视行业之间的关系并不紧密,20 世纪 60 年代以后,电视业与电影业的合作逐渐增多。1966 年,美国全国广播公司花 300 万美元购买了电影《桂河桥》的播出权,创造了 38.3% 的收视率。此后,花大价钱买大制作电影的风气盛行,但是好莱坞出于票房的考虑,要么不愿售卖比较新的优秀影片,要么要价高昂,宜于播出又价钱公道的电影逐渐不能满足几大电视网巨大的播出需求。于是,在 1964 年,环球电影公司首先向美国全国广播公司创作专为电视播出的电视电影,这种影片的制作成本通常远远低于好莱坞的影片,也更适于电视播出。

20 世纪六七十年代电视电影的主流是传统的好莱坞式惊险故事、浪漫和喜剧故事,剧情轻松娱乐,制作规模更小。1970年,美国全国广播公司播出了一部由百老汇戏剧改编的影片《我亲爱的查理》,讲述美国主流文化中较为忌讳的黑人青年与白人姑娘恋爱的故事。影片播出以后却受到很高的评价,之后许多电视电影开始转向制作更严肃的题材的作品。电视电影的编剧因不像其他类型电视剧一样受插播商业广告节奏的影响,故创作自由度相对较大。在选材方面,电视电影大都将流行的传记、小说、历史著作、报告文学或新闻报道进行改编。电视电影也特别强调题材的时效性,希望作品能紧跟时事热点。1995年1月,著名前橄榄球星兼影视明星辛普森的谋杀案即将开庭,福克斯电视网就及时推出了《辛普森的故事》,讲述了辛普森从孩子直到成为犯罪嫌疑人的全部过程。

电视电影的特点:它并不追求宏大的场面和壮观的视觉效果,也很少制作耗资巨大的影视特效,而是更加注重构建叙事与台词语言。随着高清电视技术的发展,电视电影的前景进一步被看好,电视电影的制作水准和艺术品位得到了巨大提升。

(二)日本电视文学

日本电视行业相对于其他国家起步较早。1940年4月12日,第一部电视剧《晚饭前》播出,该剧通过展现母亲、儿子和女儿一家三口在晚饭前度过的一段时光,反映了二战中日本百姓的真实生活。全剧只有12分钟,却成为日本电视剧创作的里程碑,并且开辟了室内剧的先河。战争阻碍了日本电视行业的发展,1952年2月播出了日本战后第一部电视剧《新婚纪念集》。随后,电视剧获得了较快的发展。1958年,当时世界第一高塔(332米)东京电视塔落成并启用,象征着日本电视时代的来临。20世纪60年代,日本经济发展迅猛,1964年东京奥运会标志着日本再度繁荣,电视业也随之步入了快速发展的轨道。这时期,刑侦故事、室内剧和历史剧是主要的电视剧样式。1960年,日本出现了最具特色的电视文学样式——电视小说。日本电视小说以现代作品为主,主人公多为女性,主要是家庭剧和言情剧。电视小说延续了原小说的风格,里面有大段的对白或者引用小说的旁白，着重突出了语言艺术效果。根据著名作家丹羽文雄的作品改编的电视连续剧《日日的违约》是日本最早的电视小说，主要讲述了家有病妻的杂志社社长与一个珠宝商妻子婚外恋的故事。

20世纪70年代，日本电视剧最重要的现象就是由著名演员山口百惠主演的"红色系列"。所谓"红色"即是血，象征着血缘关系。这种血缘关系引发出剧中人身世的秘密以及一个个动人的故事。另一部重要的电视小说是川端康成获诺贝尔文学奖的小说《伊豆的舞女》。而影响最大、最为经典的电视小说是1983—1984年间播映的《阿信》，描写了经过明治、大正、昭和三个时代的阿信从7岁孩子到80岁老妇的坎坷一生。阿信成为鼓励人们奋发向上的榜样。这部剧在40多个国家播放过，播放过的各国都先后出现了"阿信热"。

20世纪80年代，最具日本特色的电视剧类型是偶像剧。此类剧的内容多为爱情故事，非常符合年轻人的口味。主角由年轻人崇拜的歌星担当，主题歌也多由主演演唱，伴随电视剧的播出，主题歌也流行起来。1986年，青春偶像中山美惠主演的《盛行自满》获得成功。在这一时期，还出现了演绎少男少女爱情故事的时尚剧，主要反映电视、出版、唱片等行业，主要有《爽朗的电视播音员》《姐姐是航空驾驶员》《教师坚强的故事》等。

20世纪90年代，描写青年人生活的青春偶像剧作品继续盛行，同时也出现了能歌善舞、拥有大批崇拜者、善于塑造不同个性的男偶像，如木村拓哉等。著名的剧作有《东京爱情故事》《悠长的假期》《101次求婚》等。

日本电视文学特点：它伴随电视发展，主题、内容与时代共振，关注人们的生活重心和社会风尚。从反思战争到展现家庭伦理，从描写职场关系到探寻身份迷失，再到青春偶像剧的井喷式发展，日本电视剧形式多样、内容不一，竭力挖掘生活中人性的复杂与生命的本真。同时，日本的青春偶像剧对韩国和东南亚地区，以及中国等其他亚洲国家与地区影视剧创作产生了重要影响,并在青少年中广为流传。

(三)韩国电视文学

20世纪60年代到90年代初,韩国本土文化在日美的强势冲击下几乎被淹没。当时,以美国好莱坞电影为首的外国影视剧几乎占据了韩国影视市场一半以上的份额。1997年亚洲金融危机爆发,当时执政的金大中政府,在金融危机中看到了巨大的精神力量,决心振兴韩国文化,将文化产业确定为21世纪国家发展的战略性支柱产业。

1998年,韩国提出"文化立国"战略。在战略指引下,韩国先后颁布了"国民政府新文化政策""文化产业发展五年计划""文化产业推进计划""文化产业振兴基本法"等十几部法律法规,并于2001年成立了韩国文化产业振兴院。在"文化立国"战略中,影视业成为重中之重,韩国政府采取了一系列实际措施取得了良好效果,如大力支持影视业按照市场经济规律运作,设立文艺振兴基金等专项基金以及措施,财政支持资金在国家预算中也提高到了1%以上,政府为影视业的振兴创造了自由宽松的发展环境。

除此之外,韩国政府还通过文化登记制度、税收政策等鼓励企业向文化事业进行投资,实现文化投资主体的多元化。随着《冬季恋歌》《蓝色生死恋》等优秀影视作品的火爆,各大企业纷纷掀起投资影视业的热潮。由韩国知名影视剧制作公司MBC制作的《冬季恋歌》《大长今》《蓝色生死恋》等电视连续剧,就是在发挥"明星效应"的同时,充分吸收和演绎了时装、美容、美食等文化元素,从而推动了这些行业在海外的发展,形成了韩国"时装热""美容热"以及"美食热"。

韩国电视文学的特点:它尊重韩国本土文化以及东方文化,有强烈的民族自尊感。韩剧常常以家庭作为背景,剧中的人物往往彷徨、苦闷,但是他们的生活哲理、生存价值,具有东方式的宽容大度和道德伦常。韩剧注重对人情的刻画,对人心的描写,由于受到本土悲剧情节的影响,剧中往往有苦情戏的成分,进而追求真善美。

三、外国电视文学代表作家与作品

电视文学最初兴起于欧美,在八十余年的发展历程中,欧美电视文学获得了飞速的发展,涌现了大量的作家和作品,这里简要介绍几部作品。

(一)保罗·舒尔灵的《越狱》

这部电视剧是当代美国资本主义社会体制下的人间缩影,充满了现实主义精神和悲世情结,该剧的导演是葛·艾坦尼斯、桑福德·布克斯塔弗、博迪·罗斯,编剧是保罗·舒尔灵。该片于 2005 年首播,2006 年获得第五十八届艾美奖最佳原创主题曲提名、第六十三届美国"金球奖"最佳剧集提名。

《越狱》这部美国电视剧,剧名本身就极具象征意义,它一方面是主人公迈克尔·斯科菲尔德为了让哥哥重新获得自由而精心设计的一场从监狱中逃脱的惊天行动;另一方面,它暗示着所有人都被困在一所无形的"监狱"当中,对权力的欲望、对金钱的追求、对命运的挣扎,让很多人深陷在世俗的牢笼中,可能只有到离开人世的那一天才能够真正实现人生的"越狱"。

剧中所选取的事件和角度表现出对资本主义文化独特的理解和深刻的批判,充满了现实主义精神和悲世情节。从法律角度来看,资本主义社会的法律条文形同虚设,司法腐败司空见惯。而所谓社会平民的命运,则为权势所掌握;从政治角度来说,国家权力不断膨胀,强权者为所欲为。

影视作品通常将故事结构分为戏剧式结构和非戏剧式结构。非戏剧式结构不以事件的因果关系连接,而以性格、情绪、心理状态等连接。美国的电视剧大多数采用戏剧式结构,往往围绕一个主人公而构建故事,这个主人公为了追求自己的欲望,在一个连贯而具有因果关系的虚构现实中,与主要来自外界的对抗力量进行抗争,直到达到以一个不可逆转的变化而结束的闭合式结局。《越狱》正是采用了这种戏剧式故事结构,使情节紧张激烈,高潮迭起。

一个硬币总有它的两面,社会人生也是如此,如同黑暗与光明、邪恶与正义,两者总是共生共存,始终相随。人性也有正反两面,显现哪一面与人的心智、所受的教育、所处的环境密切相关。当教化良好、环境顺遂之时,人呈现的往往是美好的一面,人性的阴暗埋藏在内心深处,甚至自己都不会察觉。而当环境恶劣,人们教化欠缺、心智被蒙蔽之时,人性中恶的一面往往会被激发显露出来,成为保护自己和刺伤他人的武器。当《越狱》中主人公被人诬陷时,人生经历使他阴暗的人性被挖掘出来并且逐渐放大,最后我们就看到了现实中的真实人性。从《越狱》中我们可以看到人往往容易将自己囚禁在枷锁中,欲罢不能。人要挣脱枷锁、摆脱命运,进而掌控人生,寻求精神上的自由。

(二)金贤英的《大长今》

金英贤(1966—　　),韩国著名女编剧,早年毕业于延世大学。2003年,担任电视剧《大长今》编剧。《大长今》是一部古装历史韩剧,共54集。剧中讲述了一代奇女子徐长今通过自己的努力成为朝鲜王朝历史上首位女性御医,被中宗赐"大长今"称号的故事。韩剧《大长今》播出后便引起了包括韩、中、日等国观众在内的社会各界的关注,热播期间收视率不断攀升,"大长今"综合效应不断扩散。

首先,该剧包装精准、卖点对路。《大长今》无疑具备了迎合观众需求的许多卖点。一方面,韩剧《大长今》一改中国宫廷剧的气势恢宏与惊心动魄,而是通过不温不火的"小家百姓"料理、君王起居(包括日常饮食、养生之道等)的写实手法从日常生活中折射历史,看似平淡,实则暗流涌动,环环相扣、扣人心弦。另一方面,《大长今》把民众喜闻乐见的食物料理、医疗题材糅入剧中,贴近百姓日常生活,具有浓郁的家庭气息,观众可以从剧中学到许多实用的烹饪常识和养生之道,便于边学边用、活学活用,这种"家庭式的定制",弥补了以往宫廷剧脱离老百姓生活太远的缺陷,也扭转了以往类似电视剧的单调枯燥。

其次,营销辐射,优势互补。《大长今》在营销模式以及推广上也是下足了功夫。它前期首先确定了中国香港和台湾地区以及日本、美国等国家作为营销代理的区域,而这些地方的中国观众和华裔观众的审美趣味,与《大长今》文化的欣赏与消费习惯比较吻合,且上述地区也是全球影视重镇,作为影视资源的集散地,具有极强的辐射功能。

(三)坂元裕二、柴门文的《东京爱情故事》

坂元裕二(1967—),出生于日本大阪府,日本著名编剧、导演,早年毕业于奈良育英高等学校。1987年开始创作剧本,1989年担任电视剧《同级生》的编剧,1991年担任爱情剧《东京爱情故事》的编剧。柴门文(1957—),本名弘兼准子,日本著名漫画家。《东京爱情故事》是一部日本爱情偶像剧,根据柴门文的漫画作品改编而成,共11集。该剧深刻而细腻地演绎了都市男女爱情故事。该剧在中国港台地区及内地播出后风靡一时,尤其是由铃木保奈美饰演的莉香,性格真诚、笑容可爱、个性鲜明,令人印象深刻。

日本文化中对于美的极致追求营造了日剧中对于爱情的纯粹演绎和梦幻效果。日剧中的爱情大多美如童话,主人公们也都美丽善良,宛如童话中的王子、公主。为了营造出爱情如梦似幻的氛围,导演力求在细节之处见真章。剧中有一场戏是莉香坐在餐厅中等待完治,此时窗外下起了雨。雨夜中,浪漫而哀伤的气氛,让人突然意识到这个有着乐观开朗外表的女孩内心的细腻和脆弱。也因此,莉香对于爱情的执着才有了更深层次的意义,而莉香的爱情悲剧也更令人唏嘘。

同韩剧多讲述家长里短相比,日剧一向短小精悍。《东京爱情故事》也只有短短的11集。因此,该剧最引人入胜之处并不在于剧情的发展走向,而是剧中所刻画出的迥异的人物性格及人物内心中的细腻感情,以建立在"多角恋"基础上的诸多巧合,充分体现出不同性格的都市男女在面对爱情时的态度和选择。

思考题

1. 简述外国戏剧发展历程及其特征。

2. 以《哈姆雷特》《李尔王》《麦克白》《奥赛罗》《罗密欧与朱丽叶》和《威尼斯商人》《第十二夜》《温莎的风流娘儿们》《无事生非》为例,分析莎士比亚悲剧与喜剧的思想意义与艺术特征。

3. 外国戏剧各个历史时期各有哪些代表性作家和作品?请谈谈这些戏剧作品的思想意义、艺术特点和舞台呈现特点。

4. 以作品为例,分别概括古希腊戏剧、文艺复兴时期戏剧、浪漫主义戏剧的思想倾向和艺术特征。

5. 以作品为例,论述莫里哀、易卜生、契诃夫戏剧的思想意义和艺术特点。

6. 简述斯坦尼斯拉夫斯基、梅耶荷德、布莱希特的戏剧理论思想。

7. 以具体戏剧作品为例,试比较中西方戏剧审美的异同。

8. 简述外国电影文学、外国电视文学、外国广播剧文学的艺术特点。

9. 广播剧文学是什么时候诞生的,其标志性作品有哪些?

10. 请简述外国广播剧文学的发展历程。

11. 请简述外国电影文学的流派及其特征。

12. 请简述外国电影文学的代表作家及其特征。

13. 任选一部外国电影文学作品,写一篇电影评论。

14. 比较不同时期的电影文学的不同特点。

15. 简述外国广播剧文学的发展历程。

16. 外国广播剧文学有哪些特点?请举例说明。

17. 外国广播剧文学有哪些类型?请举例说明。

18. 外国广播剧文学有哪些作品描写了中国?请举例说明。

19. 请举例谈谈英国广播剧的贡献。

20. 美国电视剧文学中有哪些内容样式?

21. 请阐述日本电视文学的发展历程。

22. 韩国电视文学的特点是什么？请举例分析。
23. 请找出三部外国电视剧文学代表作品进行评析。

参考文献

非连续出版物:

1.［英］马丁·艾思林.戏剧剖析[M].罗婉华,译.北京:中国戏剧出版社,1981.

2.云岚,等.简明戏剧词典[M].上海:上海辞书出版社,1990.

3.余秋雨.戏剧理论史稿[M].上海:上海文艺出版社,1983.

4.熊佛西,余上沅,田汉.上海戏剧学院编剧学教材丛书:编剧原理[M].上海:上海人民出版社,2016.

5.［日］河竹登志夫.戏剧概论[M].陈秋峰,杨国华,译.北京:中国戏剧出版社,1983.

6.付文芯.演员的诞生:中国百年戏剧表演教育[M].上海:上海社会科学院出版社,2018.

7.陈大悲.爱美的戏剧[M].上海:上海书店,1992.

8.刘家思.曹禺戏剧的剧场性研究[M].北京:中国社会科学出版社,2010.

9.周贻白.中国戏剧史[M].北京:中华书局,1953.

10.余秋雨.戏剧审美心理学[M].北京:人民出版社,1985.

11.［美］雷内·韦勒克.批评的概念[M].北京:中国美术学院出版社,1999.

12.李青春.文学价值学引论[M].昆明:云南人民出版社,1995.

13.［法］萨特.萨特文学论文集[M].安徽文艺出版社,1998.

14. 伍蠡甫,胡经之.西方文艺理论名著选编(中)[M].北京:北京大学出版社,1986.

15. [美]乔治·贝克.戏剧技巧[M].余上沅,译.北京:中国戏剧出版社,2004.

16. [美]埃德温·威尔森.认识戏剧[M].朱拙尔,李伟峰,孙菲,译.成都:四川人民出版社,2019.

17. [德]黑格尔.美学[M].朱光潜,译.北京:商务印书馆,2017.

18. [古希腊]亚里士多德.诗学[M].北京:人民文学出版社,1982.

19. 鲁迅.再论雷峰塔的倒掉[M].//鲁迅著作全编·坟.林非,主编.北京:中国社会科学出版社,1999.

20. [德]中共中央马克思恩格斯列宁斯大林著作编译局,编.马克思恩格斯选集(第一卷)[M].北京:人民出版社,1972.

21. [英]威廉·阿契尔.剧作法[M].北京:中国戏剧出版社,2004.

22. [美]罗伯特·科恩.戏剧[M].费春放,主译.上海:世纪出版集团,2006.

23. [美]艾·威尔逊,等.论观众[M].李醒,译.北京:文化艺术出版社,1986.

24. [英]彼得·布鲁克.敞开的门:彼得·布鲁克谈戏剧和表演[M].于东田,译.北京:中信出版社,2016.

25. 刘章春,主编.《窝头会馆》的舞台艺术[M].北京:中国戏剧出版社,2009.

26. [俄]斯坦尼斯拉夫斯基.斯坦尼斯拉夫斯基全集[M].史敏徒,译。北京:中国电影出版社,1959.

27. 谭霈生.论戏剧性[M].北京:北京大学出版社,2009.

28. 中共中央马克思恩格斯列宁斯大林著作编译局,编.马克思恩格斯选集(第四卷)[M].北京:人民出版社,1997.

29. [苏]格·托夫斯托诺戈夫.论导演艺术[M].杨敏,译.北京:文化艺术出版社,1992.

30. 罗晓风,选编.外国戏剧研究资料丛书·编剧艺术[M].北京:文化艺术出版社,1986.

31. [明]陶宗仪.南村辍耕录[M].上海古籍出版社,2012.

32. [清]王国维.戏曲考原[M].上海书店出版社,1983.

33. 赵晔,应劭,崔鸿,主编.野史精品·吴越春秋[M].长沙:岳麓书社,1996.

34. [唐]孔颖达,王德韶,李子云,主编.尚书正义[M].上海:上海古籍出版社,2007.

35. 陈奇猷,编.吕氏春秋新校释[M].上海:上海古籍出版社,2002.

36. 中国戏曲研究院.中国古典戏曲论著集成[M].北京:中国戏剧出版社,1959.

37. 周育德.中国戏曲艺术大系:中国戏曲文化[M].北京:中国戏剧出版社,2010.

38. [清]李斗.扬州画舫录[M].周光培,点校.扬州:江苏广陵古籍刻印社,1984.

39 欧阳予倩.回忆春柳[M].中国话剧运动五十年史料集(第一辑),北京:中国戏剧出版社,1985.

40. 陈白尘,董健.中国现代戏剧史稿[M].北京:中国戏剧出版社,1989.

41. 黄世智.中国话剧形成、传播与常态[M].北京:中国广播电视出版社,2017.

42. 洪深.中国新文学大系·戏剧集(影印本)[M].上海:上海文艺出版社,2003.

43. [美]D.G.温斯顿.作为文学的电影剧本[M].周传基,梅文译,北京:中国电影出版社,1983.

44. 程季华,李少白,邢祖文.中国电影发展史(第一卷)[M].北京:

参考文献 | 279

中国电影出版社,1980.

45. 钟大丰,舒晓敏.中国电影史[M].北京:中国广播影视出版社,1995.

46. 万传法.改编与中国电影[M].北京:中国电影出版社,2020.

47. 李清.中国电影文学改编史[M].北京:中国电影出版社,2014.

48. [美]乔治布鲁斯东.从小说到电影[M].北京:中国电影出版社,1981.

49. [法]马塞尔马尔丹.电影语言[M].何振淦,译.北京:中国电影出版社,1980.

50. [清]李渔.闲情偶寄[M].北京:中华书局,2014.

51. 王国臣.广播剧创作教程[M].北京:北京大学出版社,2016.

52. [苏]高尔基,等.论剧本[M].江西省文学艺术工作者联合会,编.南昌:(出版者不详),1954.

53. 王岳川.后现代主义文化研究[M].北京:北京大学出版社,1992.

54. 朱羽君,王纪言,钟大年.中国应用电视学[M].北京:北京师范大学出版社,2002.

55. 李邦媛,李醒.论电视剧[M].北京:北京广播学院出版社,1987.

56. 唐小兵.后现代主义文化理论:杰姆逊教授讲演录[M].西安:陕西师范大学出版社,1986.

57. 范周.网剧与网络综艺批评[M].北京:知识产权出版社,2019.

58. 廖可兑.西欧戏剧史[M].北京:中国戏剧出版社,1981.

59. 李伟民.中国莎士比亚批评史[M].北京:中国戏剧出版社,2006.

60. [英]莎士比亚.莎士比亚全集[M].朱生豪,陈才宇,译.杭州:浙江工商大学出版社,2015.

61. 李伟民.莎士比亚戏剧在中国语境中的接受与流变[M].北京:中国社会科学出版社,2019.

62. [匈]贝拉·巴拉兹.电影美学[M].北京:中国电影出版社,1997.

63. [美]哈罗德·布鲁姆.西方正典:伟大作家和不朽作品[M].南京:译林出版社,2005.

64. 杜定宇.西方名导演论导演与表演[M].北京:中国戏剧出版社,1992.

65. [美]苏珊·朗格.艺术问题[M].北京:中国社科出版社,1983.

66. [英]爱德华·戈登·克雷.论剧场艺术[M].李醒译,北京:文化艺术出版社,1986.

67. [苏]格·托夫斯托诺戈夫.论导演艺术[M].北京:文化艺术出版社,1992.

68. [德]劳斯·赫拉勃.接受美学与接受理论[M].周宁,金元浦,译.沈阳:辽宁人民出版社,1987.

69. 赵玉明,艾红红,庞亮.广播电视学学科体系建设研究[M].北京:中国广播电视出版社,2015.

70. [俄]梅耶荷德.梅耶荷德谈话录[M].童道明,编译,北京:商务印书馆,2019.

71. 王国臣.广播影视文学脚本创作[M].杭州:浙江大学出版社,2004.

72. 张庚,郭汉城.中国戏曲通史[M].北京:中国戏剧出版社,1992.

73. 中国大百科全书出版社编辑部,中国大百科全书总编辑委员会《戏曲曲艺》编辑委员会.中国大百科全书·戏曲 曲艺[M].北京:中国大百科全书出版社,1983.

74. [清]王国维.宋元戏曲考[M].南京:江苏文艺出版社,1912.

75. 中国戏曲研究院.中国古典戏曲论著集成[M].北京:中国戏剧出版社,1959.

76. 周传家.中国古代戏曲[M].北京:商务印书馆,2007.

77. 董建,胡星亮.中国当代戏剧史稿[M].北京:中国戏剧出版社,2008.

78. 葛一虹. 中国话剧通史[M]. 北京:文化艺术出版社,1990.

79. 田本相,胡志毅. 中国话剧艺术通史[M]. 太原:山西教育出版社,2008.

80. 田本相,宋宝珍. 中国百年话剧史述[M]. 沈阳:辽宁教育出版社,2013.

81. 傅瑾. 中国话剧百年典藏(十五卷本)[M]. 北京:人民文学出版社,2017.

82. 申丹,王丽亚. 西方叙事学:经典与后经典[M]. 北京:北京大学出版社,2010.

83. 张凤铸. 中国广播文艺学[M]. 北京:北京广播学院出版社,2000.

84. 宫承波. 广播电视概论[M]. 北京:中国广播电视出版社,2009.

85. 朱宝贺,刘雨岚. 广播剧编导艺术[M]. 北京:(出版者不详),1986.

86. 张采. 日本广播概观[M]. 北京:中国广播电视出版社,2001.

87. 动漫大辞典编辑室. 动漫大辞典4:同人收藏模型[M]. 北京:航空工业出版社,2014.

88. 朱宝贺,董昳. 广播剧编导教程[M]. 北京:中国传媒大学出版社,2009.

89. 王雪梅. 广播剧史论[M]. 北京:中国传媒大学出版社,2007.

连续出版物:

1. 明悔(汪仲贤). 与创造新剧诸君商榷[J]. 戏剧,1921(1).

2. 陈大悲. 编剧的技巧[J]. 戏剧,1922(1).

3. 张毅超. 电影《青蛇》中的江南意象[J]. 中国电影评论,2015(9).

4. 徐半梅. 中国话剧诞生史话(上)[J]. 杂志,15(1).

5. [苏]列别杰夫 H. 文学与电影的关系[J]. 冯由礼,译. 电影艺术译丛,1955(6).

6. 刘家思,周桂华. 广播传播与戏剧新路:论中国现代广播剧的诞生及其发展历程[J].绍兴文理学院学报,2014(2).

7. 刘家思,刘璨.上海现代抗日广播剧文学研究[J].绍兴文理学院学报,2015(5).

8. 刘家思,彭红平.论刘康达的广播剧艺术[J].中国广播,2002(2).

9. 胡源,许志平.广播剧《二泉映月》艺术特色浅析[J].现代传播,1979(2).

10. 尹鸿,阳代慧.家庭故事·日常经验·生活戏剧·主流意识:中国电视剧艺术传统[J].现代传播,2004(5).

11. 钱珏."网剧":网络与戏剧的联合[J].广东艺术,1999(1).

12. 张智华,朱怡璇.中国网络剧发展路径[J].艺术评论,2016(6).

13. 张颖.对话慈文传媒:"悬疑+"模式不断创新,悬疑剧创作有哪些"方法论"?[J].电视指南,2019(9).

14. [美]L.西格尔.影视艺术改编教程[J].苏汶,译.世界电影,1996(1).

15. [英]普里斯尼茨,陆群.英国广播剧概观[J].现代传播(中国传媒大学学报),1989(Z1).

16. 刘璨.20世纪40年代英美反法西斯广播剧的审美特征[J].四川戏剧,2016(11).

17. [苏]N.卡采夫.面对千百万观众:苏联电视剧选序[J].牟晓仁,译.电视文艺,1983(6).

18. 黎弘.第四种剧本[N],南京日报,1957-06-11(3).

后 记

这本书是绍兴市重点教材，是我们团队合作完成的。从申报立项到今天书稿即将出版，历时近四年。

本书是供戏剧影视文学专业教学使用的教材。目前，对于戏剧文学、电影文学及电视文学，各自都有相关教材和学术专著，而将戏剧、电影及电视文学相互融合，特别是将广播剧文学和网络戏剧文学等进行系统研究的教材和专著，国内少见。然而，戏剧影视文学概论是戏剧影视文学专业的核心课程，全国目前没有该类教材，这显然不能满足教育的需要。因此，我们组织编写了这本书，作为戏剧影视文学专业的内部教材，后来立项被列为市级重点教材，现在公开出版，也可供兄弟院校使用。

作为全国第一本《戏剧影视文学概论》的教材，全书以戏剧影视文学的本体性研究为主要内容，突出其不同类型文学各自的基本特征和审美形态。并且将宏观概论与微观解析相结合、古今中外相交织，在高科技、全球化格局中认真审视戏剧影视文学的发展历程及其审美特征。我们希望紧跟戏剧发展步伐，把握学科的前沿性，在研究视野、知识整合与更新上显示学术的严谨性。同时与时代需求接轨，使学生对现代戏剧有比较全面的认识，能把握戏剧的艺术本质，帮助他们跟着戏剧发展轨迹去发现自己，锻炼自己，形成自己的能力，促进戏剧影视文学专业复合型人才培养。因此，围绕本教材的编写，我们进行了认真的研究，发表了一批科研和教研成果。目前，围绕这个项目，我们至少发表了16篇论文，其中一级期刊3篇，CSSCI期刊9篇，核心期刊6篇。同时，还发表了多篇教学改革的论文。

因为本书当初是我校戏剧影视文学专业使用的内部教材,所以参与撰写的主要是本专业部分教师。大家按照分工合作、文责自负的原则完成各自的撰写任务。具体分工如下:主编刘家思提出编写大纲、框架体系和编写体例,组织编写团队,撰写引论和统稿修改。张荔撰写第一章"戏剧影视文学概述",王永芳撰写第二章"中国戏曲文学",王慧开撰写第三章"中国话剧文学",平方圆撰写第四章"中国电影文学",张利撰写第五章"中国广播剧文学",许哲煜撰写第六章"中国电视文学"和第八章"外国戏剧影视文学"中的第四节"外国电视文学",金闻馨撰写第七章"中国网络文学",李伟民撰写第八章"外国戏剧影视文学"中的第一节"外国戏剧文学"初稿,邵君立撰写第八章"外国戏剧影视文学"中的第二节"外国电影文学";第八章"外国戏剧影视文学"中的第三节"外国广播剧文学"是请绍兴文理学院元培学院副教授刘璨撰写的。张荔教授收集了初稿;刘家思对各章节进行审稿并多次提出修改意见,最后负责统稿和修改。出于体例的统一要求,有几节在统稿时重写。应该说,各位撰写者都付出了辛勤的汗水,在此对他们致以衷心的谢意!尤其是刘璨副教授,她刚刚主持完成了英美广播剧研究的国家社科基金项目,就欣然接受了邀请,在此致以衷心的感谢!

然而,由于水平和能力有限,更由于是合作完成的项目,本书还存在许多不足,敬请大家批评指正,我们拟在修订时进行完善修改。

这个项目得到了绍兴市教育局的支持,被列为为绍兴市高等学校重点教材,赵佳维处长给予了热情的关怀,同时学校叶兴国校长、陈文涛副校长和教务处杨爱军处长等领导也给予了热情的支持和指导,在此一并致以衷心的感谢!

在本书的出版过程中,安徽文艺出版社给予了大力支持,我深深地感谢他们!

刘家思

2023 年 4 月 21 日